访谈与陈述

FANGTAN YU CHENSHU

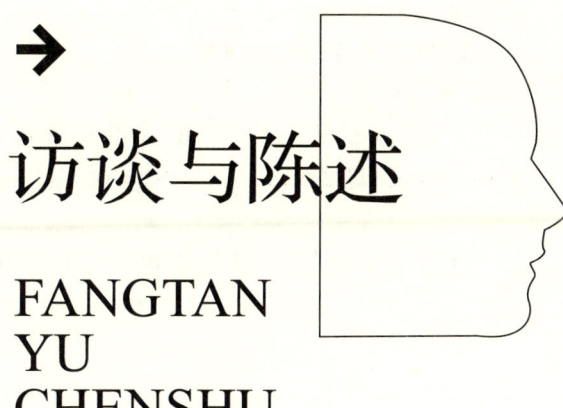

名刊名编的年代表情

何凯旋　主编

山西出版传媒集团　北岳文艺出版社

·太原·

图书在版编目（CIP）数据

访谈与陈述：名刊名编的年代表情 / 何凯旋主编 . — 太原：北岳文艺出版社，2023.3
　　ISBN 978-7-5378-6668-2

Ⅰ.①访… Ⅱ.①何… Ⅲ.①纪实文学—作品集—中国—当代 Ⅳ.①I25

中国国家版本馆CIP数据核字（2023）第004723号

访谈与陈述：名刊名编的年代表情
何凯旋　主编

//

出品人 郭文礼	出版发行：山西出版传媒集团·北岳文艺出版社 地址：山西省太原市并州南路57号 邮编：030012
选题策划 王朝军	电话：0351-5628696（发行部）　0351-5628688（总编室） 传真：0351-5628680
责任编辑 王朝军	印刷装订：山西人民印刷有限责任公司 开本：787mm×1092mm　1/16
书籍设计 张永文	字数：342千字 印张：23.75
印装监制 郭　勇	版次：2023年3月第1版 印次：2023年3月山西第1次印刷 书号：ISBN 978-7-5378-6668-2 定价：68.00元

本书版权为本社独家所有，未经本社同意不得转载、摘编或复制

序

何凯旋

这本终于即将结集成书的名刊名编访谈与陈述，原本是26篇文章。初发《小说林》（双月刊）2010年第5期，止于2016年第2期。历时5年零8个月，共34期。按每期一篇算，少了8篇。原因是，当时分期刊载有同刊同时期社长、主编、副主编访谈或陈述，内容多有雷同，故编辑时忍痛割爱，留下社长或主编一人，实在是抱歉。余下来26篇，上至国刊《人民文学》，下至高端民刊《大益文学》，除时任社长、主编外，还有年轻有为的副主编、主编助理，现已荣升主编或副主编。但为保持历史原貌，沿用原发时受访者与陈述者前缀的职务身份，文尾标注出原作发表时间，最大程度保持完整性与真实性。另加一篇准备编发稿件，因工作调动未能刊登，现一并收录书中。还有一篇是朋友针对我在《小说林》工作期间的职业生涯访谈。可以说，这28篇访谈或陈述文章基本上概括了一个时期辛勤耕耘、为他人做嫁衣裳的文学期刊名编们的办刊宗旨与办刊方向。

说到做这个系列访谈的起因，其实并没有什么宏大规划，反倒是有些"宵小"的私心。面子上说是作为偏于一隅的小刊，迫于刊物栏目设置与众多兄弟期刊普遍雷同，想做既有利于作者辨识投稿方向，又有利于读者了解每一期刊物背后编者甘苦与意趣的特色栏目，两全其美而又相得益彰；里子里其实藏有一分失落，一分沉痛。文学期刊走过短暂辉煌后，惨淡经营，前途未卜，这是不争的事实。到底何去何从？压在文学期刊编辑心头的诸多苦衷，更想通过主编访谈让读者得知甘苦，更让自己于迷惘中增加些许信心，以至于得到人生往后的意义。揣着这些可说与不可说的想法真正上路，实在是一件并不容易做好的"难事"。首先是稿约之难。名刊名编大多集中在政治文化中心与经济发达地区，埋头做事，不求闻达。加上编务之外还有更多杂役、会议，又少有交集，更没有谋面。电话里虽然应许，却不能确定交稿时间，或以不宜宣传个人事迹而婉拒。不过两月一期，时间尚有斡旋余地。更多求助友人，友人再托付友人，全然友情赞助。好在渐渐形成规模后，忽觉得蔚为壮观了起来，尤其每本刊物知名编辑畅谈编刊心得，更多不是罗列当下韬略与功绩，而是讲述刊物历史沿革。在鲜为人知晓的掌故与轶事里面，可看到名声显赫的文坛前辈在著书立说之余，大多曾经作为刊物编辑，站立于波诡云谲的历史潮头，或飘逸或肃穆，透出气韵与风骨，促成名篇巨著峰回路转。不薄名家，提携新人，终于成就迥异之期刊风格，践行百花齐放的文学共识，以及当下紧迫之担当与文脉传承。拳拳之心源远流长，唯不见委顿与惆怅；于猎猎风中岿然屹立，矍铄而睿智。因此理解了现任名编们撑起的不仅是一面文学旗帜，更是积沉下来的文化使命。沉甸甸揣入胸怀，升入脸膛，化作有些不合时宜的庄重，甚至严苛到凌厉的目光里面。少有娱乐时代的轻佻与浮夸，更多的是可以穿透云雾的敏锐与沉着。这样的"表情"可以在各篇名编访谈与陈述前配发的照片上感到，那是沉甸甸的一份凝重。同时可以在配发期刊封面的装帧设计上感受到简约朴素的气息和不失温婉大气的时代风貌，展现出恒久不变的定力。应该说这都是一个时期的文学表情，更准确地说是21世纪前十年或更长时间名编们的表情：既要编刊，还要为刊物的生存奔忙，还要保持庄重、严肃的文学样式。在漫长的时间里，文学期刊默默前行，始终保持着这般庄严的气概，为一个时代立下卓然的丰碑；唯不见编者的抱怨与牢骚，只剩下为他人作嫁衣裳的清癯与辛劳。真可谓白茫茫一片，真是干净！

由此疑惑渐渐释然，境界随即高远起来，促成并坚定了自己将刊物做下去的决心。到了2016年年底，即将结束三十年编辑生涯，任文学院新职，抬头一看，已过去六年之久，想想真是幸运的六年。

现在距离2010年开始策划访谈至今，又过去十二年光阴。这十二年又是崭新时代的开启。文学作为国家软实力的重要组成部分，取得了广泛共识，政府加大文化投入，文学期刊的光景日益见好，稿酬大幅度提高，书写中国故事更有筋骨，更有情怀。两位仍担任刊物主编的名编换上新近访谈，读者可以看到更有筋骨和情怀的作品背后编者的温度与力度。遗憾的是，有些名编拿到此书时，或已任新职，或已退休，或已过世，但音容笑貌与职业追求化作文字留存了下来，也是生命里程中一份更好的纪念吧！只是更多名编没有访问到，没有陈述的机会，他们在更为偏僻的环境里同样做着他人的嫁衣，共同将这件看似有些寂静的衣裳做得更大更有分量。不过这份沉甸甸的寄托，要在更远的历史长河里才能显示出恒久的价值……

在此，特别要感谢编撰期间崔道怡老师两次悉心指导。原以为可以奉上成书，一了心愿，却不想先生早一步仙逝，甚憾！感谢徐兆淮老师病榻中叮嘱与托付；感谢华栋、凯雄、晓升、丽宏、一敏、宏兴、陈鹏诸师友为旧作保留历史原貌，就原发时间、作者简介、配刊封面给予重要提示，以及书名需要再三斟酌，以显得深广、端庄之建议。

写于2022年7月24日

目录

访 谈

余中先　黑　丰　　一本为中国文坛引来"天火"的杂志
　　　　　　　　　——《世界文学》主编余中先访谈录　/003

邱华栋　孔　鲤　　编辑就是去促成新的文学风景
　　　　　　　　　——《人民文学》副主编邱华栋访谈录　/017

程永新　走　走　　我与文学有个约会
　　　　　　　　　——《收获》主编程永新访谈录　/029

潘凯雄　冯艳冰　　就《当代》答客问
　　　　　　　　　——《当代》主编潘凯雄访谈录　/043

艾克拜尔·米吉提　雁宁
　　　　　　　　　领跑,中国文学期刊
　　　　　　　　　——《中国作家》主编访谈录　/049

| 陈东捷 | 陈 仓 | 甲骨竹简纸张再革命不会革掉文学的命 |
| | | ——《十月》主编陈东捷访谈 /057 |

| 赵丽宏 | 宋 琨 | 要勇于表达中国人的文学口味 |
| | | ——《上海文学》杂志社社长赵丽宏访谈录 /069 |

| 宗仁发 | 鲁 弘 | 当代文学现场中的《作家》 |
| | | ——对话《作家》主编宗仁发 /077 |

| 韩 旭 | 小 二 | 《大家》十八年 |
| | | ——《大家》副主编韩旭访谈录 /097 |

| 陈 鹏 | 凌之鹤 | 《大益文学》目标高远,难度可想而知 |
| | | ——《大益文学》主编陈鹏访谈录 /107 |

| 杨晓升 | 舒晋瑜 | 文学给了我充实幸福的人生 |
| | | ——《北京文学》社长杨晓升访谈录 /131 |

| 黄桂元 | 高 丽 | 文学的轨迹与编辑的"坚守" |
| | | ——《文学自由谈》主编黄桂元访谈录 /149 |

| 谢 锦 | 常 夏 | 永远在场 |
| | | ——《小说界》主编谢锦访谈录 /163 |

| 冉正万 | 胡野秋 | 像做人一样做文学杂志 |
| | | ——对话《山花》副主编冉正万 /173 |

| 吴 玄 | 梁 帅 | 先锋已经成为一种传统 |
| | | ——对话《西湖》副主编吴玄 /181 |

杨晓敏	王晓君	话说小小说三十年
		——郑州小小说文化传媒有限公司董事长、
		总编辑杨晓敏访谈录 /191

葛一敏	任　瑜	麦田的忠实守望者
		——《散文选刊》主编葛一敏访谈录　/205
韦健玮	老　长	与你厮守终生
		——《文艺评论》主编韦健玮访谈　/221
赵宏兴	张小稚	在编辑和创作中寻找平衡
		——《清明》副主编赵宏兴访谈录　/229
石华鹏	涵　子	文学编辑是一个美妙的职业
		——《福建文学》主编助理石华鹏访谈录　/241
王晓莉	闻　如	与文字长相厮守的人
		——《创作评谭》主编王晓莉访谈录　/253
徐　迅	何凯旋	让阳光照进现实
		——《阳光》主编徐迅答《小说林》杂志问　/261
何凯旋	申志远	寂寂竟何待
		——与何凯旋主编对话《小说林》　/271

陈　述

崔道怡　第一朵报春花　/285

徐兆淮　编余琐忆　/299

王青风　酒的奥妙　/313

李静宜　我与文学三十年　/347

鲁秀珍　照见我们的初心　/359

访谈

余中先

《世界文学》并不随着世俗趣味的改变而改变自身原来的办刊方针。我们坚信,在中国这样一个人口众多、地域广阔、人们文化结构多层次多差异的国家中,它应该为那些渴望了解世界各国的经典文学、了解各国文学发展动向的人们,保留一个窗口,提供一片风景。《世界文学》选稿只有一个标准,那就是文学价值。文学毕竟是人认识世界、认识人的最好文本,也是一个国家、一个民族精神文明的有机构成成分,而且是最深刻、最内在的成分。

一本为中国文坛引来"天火"的杂志
——《世界文学》主编余中先访谈录

余中先　黑丰

余中先：《世界文学》主编，中国社会科学院研究生院教授，博士生导师。北京大学西语系法语语言文学专业毕业，曾留学法国，在巴黎第四大学（Paris-Sorbonne）获得文学博士学位。长年从事法语文学作品的翻译、评论、研究工作，翻译介绍了奈瓦尔、克洛代尔、阿波利奈尔、贝克特、西蒙、罗伯·格里耶、格拉克、萨冈、昆德拉、费尔南德斯、勒克莱齐奥、图森、埃什诺兹等人的小说、戏剧、诗歌作品百余部。被法国政府授予文学艺术骑士勋章。

黑　丰：诗人，后现代作家。主要著作有诗集《空孕》《灰烬之上》《猫的两个夜晚》《时间深轧》，实验小说集《蝴蝶是这个下午的一半》《人在芈地》，随笔集《一切的底部》《存在－闪烁》等，作品被译成英、法、西班牙、罗马尼亚等多种文字。2016年6月获罗马尼亚第20届阿尔杰什国际诗歌节"特别荣誉奖"，2019年5月获罗马尼亚雅西第6届国际诗歌节"历史首都诗人奖"。2021年11月15日应邀参加南美厄瓜多尔第十四届亚基尔国际诗歌节，2022年5月31日获美国ASA大学纽约国际文化艺术节贡献奖。曾担任《北京文学》编辑十多年。任中国第四届青年华语作家奖、北京白雀奖、太阳诗歌节、成都市"杜甫诗歌创作奖"等重要奖项的评委和终审评委。现为中南财经政法大学法律与文学研究所研究员、长江大学客座教授，现居纽约。

黑　丰：先谈一下这本刊物。据知，《世界文学》刊物的前身是鲁迅先生于1934年创办的《译文》杂志，1953年7月由中华全国文学工作者协会（即中国作家协会前身）创办。为了纪念鲁迅先生，继承他20世纪30年代创办《译文》杂志的传统，刊物当时就定名《译文》（月刊），并由鲁迅创办《译文》时的战友茅盾先生担当首任主编。当时的刊物是怎么定位的，办刊宗旨是什么？

余中先：说到鲁迅先生等人办的《译文》，这当然是我们的前身，但那主要是一种精神上的继承。至于1953年创办的杂志为何仍以《译文》为名，我们可以用茅盾在"发刊词"中的一句话来解释："为了纪念鲁迅先生当年艰苦创办的《译文》并继承其精神，这一新出的刊物即以《译文》命名。"这是新中国第一个专门介绍外国文学作品和理论的刊物。新《译文》在开本、篇幅、文图并茂，以及某些体例的设置（如介绍外国作品须有前言或后记或作者简介等）诸方面都沿袭了鲁迅创办老《译文》时的做法。《译文》当时为月刊，篇幅二百页左右，译载的均为文学名著，以及苏联东欧社会主义国家、亚非拉国家的文学作品，并刊登世界文艺动态和插图作品。《译文》的首任主编是茅盾，副主编是陈冰夷，编委会由戈宝权、茅盾、陈冰夷、董秋斯、楼适夷、罗大冈、丽尼等人组成。

黑　丰：1959年《译文》（月刊）正式更名《世界文学》，1965年至1976年停刊，1977年复刊至今（计340期）。从《译文》到《世界文学》，从停刊到复刊，其办刊理念是否一致？在选编和译介上有何倾向性？比如对苏联对东南亚对东欧社会主义国家和拉丁美洲与美国、北美及西欧资本主义国家，或者贫穷国家、发展中国家与发达国家比较，是否有意识形态区别？

余中先：1959年1月（总第67期）起，《译文》改名为《世界文学》（在封二上继续保留了《译文》的原名）。因为从当年起，刊物革新了内容，在刊登外国优秀作品的同时，也发表一些由中国作者自己写的评论文章，以求帮助和引导读者更好地阅读外国作品。曹靖华继茅盾之后任主编，陈冰夷为副主编。在改名《世界文学》的那一期中，编者在"致读者"中强调："尽管我们刊物的内容改变了，但是继承鲁迅先生的《译文》的光荣传统，是始终不变的。"

1965年因国内文艺界整风，《世界文学》停刊一年。从1966年起，《世界文学》改为双月刊，但是因为"文化大革命"爆发，刊物仅仅出了一期便从三月起停刊，一停就是十年多。1977年10月，《世界文学》复刊，作为内部发行的试刊，共出了两期（双月刊），不在总编号之内。促使《世界文学》在当时复刊的重要原因，首先是十年"文化大革命"结束后，中国读者对外国文学读物的期望十分殷切。复刊第一期的"编后记"中，已经强调，"介绍和评论各国文学应当从实际出发"，"反映外国文学的实际面貌"。这大致可解释复刊的指导思想。在中央提出"实事求是""解放思想"之前，《世界文学》就在讲"实际"了。但由于当时还是"两个凡是"的时代，我们在介绍外国文学时，还有不少的框框的束缚，例如，苏联作家鲍里斯·瓦西里耶夫的小说《这里的黎明静悄悄》当时分两期在1977年试刊上连载登完，但为了能让作品发表，编辑部还是把它称作"修正主义文学标本"，供批判用。

由此回想"文革"之前的十多年，《世界文学》受当时主流意识形态的约束，一度跟随苏联，发表了很多苏联和东欧国家的作品；一度又反帝反修，发表了亚非拉各国的不少"进步""独立"作品。当然，即便在那个时代，杂志对欧美的经典作品的介绍也没有中断过。

改革开放后，《世界文学》对外国作品的介绍逐渐走向客观公正。可以说，20世纪80年代的刊物发表的作品是最有分量的，也是最有眼光的。这一方面是因为，当时国内并无像样的外国文学出版事业，让《世界文学》等刊物在介绍外国文学时，几乎是仅此几家。另一方面也是因为"文革"十年的中断，以及拨乱反正带来的思想解放，让许多亟待介绍的优秀外国文学作品一下子蜂拥而入。这一现象一直持续到80年代末，90年代后就走向了平稳。

黑　丰：随着极端工具理性时代的到来，休闲和消费越来越成为人们的一种时尚。大众社会的文化工业制造着文化趣味和文化要求，它以文化消费市场的名义制造出来的"个人趣味"假冒了真正的个人趣味。人们的内心生活消失。他们的审美阅读惰性，要求纯消费、"故事会"阅读，要求通俗易懂、喜闻乐见。朦胧不读，"艰深"不读，"佶屈聱牙"不读，多种理由可以不读。作为一本严肃的纯文学刊物，尤其一本具有广泛声誉与深刻影响的外国文学刊物，面对如此"严峻""陡峭"的市场环境，你们是否考虑有所调整，完成某种意义上的角色的历史转变，在选稿、厘定、编译的标准上是顺应和俯伏（或俯就）读者"口味"，还是有所违拗，有所执着（因为刊物也是可以有"脾气"的，可以否定的，不妥协不屈从的，甚至是批判的）；是有所倦怠，有点彷徨，有点暮色苍茫，做一天算一天，任其发展，还是将改变、引领和提升读者美学趣味放在第一位，把建构和重塑人的精神品质放在第一位，迎难而上，办特色刊物，办不辜负此生，办我们愿意为之"活"且无怨无悔的刊物，办不辜负时代的刊物，迎难而上，把刊物办到人的心上去（唤醒在社会"整体化"力量控制下进入冬眠状态的个体精神），成为人的内在"期待"的刊物，办成中国第一刊，办真正意义的大刊（文学大气、思想和精神向度的大气）？希望您就我谈的说说想法。

余中先：有些话不用多说，事情做来就行了。我们分析20世纪90年代以来的文化形势，意识到，整个世界的文化越来越体现出商业化、产业化的倾向，阅读——尤其是文学阅读——越来越让位于视听媒体的传播。国内也已发生此类的转向：文学不再作为人们业余享受的主要精神食粮和娱乐形式。但我们始终认为，在这一文化转型的大环境中，《世界文学》并不随着世俗趣味的改变而改变自身原来的办刊方针。我们坚信，在中国这样一个人口众多、地域广阔、人们文化结构多层次多差异的国家中，《世界文学》应该为那些渴望了解世界各国的经典文学、了解各国文学发展动向的人们，保留一个窗口，提供一片风景。

所以,尽管国内的一些刊物纷纷改版,改方针,改内容,我们却始终没有大改,依然承继着鲁迅、茅盾等先辈的一些做法。当然,也要考虑与时俱进,我们的栏目多少有些改动。一开始有的小说、诗歌、散文、剧本、评论等栏目依旧存在,又增加了"文化交流""外国文学资料""世界文艺动态""中国作家谈外国文学""文坛热点"等,以期更为丰富多彩。

黑　丰：《世界文学》被人们誉为是一本"为中国文坛引来'天火'"的杂志,我喜欢"天火"一说,非常赞赏"天火"这一天才性隐喻。很兴奋!同时也赞赏用"天火"对《世界文学》普罗米修斯的勇敢的盗火者身份的认证和转喻。请问您怎么看待这一不同凡俗的神性之"天火"和作为不同凡响的"盗火者"的《世界文学》?作为一个曾经发明"火"的亚洲东部的古老国度,它需要"天火"的熊熊燃烧吗?"天火"者何?"天火"与凡俗之火的区别何在?

余中先："天火"的隐喻原本是神明所握的秘密之"火",有些像"潘多拉魔盒",不是凡人能动用的。当然,隐喻也在变,多年来,"天火"之喻已经引入了新的外延和内涵。

中国读者需要外国文学的滋养,恰如大地上的凡人需要奥林匹斯山上的神界之火。在鲁迅时代,盗"天火",也可以说成是"为奴隶贩运军火",或是"拿来主义"。后来,大致可以用"洋为中用"来概括,尽管,"汲取外来文化"上面加了很多框框的约束和限定,如"先进""革命""批判""现实"等,但如今在多元文化与经济一体的矛盾世界中,我认为,对外国文学的介绍大可不必加什么思想意识方面的框框。了解人家,就应该全面、客观地了解;人家的文学是什么样,就把它原原本本地介绍过来。只有一个选择标准,那就是文学价值。至于政治、意识形态等方面的因素,自然还是要考虑的,但大可不必看得太重,自有我们的读者和批评家来对其论说。

我个人认为,文学的"天火"不是熊熊燃烧的大火,而是烛照心灵的微明之火。一方面，文学不会成为改造世界的有力工具，更不会像早先说的那样成为"反党"的武器；但另一方面，文学毕竟是人认识世界、认识人的最好文本，也是一个国家、一个民族精神文明的有机构成成分，而且是最深刻、最内在的成分。它不同于种种的流行文化，只要人存在，文学就在。它对人的影响是基本的，骨子里的。外国文学对中国读者的影响也将是普遍性的，人类共通的。你有了自己的火，却还是借用他人的火，无论钻木的、凹凸镜面的、柴火的、天然气的、电动的，还是火山、地震带来的火，我们都见一见为好。

黑　丰：从有关资料来看，《世界文学》除刊载外国优秀文学作品外，还辟有"文化交流""国外通讯""评论""文摘""书评""简讯""译坛纵横""外国文学翻译出版漫笔""作家谈创作""编译者序跋""外国文学资料""世界文艺知识""世界文坛热点""世界文艺动态""文学史话""作家逸事""中外作家答本刊问""外国作家谈外国文学""中国作家谈外国文学""中国诗人谈外国诗""中国文学在国外""文学讲坛""《世界文学》的故事"等。想法相当不错，但从目前出版的《世界文学》来看，固定的栏目就那么几个（8至9个）："长篇小说""短篇小说""散文""外国作家个人作品小辑""评论""中国作家谈外国文学""世界文坛热点""世界文艺动态""简讯"等，偶尔看到"外国作家谈外国文学""文学讲坛"，但很少。为什么那么多栏目没有出现呢？其实"外国作家谈外国文学"挺好的，比如维·苏·奈保尔谈诗人德里克·沃尔科特（诺贝尔获奖者谈另一名诺贝尔奖得主）的《芽中有虫》（《世界文学》2009年第2期）就相当不错，但是少。其他栏目为什么隐而不见？比如"中外作家答本刊问""外国作家谈创作"等。

余中先："外国作家谈外国文学"栏目还是比较正常的，几乎每期都有。有的栏目是不定期的，有的则是临时性的，如"中外作家答本刊问"。还有一些栏目如"外国文学翻译出版漫笔"，很难得到有见地而又不失偏颇的文章。我们每期320页，介绍作品之外，剩余的篇幅就很少了，这也是我们许多栏目多为"不定期"的原因。

黑　丰：思想或思潮我一直比较关注。因为它们可以让人反省一些东西，可以成为一个人的新的思想的"充沛而强劲的源头"，它们带动人的颅内"叶轮"，让你建起自己的"电站"。为什么《世界文学》没有关于"国外文艺思潮"栏目呢？比如垮掉派、日内瓦学派、新超现实主义、新写实主义、新小说、表现主义、中间代等等，这都是过去的了，我随便举一下。可以将他们的宣言、口号、文献资料、代表作建档，归于一处集中刊出。我曾试着从"世界文艺动态"这一栏里上行寻索"思潮"，结果基本是×××奖颁了（揭晓了），×××书出了，×××去世了，尽是这些。还是有点失望。另外，关于"大家文学思想"的专门的栏目似乎也没有。其实完全可以长期开辟一个这样的栏目，集中发表或"挖掘"一些文学怪才、文坛巨擘、思想型作家以及写作者身份复杂和暧昧的作家（如本雅明、克尔凯郭尔、罗兰·巴尔特）的笔记、随笔、著作残篇、思想碎片以及"拆散的练习簿"，为中国文坛输"血"。这种工作不是说没做，有，比如策兰与巴赫曼的书信集《心的岁月》（《世界文学》2009年第5期），约·布罗茨基的访谈《谈茨维塔耶娃》、随笔《在但丁的阴影里》（《世界文学》2006年第2期），但很少，没有专门的栏目。不知以后是否有所考虑？

思想与语言、现代与传统、现实与超现实、写作与当下的困境等都有自己的交点和焦点，《世界文学》是否考虑对世界文学创作中的"交点与焦点"予以关注？

余中先：这个意见很好，思潮很重要，但翻译起来很难。目前国内已经有很多外国文学思潮的作品出版，但翻译得好的很少。首先，有理论思想作品不好译的原因，再有，欧洲的许多思潮，在欧洲并没有太大反响，经过美国，便大成气候，转而影响到中国。但翻译多为英语的转译，中间有误解，有丢失，有缺损。

目前，文学世界应该没有什么重大流派、重大思潮，也缺乏大师和传世杰作。世界经济一体化和文化产业化的趋势，导致各国并无大波折，无大苦难，也很难有大作品出来，需要等待。我们从事外国文学只有等待，总不能把人家二流的作品吹捧为一流或超一流吧。

黑　丰：《世界文学》好像每年都有一些这样或那样的活动，比如将国外著名作家、诗人和诺奖获得者请到中国来讲课、演讲，与中国作家交流文学创作，让读者近距离烤"火"（或淬火），接受文学和思想的洗礼，感受"大家"的精神风貌。这样其实相当好，但我看还做得不够，少了点，还可以加强。您可以具体介绍一下吗？还有，以后是否有新的规划和打算？

余中先：《世界文学》很少有大的文学活动，但我们刊物是中国社会科学院外国文学研究所主办的，所里每年都会有一些这方面的活动。《世界文学》作为参与者，也尽力争取在版面上体现其中的精髓。

黑　丰：二战或奥斯维辛后，世界各国都有一个文学反思和文化反思。回到零，回到原点，重新反思我们的历史文化，反思人类的困境，从未终止，从未间断。而中国在二战时期也灾难深重，后来又历经了三年困难时期和"文化大革命"，反思性文学几乎等于零，或者一片噤声；而同样经历过劫难的苏联却向世界展出了《日瓦戈医生》《古拉格群岛》《癌症楼》《大师和玛格丽特》等一大批令人侧目的杰作；像东欧一些前社会主义国家如波兰、捷克和斯洛伐克也都贡献出了切·米沃什、米兰·昆德拉、瓦茨拉夫·哈维尔、亚当·米奇尼克、伊凡·克里玛、博·赫拉巴尔等一批杰出的诗人、作家。而中国凤毛麟角，实在悲哀。您认为这两相对比，其深层原因是什么？当然有人怪罪于"体制"和一些外在的因素。过去我也许会这么看，但现在我不。您怎么看待这种现象，想听听。

余中先：文化上的原因似乎更应该重视。相比于欧洲各国，我们的文人乃至国人的忏悔意识很不够，是不是宗教传统方面的原因，我说不好。我们多读读外国文学中的那些深层的自我审判，兴许能对中国文化中的所缺失的这一方面有所借鉴，有所触动，有所影响。

黑　丰：2009年诺贝尔文学奖，颁给了年仅56岁的德籍罗马尼亚女作家赫尔塔·米勒。她是一个不怎么被人注意的作家，她之所以不被注意的因素有政治的，也有她独特风格的。她的作品在自己的祖国是被禁止出版的，她的"大胆、独具一格与富于实验性，以至生活经验与艺术表现的碰撞产生出一种独一无二的声音"（丹尼斯·谢克语），在她寄居的德国也"并不是很受大众欢迎"。作品黑暗，抑郁，恐怖。然而她"以诗歌的凝练和散文的率真，描写了那些被剥夺者的境遇"被诺奖评委所注意，诺奖又使这位不被注意的杰出作家被大众所注意。2011年诺奖又颁给了因中风造成右偏瘫，不得不改用左手写字、左手弹钢琴的诗人特朗斯特罗姆。据说他迄今为止只发表了二百多首诗，是诺贝尔文学奖获奖者中的一个例外，"他是作品数量最少，也是获奖者中含金量最高的一位。特朗斯特罗姆的诗歌不仅数量极为有限，而且多为冷静、节制的短诗。特朗斯特罗姆的获奖在一定程度上颠覆了一定要写出鸿篇巨制的史诗才能成为大诗人的固有偏见"。诺奖两年颁给了两位"少"众读者的作家，您怎么看待这一现象？斯德哥尔摩的瑞典学院在一种无言的行动中向世界给出了一些什么信号？

余中先：我认为，诺贝尔文学奖有"大年""小年"之分，这当然只是一个比喻。当它奖给萨拉马戈、格拉斯、奈保尔、莱辛、巴尔加斯·略萨等人时，它是表示对文学大师级人物的敬重，而当它颁发给希姆博尔斯卡、达里奥·福、米勒、特朗斯特罗姆时，则意味着它对不同风格、不同形式的文学样式的致敬。

我认为诺贝尔文学奖从来就没有故意发出什么信号，而是在各个语言、各个国家、各种思想之间寻找平衡，但它始终以文学价值为评判的主要标准，并没有大的出格。当然，随着岁月的流逝、时代的变化，它对"政治正确"方面的认识有些小小的变化。我认为，它根本上的局限是，一年只选一个人，选上的肯定是出色的，但出色的不一定选得上，这道理再简单不过了。我们试以十年或二十年为阶段，看一看，我们只能说，这十个或二十个作家，确实是世界最好的一批，但这十年或二十年中，有另一批最优秀的作家没能获奖，他们就那样"过去"了。这当然是诺贝尔文学奖的遗憾。但旁人、读者、批评家就不必太在意了。

黑　丰：探讨一下翻译问题。您是享誉国内外的翻译家，是默默地穿越在两种甚至多种"内河"的作家中的"作家"（姑且这么说），译著与创作等身，我知道和读过的就不少，如西蒙的《植物园》、昆德拉的《被背叛的遗嘱》、贝克特的《等待戈多》《马龙之死》、纪德的《关于陀思妥耶夫斯基的六次讲座》、米歇尔·德吉的《听说》、阿兰·罗伯·格里耶的《反复》《快照集》《为了一种新小说》等等，并且获得法国政府授予的文学艺术骑士勋章，我个人很敬佩！我知道译作"总是晚于原作"，而且译作总是生生不息的"原作"的延续和它们后世的"潜在永生"。翻译是艰难的，尤其对那些"天书"的翻译，但仍是可译的。那么如何将原作中的"魂灵"成功地移植到译作中去，或者说如何在译作中召唤原作葳蕤森林中的"魂灵"；如何在两种语言相遇中相"融"，"颅缝对接"（杜尔斯·格林拜恩语），不是就事论事，不是生搬硬套，不是简单的交付，不平庸，而是让译作"能听见一个回声以自己的语言回荡在陌生的语言里"（本雅明语）？的确，一个优秀诗人的诗不可译，有难度，具有某种"抗译性"，如何既克服这种诗中的"难度"，又在一种语言中保持了这种"难度"；从一种"深渊"抵达另一种"深渊"，以见证本雅明所谓"从另一种语言中的魔咒中释放出来"的"纯语言"性？

最早，严复关于翻译提出了"信达而外，求其尔雅"（严复：《〈天演论〉译例序》）的理念，即所谓"信达雅"，影响深广，您如何看待这一理念？您认为严格按此理念实施，译作可"信"吗？

是否可以开辟谈翻译、切磋翻译的专栏？

余中先：我只有翻译的实践，没有翻译的理论。有的人谈翻译，专谈理论，但拘泥于理论探索，缺少鲜活的实际例子。有人谈翻译，专谈实践，比如我就是这样。我自己平时只注意细节，不太能把握理论。当然，对我自己的翻译，我有一些经验教训总结，对别人的翻译，因为读得多了，也能看得出优劣良莠。用最简单的话来总结，我认为，文学翻译只要做到两点，大致就可算得上是好的译作了。一是，能忠实地理解外语原文，包括感觉到其语言特色；二是，用通顺的汉语来表达，包括用同样的文体来转达原文中的语言要素。这大概就相当于前人所说的"信达雅"了吧。

在此，我不想多谈翻译体会，因为，脱离了具体的文本，翻译中的有些东西是说不清道不明的。我从来没有在报刊上开过"翻译"之类的栏目，倒是在北京主持过几次文学翻译培训班，用一些法语文学译作的文本，探讨其中的一些技巧，与年轻的学员们共同交流。

总的说来，我认为，翻译没有什么捷径，要认真，要老实，要细心，要敏感，不耻下问，多查词典。要有相当的外语和汉语的基本功。语言水平高了，翻译的水平也提高了。

黑　丰：高莽先生，《世界文学》原主编，他除了这一职业身份外，还有一个"三栖"身份：翻译家、作家、画家。我看您也是，除了主编身份、翻译家身份以外，还写作，是当代作家。除此外，您还有其他栖身的身份和趣味爱好吗？您是如何统一、区分、平衡它们之间的关系的，怎样从中寻求您的"呼吸"，真正趋向一种正常高效的工作的？

余中先：高莽先生是我的榜样，天才，勤奋，为人忠厚，恪守职业道德。我要学一辈子。最近，开作协代表大会，见他虽年已八十有五，依然精神矍铄，思维敏捷，我甚感欣慰。

我近二十年里确实做了不少的翻译工作。这星期有个粉丝跑来见我，背来了我的翻译和写作作品让我签名，我发现竟然有三大旅行袋。我的那几十本译作，主要是在平时抓紧了点滴的时间翻译出来的。出版人陈侗曾经说过，我是"牺牲了每一个晚上和周日"来做翻译的，他的话大致如实。比如，我出差时，总带着要翻译的书，可以在机场、火车上工作。在地铁上，我也可以阅读。早晨起床后上班之前，我还有一个小时工作，无论是看稿子、做翻译，都可以的。

另外一点，我翻译的文学作品中，有不少是新小说，或午夜出版社（法国）的作家的作品，他们可以说是大致上有某种共同点，对文字很讲究。我翻译他们多了，会有一种熟悉感，这有助于我提高工作的效率。

黑 丰：我听说《世界文学》的网络很糟糕。某读者曾在《世界文学》网站上搜索它的历年总目，结果很失望，一无所获。被搜的还有《译林》，说"这两本杂志提供的数据太不准确"、"《世界文学》的内部数据搜索引擎又太烂"（我也查过，确实不好找），这是怎么回事？他还提到"撞到眼睛里的"《世界文学》目录中有错字，出现了"屁德拉""董稀巽"之类的字样。雷蒙·卡弗的名字一会儿写作"雷·卡弗"，一会儿写作"雷·卡佛"，要不就是"雷蒙·卡佛"。这确实令热爱此刊的人心痛。不知《世界文学》关于网站和网络版的建设方面有何新的思路、规划和补救措施？

余中先：确实，我们没有专人做网络。杂志现在属于外文所主管，外文所有一个网络小组，在帮助我们做这方面的工作。社会上有一些人曾跟我们联系，要做《世界文学》的网络工作，但社科院外文所领导坚持由院所统一考虑各家杂志的网络建设。这方面正在做，但估计速度会不紧不慢。对不起读者了。

黑 丰：我的读书或者说我的精神，有时不仅从一种语言开始，也从一种纸的"黄霉素"开始。柔韧而微黄得有些发旧的纸页，反而更有魅力和诱惑。我不知道《世界文学》以前用的什么纸，但很白（苍白），很反光（也脆），看久了眼疲。好像从2010年开始，用纸好多了，看了很欣慰很舒服（现在听说印刷厂也更动了）。其他如封二封三还是精美的外国文学名著插图、美术作品，封面还是作家肖像，页码还是那么多；

320页。在新的一年里,想到过改变一下吗?是否考虑增加内容,增添页码?

另外,《世界文学》国内外订户情况怎样?涨了还是落了?可以向读者简单地介绍一下吗?谢谢!

余中先:2010年以来,杂志的用纸有了改进,同样320页的杂志,放在书架上明显比早先的厚了一些。外表上,《世界文学》从2000年以来一直没有大变,为的是让人从一大堆其他书刊中一眼就能认出来。我们可能有些保守,不太想在外表上多改动。至于印刷厂的变动,那是因为主办单位外文所几家刊物共同的举措,不过,如此一来,看校样、核红的工作倒是比原先更方便了。

国内的订户,近年来一直稳中有落,这与我国国民的阅读尤其是青少年的阅读大致一致。至于国外的订户,原本就少,现在一直也很少,但一些图书馆是订的。

(发表于2012年)

邱华栋

其实,刊物的风格就是主编的风格,这是毫无疑问的。《人民文学》现阶段的主编是李敬泽,他要求我们,刊物在延续《人民文学》沉稳大气的同时,还要有进取和发展。因为文学随着社会现实在不断地变化,这也要求文学刊物一起变化。李敬泽要求我们在约稿和选择稿件上,不要有任何的成见和束缚,只要觉得好,不管是谁写的,只要是用现代汉语写的,都可以拿来看看,感觉好就发。因此,我们就一直保持着尖端的、包容的、开阔的视野,保持了高水准的稿件。同时,还不断地想出文学新的增长点,给予专门的推展。

编辑就是去促成新的文学风景
——《人民文学》副主编邱华栋访谈录

邱华栋　孔鲤

邱华栋：1969年生于新疆，祖籍河南西峡县。十五岁发表作品，十八岁出版小说集，并被免试破格录取到武汉大学中文系。曾任《中华工商时报》文化版主编，《青年文学》主编。现任《人民文学》副主编。

著有长篇小说《夜晚的诺言》《白昼的躁动》《正午的供词》《花儿与黎明》《教授的黄昏》《单筒望远镜》《骑飞鱼的人》《贾奈达之城》《时间的囚徒》《长生》等十二部。另外还创作有中短篇小说二百多篇。共出版有中篇小说集、电影和建筑研究、文学评论集、散文随笔集、游记、诗集等一百多种版本，一千多万字。多部作品被翻译成日、韩、俄、英、德、意、法和越南文出版。

孔　鲤：某大学中文系文学博士。

孔　鲤：您是职业编辑，又是一个多面手型的作家，这次，能否专门谈谈您的编辑生涯？

邱华栋：我的编辑生涯实际上从高中就开始了。当时，我在新疆昌吉州二中读书，是学校里"蓝星"诗社的社长，在语文老师的指导下，我编辑油印了一份《蓝星诗报》，发表的是我们诗社成员的作品。现在我还保留了一份呢，蜡纸刻印的。后来，到武汉大学念书，学校里办有一个铅印的《大学生学刊》，分为文学版、社会科学版和自然科学版，每年各出一期，我是《大学生学刊》编辑委员会的主任，负责出版这个专门发表学生作品和论文的刊物，一共干了三年。你看，我命中注定就是要做编辑了。

孔　鲤：那您大学毕业之后的第一份职业，就是当编辑吗？

邱华栋：不是，我1992年大学毕业后，被分配到了北京市经委下属的一个事业单位：人才开发中心。在那里工作了一年。随后我在《中华英才》也实习了三个月，采写了很多稿件。后来，我发现《中华工商时报》公开招聘记者，我就去考试了，考试题一共两道：第一道是把一则一千字的报道缩写成一百字的消息；而第二道题，则是把一条一百字的消息扩大成一千字的报道。结果我就考上了，于1993年底调到了《中华工商时报》，工作到2004年。一共十一年的时间里，当过新闻记者、副刊编辑等，后来就主要负责副刊和书评版的编辑工作。《中华工商时报》的副刊办得不错，因为我们部门有几个人都是学文学的，发了很多当代名家的散文、杂文和随笔，在社会上的影响也很好。那段生活是我记忆最深刻的生活，因为报社里有才华的人很多，大家都是各个名牌大学毕业的，都有着社会责任感和活力，信奉报纸是社会公器。后来，办报的内外环境发生了很大变化，很多人陆续离开了报社，据统计，我的同事离开了《中华工商时报》后，在别的刊物、报纸、电台、电视台担任社长、总编辑、主编、副主编、台长、总经理等媒体负责人的，有六十多个，可见当时我们报社里聚集了多少人才。

孔　鲤：编辑报纸副刊有什么特点？

邱华栋：20世纪90年代的报纸副刊还没有后来那么的娱乐化，还是现代文学史上的那种文学和文化副刊的一个延续。副刊的文字，当然是要作家写的随笔。我们就约了当代不少的名家写随笔，开设了比较有名的"名人茶馆"栏目，目的就是为了让名作家的文章登出来有反响。另外，我们还开辟了类似现在的微博那样的幽默小文章栏目，在副刊的边缘从上到下，有一溜儿是专门登那样的文章的，比如北京青年报社的大仙写的那些文字，就在我们那里刊登了不少。后来，我还编了几年报纸的书评版面，主要介绍眼下刚刚出版的新书，以财政经济类打头，文化历史文学类新书也介绍了不少，这使我如今都保持着每年都写几十篇书评的习惯。

孔　鲤：我知道您在《中华工商时报》工作这段时间，也出了大量的作品，如长篇小说《正午的供词》等，那编辑记者的经历对您的文学创作有多大影响？

邱华栋：影响很大。《中华工商时报》的内部环境非常宽松，报社的工作也是一个看着很松散，实际上到点儿就要出报纸的工作。白天看新闻，编副刊，晚上回家，我就写小说，从1993年到2004年，我写了不少的文学作品，出版了几十种的长篇、中短篇小说、诗集、散文集单行本，都是在那个阶段。因此，我对新闻素材如何变成小说，很有体会。文学史上当过记者的作家很多，海明威、加西亚·马尔克斯、巴尔加斯·略萨等等，都是记者出身的小说家，也都是我很喜欢的作家。我记得，我们报社有一个副总编知道我写小说，就说，你要是给刘丽英（中纪委前副书记）当秘书就好了，你就能真正了解中国并写出来中国的某种文学了。这是一种很有趣的观点。不过，文学的种类和方式显然比较多元和广大，还有卡尔维诺那样完全飞起来的想象性的文学、和复杂现实无关的文学呢。

孔　鲤：当代作家里面，既当编辑又当作家的似乎比现代文学史上少，而你是一直做编辑的作家，你怎么看待这个问题？

邱华栋：的确，现代文学史上那些作家，比如鲁迅、茅盾、巴金，当大作家和当编辑似乎两不误，但当代作家大部分都不当编辑了，毕竟，当编辑要花很多时间和精力去办一些杂事的，也是为他人作嫁衣。你为别人花的时间多了，你为自己写作留的时间就少了。现代文学史上的作家，他们当时所处的出版环境，是可以做同仁刊物，因此，三五成群就可以做一本杂志。现在，你研究现代文学史，必须去阅读当年的那些杂志,那些杂志大部分当时的发行量都不大。其实,当代作家里做编辑的,还是有很多,阿来原来当过《科幻世界》杂志的主编,苏童曾在《钟山》杂志当编辑,刘恒也编过《北京文学》。我觉得,作家当编辑,毕竟是和文字打交道,是很自然的事情。作家不当编辑,也很自然,因为,他们要有很多时间去写作。

孔　鲤：文学刊物眼下是不是有同仁化的倾向呢？像《收获》杂志,每年的作者总是很少,总是那么几个人。

邱华栋：好像也没有。分成几类吧,一种是各级作家协会和出版社办的文学刊物,这些刊物都是综合的,面向全社会,作者读者都是很驳杂的,不是同仁刊物,虽然有的也就几千份几百份,接近同仁刊物了。据我所知,法国当代的文学刊物有四百多份,也大都是同仁刊物,发行量都不大,大的也就一千多份。

孔　鲤：那很多诗人自己印刷的自费的、没有出版刊号的出版物,是不是同仁刊物？

邱华栋：中国目前出现了两种同仁刊物现象。一种是很多诗人自己印刷那种没有刊号的地下刊物,过去管得死,不让出,认为是非法出版物,现在,几乎每个诗人小群体都出版自己的同仁印刷品,每年几千种,我想肯定有,我就经常收到一些。有的办得很好,大部分则办得很狭窄。同仁刊物一定是一些臭味相投的人聚集在一起,而审美只有多元化才有意思,所以,把很多诗人办的民间杂志放在一起看,就好一些,真的是百花齐放。

孔　鲤：你所说的另外一个类型的"同仁刊物",是不是"以书代刊"的杂志书？

邱华栋：对呀,借助商业出版的力量,我看到了类似现代文学史上那些作家办同仁刊物的一种变种,就是"以书代刊"出丛刊的方式。比如郭敬明、韩寒、张悦然、蔡骏、笛安、安妮宝贝等很多年轻作家，都自己主编了刊物书，或者叫杂志书，《最小说》《独唱团》《鲤》《文艺风赏》《大方》等就是。他们不怎么认同眼下传统文学期刊的统治地位，自己另外起炉灶了。这个势头目前还在发展，而且是必然的，一代人会有一代人的表达方式，包括文学杂志的出版方式。

孔　鲤：从年龄角度上来说，您进入文学领域是很早的，十几岁就出版了小说集，可以说您是那个时代的韩寒、郭敬明，您怎么看待"少年作家"现象？

邱华栋：在20世纪80年代末期，当时的中学和大学校园里，一拨拨地出现了很多校园诗人。当时，我们经常在一些文学报刊上同时发表作品，大家虽然在天南海北，但发出来的作品后面都有作者地址，我们就互相写起信来了。如此说起来，我们就是"信交往"的一代。"信交往"这个戏谑的说法，来自诗人江小鱼一次饭局上的自嘲。那天，正是赵红尘在798工厂创意广场中的香港当代美术馆举办画展"主"的当天晚上，广东诗人冯桢炯设局，宴请了在京的十多个当年的少年诗人、如今从事五花八门职业的朋友，在王府井一家饭店里聚会，场面十分热闹。当年的少年诗人，如今已是中年人，很多人过去都是"信交往"，二十年不曾见面，见面了，却那么亲切，仿佛从来都是一起长大的，从来都不曾陌生。这种感情，只有我们这些校园诗人的内心里才有。

孔　鲤：后来，您为什么从报社来到了《青年文学》杂志社？

邱华栋：当时在报社已经干了十多年了，新鲜感没有了，也疲倦了。刚好《青年文学》的主编李师东升任中国青年出版社副总编了，需要有人接替他来编辑《青年文学》杂志。他这个人也是一个非常好的文学编辑，对文学非常有感觉，人也很好，他主编《青年文学》多年，发现和推动了很多作家的成长，也包括我。他找到了我，说想调我去《青年文学》当主编。我就过去了，一共干了四年的时间。

孔　鲤：主编《青年文学》四年，有什么感受和体会？

邱华栋：李师东放手让我去干，他很信任我。从2004年到2008年这四年的时间，亲自主持一本文学刊物，我才知道了文学刊物生存之艰难。像《青年文学》，邮局的发行量一万多份，自办发行也有一万多份，养活不了杂志社的人。出版社是一个经济单位，虽然当时还是事业编制，但是经济指标和要求是你必须不要亏损，不要成为出版社的累赘和后进。于是，那四年时间里，我这个主编除了编稿子，很大的精力都放在了搞活动拉钱上，真的也锻炼了我的能力。刊物是要经营的，每个季度，都会有一张财务报表出现在我的桌子上，这对我构成了很大的压力。我主要的工作是逐年降低亏损，到我后来调走的时候，刊物基本不亏损了。另外，《青年文学》是面向青年的，青年人写，写青年人，青年人读，这是这家有三十年历史的文学杂志的宗旨。它有个栏目就是"封面作家"，四年的时间里，我们继续沿着刊物过去推举青年作家的风格来进行，推举了大量的青年作家和作品出来。在稿子的质量上，我基本保持了前任主编的风格和水准。

孔　鲤：你们当时还办了一个下半月版，情况怎么样？

邱华栋：当时，《青年文学》还办了一个下半月版，目的是为了发表方兴未艾的"80后"作家群体的作品。我们把熟悉这个群体的作家、编辑唐朝晖调过来，专门负责下半月版，使刊物一直保持了青年的朝气。但是，由于社会环境的大势对文学是不利的，因此，刊物也没有真正在市场上表现出佳绩。现在，拿着四年的七八册合订本，我是觉得沉甸甸的，那都是我一个字一个字地看过来的啊。我至今还保留了《中华工商时报》我编辑过的副刊的样本，每年一卷，大概有七八卷。我还保留了《青年文学》四年的合订本，以及最近三年《人民文学》杂志的合订本。因为，这里面都有我的生命、我的每一天和我的心血啊。

孔　鲤：2008年，您调到了《人民文学》，您觉得《人民文学》和《青年文学》有什么样的差别？

邱华栋：《人民文学》是一本有着六十多年历史的和中华人民共和国同龄的文学杂志，可以说是中国最具权威的文学杂志之一。2008年夏天，李敬泽当了主编之后，就希望调我过去工作。因为《人民文学》杂志的行政级别高，我过来只能当编辑部主任。我欣然同意了。主要是热爱文学的人能聚集在一起，在《人民文学》这个有着和共和国同年龄的"国刊"工作，平台要更高，对我的才华施展上也有更多的空间。我就于2008年9月调到了人民文学杂志社，负责编辑部的工作。我过来才发现，人民文学杂志社的编辑部主任是上传下达的最主要的枢纽，每个月都要把稿子组织好，同时，还要安排整个杂志稿件校对的过程，因此非常忙碌。和《青年文学》主要发表四十岁以下作家作品不一样，《人民文学》杂志要发表任何年龄的作家作品，而且要最好的。

孔　鲤：在人民文学杂志社工作三年多了，你有什么样的体会？

邱华栋：体会自然很深刻。首先，就是这本杂志的历史很久，是国家最好的文学刊物，为它工作，我有一份荣誉感在里面，是不敢懈怠的。还有，就是国内最好作家的最好作品，我们都努力地去抓，并且把这些中国当代文学最高水准的作品给呈现出来，这是这本杂志的特点。最后，杂志社的同事都是热爱文学的、很有眼光和能力的人，这样一个团队团结在李敬泽麾下，大家干劲儿十足。所以，几乎每个月我们都要开会讨论每个省的作家，都在写什么，进度怎么样了，都要了解到。还有最近又出现了什么样的苗子了，哪些会成为未来的大家的，我们要力推等等，都要详细地分析，抓紧跟进。可以说，在《人民文学》工作，每一天都会感觉到当代文学正在你的眼前形成新的历史。

孔　鲤：我们可以明显地感觉到最近几年《人民文学》杂志变化比较大，无论是容量还是作品质量，都变化了，您能谈谈吗？

邱华栋：这当然和主编的总体设计有关。最近三年，刊物由160个页码变成了208页，容量的确增大了，这是为了能够发表长篇小说。过去，《人民文学》基本上不发长篇小说。但只有把好的长篇小说抓住，再发挥我们中短篇小说的强势，刊物的影响力才能保持住。目前看，我们每年发表五六部当代作家的优秀长篇小说，的确在发行上、社会影响力上保持了增长的势头，三年来刊物的发行量增加了两万多份。刊物在文学界获得的好评也很多。

孔　鲤：我过去不大看《人民文学》，现在，先看的是你们杂志，就是因为你们发表的作品，每期都有特别好的、无法忽视的作品。而且，你们的视野宽阔，取稿的范围很广，的确让人耳目一新。

邱华栋：其实，刊物的风格就是主编的风格，这是毫无疑问的。《人民文学》现阶段的主编是李敬泽，他要求我们，刊物在延续《人民文学》沉稳大气的同时，还要有进取和发展。因为文学随着社会现实在不断地变化，这也要求文学刊物一起变化。李敬泽要求我们在约稿和选择稿件上，不要有任何的成见和束缚，只要觉得好，不管是谁写的，只要是用现代汉语写的，都可以拿来看看，感觉好就发。因此，我们就一直保持着尖端的、包容的、开阔的视野，保持了高水准的稿件。同时，还不断地想出文学新的增长点，给予专门的推展。

孔　鲤：有的专家提出，中国文学版图是"三分天下"的，传统文学、市场文学和网络文学。您作为《人民文学》编辑怎样来看待这个问题？

邱华栋：我不大喜欢这种分法。我觉得网络文学的品质低下，从品质上根本占不到三分之一，产量大，但质量低得你几乎可以忽略不计。

孔　鲤：人民文学杂志社最近几年举措不断，比如推出了"非虚构"的栏目，在社会上引起了很大的反响，这方面的情况请你谈谈吧。

邱华栋：非虚构文学的提法，主要诞生在20世纪60年代的美国，是因为美国作家痛感无法将丰富无比的社会现实以小说的形式完全地表现出来，或者在用虚构的文学表现的时候，缺乏更为深广和尖锐的力度，因此，非虚构文学就大行其道了。代表作有杜鲁门·卡波蒂的《残杀》、诺曼·梅勒的《白种黑人》和《夜幕下的大军》、汤姆·伍尔夫的《名利场大火》等作品，这些作品都是以美国的真人真事作为描写对象，广泛调动了文学包括小说在内的各种写作技巧，使非虚构文学充满了文学的表现力和张力，在表现美国社会急速变化过程中那些社会事件方面，具有独特的优势。

我们改革开放这三十多年，中国社会的变化也是无比巨大的，每天发生的社会新闻有时候甚至超越了作家的想象力，因此，非虚构文学有着旺盛生长的环境和强大的动力。我想，非虚构文学，首先就是来自大地和生活中的，传达的经验是活生生的，要有人气和地气，要很具体，都是发生在历史和现实中的真实的事情的文学表述。

我所就职的人民文学杂志社在两年的时间里，在非虚构栏目里发表了自传、历史重述、田野调查、当代社会写真等多种文体的非虚构作品，目的就是引领更多的优秀作家投身到非虚构写作当中，去最大可能地表现复杂、生动、多变的当代生活。由于《人民文学》最近两年的大力倡导，"非虚构文学"表现出一种别样的形态，发表了一些引起广泛影响的作品，比如《梁庄》《南方：打工词典》和《中国，少了一味药》。

可"非虚构"到底是什么？作为编辑，我也说不清，但是收到的稿子，哪些不是非虚构，我却马上就看出来了。带报告文学腔的，一定不是我们要的非虚构。为什么报告文学丧失了原先的魅力？是因为有些报告文学成了金钱和权力的吹鼓手和工具，因此丧失了非虚构文学的无限接近事实的独特品性和批判性。而我们倡导的，就是要恢复非虚构文学的生机、生动和表现内容的广阔与真实。

孔　鲤： 你们去年在"诗歌"栏目里推出了一个"新乐府"小辑，把能唱的民谣当作诗歌来发，也引起了很大关注，这是为什么？

邱华栋：《人民文学》杂志很重视诗歌，所发表的诗歌质量都很高。前任主编韩作荣就是一个著名诗人，他曾经一次发过昌耀的几十首诗，气魄很大。因此，我们在诗歌作品的发表上，延续了韩老师的办刊传统，特别注重诗歌的质量。"新乐府"这个点子，是因为我们发现，眼下很多民间的摇滚和民谣歌手很多都是诗人出身，他们写的是能唱的诗。那么，古代中国的诗歌不都是可以唱的吗？我们特地组织了这样的一组稿件，李主编特地起了一个名字"新乐府"，结果，发表出来就引起了文坛的很多关注。

孔　鲤：2011年3月你们进行了"娇子·未来大家"TOP20的"选秀"活动，推出来未来"大家"二十强，这是不是可以认为是传统杂志去迎合市场的一种行为？

邱华栋：我们刊物要获得影响，必须在抓好稿件的同时，搞一些活动。我们每年有多项的评奖，比如，每年我们有"茅台杯"人民文学奖的评比，我们还有其他的几个中短篇小说、诗歌、散文等专项奖评比，加上一些采风活动，杂志社几乎每个月都有活动。因为刊物不搞活动，影响力就会小。我们现在的稿费也提升了，每年各个奖项的奖金也有不少，加起来少说有一两百万，都是发给作家们的。因此，搞活动是必须的。像今年三月份的"娇子·未来大家"TOP20的"选秀"活动，推出来二十个未来"大家"，目的就是为了团结更多的青年作家。因为，文学的未来，一定在青年作家身上。

孔　鲤：你们还推出了一个英语版，在社会上也引起了广泛的关注，这英语版是怎么运作的呢？

邱华栋：《人民文学》英语版《路灯》的问世，可以说切合了中国文学走出去战略的迫切需要。我们办这份刊物的出发点，就是为了推进实施中国文化、中国文学"走出去"战略，扩大中国文学在西方特别是在英语世界的影响，为世界提供了解中国当代文学的窗口，因此其意义重大。2011年11月18日，经过两个多月的紧张筹备和编辑印刷，印制精美的第一期试刊号出版了，得到了各个方面的赞扬。作家协会的领导都给予了肯定，认为刊物办得大气、精美，外文出版社的专家也给予了质量上的认定和好评。

人民文学杂志社还召开了试刊研讨会，与会的英国、意大利、美国、德国、法国等各个国家的驻华使馆文化官员、秘书、翻译等，对这份刊物赞不绝口，同时也提出了很多建设性的意见，为刊物以后的发展献计献策。目前，为配合4月的英国伦敦书展而编辑的第2期也出版了。目前，我们的翻译队伍都是世界上对中国当代文学有兴趣的、翻译水平最高的中青年专家，大都是英美人士。他们的母语是英语，因此在翻译质量上，保持着较高水准，值得信赖。

孔　鲤：在人民文学杂志社工作，给您的文学创作提供了什么样的视野？

邱华栋：就是视野是开阔的，不狭窄。比如，我们刊物今年的第4期，一次性推出了科幻小说家刘慈欣的科幻小说四篇，引起了新闻界的注意。我们也发好的、文学性强的、能读的话剧剧本和电影剧本，也发各类的难以归类的文章。过去，《人民文学》连相声本子也发过。所以我们的办刊方针就是宽阔地容纳汉语文学的精品创造。

至于我自己，要求自己尽量少写那些没有突破自己的作品。2010年，我出版了三卷本阅读笔记《静夜高颂》，是谈20世纪世界文学的。今年，发表和出版了一部讲述丘处机面见成吉思汗的长篇历史小说《长生》。老实说，因为太忙了，杂志社的事情太多了，我写作的时间明显减少，主要是看稿子，看书，有时间了，再挤时间写。做编辑，真的是给别人做事情，给作家做事情，需要有点儿牺牲精神。有时候想想，我这是在当代文学精品生产的现场啊，我每天看到的，就是正在形成的文学风景，这是多么美妙的一件事。因此，当编辑，我获得的快乐也和写作一样多，因为，编辑就是在促成新的文学风景！

（发表于2012年）

程永新

　　文学是人类的精神家园,至少今天看来,文学不会消亡;其次,我们只要稍稍留意的话,就会发现文学其实像水一样,向社会的各个层面渗透,所谓润物细无声,悄悄地、无形地在影响这个社会。

　　文学需要提振元气走出困境,文学正面临一次重新整合的机遇。网络、类型小说、民间传说、手机信息都可能成为文学整合的对象,未来的文学需要更加开放、多元、包容,也许还带有中国式的后现代的特征。最为重要的是需要强调创新精神、原创精神,强调想象力和幻想性,一种我称之为幻想性的写作,是新世纪文学的希望。

我与文学有个约会
——《收获》主编程永新访谈录

程永新 走走

> 程永新：笔名，里程，男，出生于上海，毕业于复旦大学中文系，著有长篇小说《穿旗袍的姨妈》《气味》，中短篇小说集《到处都在下雪》、学术随笔集《一个人的文学史》等作品。中国作家协会会员。《收获》杂志主编。
>
> 走走：知名作家，著有《想往火里跳》《黄色评论家》《棚户区》《崭新》《非写不可》等多部作品。

走　走：有人说，《收获》是"中国当代文学史的简写本"，您自己著有《一个人的文学史》，在圈内影响很大。我想知道，您在一个杂志社一干二十多年，一路走来，有不少感触吧？

程永新：我是职业编辑、业余作家。虽说20世纪80年代初就开始写作，大学时代还得过奖，但因为缺乏意志力，生性浮躁贪玩，终究把岁月白白蹉跎掉了。干文学编辑工作，更多的是在幕后，伏案阅读，更多的是和作家的交流，一种神交。有了网络之后，这种交往更加频繁。

新时期伊始，我恰好大学毕业，分配到了收获杂志社工作。那时候社会刚刚开放，文学担当了各阶层的普遍诉求，有各种各样的声音和希冀。那时候的文学杂志非常之多，每个省、市、地区，即便是一个小县城都有文学杂志。

电影导演冯小刚写过一本书叫《我把青春献给你》，而我呢，把青春献给了一本文学杂志。想起来不免有些怅然，二十多年，弹指一挥间，蓦然回首，我把青春弄丢了。在文学越来越边缘化的趋势下，有时候常常会怀疑年轻时的选择：你是否值得把所有的青春年华都献给一本文学杂志。

走　走：幸好您只是怀疑，要不然，中国文坛就会少掉一个优秀编辑家了。《收获》到底什么地方吸引您为人做嫁衣，一直做到今天？

程永新：我觉得《收获》经过了那么长的时间，经过几代人的努力和经营，它变成了一个文化品牌。西方人认为：三代才能培养出一个贵族。创建一个民族品牌或精神标高，需经几代人的努力。一本文学杂志，从某种角度讲，就是它的掌门人的精神品格、精神气息和艺术趣味的体现。当然，一个品牌的建立，除了掌门人和一个集体，还离不开读者和作家的支持。

走　走：说到《收获》的掌门人，就一定要说说巴金先生了。

程永新：一直到今天，我都可以毫不夸张地说，巴金先生始终是《收获》这本文学杂志的灵魂。

记得我大学毕业刚到《收获》，老巴金已经不管杂志社具体工作，那时他已是国家领导人（政协副主席），他同时兼着许多职务，包括像《上海文学》的主编。可是到后来，他把其他的兼职全辞掉了，《收获》的主编始终兼着。

记得每年秋高气爽的时节，11月的下旬，杂志社就会忙碌起来，去订蛋糕、买鲜花，每年的这个时候要给主编过生日，这是雷打不动的一件事情。

走　走：您还记得当年第一次见到巴老时的情景吗？

程永新：第一次去见老巴金，可以说是诚惶诚恐，一个像传说中的人物突然出现在面前，我是惊慌失措。那年我二十多岁，老巴金已是七十多岁的高龄，但我强烈感觉到，老人非常的单纯，他的目光清澈，无限善良，家人时不时地给他拉拉衣服，捋捋头发。那一瞬间我马上想到这样一句话：老年跟童年虽说是人生的两极，但很相似。老巴金话语很少，家人问他：这位你认识吧？他点点头。家人说：那是新来的年轻编辑，他也点点头。

老巴金就是这样一位非常朴实非常慈祥的老人。但他的身上，却蕴涵着一种巨大的精神力量，一种伟大的人格魅力。我今天这样概括和总结，内心觉得特别的踏实。当初的时候不太意识到他给你的精神支撑，经历了很多事情，你才会一点点去感悟、去理解、去体味老巴金身上的这么一种精神与人格的魅力。

走　走：看过一些访谈，说是巴老为人低调，办刊却很有胆量，别的期刊不敢发的作品，《收获》就敢发。这是不是也是一种精神上的支撑？

程永新：记得当初张贤亮写了一篇小说叫《男人的一半是女人》，基本上以他个人独特的经历为素材，讲述一个右派下放到农村，在那里接受改造，残酷的生活使他丧失了人的基本生存能力，包括性功能。后来他跟一个农家妇女马樱花交往，女主人公拯救了他的生存信念，男主人公恢复了性功能。

这样一篇小说，在今天看来没有什么大不了的。但在当时，小说发表之后，一批女作家都提出批评意见，有各种各样的声音反馈到编辑部。这些声音对作者是压力，对我们来说也是压力。

至今我都不敢确定，当初冰心老太太她有没有看过这篇小说，我所知道的是，她给老巴金打了电话，她的原意大概是：老弟，你该管管《收获》了。接到冰心大姐的电话，老巴金很认真地读了这篇小说，读完以后他有一个比较简短的讲话，家人把它记录在一张小纸条上。前几天我看到了这张小纸条，我想说，我还是感到比较震惊。

老巴金说这是一部严肃的小说,不是为了迎合市场的需要。他说最后的一笔写得有点"黄",这个"黄"是打引号的,但是写得确实好。我转述的仅仅是大意。

后来,巴金的女儿李小林来编辑部,她说爸爸看了《男人的一半是女人》,觉得没什么问题。当时她这么一说,我们心中的一块石头落地了。

在当时那个年代,那样一种气氛下面,老巴金讲上述那一段话是非常了不起的。因为他在肯定一部文学作品的艺术创造功能、一个作家艺术创造的自由,他肯定了作家对人性挖掘这样一种权利。这不单是对一部小说而言,深层次的意义在于,老巴金为中国作家今后的文学创作拓宽了道路,打开了天地。

走　走:您是怎样和《收获》结缘的?

程永新:上大学前,我在农村工作过两三年,下乡期间,在遥远的海边我和《收获》不期而遇,但当时不认识它,不知道它的名字,因为没有封面。一个农场就这么一本杂志,传阅来传阅去。我读到的那期杂志上刊登了这样一些赫赫有名的小说:《爱的权利》《大墙下的红玉兰》《铺花的歧路》……

大学实习期,第一次走进杂志社,有一种非常神圣非常神秘的感觉。那时候主持这本杂志工作的是老萧岱。萧岱先生是20世纪三四十年代的一位老诗人。我走进《收获》办公室的那个早晨阳光灿烂,背靠落地钢窗的一张大办公桌前,坐着一个满头白发、大腹便便的老头,那就是萧岱先生。周围小一点的办公桌前坐着几位老编辑。我看到其中一位用毛笔在厚厚一沓文稿上涂涂改改,当时就想这几位老先生到大学里绝对都是博导。要知道那厚厚的文稿是什么呀,那是作家的手稿,能在作家手稿上随意涂抹的不是博导又是什么?

我们这代人很不幸,"文革"时期上学,传统文化的教育很欠缺,大多数人毛笔字都不会写,看到老先生用毛笔在那里改稿写信,真是非常惊讶、崇敬。编辑部也就三四个人，有一位比较年轻的，那就是李小林老师，她是一个星期来一次，平时在家。她家常有各界人士登门拜访。她要照顾老巴金，要整理老巴金的文稿。

我去《收获》实习的时候，老萧岱已年届七十。不久，我就发觉他有很严厉的一面，生气了他会骂人，不依不饶地骂，带着挖苦带着嘲笑。那些老编辑都很怕他，背地里偷偷叫他"老头"。但在记忆中，从我到杂志社直到老萧岱退休，他从没骂过我，甚至从未和我红过脸。不是说我有多么优秀，他是在袒护年轻，他对青年人有一种慈父般的宽容。

走　走：我看过一篇文章，大意是《收获》复刊后，老萧岱为新《收获》走出一条日渐开阔的坦途做出了很大的贡献。

程永新：20世纪80年代后期，作家贾平凹写了一部长篇小说叫《浮躁》，试图表现那个时代乡村与城市的剧烈变化，以及在这种变化下人的生存境况。这部小说我们杂志发表之后，招致很多批评。当时上海市主管领导在万体馆全市党员干部会上，点了《浮躁》的名，这是比较严重的一件事情。老萧岱开完会回来，立即召开编辑部紧急会议，传达市领导的意见。大家很紧张，看得出老萧岱的心情非常沉重，他最后表态，万一有什么问题的话，由他一个人来承担，跟杂志社其他人没有关系。杂志社的工作流程是每篇小说都有责任编辑，老萧岱一下把所有的责任全揽下来，下面的编辑就会比较轻松。但是我觉得，当时大家的心情因为他的这一番话变得更加沉重。

后来围绕这部小说召开了一次座谈会，据说很多老作家，比如茹志鹃、柯灵等人，都出来发言维护《浮躁》。市领导都发话了，这些老作家照样说他们想说的话，这就是时代的进步。上海市作协开会的意见综合起来，反馈到上面，收获杂志社没有收到任何处理意见，平安过了关。

还有一件事令我印象深刻。当时有一个退位的领导，他写了长征题材的一部长篇小说，转到我们杂志社来，大家看了，艺术上不敢恭维。当时那个前领导虽说退下来，但非常霸道，电话打到编辑部来了。我印象非常深，那天我看到老萧岱弓着背，接电话的时候是非常的谦卑，不停地听他在说"是、是"。对方骂他的声音很响。放下电话，他掏出手帕擦拭额上的汗，眼睛里透露出一股狡黠的神情，他说：骂就骂了，反正小说我们不用。

在老萧岱谦卑的态度下面，藏着的是他的坚定，他有他的底线，底线是不能越过的。他是老一代知识分子的代表，他们身上有一种骨气，有一种人格力量。

走　走：那接下来任《收获》主编的就是巴金的女儿李小林老师吧。

程永新：对，老萧岱退了之后，李小林成了《收获》的实际掌门人。新时期大量有影响的在《收获》上发表的作品，都是李小林约来的稿子。我经常看到李小林拿着稿子和作家们讨论，她的嗓音嘹亮，别人快速记录她的意见，那一瞬间，我想到他们讨论的文稿以后就要变成铅字在杂志上发表出来，就要被成千上万人传阅，心里陡然升起一种神圣感。我终于明白，一部小说就是这样出笼的。

李小林和作家们谈得最多、给我印象最深的是关于小说中的人物，以及人物的行为逻辑。这其实是最最基本的东西。说简单很简单，说难是非常的难。举个例子，像《亮剑》这样热播的电视剧，它有什么？就是一个人物写得好，人物的形象非常鲜明，这个人物的行为逻辑符合他的个性，那么这个作品就站住了。无论是文学作品也好影视作品也好，都是这样，所以这是基本功，是最基本的东西。

走　走：巴老说过，一个优秀的编辑不在于发表名家的作品，而在于是否善于发现新的作家。作为著名的文学编辑家，您和作家的"共谋""共生"关系应该是非常深厚的吧？

程永新：是的，一本好的文学杂志是一个民族的精神标高，是一个时代的记录，当然，它首先应该是作家的摇篮。20世纪80年代初期，我的大学同学黄小初向我推荐了苏童，为了引起我的重视，他大胆预测此人日后会大红大紫。不久，苏童寄了一篇短篇小说《青石与河流》给我。从此，我们开始了二十多年的交往，我们从青年一直交往到了中年。不出意外的话，这种友情还会往前延伸。这是因为苏童的宽厚，因为苏童的重情重义。

走　走：以前我就和您探讨过是否"文如其人"的问题。学术界倒是有这句话：做人，做事，做学问。听您描述苏童，我觉得您对作家似乎有内在儒家理想的要求？

程永新：现在我们对传统文化的很多理念进行反思，有很多东西需要进行梳理，但是我觉得，在全球化、商业化背景下的今天，老祖宗的很多东西需要继承和发扬。就拿这个重情重义来说，在我看来，是做人起码的伦理，其实它决定了一个人的方方面面，决定了一个人的本质。

苏童给我印象特别深的，是他面对大红大紫时的那种态度。上帝并不眷顾每一个人，当他突然眷顾谁的时候，谁都会有张皇失措的时候。

记得电影《大红灯笼高高挂》刚刚上映、苏童的书大卖特卖的时候，台湾有一个远流出版社，来了一群人要出苏童的书。我把苏童从南京请到上海，饭桌上，那些台湾的同行对苏童是赞赏有加，一群优雅的女编辑全是苏童的粉丝，桌上好菜不吃好话说尽。苏童俨然是大将风度，一副宠辱不惊的样子。好话当然愿意听，有人表扬总是好事，但是我说的是苏童表现得非常得体，一点没有失态。

我讲他没有失态不仅指场面上，更指的是内心。有些作家稍有了点名气，得到一点老百姓或国家赐予的好处就沾沾自喜，就把尾巴翘起来。

走　走：不过再好的作家，都会有走下坡路的时候吧。

程永新：浪潮不会永久悬在半空中，它也有渐渐往下落的时候，一个作家也不可能一生中都在写辉煌的作品，他也有低潮期。像我们的人生，不可能永远在高处，也不可能永远走背运。

有一次苏童喝得有些微醺，对我说，他就是希望到年老的时候，与一摞自己写的书为伴，这就是古人所谓的著作等身啊。

苏童有大悟性，其实他的很多话都很精彩。比如说他写过一篇文章叫《寻找那根灯绳》，我觉得此文没收到中学语文课本里去是可惜了。他说写作就像在一个黑屋子里面寻觅，你在寻找那根灯绳，哪一天能够摸索到那根绳子，把它往下拉，那骤亮的灯就会照亮你的写作，照亮你的生命。当时读到那段文字，感觉这好像不是苏童说的，这是上帝借着他的嘴在说话。

走　走：李洱曾经说过"没有程永新，1985年以后的中国文学就会是另外一副模样"，我记得他和你的交情也很深？

程永新：对，应该说，李洱也是从《收获》走出去，走向文坛的。李洱是20世纪60年代生人，苏童成名于80年代，李洱成名于90年代。最近《南方周末》做了一大版报道，德国总理默克尔去年来中国，要求中方安排和李洱见面，那个时候正好他母亲生病，他回河南老家去了；今年奥运会之后，默克尔又来了，她和温家宝总理见面的时候，送给温总理的礼物是一本德文版的书《石榴树上结樱桃》，这本书就是李洱写的，发表在我们杂志上的时候叫《龙凤呈祥》。

这部小说涉及两大问题，一个是农村民选，另外一个就是计划生育。德国人可能对这两个问题比较关注，所以这本书翻译成德语后在德国的一个图书节上比较走红，后来在德国卖了一万多册。一个中国年轻作家的小说在欧洲卖一万多册，这是一件很了不起的事情。后来默克尔和李洱终于见了面。

李洱当初做学生的时候，我经常去华东师大。那时候因为有格非在，华东师大变成了文学的圣地。格非留校做老师，他有一间教工宿舍，来来往往的作家都会在那里小憩、停留。那时候格非身边有几个学生，其中就有还在当学生的李洱，当时他的名字叫李龙飞。

龙飞同学不怎么说话，大家聊文学的时候，他偶尔会插话。开始的时候我们不太注意，但是时间长了发觉龙飞同学的文学素养不低，他喜欢的作家和作品都很有品位。后来他毕业了，去了河南，他寄了一篇小说给我，写的是一个大学的教授，因为不堪生活的重负最后自杀了，题目叫《导师死了》。文字诙谐，笔调夸张，读得人喷饭。这个小说来来回回修改，当最后一稿改出来的时候，我有一种预感：一个好作家诞生了。李龙飞从此变成了李洱。

好作家的诞生也是各不相同。苏童的第一篇小说就那么成熟，你几乎不用改一个字。当然我不太知道苏童最初操练的情形。李洱的情况不同。《导师死了》发表以后，有很多评论文章。之后，李洱再给我的小说你就再也提不出什么意见了。这很奇怪，难道通过一篇小说的修改，他领悟了叙事学的所有技巧？也许这么说有一点夸张。李洱后面的小说一篇比一篇出色，只有悟到真谛的小说家，才会出现这样的情况。李洱变成了60年代出生的一个非常重要的作家。他非常的谦虚，有了知名度，他的小说不断被一些导演买去，但是他从不张扬，也非常低调。在我看来，李洱的写作始终有一种知识分子的思考在里面，是当下真正的精英写作的代表。他又是作家中为数不多的具有幽默感的人。

走　走：一方面，杂志成就了作家，但另一方面，作家也在成就着杂志吧？

程永新：优秀作家和文学杂志，还有文学批评，还有读者，一起推动文学向前发展，左右文学的盛衰，决定文学成就的高度。优秀的作家依托文学杂志这块平台施展才华，在这片土壤上春耕秋收，成就梦想，同时，优秀作家的优秀作品也养育了文学杂志，它们是文学杂志的乳汁。

这次贾平凹写的《秦腔》得了茅盾文学奖，茅奖给他的评语我觉得写得非常的贴切。《秦腔》是贾平凹写故乡的人与事，但他的叙事却是非常现代的。《秦腔》讲一个什么故事，你很难概括。因为小说没有故事，它的叙事是通过细节、通过情感叙事来推进的。批评家谢有顺说《秦腔》是用汤汤水水的日常生活细节来推进小说的。

我们都知道平凹的书法写得非常好。他的书法在十年里达到了一个新的境界。求一个贾先生的字是有价格的，西安人都知道拿着贾先生的字会升值。你去西安的话，会经常看到茶楼啊宾馆啊，都有平凹的题字。平凹有非常深厚的传统文化积淀，还非常善于向民间文化学习，像海绵一样吸纳民间文化中的养料。

如果有谁因此而得出贾平凹就是土得掉渣的作家，那就大错特错了，他的身上有着非常超前的意识。在长篇小说《高老庄》里，他写到了汉人为什么变矮，这是关于人种学的，又写到了飞碟，这是现代科技研究的热点；在《土门》里，他关注的是城市和农村的关系，农村被城市一点一点地吞噬，他讲的是生态环境问题；在《怀念狼》里，他探讨人和自然的关系以及人性的异化。

走　走：作家、作品、杂志，都是有其内在命运的吧。我记得格非的代表作《迷舟》，曾经被作为通俗小说退稿，却在《收获》上刊发了，结果他也因此成了您二十来年的朋友。

程永新：前面我说到过格非在华东师大的时候，他那儿就像是一个文学的会所，来来往往，无异于作家的停泊地、中转站，说雅一点，也可以叫作精神的港湾。像马原、余华、苏童、北村、李洱、宋琳等等，这串名字还可长长地列下去，都曾是华东师大后门一条小饮食街上的常客。大学晚上校门关得早，聊天聊得饿了，就只能翻过华东师大的大铁门去消夜。在我记忆中，马原人高马大却身手不凡，翻越大铁门时轻捷如猿，一点不输给精瘦精瘦的李洱。华东师大后门的那扇大铁门，应该陈列进现代文学馆，因为当年在大铁门上翻来翻去的，竟然是中国当代的一批实力派作家。

20世纪80年代到90年代，恰好是文学的繁荣期，格非生逢其时，他的作品《迷舟》《青黄》一度成为先锋文学的代表作。格非写作《迷舟》的时候，正是马尔克斯风靡中国之时，是吴洪森把《迷舟》拿给我看的，他对格非是推崇备至。那时我还没见过格非，读完小说我对吴洪森说，希望叙事语言不要太有拉美味。格非很快进行了修改，我再度看到的《迷舟》就是一篇非常出色的小说。

格非少年白头。我有一次开玩笑说，你这一头沧桑，该不是为中国文学的前途思考出来的吧？他确实属于中国作家当中思考比较宏观的一个。如果用一个词来概括20世纪的格非，我会想到"焦虑"，为写作焦虑，为现实焦虑，为历史焦虑；如果用一个词来概括新世纪后的格非，我想到的词是"淡定"，淡定的目光、淡定的语气、淡定的神情。

格非老师的《人面桃花》获得了华语文学传媒大奖的年度杰出成就奖，他和作家韩少功、李洱一样，是知识分子写作的代表。他笔下的乡村和城市、历史和现实，都带有一种非常宏大的思考。他的写作是深思熟虑的。他不轻易出手，最近的三部曲是他多年思考的结晶。第一部《人面桃花》，第二部是《山河入梦》，现在正在写的是第三部长篇小说。他也是我有所期待的一位作家，以后他要写出什么轰动的作品，我一点都不会奇怪。

走 走： 我突然想起来，您曾经说过，王朔、北村、迟子建的很多优秀作品都被严重地低估了。前面两位您都讲了，是不是该轮到迟子建老师了？

程永新： 迟子建成名很早，她二十多岁的时候，文坛都知道东北有个才女。20世纪90年代我去哈尔滨，她请我在中央大街的一个西餐馆吃饭，吃完饭去她家喝茶，书架上全是书，写字桌上堆着一大堆稿子，写作的艰辛和清寒一览无余。

写作是人生的长跑。对作家来说，除了才华，考验的就是意志。一个本身素质和修养都非常好、准备充分的作家，也许一时处于低迷的状态，但是一旦熬过去，很可能他又会重新进入状态，迎来创作的新高峰。

迟子建的《额尔古纳河右岸》，写的是东北少数民族一个女萨满的一生。萨满是为别人除病祛灾的巫师，可干这行当会伤及她的身体，伤及她的亲人，最后她的亲人一个个死去，她变成一个孤独的老人。作家用早晨、中午、傍晚三个时辰来象征人的一生，整个长篇小说把女萨满一生的境况全部写出来，这是一部令人震动、忧伤又充满诗意的小说。

前些年我还不是华语传媒奖的评委，马原先生是，那届评奖投票前夕，他深夜打电话给我，想听听我对东西的《后悔录》和《额尔古纳河右岸》的意见，这两部小说最后入围竞夺年度奖。我谈了我的看法，大意是说迟子建的小说比较典雅，东西的小说可能比较叫座。

后来是东西得了，迟子建没得奖。结果公布后不久，我在修改长篇，手头放着几本外国小说。我喜欢写东西的时候随意翻阅，但很奇怪，当时最想翻阅的居然是《额尔古纳河右岸》。我忽然有一种感觉，我觉得迟子建的这部作品也许更带有经典性。我很冲动地给《当代作家评论》的主编林建法发电子邮件，为我当初对这部小说的意见感到内疚。

我在一段时间里反复强调：《额尔古纳河右岸》是一部幻想性叙事的代表作品，今天我们太缺乏《额尔古纳河右岸》这样具有审美理想的作品。迟子建得了茅盾文学奖，我非常高兴。我给她发了短信向她表示祝贺，并表达了这样一层意思：虽说这些年文学整体的状况令人担忧，但你的写作却又进入了一个上升期。

走　走：您对进入20世纪90年代后的中国文坛一直是抱着比较乐观的态度，但不可否认的是，即使作家们并没有失去文学创造力，但如今对文学关心热爱的风气远不如20世纪80年代的鼎盛辉煌吧？

程永新：新世纪后，相对来说文学是进入比较困难的时期。为什么这样说呢？一些实力派作家的代表作都呈现在世人面前，要超越前面的作品有一定的难度。另一方面，年轻的一代，80后、90后，或者更年轻的写作者，他们完全不认可传统的文学价值标准，断裂和代沟非常深。这种状况还要延续下去。与此同时，文学边缘化的速度正在加剧。

走　走：那么，今天我们为什么还要文学？

程永新：我想，首先文学是人类的精神家园，至少今天看来，文学不会消亡；其次，我们只要稍稍留意的话，就会发现文学其实像水一样，向社会的各个层面渗透，所谓润物细无声，悄悄地、无形地在影响这个社会。第五代导演的电影，是被文学驮着走出国门的，而这些年，电影的水准在下降，电视剧却进步神速，出现了一批优秀的雅俗共赏的好作品。电视剧繁荣也许有很多原因，但其中之一肯定是，大量文学人才加入了编剧的行列，大批优秀的小说被改编成电视剧。像邹静之原先是写诗的，写《雍正皇帝》的朱苏进，原来就是小说家。还有一大批人，东西、万方、须兰、张欣等，由于他们的参与，由于嫁接、移植了文学的成果，使得电视剧的水平迅速提高。

所以我们有理由相信：文学是有出路的。文学需要提振元气走出困境，文学正面临一次重新整合的机遇。网络、类型小说、民间传说、手机信息都可能成为文学整合的对象，未来的文学需要更加开放、多元、包容，也许还带有中国式的后现代的特征。最为重要的是需要强调创新精神、原创精神，强调想象力和幻想性，一种我称之为幻想性的写作，是新世纪文学的希望。

（发表于2011年）

潘凯雄

《当代》自创刊以来一直主张文学关注人生,克隆真实,尊重读者而不迎合读者,我不知道这算不算读者心目中那种"担当、担纲的气质"?我们也因此而遭到一些诟病,认为我们这样不够文学。对这样的诟病我本人是绝不认同的。什么是文学?固然不是三言两语就能说清,很可能还永远会存有歧义,但真正优秀的文学肯定不是那种貌似深刻实则浅薄、貌似多元实则虚伪、貌似学问实则白丁、貌似清高实则功利的好好人和变色龙。你能相信那些连文本本身都没认真阅读就在那里夸夸其谈的深刻?你能相信那些用看似时尚的话语来套一切作品的学问?你能相信那些不带体温、没有爱恨情仇的评论?

就《当代》答客问
——《当代》主编潘凯雄访谈录

潘凯雄 冯艳冰

> 潘凯雄：男，53岁，上海复旦大学中文系毕业，曾先后就职于《文艺报》理论部、《经济日报》副刊部和经济日报出版社，现为人民文学出版社社长，编审；《当代》杂志主编。曾和友人合著或单独出版文学理论批评及散文随笔著作多部。
>
> 冯艳冰：女，某杂志社编辑。

冯艳冰：《当代》无论从其刊名还是实质，都在某种程度上权威地代表了中国当代文学的主流形象和具有相当色彩的官方定位。您同意这样的说法吗？

潘凯雄：原则上不同意这种说法。我不知道你说的这种说法是实实在在地阅读了《当代》后，并将其与其他文学刊物进行比较研究一番后所得出的印象还是凭成见所来。在提出这个问题前，你应该首先告诉我：所谓文学刊物的"主流"与"支流"、"官方"与"民间"的基本差异在哪里。至少我目前还不能清晰地说出这种差异，因而也就无法认同这种说法了。

冯艳冰：给我最大的印象是，您是一个职业程度很高的文学编辑。从您的经历和您的许多文章与讲话中，您作为一个国家级的文学刊物的主编，其出版视野是大于一个刊物的。您能谈一下，人民文学出版社所辖的几个大型期刊中,您为什么选中了《当代》来兼任呢?

潘凯雄:我兼不兼任《当代》主编似乎并不完全取决于我个人的选择。硬要说我作为人民文学出版社的社长为什么还要兼任《当代》的主编,主要是由于如下的原因:作为社办期刊,《当代》自创刊时起,它的主编不是由我们出版社的主要负责人来兼任就是由分管当代文学的社领导来兼任,而这两条本人似乎都沾得上边:现在是出版社的主要负责人,而自打进入人文社工作后也一直分管当代文学。因此,我兼《当代》主编既是社里一种习惯的使然也是为了便于工作。事实上,我还兼任社里另一家以当代文学为主要内容的期刊——《中华文学选刊》的主编。

冯艳冰:从我大学开始,我就在读《当代》。那时,我们班的同学几乎都会浏览《当代》的大部分甚至全部作品。《当代》那时真是切入了我们的生活和学习中。后来,这种追捧随着工作生活逐渐消解了,但坚持读下来的人肯定是最从容淡定的一群。我相信,20世纪80年代的成年人,没有谁没有受过《当代》的影响。因为,那时人们的信仰有相当一部分是藏在《当代》的。我也相信,这肯定也是《当代》激情燃烧的岁月。《当代》的今天,是如何延续这种激情的?

潘凯雄:20世纪70年代末至80年代上半期,不仅是《当代》激情燃烧的岁月,也是整个文学期刊的流金岁月。如果要问《当代》的今天是如何延续这种激情,我和我们编辑部同仁们的答案高度一致,也很简单,那就是认认真真做事,老老实实做人。一个认真,一个老实,看似与"激情"不相关,其实不然。无论是拥有激情还是延续激情,认真与老实都是最基础的因子。没有这个最基础的因子,就只能是伪情、虚情或矫情,根本无所谓激情可言。

冯艳冰:如果说,文学刊物是贯彻文学理想的主要平台之一,那么,编辑就是文学理想的主要推手了。因为,选择权就在他的手上,或者说,生杀权就在编辑手上,编辑实际上是作家和作品宿命故事的制造者。就此而言，只有作家群的"断代"而没有编辑人的"断代"，我们是否无法准确找到文学理想的时代性呢？回看中国当下的主编群，核心层大部分是60后，就是说，50后那一批"老三届"同时又是"77、78、79新三届"的团队，目前任文学刊物主编的已不多了。您认为，50后、60后和70后的文学编辑群有什么时代特征呢？

潘凯雄：坦率地说，因为平时工作的繁忙，还真没有认真地思考过你提出的这个问题。现在匆忙一想，似乎也应该承认50后、60后和70后的文学编辑群确实各有各的时代特征，这也是历史的宿命，恐怕谁也无法完全摆脱。但如果我们从职业的角度来理解和认识编辑，也不能不承认：作为一个优秀的职业编辑，又是具有相当的共性或曰规律性的，而这样一种共性与规律性显然又是具有某种超时代性的。

冯艳冰：社会理想不是恒定不变的，因为人的理想是很现实的，它会随着客观因素的改变而发生变化。对于一个人来说，不同的年龄时段有不同的理想；对一个社会来说，不同的社会时期有不同的理想。我们把话说回来，美好的散文肯定是与理想挂钩的。今天我们的散文，深邃有余，理想不足，即使它较深刻地反映了现实，但缺乏的却是反映现实理想的感召力。您以为如何？

潘凯雄：你这个问题的跨越性不小，从谈文学期刊一下子"穿越"到"理想"，从刊物这样一种"媒介"一下"穿越"到散文这一具体的文学体裁。关于"理想"这一类形而上的问题我们且按下不表，也不是一个简单的问答就能说清道明。而当下中国之散文现状，恕我平时的阅读更多在小说和纪实，因而也不敢对散文写作的整体妄下结论。是否如你所说的那样"深邃有余，理想不足，即使它较深刻地反映了现实，但缺乏的却是反映现实理想的感召力"，由于阅读的局限，我既不敢贸然认同也缺乏否定的足够理由，而只是觉得你这种判断下得多少有些简单和含混。何谓"深邃"？何谓"理想"？既然是"较深刻地反映了现实"，那"反映现实理想的感召力"又是什么？这一切给我的感觉都多少有些语焉不详。

冯艳冰： 一位文化名人曾说新时期以来，是科技的进步推动了社会的发展，而文学对社会的推动力是零。您倘若不同意这种看法，您以为中国当代最精彩的文学思想是什么？中国当代最精彩的文学进步是什么？

潘凯雄： 难道你不觉得这种判断下得太武断了吗？而对文学这类人文的范畴而言，我也主张慎用"最"这一类极端的概念。中国当代的文学思想和文学进步是否精彩，我想这肯定是一个见仁见智的问题，我硬要排列出谁为"最"有意义吗？如果硬要说"精彩"，那我想当下的丰富总比曾经的单一要精彩，现在的开放总比当年的封闭要精彩。这就是进步，就是对社会的推动。

冯艳冰： 支撑经济社会是科技的进步，支撑科技进步的是科学的进步。但我们几乎听不到关于文学的技术进步，进而是文学科学的进步。从20世纪末开始，尤其到了本世纪——大家明显地感到文学缺乏爆发性的动力，整体地被边缘化，这与当代新时期文学的"英雄时代"形成了太大的反差。这样下去，要想出大师，不是没有可能，而是当代实际的不可能了。您认为呢？

潘凯雄： 早在20世纪80年代后半期，就有论者称文学失去了轰动效应，这种描述大抵不错。问题是我们更需要思考的是那个时代的文学何以如此之轰动？这种轰动本身究竟是常态还是非常态？而今天人们所说的边缘化更多的又是以当年文学的轰动为参照，因此，这样一种状态究竟是文学真的边缘化了还是被边缘？至于对当代出不出得了大师、怎么样才能算得上大师这类的问题我的确没有回答的兴趣。

冯艳冰： 我很在乎一个刊物的言论，因为编辑就是实际的批评家，首先是批评作品、批评作家，进而在批评中选择。编辑的局限在于"不语"，但他们可以通过刊物发出声音，"不语"就有问题了。还有，现在我们有些文艺批评家越来越世故，成了只做学问的学者，成了"狐狸"

式的知识分子，公共性越来越弱。刊物也一样，打着文学的旗号，却没有显性的文学主张，很少有刊物层面的爱恨情仇，没有担当、担纲的气质。您觉得，在这方面，《当代》具有的形象是怎么样的呢？

潘凯雄：《当代》自创刊以来一直主张文学关注人生，克隆真实，尊重读者而不迎合读者，我不知道这算不算你心目中那种"担当、担纲的气质"？我们也因此而遭到一些诟病，认为我们这样不够文学。对这样的诟病我本人是绝不认同的。什么是文学？固然不是三言两语就能说清，很可能还永远会存有歧义，但真正优秀的文学肯定不是那种貌似深刻实则浅薄、貌似多元实则虚伪、貌似学问实则白丁、貌似清高实则功利的好好人和变色龙。你能相信那些连文本本身都没认真阅读就在那里夸夸其谈的深刻？你能相信那些用看似时尚的话语来套一切作品的学问？你能相信那些不带体温、没有爱恨情仇的评论？

冯艳冰：您的编辑生涯已很精彩，但您同时也是个著作颇丰的作家和文艺理论家。我很想了解您日常的浏览与阅读。您固定选择的报纸和期刊有哪些，除了中外古典名著外，您最推崇的当代读本是什么呢？

潘凯雄：坦率地说，我的编辑生涯留有很多遗憾。但我日常的浏览与阅读的确还比较宽泛，除去工作需要不得不审读的文稿外，自己更喜欢工作外散淡率性、没有任何功利的阅读。所谓"开卷有益"，因而我说不上有多少固定选择的报纸与期刊，只能说范围比较宽泛。至于你问"最推崇的当代读本"这个问题前面已经回答过了：我不喜欢也不轻易用"最"这个词儿。

冯艳冰：最后的问题，我想回到当代去。站在当代的立场，我首先最想请教您的是：文学的明天，具体地说是今后时代的文学。读者们也想听到的，我相信也是您的当代文学预言。

潘凯雄：实在抱歉，这"最后的问题"我只能交白卷了。因为我不是预言家，也不相信别人的预言。

（发表于2011年）

艾克拜尔·米吉提

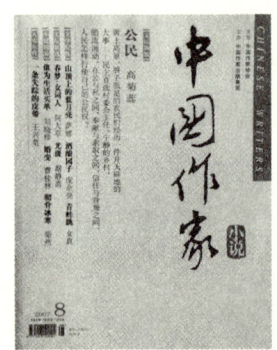

《中国作家》是您自己的刊物。随着中国经济快速发展,在世界迎来"中文热"的今天,《中国作家》的历史地位和责任更加凸显。我们有责任和义务,源源不断地把最具品位的文学作品吸引和推介出来,奉献给广大中文读者。文学是语言的艺术,只要一种语言和表述这种语言的文字存在,文学便获得永生。它对于一个国家、一个民族、一个时代具有不可替代的作用。从某种意义上说,软实力亦蕴含于其中。《中国作家》也是您的知己和您精神家园的一隅。在这里,您会分享阅读精美文学作品带来的愉悦和一种心灵的沟通,保持宁静、释然的心境,带着自信和微笑面对社会,面对人生,面对世界,面对未来。感谢作家,感谢读者,感谢这个时代!也感谢所有支持和帮助过我们的人!

领跑，中国文学期刊
——《中国作家》主编访谈录

艾克拜尔·米吉提　雁宁

艾克拜尔·米吉提：哈萨克族著名作家。1954年4月生，新疆霍城县人，兰州大学中文系毕业。1980年第五期文学讲习所结业。现任全国政协委员、全国政协民族宗教委员会委员、中国作家协会全国委员会委员、中国作家协会少数民族文学委员会委员、中国作家出版集团党委副书记、管委会副主任、《中国作家》主编，二级编审，1993年起享受国务院特殊津贴。处女作《努尔曼老汉和猎狗巴力斯》获1979年全国优秀短篇小说奖，短篇小说《哦，十五岁的哈丽黛哟……》等作品多次获得全国少数民族文学奖和其他奖项。著有中短篇小说集《哦，十五岁的哈丽黛哟……》《瘸腿野马》《存留在夫人箱底的名单》《蓝鸽、蓝鸽……》，传记文学《穆罕默德》《木华黎》，译著《论维吾尔十二木卡姆》（维译汉）、《阿拜箴言录》（哈译汉），《艾克拜尔·米吉提作品集》（四卷）等。还有大量的散文、随笔、评论、纪实文学及史学专论、翻译作品。作品被译为多种外文，以及国内几种少数民族文字。

雁　宁：男，原名田雁宁。曾用雪米莉、青莲子等笔名。祖籍重庆铜梁。1953年7月5日出生于四川省开江县一个中学教师家庭，受父亲影响自幼喜爱文学，初中时开始习作，知青时期创作了十来部中短篇和一部长篇小说，1977年考入达县师专中文系（现四川文化理工学院），在校期间组织星光文学社任社长，几年间该社成为四川乃至全国最活跃的文学社团之一。1981年毕业分配到达州市文化局创作办公室从事专业创作，同年加入四川作家协会，1985年成为中国作协会员。其小说《小镇人物素描》获首届四川省文学奖；《大刀》获郭沫若文学奖；《石头河》获"国际青年年"优秀征文奖；《巴人村纪事》获首届《青年文学》优秀作品奖；小说《牛贩子山道》获1987年《人民文学》优秀作品奖；同时获《小说选刊》优秀作品奖；还获得中国作协1987——1988年全国优秀短篇奖；小说《狗运》获《广州文艺》朝花奖；电视剧《唢呐，在金风里吹响》获广西文艺创作铜鼓奖·优秀编剧奖；报告文学《赤色土地变奏曲》获百家期刊优秀作品奖。对中国近代史颇有研究，创作了康有为、徐悲鸿等著名人物的传记和电视长剧。现任四川作家协会全委会委员，四川当代长篇文学创作研究会常务副会长兼秘书长。有《田雁厅文集》六卷，《雪米莉自选集》四卷。有《都市放牛》等长篇电视剧二十余部四百多集，被读者和观众誉为当代中国文坛最有实力和最具创新的优秀作家之一。

雁　宁：在商品经济社会中，文学和文学期刊将用何等方式来维系它的社会地位？

艾克拜尔·米吉提：这个题目有点儿大，我只能务实地谈一些自己的切身体会，供你们参考。文学既有其文学属性，又有商品属性。其实，在商品经济活动中，文学创作和期刊都有其相应的位置，这是不可否认的事实。现在有种说法，文学被边缘化了。但是，在我看来，文学从来没有成为社会的中心。人的生存需求第一，劳动生产、衣食住行才是社会生活的中心。曾经有一段时期文学好像成了中心，甚至把文学当成了政治风向标，其实不然。文学和期刊，是社会高端精神文化活动的产品。人们的社会生活，离了文学不行，全靠文学也不行。文学的地位是从属于这个社会的，不是社会的主导。社会经济高度发展，文学才能有发展，才对人的精神素养有提升和丰富的作用。我们办文学期刊，能把这点认识清楚，其他的事就好办多了。文学的商品属性，从它一开始产生就存在。在商品经济中，文学期刊应该如何办，才能满足社会、读者的需要，始终是摆在我们编辑人面前的重要课题。现在的读者，有了电视、网络、电子图书等多种选择，是不是就会放弃文学期刊和"大厚本"的小说？我看不会。读者需要文学，我们就要满足这种需求。文学是一切艺术之母，电影、戏剧、歌曲、电视剧等等，都是在文学的基础上产生的，以后也不会改变。文学期刊为文学生产提供平台，以语言文字的方式为读者服务，去滋润心灵，呼唤精神。期刊不能简单地按发行量来衡量它的作用，好的作品问世受到好评，有时立竿见影，有时影响是需要长期持续才能体现的，为读者提高思想和心智。一个社会不能没有文学，其社会地位从来不容低估。所以，好的文学期刊，从来是与社会的进步和发展同行的。

雁　宁：作为文学期刊的《中国作家》为什么能够走出文学期刊的发展误区，引领中国文学期刊的发展方向？

艾克拜尔·米吉提：在网络时代，纸质媒体和期刊，不但不会消亡，而是不可替代的选择。造纸术、印刷术使人类社会产生了巨大进步，其历史地位和评价不可撼动。在当今活跃的网络中许多精彩内容，是从纸介文本移植过去的，由此以便捷的方式传递知识和文学，这一点似不容置疑和否认。《中国作家》是中国文学期刊中的"国字头"品牌，代表着中国文学的门户，作为它的主编和编辑，有责任把这块牌子擦亮，以中国发展中的强势经济为后盾，去展示中国文化的力量。我提出本刊的宗旨：用最优美的中文，写最美好中国人形象，为全世界热爱中文的读者服务。我们知道，喜欢文学的人，愿意阅读原汁原味的作品。文学不能简单地为政治服务，但必须为国家利益服务，为读者服务。文学期刊的影响力，会在读者群中扎根并具有传承力，还要介入社会，积极参与到各种经济、文化活动中去。比如我们和鄂尔多斯市共同举办的文学奖，已经成为品牌，在作家和读者心目中有了其分量和地位，这种合作模式使我们杂志和地方政府获得了双赢。另外，我们还与连云港、温州、中山、广元等地方政府合作，设立"郭沫若诗歌奖""郭沫若散文奖""'中山杯'华人华侨文学奖""剑门关文学奖"，相信在取得文学成果的同时，会带来新的社会影响力，也对提升当地的知名度和美誉度发挥不可替代的作用。在当代诗歌似乎低迷的时候，我们与郭沫若纪念馆共同举办"端午诗会"，就产生了良好的社会影响。当然，每个文学期刊都有自己的发展方向，我认为《中国作家》的发展是从编辑部走向社会，走向中国和世界。这一目标既现实又远大，只有踏踏实实一步步前行，才能在体现文学生命力的同时，去体现文学期刊的生命力。

雁　宁：《中国作家》是如何引入经营管理机制的？为文学期刊走向市场做了充足的准备？

艾克拜尔·米吉提：在我看来，编辑不能总待在办公室，只是读稿和编稿。编辑也要像作家一样，走向鲜活律动的生活，积极考察社会，了解民情，甚至饱览祖国的大好河山。这样才能使工作和生活形成良性循环，也有了编辑好一种或多种文学期刊的基础。我的管理很简单，编辑是靠期刊生存的，那么期刊的优劣，就是编辑和编辑部生存状态的反映。每个编辑认识到这一点，就会每天兢兢业业地工作，与作家们一起收获最鲜美的文学成果，我们的期刊就会受到作家和读者的热忱欢迎。有了好的文学作品，再有设计装帧精美、印制精良的文学期刊，走向市场就有了足够的信心。应该指出，从刊物编发作品到设计、装帧、印刷，是一个庞杂的系统工程，要有个性也要有风格。说来简单容易，做起来却复杂艰辛。相信每个编辑人对这一点都有切身体会，我就不多说了。

雁　宁：您是如何由一个作家转化为编辑家、管理者的？在角色的转换中您感受和参悟到了什么？

艾克拜尔·米吉提：我本人当过知青，从事过新闻写作，也曾是州委宣传部的干部。1979年获得全国短篇小说奖以后，到鲁迅文学院前身第五期文学讲习所学习，再到文学杂志当编辑。后来创办《作家文摘·典藏》，原本期望以典雅的精品文章奉献给广大读者，相信能受到欢迎和好评。现在看来，这本期刊市场定位还是相当准确的，坚持下去，不但有可观的发行量，还有与同类型文摘类期刊去竞争、去媲美、去互补的可能。但我办了八个月以后，因为工作需要，把它交了出去，结果一年以后就停刊了。现在主编的《中国作家》，虽然它也是一种文学消费品，但我把它当作完美主义的追求目标，尽自己最大努力使它日臻完美起来，使它以一个时代的文化形象去适应社会的需要，让文学期刊与时俱进，焕然一新。文化要大气要高雅，是这个有优秀文化传统的国家和民族的需要，也是时代的需要，不深刻领悟到这一点，所办的期刊只能是一般化。作为一个杂志的主编，主要任务是两个服务：为作家服务，为读者服务。这就像挑了一个担子，两头是作家和读者，担当的是时代的责任。主编就是服务者，在把握导向的同时，要为杂志解决一切困难，带领编辑同仁形成这种服务意识和团队精神。《中国作家》作为文学旬刊，每版40万字容量，每月三版，共有120万字。我不但要审阅重要稿件，每期杂志从封面到封底、版式等细节都要把握。应当说，捧着每期出版的新刊物，能如数家珍，这就是编辑的责任和义务，同样也是一种享受。

雁　宁：您如何看待文学与产业的关系？文学可以产业化吗？

艾克拜尔·米吉提：在我看来，每个期刊或者每个出版社，都是文化产业链条中的一个环节。文学作品只要进入了社会，便有了社会属性和商品属性，就跟文化产业有了关系。就拿唐代来说，以诗进仕，仕以诗高，以至形成诗歌产业化的趋势，也可以说是古人撩开了文学产业化的前奏。当代文学，以期刊为载体，为平台，并由此衍生出诸多文化产品，诸如图书、戏剧、电影、电视、网络、游戏、玩具、服饰、电子读物、手机阅读等等，其自身产业化发展链条就已形成；而且这种文学与文化产业的关系，从文学作品走向社会开始便已存在，在当下越发显得紧密。

雁　宁：《中国作家》从月刊发展到旬刊，成为中国当前文学作品容载量最大的期刊，是您应对市场经济的方略吗？

艾克拜尔·米吉提：每月出版三版文学旬刊，是出于一种文化战略和市场战略的考虑。刊物版面容量增大了，并不意味着就多出、滥出作品。期刊版面从来是珍贵的，要绝对保障用于发表好作品，这样既可以保证刊物的质量，也能确保和延续刊物的信誉和凝聚力。我们为了鼓励作家把好作品发在《中国作家》，经多方努力，同有关城市的文化发展战略密切衔接，如前所述，创立了多种文学奖项。比如我们与鄂尔多斯市政府共同设立的"鄂尔多斯文学奖"，最高奖金为人民币12万元，从设立伊始便具有影响力，也让作家、读者和社会有所期待。我们还和一些地方政府合作，建立《中国作家》创作基地，比如在中山市、塔里木油田等地，分期分批邀请作家去采风，去写作，去研讨，为他们写出好作品提供便利和服务。一旦文学刊物形成文学和社会影响力，什么都好办。我从担任《中国作家》主编开始，就不允许发表带钱的稿子。建立公平的文学平台，促使文学良性发展，符合公信社会建设要求，也是我们编辑和作家共同的责任和义务。

雁　宁：谈谈您对中国文学的期待和对中国当下作家的期待。

艾克拜尔·米吉提：我对《中国作家》充满激情和期待。一个文学期刊，只要有了真正的文学和社会影响力，就会产生相应的经济效益。比如我们的影视版，只要发出好剧本，就为拓展影视市场做出了贡献。这是影视投资者的需要，也是影视观众的需要，同样也是文化发展的需要。具有社会多重需要，一个好刊物就办起来了。同样，我对《中国作家》充满信心。文学不能简单为政治服务，要为国家利益服务，这一点要认识清楚。我们要去发现和塑造中国人最优美、最感人的形象。一个充满哀怨的民族有什么希望？随着中国经济强势发展，我国已经步入开始主导世界经济的时代，当然要有与之相匹配的文化软实力，文学也要走向世界。所以我们组织中国作家北大行、中国作家中大行活动，下一步要组织走进美国大学的文学活动，在努力打造文学影响力的同时，致力于实现世界影响力。

雁　宁：您谈谈中国文学期刊，尤其是地市级文学期刊走向市场的生存可能性。

艾克拜尔·米吉提：对省、地市级的文学刊物来说，要把它们放到市场去生存可能并不适宜。在我看来，这类文学期刊，应该是所在省、地市的文化名片，是这个省份这个地区这个城市的文化象征和骄傲，它的生存和发展问题都将迎刃而解。一个地方文学刊物，只要办出地方特色，推出文学新人走向全国，我看花多少钱都值。

雁　宁：能对《中国作家》和国内同类优秀文学期刊，如《收获》《十月》《当代》等的优势和差距做简要的比较分析吗？

艾克拜尔·米吉提：《中国作家》是1986年才创刊的，它不具备像《收获》那种老牌文学杂志拥有几代读者的优势和历史，也没必要仿照别的文学期刊路子去办。我们需要：正面的，阳光的，充满中国特色的，充满正义感、充满魅力的文学作品。能否吸引老一代读者，培植新一代读者，这才是关键。我经常与编辑团队交流，我们不搞文学小圈子，只要是好作品就推出来。每个时代的好作家、好作品，都要让时间来过滤和沉淀，最终由历史说了算。就我个人来说，就是想尽一份时代和历史赋予的责任。一个人，能充满热情地工作，生命就有了意义。

（发表于2011年）

陈东捷

现实的人生充满纠结,于是有了梦。文学穿行于现实和梦想之间,纵横十万里,上下五千年,打造了此岸与彼岸的通道。我们都是故事里的人,同时又出入另外的故事,在唯一的人生中我们就拥有了两个世界。虽然现实往往并不如梦,但对我们无法安妥的灵魂来说,文学的世界不失为相对理想的归宿。

作家、编辑、读者是一个文学的链条。我们作为文学期刊的编辑,在提供服务的同时,也享受文学的美妙,感受了别样的人生。在此真诚地向作家和读者朋友致意。

甲骨竹简纸张再革命
不会革掉文学的命
——《十月》主编陈东捷访谈

陈东捷　陈仓

陈东捷：山东曹县人，中国人民大学硕士研究生毕业。1986年参加工作，1991年任《十月》杂志编辑，现任《十月》主编、编审，中国作协诗歌委员会委员。编发的作品多次获得国内重要奖项。

陈仓：诗人，小说家，《生活周刊》主编。主要作品有诗集《诗上海》《艾的门》，长诗《醒神》《天鹅颂》，八卷本系列小说集《陈仓进城》，长篇小说《后土寺》《止痛药》，长篇非虚构《预言家》《动物万岁》，小说集《地下三尺》《上海别录》《再见白素贞》。作品被转载四十余次，入选各类文学排行榜多次，获各类文学奖项三十余次。其提出的"致我们回不去的故乡"，成为大移民时代的文化符号。

一、顺其自然

陈　仓：我先关心一下陈老师的身体吧，因为现在健康是最大的事情，长寿是人生最大的竞争力。我们翻看了一下你的朋友圈，你笑说自己眼睛不好，这是长期看稿造成的，还是光怪陆离的社会视角造成的？你还有其他什么身心方面的职业病吗？编杂志是一份又苦又累又忙的工作，请问一下你的业余爱好是什么？

陈东捷：谢谢你的关心！视力下降、颈椎不适是老编辑的职业病，我的许多同行都有这方面的问题。你长期压榨性地过度使用某些器官，它们一定会在某个时刻起来反抗。在此之前你浑然不觉，它们一旦跳出来，就会给你带来持久的不便。

从事编辑这个行当，工作时间和业余时间没有明确的界限，工作状态看似自由有弹性，实则不存在整块的业余时间。在工作之余，我也就看看书、会会朋友、打打乒乓球。乒乓球打得很业余，主要目的是消解一下身体和精神的紧张状态。运动中能感觉到与自己身体的交流和沟通，有一种久违的新鲜感。

陈　仓：你年轻时候的理想是文学吗？你的老家山东和你的父辈对你的理想有哪些影响？你上学的那些年正处于文学热，你是怎么和文学结缘的？你的理想实现了多少？

陈东捷：我是在"文革"时期度过童年和少年时光的。对我们这代人来说，真正接触经典文学作品大多比较晚。我父母都是教师，父亲教中学语文，母亲教小学数学。父亲只断断续续读过五年书，但靠自学教了十几年的高中语文，且所带班级高考成绩十分优异，他多次被评为全地区优秀教师，这一点让我特别佩服。

但父亲非科班出身，对文学经典没有广泛涉猎；况且在一所县城中学，主要目标是将来自县城和农村的孩子送进大学校门，学校限制学生读与应考无关的"课外书"（实则也没有多少"课外书"可读）。

记得从小学三年级开始，我早年读过的小说有《大刀记》《敌后武工队》《万山红遍》《叶秋红》等，不外是那个年代相对容易到手的作品，现在大都失去了印象。初中之前的阅读，只有两本书印象深刻，一本是《中国古代动物故事集》，另一本是《格林童话选》。

高中在父亲任教的中学就读，学校订阅了几份文学期刊，当时不许学生借阅，我偶尔有机会翻看父亲借来的杂志。记得有两篇小说对我震动很大，汪曾祺的《大淖记事》和张洁的《方舟》，前者以诗性的笔法讲述人物故事，后者则直面知识女性在现实生活中的困惑和尴尬，都与我之前读到的革命浪漫主义作品迥然有别。

1982年高考后的某一天，父亲将厚厚的三部作品摆在我面前：《红楼梦》《聊斋志异》《战争与和平》。这是他特意骑车去县城新华书店买来的。于是志愿填报中文系就成为顺理成章的事，这也是当时文科高分考生的首选，就像后来金融专业成为首选一样，不仅仅是个人兴趣的选择，也是时代风尚的选择。

陈　仓：我查看了一下网络，感觉你是一个非常低调的人，几乎找不到太多有关你经历的文章。我只在"百度词条"里看到，你1986年毕业于山东大学中文系，1991年中国人民大学硕士研究生毕业，1986年任核工业管理干部学院教师，1991年调任《十月》至今。

你在"核工业"领域任过教师，大家都非常好奇，怎么跨越这么大啊？还记得当时是什么缘由跑到《十月》的吗？你上班第一天和最近一天，分别的感受是什么？

陈东捷：本科毕业时，我原本已确定去一家出版社做编辑，甚至该社总编连我报到后的工作都做了初步安排，但离校前夕却被老师通知有了变化。当时大学毕业生都是计划分配，个人没有自主选择的权利。

在核工业管理干部学院当了两年老师，却没有上过一节课，原因是老师多学员少，排不上课，于是两年后考研再去读书。

研究生毕业前，导师和师兄已帮着联系了两家接收单位，一家报社，一家银行。恰在此时《十月》来系里招编辑，我就放弃前两家，1991年夏天来到编辑部，转眼二十九年过去了。

回想起来，当时文学的社会影响力已与我读本科时不可同日而语，但经历过文学辉煌年代的人都知道《十月》的分量。当然，我选择《十月》，有个人兴趣的原因，也有性格的原因。我凡事喜欢顺其自然，做好能力所及的事，倾向于不给自己的人生设定远大目标。

陈　仓：《十月》的首任主编是苏予先生，大家对苏老的评价是，学养深厚，胆识过人，而且非常敬业。随后《十月》又经历了几任主编。

你们都是著名的编辑家,可以说一个主编和一本杂志息息相关,你和前几任主编都有什么样的交集呢?你能讲讲他们身上的,以及你们之间的故事吗?

陈东捷: 苏予先生是我们非常尊敬的前辈。她在西南联大读书时就曾编辑刊物,后来运动中受牵连被下放,"文革"后本有机会到全国政协工作,听说《十月》要人,就来负责《十月》编辑部的工作。那时编辑部聚集着许多非常优秀的编辑,可以说人才济济。(后来一些编辑输出到《人民文学》《当代》《中国作家》等杂志,也都发挥了非常重要的作用。)

苏予先生知人善任,又敢于担当,带领大家一起创造了《十月》早期的辉煌。苏予先生逝世前,我和编辑部同事几乎每年都去看望她。最难忘的是2013年《十月》创刊三十五周年纪念活动上,八十七岁高龄的苏予先生与铁凝、张洁、李存葆、张贤亮等当年的作者执手问候、深情叙谈的场面,时间仿佛穿越到几十年前的文学现场,令我们这些后来者感慨万端。

创刊以来,《十月》这份杂志凝聚了几代人的心血,出过多位同行公认的编辑家。从做青年编辑起,我直接或间接地从他们身上获益良多。几十年间"编辑部的故事"不知有多少,一时不知从何说起,暂且按下不表吧。

二、对作品风格持包容心态

陈　仓:《十月》创刊于1978年,和《收获》《花城》《当代》这四家,并称中国文学期刊的"四大名旦"。《十月》的角色是"刀马旦",专演巾帼英雄,提刀骑马、武艺高强的女性,身份大多是元帅或大将,因此以气势见长,如樊梨花、穆桂英等等。这从某种程度上体现了《十月》当时的办刊风格,在这一风格的主导下,迅速成为中国文学重要阵地,推出了众多"威武稳重"的作家和作品,比如王蒙的《蝴蝶》,铁凝的《没有纽扣的红衬衫》《永远有多远》,张贤亮的《绿化树》,刘绍棠的《蒲柳人家》,蒋子龙的《开拓者》,宗璞的《三生石》,李存葆的《高山下的花环》，张承志的《黑骏马》，刘心武的《爱情的位置》，贾平凹的《腊月·正月》，莫言的《天堂蒜薹之歌》……

你可以评价一下《十月》一贯的风格吗？你主持《十月》以后，这种角色有什么变化吗？哪些气质是继承下来和发展出来的？

陈东捷：所谓"四大名旦"，是20世纪80年代初期有人对几家社会影响大的文学双月刊的形象比喻。因说来上口，流传甚广。该说法基于当时各家期刊的特色，确有独到之处。但当时这些杂志创刊或复刊不久，我认为区别度并没有达到泾渭分明的地步，更多的是显示出了共同的特性，就是为读者提供以文学的方式反映那个时代、表达人民心声的优秀作品。

关于新时期以来读者耳熟能详的作品，每家杂志都能列出长长的名单。就每家杂志早期名单上作品的风格而言，并未发现整体性的明显差异。因为那是文学走出禁锢、急于表达的年代，优秀作品存在某种内在的一致性，我认为这种一致性大于它们之间的差异。

倒是20世纪80年代中后期，随着西方现代主义作品的大量引进，作家们的文学观念和表现手法日趋多元，文学期刊的风格选择才有了一定的强化。当下，文学期刊的整体风格的差异又有逐渐缩小的趋势。

《十月》目前对作品的要求并没有过多的设定，就看作品能否提供独到的阅读体验，反映独特的现实也好，表达独到的发现和体验也好，呈现独创的叙述也好，都是我们所期待的。至于作品的风格，我们抱有相对包容的心态。

陈　仓：《十月》在中篇小说方面给文学史贡献了重要内容，自从2004年起，每年单独出版六期长篇小说，这是不是意味着办刊思路有所调整？增加长篇小说的动因来自市场还是文学本身？

陈东捷：《十月》创刊之初，中篇小说就占据着最重要的地位。在20世纪80年代初的前两届全国优秀中篇小说评奖中，总共有三十篇左右的获奖作品，首发于《十月》的就占了十篇。《高山下的花环》《没有纽扣的红衬衫》《黑骏马》《北方的河》《绿化树》《腊月·正月》《蝴蝶》等等，不胜枚举。

这一传统至今仍在保持，因为中篇小说目前仍然是一种重要的小说文体。2004年起增加六期长篇小说，实质上是把双月刊改为了月刊，单月出版的六期仍保持综合期刊的面貌，双月出版的六期主要刊发原创长篇小说，偶尔也会登载长篇非虚构作品。这么做的主要原因，是进入新世纪以来，长篇小说创作越来越被重视。而且在越来越碎片化的阅读时代，这种调整从读者的角度看，也是某种意义的引导。

其实"杂"才是文学杂志应有的特征，我认为全文刊登长篇小说不应成为文学杂志的主要任务，这项任务应主要通过图书出版完成。

陈　仓：说到"杂"，《十月》从创刊开始在这方面就有非常优秀的积累，主要体现在小说之外的诗歌、话剧、电影剧本和文学批评诸方面，都有非凡的探索和成就。我们在这方面有什么传承和推进吗？

陈东捷：《十月》作为文学期刊的成就不仅仅体现在小说方面，"十月的诗"、剧本、非虚构类作品和评论，都曾产生过非常大的影响。近年来，我们相应扩大了散文、诗歌的版面，就是想通过多种文体形式丰富读者的阅读体验。

比如开设了"新散文"栏目。先后加入《十月》的周晓枫和宁肯，他们本来就是新散文创作的干将，都获得了鲁迅文学奖散文奖，推出相关作品自然是水到渠成的事。把杂志做"杂"，操作性最强的就是散文栏目，这些年我们在这方面颇花费了些心思，将来还要不停地花心思。

其实散文的概念相当宽泛，表现空间非常广阔。我们对散文稿件的选择突出其多种可能性，要言之有物，言之成理，言别人所不曾言。对写作者来说，个性和创新是非常难能可贵的，我们要做的，就是选择有意趣、有新鲜感的话题和合适的作者，以包容的心态等待好作品的诞生。

三、选择作品时，不会考虑评奖因素

陈　仓：在文学界有一种说法，《十月》是造奖大户，几乎所有奖项都有你们的作者，比如鲁迅文学奖，第五届有盛琼的短篇《老弟的盛宴》，第六届有吕新的中篇《白杨木的春天》，第七届有石一枫的中篇《世间已无陈金芳》；第十届茅盾文学奖，徐则臣的《北上》是你们首发的；中国小说学会年度排行榜长篇小说排行榜，2019年度总共五部，你们占了两部，阿来的《云中记》和付秀莹的《他乡》。

这是你们的价值取向迎合了评奖，还是评奖在追随着你们的审美？这些奖项对你们编辑方向有影响吗？

陈东捷：《十月》首发的作品的确获过许多奖项。获奖总是件令人高兴的事，不论为作者还是为杂志。评奖和杂志发表是两个相对独立的对文学作品的评价系统。相对来讲，一家杂志社对作品有着相对稳定的评价标准，而评奖过程由于有众多评委参与，不同的评委标准也不尽相同，对最终结果会产生复杂的影响。

《十月》在选择作品时不会考虑评奖的因素，而是基于审稿过程中的判断。事实上，杂志曾经发表的许多非常优秀的作品，因为各种原因没有获得大的奖项，但这并不影响它们的文学品质。

陈　仓：《十月》自己设立的好多奖项影响力巨大，包括十月文学奖，还有近两年举办的丽江爱情诗接力赛，运用了如今最为流行的评奖模式，周奖、月奖、年奖，参与度非常高，可以说是当今诗坛比较受捧的奖项。另外，你也经常担当一些奖项的评委。你能谈谈这些奖项设置的意义吗？现在中国的文学奖项特别多，有时候评选结果差异比较大，各种争议和质疑不断，你能以你的亲身体会，谈谈在评奖的过程中，能左右一个奖项的，是人为因素多一点，还是价值观因素多一点？

陈东捷：十月文学奖20世纪80年代就设立了，目的是奖励本刊发表的优秀作品。多年来一直坚持举办，目前每年一届，在宜宾李庄古镇举

办颁奖活动，影响还是不错的。有的地方作协把获得十月文学奖列入职称评定或创作奖励的资格之一。

丽江爱情诗接力赛是基于新媒体举办的诗歌活动，每年七夕在丽江颁奖并举办朗诵会。去年举办第一届时，响应者众，共征集了一万多位作者的七万多首诗歌。我觉得评奖活动只要策划好、组织好，保证程序的公平公正，还是有正向价值的。把优秀的作品推荐给读者，或吸引广大文学爱好者广泛参与文学活动，我觉得有其积极的意义。

陈　　仓：说到评奖，第七届鲁迅文学奖获奖的中篇小说《世间已无陈金芳》，我反复读了几遍，确实写得非常好，讲一个城市学琴少年对农村少女的精神的填充和牵引。单就这个题目，我以为也是文学对社会和时代的贡献，因为"世间已无某某某"被广泛套用，成了一个符号式的存在。

我想问的是，这个题目，编辑的贡献有多大？《十月》每一期都有好题目出现，可以看出你们编辑功夫之高，你能专门给我们讲讲起题目的故事吗？什么样的题目是最好的？

陈东捷：一个好的篇名的确能为作品增色不少。编辑经常与作者商量修改篇名，但这一篇确实是作者自己取的名。石一枫在《十月》发的几个中篇，《世间已无陈金芳》《地球之眼》《借命而生》等，篇名都非常生动，又贴合作品内涵。

文学作品篇名成为流行语，之前也出现过，如我1999年编发的铁凝的中篇小说《永远有多远》面世后，篇名也曾被广为引用。一位纯文学作家享受如此礼遇，是因为篇名暗合了某种特定时期的社会心理，又朗朗上口，公众给予了特别奖励。这种神来之笔和好的作品本身一样，值得作者为之骄傲。

陈　　仓：顺着石一枫，我们想谈谈对年轻人的扶持。石一枫是1979年出生，就获得了如此文学成就，我觉得与《十月》的发力不无关系，因为他有三部重要作品都是你们刊发的。你在"呼唤北京文学的高峰时代"主题论坛上曾经表示，发掘年轻作者是《十月》杂志一直在致力而为的，未来的高峰应该从他们中间产生。

有好几个疑问想请教，第一个问题是扶持年轻作者，你最看重的品质是什么？你能举例讲一讲在扶持年轻作者方面的措施吗？

陈东捷：石一枫是一位非常优秀的青年作家。他最近人气飙升，也不是横空出世。其实他很早就出版过几部长篇小说，并在北京小有名气。《十月》近几年连续推出了他的几部篇幅较长的大中篇后，他得到了读者和评论家更广泛的认可。我认为石一枫最可贵之处，是他具有开阔的生活和精神视野，于真实的世界中去触摸时代精神，并通过富含意味的人物和场景去生动地呈现。

从创刊以来，《十月》对青年作者从来不吝版面。铁凝、张承志、贾平凹、李存葆等多位后来的大家，三四十年前都是以青年作者的身份在《十月》发表了他们的代表性作品。

1999年开办的"小说新干线"栏目，标志着我们开始有意识地推出有潜力的年轻小说作者。二十多年来，推出的作者已有百位左右，其中后来得过鲁奖的至少也有七八位了。当时有影响的大型文学期刊很少这么大力度推新人，所以栏目一面世就非常受关注。比如，晓航作为栏目开张的第一位作者，当时在文坛还几乎不为人知。后来听他说，在该栏目亮相后一个月内，就收到六家文学杂志的约稿信。

当然，"小说新干线"之外，《十月》其他栏目也发表了许多青年作者的作品。每一代青年作者都代表着最新鲜的文学力量，所以对待他们的作品我们不追求完美，更关注作品中新的元素及作者未来发展的可能空间。

四、纸刊也许会消失，但文学会在另外的媒介上呈现

陈　仓：我们还有第二个问题，什么样的作品才算高峰？你认为近几年中国文学高峰式的作品有吗？

陈东捷：我个人认为，文学高峰时代，应当是出现数量较多的在国际上产生巨大影响的当代中国作家，并为全球文坛所公认。但是，文学的高峰不是一个简单的比附，在海拔比较低的地方，泰山就是一个高峰，但跟珠穆朗玛峰比，那就不凸显了。现在缺高峰，并不是没高峰，只是高峰少，很多作家在读者心目中是拥有一个高峰地位的。

从国际和全球的意义上来说，我们有全球影响力的作家相对比较少，而造成这一现状的原因，一是跟国家综合实力有关系；二是我们在创作上跟国际顶尖大家比，在某些方面还有差距；三是还有一个很重要的原因就是语言的隔阂，我们很多好的作品在国外没有被翻译，整体上的影响力还很欠缺。

现在国家也在给予文学积极的支持，比如前几年在做的海外居住地项目，作家在国外居住一定的时间，跟当地的作家、翻译家、出版商能有一些比较充分的交流，当地文学圈对这些作家的了解就会深入一些，作品被翻译的概率也会更大。

陈　仓：《十月》创刊已经四十多年，可以说，你把人生最好的时光都奉献给了这本杂志，你到底是怎么坚守下来的？如果让你倾诉一下，这几十年最欣慰的是什么？最辛酸的是什么？最内疚和最自豪的又是什么？

陈东捷："坚守"这个词有点坚硬，可能与媒体经常强调"为人作嫁衣"的辛苦有关吧。其实还好，编辑不仅是一种职业，也是一种生活方式。任何一种职业和生活都不应被理想化，既然选择于此而放弃其他，就享受它带来的快乐并承受它的不如意之处。

在杂志社工作这么多年了，也就是朋友同事聊天时假装感叹几声，并非真有什么不满。几十年过得很快，按照杂志编辑出版的节奏，紧张和从容交替出现，已成为习惯。心酸、内疚和自豪都过于夸张了。

欣慰倒是有，一是每年辛苦编出的十二期杂志，还有很多读者喜欢，近年来在不利的大环境下，杂志订数保持稳定，印数也没有下滑。二是杂志社同事相处融洽，在一种心思放松、面孔亲切、气氛活跃的环境中工作，确实有那么点儿幸福感。

陈　仓：上海报刊亭当年是一道风景，再繁华的路段，不远就会有一个，我们前两年在报刊亭里还能买得到《十月》，而且是为数不多的最后两本文学刊物，但是现在报刊亭已经全部倒闭了，每次走在街上总有一种失落感，似乎自己的那一份寄托也被带走了。

文学不景气，纸质杂志也不景气，你有这种失落感吗？你认为纸刊会消失吗？

陈东捷：我知道上海报刊亭的情况，北京还有少量在惨淡经营，估计也快要淡出人们的视野了。眼看寄托着我们多年情感的场景消失，失落和惆怅时有所感。也许现在的孩子长大后，词库里再不会有报刊亭这个词了。

与报纸和时政类杂志相比，目前文学期刊暂时还算稳定。但作为纸刊这种产品样式来讲，市场恐怕还会萎缩。我此前针对国外纯文学期刊生存状况做过一点功课，整体发行量都很小，两三千份的样子。基本上都是大学、基金会、媒体集团所办，非营利性质。

科技发展到一定程度，纸质阅读也许会被替代，纸刊也许会消失，但文学会在另外的媒介上呈现。从甲骨到竹简再到纸质，每次媒介材料的革命都没有革掉文学的命，相信这次也不会。

（发表于2020年）

赵丽宏

文学刊物应该有恒定的宗旨,坚持崇高的文学理想,追求高雅的文学品位。刊物的内容和风格必须直面现实,贴近生活,推陈出新,不媚俗,不违心,不随波逐流。作为编辑,必须有海纳百川的襟怀,兼容并蓄,不搞小圈子,既尊重作者,也尊重读者。编辑工作,如同烹饪,要尽力为读者提供五味俱全的美味佳肴,使刊物更具包容性、亲和力和品赏价值。

要勇于表达中国人的文学口味
——《上海文学》杂志社社长赵丽宏访谈录

赵丽宏　宋　珅

赵丽宏：1952年生于上海，著名散文家、诗人，全国政协委员，中国作家协会全委会委员，中国散文学会副会长，上海作家协会副主席，《上海文学》杂志社社长，上海市人民政府参事，华东师范大学、交通大学兼职教授。著有散文集、诗集、报告文学集等各种专著共70余部，作品曾数十次在国内外获奖，并被翻译成多种文字在海外出版。散文集《诗魂》获新时期全国优秀散文集奖，《日晷之影》获首届冰心散文奖。有十多篇散文作品被选入中小学语文课本和大学教材。

宋珅：记者

宋　珅：在刚结束的全国两会上，您作为作家和政协委员，提出要在中国设立一个世界性的文学奖，在网上引起热议。这一提案是出于怎样的考虑？

赵丽宏：关于设立中国的世界文学奖，其实我已经思考了很多年，在上海也曾多次提出建议。本来想，北京不做这件事，上海或其他地方也可以来做，当然，是由民间来做。在一些人眼里，这是件小事，无关国计民生，可有可无。人家诺贝尔奖办了一百年，中国人能做到吗？现在很多中国人没有文化自信，认为一切最好的、最有权威和公信力的，都在西方，对文学的评判，也是西方说了算，中国只有被西方批评的资格，没有评判西方的权利和能力。所以设立中国的世界文学奖声音一出，便有人断章取义，发出嘲讽之声。这其实是缺乏自信的表现。在中华民族伟大复兴的进程中，我们需要做这样的工作，设一个中国人的世界文学奖，能够表现中国的气度、胸怀和文化自信，也是中国对人类、对世界文学的贡献。中国已经有国际电影节、电视节，每年都评出世界性的奖项，在音乐、舞蹈等领域也已经设立了国际奖项，在世界上获得好评，影响力也越来越大。而在文学方面，中国一直无所作为，这样的状况，不应该再延续。一个世纪以来，中国人不遗余力地翻译推介西方文学，我们对世界文学的翻译之多之广，可谓世界之最。这就是中国评价世界文学的坚实基础。我的提案，其实只是提出一个思路，期望引起社会共识，如有了广泛共识，那就可以具体着手来做。至于如何办这个奖，叫什么名字，由谁来牵头，具体的评奖规则如何制定，评委有哪些人构成，奖金到底多少，可以征求各方面的意见后再逐步确定，逐渐完善。

宋　珅：您与莫言见面时是否交流过这一问题？

赵丽宏：没有。两会期间和他匆忙见面，说的是其他话题。莫言获奖后，成为万众瞩目的焦点，处处被记者和慕名者围堵，不能太烦扰他，应该给他静心写作的环境。

宋　珅：您觉得莫言得奖，对于中国文学最积极的意义在哪？

赵丽宏：莫言获奖，是他个人的荣耀，也是中国文学的光荣。作为中国当代的优秀作家，莫言获奖当之无愧。因为莫言获奖，一向轻视中国当代文学的西方世界开始正视中国的文学。在世界文学中，中国文学是不能忽视的重要一部分。但不少人以前不这么认为。在他们眼里，一切都是外国的好，中国的作家离世界水平距离很远。莫言获奖，对中国的文学爱好者是一种鼓舞，对那些崇洋媚外者应该是一次教育和提醒。中国作家用汉语写作，主要读者当然是中国人，被母语读者欢迎认可，是作家的光荣。面对世界，中国的文学完全有自己独特的魅力，雄踞世界文学之林。再不要自轻自贱，更不要自损自贬。莫言获奖，也提醒了中国人，中国的文学要走向世界，需要更多有水平的翻译和推介。中国对西方文学作品的翻译一直热情澎湃、不遗余力，但却无力向世界翻译推介中国文学，这样的状况应该改变了。

宋　珅： 看到您在《人民日报》上谈到"要勇于表达中国人的文学口味"，告诉世界我们喜欢和推崇哪些作家和文学作品。那您觉得，距离能够让世界看到、听到我们的文学表达，还有多远的路要走？

赵丽宏： 当然还有很长的路要走，而且是一条没有尽头的路，只要文学还存在人间，中国人就应该在这条路上走下去。路再长，目标再远，也必须从脚下的路一步一步往前走。要在这方面做一些脚踏实地，有水平、有成效的工作。除了设中国的世界文学奖，应该在有国际影响力的中国媒体经常发表有见地的世界文学批评，中国也要有一些具有世界影响力的文学评论家。这方面的权威，不是一两天时间、一两篇文章能树立起来的，需要积累，需要传播，需要逐渐深入人心。设世界文学奖也是如此，绝不可能一蹴而就，一下子办成一个举世公认的大奖。必须吸取教训，防止弊端，学习世界上成功者的经验。瑞典是一个北欧小国，也不是文学的大国，但诺贝尔奖坚持了一百年，办成最具权威的世界性奖项。中国是一个有悠久传统、有深厚根基的文学的大国，如果中国人认真办一个世界性的文学奖，有何不可？任何奖，都不是一开始就成熟而有权威的，如果我们制定了科学合理的条规，以最高的要求和规格，以公信公正和专业服人，持之以恒，一定能成为一个有世界影响的文学大奖。在中国做有意义有价值的事，永远会有人批评嘲讽。没有别的办法，把事情做好，得到世界的承认，是对嘲讽者最好的回答。

宋　珅： 20世纪80年代您就曾担任《萌芽》杂志的编辑，现在还在主编《上海文学》和《上海诗人》，依旧在从事文学杂志的工作。三十多年过去了，您觉得从事文学创作的文学青年和现在的创作环境背景，与当年相比有什么不同？您从中体会到的最大的变化或感触是什么？

赵丽宏：这三十多年来，世事沧桑巨变，中国人的精神面貌和生活状态也发生了很大变化。曾有人很夸张地预言"文学将死亡"，我对文学的前景却始终没有太悲观。我认为，只要文字还在，只要人性还在，只要人类对真善美的追求还在，只要人类对理想和幸福的憧憬还在，那么，文学就不会失去她的魅力和价值。新的科技和媒体高速发展，确实使现代人的生活和行为方式发生了各种变异，年轻人的兴趣向更丰富多彩的领域转移，文学的传播渠道也有了颠覆传统的变革。青少年的阅读和写作，网络的影响已超出传统纸媒。现代的传播手段，使文学的写作和发表不再神秘，也不再是作家的专利。这是好事，必定会促进文学的普及和发展。但网络的写作，鱼龙混杂，泥沙俱下，极少的珍珠被大量的垃圾包裹，读者要沙里淘金，很难，要耗费大量时间，也是浪费宝贵的生命。所幸，还是有一些高水平的纯文学刊物，在喧嚣幻变中坚守坚持，把优秀的作品向读者推介。我认为，不管世界如何变化，文学的本质不会改变，读者对优秀作品的评判标准也不会改变。年轻作者中，不断有优秀的新人新作出现，让人欣慰。当然，也有不少以赚钱为目的的功利写作，可以热闹一时，可以每天在网上敲出数万字吸引眼球，但很快会被人遗忘。

宋　珺：从2010年起出版单位开始转企改制，很多纯文学刊物面临着机遇与挑战。作为《上海文学》杂志社的社长，不到三年的时间，您是否找到了纯文学期刊生存的出路，还是依旧在摸索中？都做过哪些努力与尝试，结果如何？

赵丽宏：最近几年来，我一直在为中国纯文学刊物的前途和命运呼吁。出版单位的转企改制不应该一刀切，对纯文学刊物应该有保护援助的措施。文学作为精神产品，与一般的商品不同，它能陶冶人的情操，提高人的素质，影响人的心灵，它的影响力反映了国家和民族的软实力。纯文学期刊担负着发表优秀作品、培养文学新人的重任，是文化传播的重要载体和渠道，是繁荣文学事业不可或缺的园地。有影响的纯文学期刊，是国家的文化名片，是有社会公益性质的出版物。中国的纯文学刊物，目前在经济上大多处于艰困的境地，很多刊物入不敷出，难以为继。让纯文学刊物和那些通俗时尚的畅销杂志以相同规则在市场上竞争，既不公平，也不合理，对文学事业的发展极为不利。这种现状，希望有所改变。一方面，纯文学刊物必须在坚持文学理想的同时革新求变，更贴近读者，赢得读者。另一方面，政府应该对这些刊物实行一些扶持和保护性的政策，以促进它们的生存和发展。如不分青红皂白将所有期刊改制转企，对纯文学期刊无疑是雪上加霜。为此，我曾多次在全国政协提案呼吁，得到了有关部门的重视。《上海文学》并未转企，也没有改变办刊的宗旨。前两年，我们还呼吁提高稿费，得到上海市有关部门的支持，拨专款用于提高稿费，《上海文学》和《收获》杂志稿费比以前提高了3—5倍。这是对文学创作的尊重，也是对纯文学杂志的激励。

宋　珅：散文和诗歌在这个习惯快餐化阅读的浮躁时代，似乎显得越来越边缘化，甚至很多人转行去写小说，而您却能潜心创作三十余年，您是如何做到的？您的散文风格平静温和，您是如何让自己的心态沉下来的？平时除了写作有没有其他的兴趣爱好？主编《上海文学》有没有对您的创作产生影响？

赵丽宏：读书和写作陪伴了我大半辈子。写作对有些人来说也许是一种追求时髦、与时俱进的事业，而我却始终认为，这应该是一件以不变应万变的事。这是我自己选择的一种生活，是我的人生。万变的是世事，是永远花样出新的时尚，不变的应该是一个写作者的心境，是他对人生的态度，即所谓在喧嚣中寻宁静，在烦扰中求纯真。这几十年，我努力让自己保持这样的心境。我有一本即将出版的新书，书名是《我愿意做一块礁石》。在水中，你可以是浮萍游鱼，随波逐流，也可以是一块礁石，任激流冲击，浪花飞溅，却始终保持着自己的安静和沉着。我愿意做一块礁石。我喜欢散文和诗歌，这些年写作确实以散文为多。但我并没有感觉散文和诗歌的阅读被边缘化，来自读者的反馈告知我这一点。

作家对各种文体的尝试其实很正常，散文家和诗人有写小说的，而小说家写散文的更多。我今年也会有一部小说出版。我觉得，一个文人，应该兴趣广泛，对大千世界的万种风情都有了解的欲望。除了读书，我喜欢听音乐，喜欢笔墨书画，喜欢研究古物，喜欢二三好友聊天，也喜欢一个人谛听天籁。编文学杂志也是我喜欢的事情，主编《上海文学》，当然会占用我的不少时间，但这工作使我和中国当代文学保持一种紧密的联系，也可以成为我写作的一种动力，我想尽力做到编刊写作两不误。

宋　珅：您的很多散文都写到了您所经历的"文革"和"插队落户"生活，那段经历曾是您的创作源泉吗？当时是什么支撑您度过了那段艰苦的岁月？这些作品放到现在90后00后孩子们的教科书中，您觉得他们是否可以理解？或者说现在对于他们的教育意义何在？

赵丽宏："文革"和"插队落户"生活，是我的人生第一课。我早期的写作，很多内容都与此有关。我写过不少散文和诗，回忆、描绘、思索那段生活。是人间的爱，是文学，是对理想的追寻，使我越过坎坷走出了迷惘。这段生活，影响了我整个人生，我现在的写作，还时常会涉及那个时代。"文革"岁月，是现代中国一段极为独特和重要的历史，不能遗忘，值得研究。反映那个时代的文学作品，我相信现在的孩子们能够理解。让他们了解"文革"，了解真实的历史，是极为重要的事情。前事不忘，后事之师。一个漠视或者屏蔽自己历史的民族，是不会有希望和前途的。

宋　珅：您有不少作品入选大中小学语文教材，您写的散文还多次成为中考、高考语文命题材料。现在也有不少出版社推出您的作品供青少年阅读。在您看来，现在的学生应该多读一些什么类型的书？

赵丽宏：我的文章被选入课本，被用作考题，这是我自己无法控制的事情。我写作时，从来没有想过要为孩子们写课文。文章能被选入语文课本，让广大学生阅读，对作家来说当然是一种荣幸，也是一件很有意义的事。但这也可能是一把双刃剑。不同的语文老师，对文章会有不同的解读和教学方法，如果老是让学生背诵默写，像解剖麻雀一样分析文本，提种种问题盘问刁难学生，学生必定拒绝生厌，再好的文章，也可能成为他们的敌人。学生的阅读，绝不能局限于语文课本，应该鼓励提倡读课外书。可以让他们阅读的好书浩如烟海。我认为，有一种阅读，不会浪费孩子的时间，这就是阅读经典，古今中外那些已被历史定论的优秀作品，文学名著。读这样的书，是和智者交朋友。

（发表于2014年）

宗仁发

在整个当代中国文学领域里,文学期刊的品牌意识主要体现在哪些期刊对当代文学的发展起到了不可忽视的重要作用,对当代作家的创作具有重要的推动意义。《作家》希望通过自身的努力能够成为一个比较重要的当代文学的参与者,并在整个当代中国文学的格局中成为一个较为活跃的力量。

当代文学现场中的《作家》
——对话《作家》主编宗仁发

宗仁发 鲁 弘

宗仁发：1983年开始从事文学编辑工作。曾任《关东文学》主编。1988年调任《作家》副主编。1994年任《作家》主编，编审。中国诗歌学会常务理事，吉林省文艺评论家协会主席，长春市作协主席，国务院特殊津贴专家，著有诗集《追踪夸父》《大地上的纹理》，随笔集《思想与拉链》，评论集《寻找"希望的言语"》等。获第三届中国出版政府奖优秀人物奖。编发作品获第一、二、四届鲁迅文学奖，第九届茅盾文学奖。主编《中国年度最佳诗歌》（2001/2021，共21卷）。

鲁弘：吉林大学文学院现当代文学博士。

一、作为文学传播媒介的文学期刊

鲁 弘：作为主编，哪些在《作家》上刊发过的作品给您留下了深刻的印象？

宗仁发：在长篇小说中，格非的《人面桃花》（2004年第6期）是印象比较深的。当年这部长篇小说获得了2004年度华语传媒成就奖和21世纪鼎钧双年文学奖。当然，一个作品的好坏、是否能够成为经典，不仅仅是以获得某种奖项这个单一的标准来衡量的。格非的《人面桃花》，从某种意义上讲，代表着作家，特别是先锋作家在先锋文学高潮之后在创作方向上的某种调整。《人面桃花》既保留了先锋文学的某些因素，又具有一定的故事性、可读性成分，还包括对中国古典小说传统的借鉴与吸取。总体上说来,《人面桃花》是一个多方面因素的结合体。这些因素在同一部作品中有机地结合在一起,这本身便体现了作家在创作上更为成熟的一面。尽管20世纪80年代的文学实验存在着种种问题,但是,这个实验的过程很重要。通过这样的实验,中国作家在一定程度上把西方多种小说技法都操练了一遍。这样,在作家今后的写作过程中,在驾驭小说的时候,会有所体现。在小说技法上,作家会与不会,这显然是不同的。如果会了,作家在具体的写作中,可以在需要的时候选择适合的技法去用;如果对现代派的小说技巧压根儿不了解,那么写出来的东西会很陈旧。从这个意义上说,格非的《人面桃花》是一个具有一定标志意义的作品,作品的艺术生命力也会比较长久。

中篇小说要属刘震云的《温故一九四二》(1993年第2期)。最初,这篇小说好像是为了钱钢编的一本书而写的,一位作家写一篇关于灾难题材的小说。1942年,是一个灾荒的年份。河南那地方饿死了很多人,《温故一九四二》主要就是写这个历史事件的。在许多人眼中,对政治纷争、战乱等一些大事件的关注度要远远高于对普通老百姓生存问题的关注度,在他们看来,普通老百姓在历史大事件中是不重要的。而刘震云在《温故一九四二》中将关注的目光投向了芸芸众生。小说写得令人震撼的地方就在于描写了在灾难来临的时候,生活在底层的普通老百姓是怎样度过这样的非常岁月的。小说中有一名美国记者就是在拼命地为最普通的灾民的生存问题不断地努力。读了这样的小说,确实给人心灵上的冲击力很大。

还有述平的一个中篇小说《某》(1994年第7期)。当时的《作家》还是一个只有80页的小型月刊。述平的小说一下子就占去了37页,再加上两页的创作谈,相当于占去了我们刊物一半的版面。这对我们刊物的整体结构是一种破坏。但是,我们认为这篇小说还是比较好的。于是,当时就下了决心,尽管破坏了我们刊物正常的结构,但还是刊发了这篇小说。即便从现在来看,《某》确实是述平的一个比较有分量的作品。

东西的短篇小说《商品》(1994年第5期)所遭遇的前后两种不同的

境遇，印象也比较深。这篇小说曾经寄了好多地方，都遭到了退稿。东西本人也开始怀疑是不是小说本身存在什么问题。后来我在广西遇到了他，他便提到了这件事。于是，我就说把稿子拿给我们看看吧。这篇小说在形式上有一些探索性的东西，给人的感觉好像不是在以常规的方式讲一个故事。但是，我们还是觉得有一些有价值的东西在里面，之后我们就很快地发了出来。当年还是以头题的形式发的。不久，《小说月报》《小说选刊》等先后转载。这样，同一篇小说前后所遭遇的境遇就完全不一样了。这篇小说之前是大家都不接受，之后呢，忽然间又都认可，这里面有一个很大的反差，是一件比较具有喜剧性的事儿。

此外，还有余华的《黄昏里的男孩》（1997年第1期），印象也是比较深的。再就是我们在1999年第1期推出了"名家短篇元月展"。当时那一期集中了池莉、苏童、格非、洪峰、莫言、潘军、残雪这七位当时的最一线、最有实力的作家，以他们当时新近的短篇小说做了一个专辑。从那一期之后，在任何一个杂志上都很难看到这么多作家作为一个阵容、一个"明星队"集体出现了。

鲁　弘：有没有在《作家》刊发的作品，在全国范围内引发了很大的反响？

宗仁发：从获奖的角度上看，自鲁迅文学奖设立以来，一共评选了四届，《作家》刊发过的毕飞宇的《哺乳期的女人》（1996年第8期）、徐坤的《厨房》（1997年第8期）、潘向黎的《白水青菜》（2004年第2期）分别获得了鲁迅文学奖第一、二、四届的短篇小说奖。鲁迅文学奖中的短篇小说奖应该说是比较有质量的、含金量比较高的、公认度比较高的文学奖项。

从每年小说的转载量来看，每年《新华文摘》《小说月报》《小说选刊》《中篇小说选刊》等一些知名的选刊类刊物转载我们《作家》刊发过的作品的量都不少。各大出版社每年出版的年度选本、知名选家所编的年度选本等作品选都有很多作品是我们《作家》刊发过的。另外，还有一部分刊发的作品被改编成影视作品,比如,张艺谋的《有话好好说》是改编自述平的小说《晚报新闻》(1993年第9期),《绿茶》是改编自金仁顺的小说《水边的阿狄丽雅》(2002年第2期),《天下无贼》是改编自赵本夫的小说《天下无贼》(1998年第5期)。这些作品都是在《作家》刊发的。

鲁　弘:《作家》是否有意识扶持文坛新人?
宗仁发:可以说,扶持文坛新人是文学刊物的重要的、基本的使命之一。刊发一些已经具有一定知名度、一定影响力的作家的作品,这对于一个文学刊物来说,是必要的,也是重要的。多发一些这样的作家的作品对文学刊物来说,也是有好处的。但是,另一方面,能不能发现新人、发现文坛的新生力量,这对于一个文学杂志、文学编辑来说,也是同样重要的。当然,刊发新人新作,这是一件非常具有挑战性的事情。衡量一位编辑有没有眼光、一本杂志有没有水平,发现新人、刊发新作,是一个标志性的衡量标准。因为对于一个有知名度作家的稿子来说,编辑并不在稿件的水平、质量上负有多大的责任,即便作品写得不是特别好,也不会有人责备编辑的水平问题。但如果刊发一个不知名作者的作品,如果作品并不好,那么,有多少人去质问作者本人的水平问题?更多的是质问编辑、刊物为什么会发这样的稿子?所以,刊发新人新作对杂志、编辑来说,是要承担着一定的风险性的,也是一种考验。

然而,正是因为承担了这样的风险,也会因此带来某种乐趣。很多作家在最初的写作道路上,在刚刚踏入文学道路的时候,就能有机会与一个杂志相遇,便会与之凝结成一种很深厚的友谊。当然,这会有很多的方式来实现。比如,发一个作家的处女作,这是一种方式。还可以在作家发了一些作品之后,推出他的一个作品小辑,较为隆重点儿地推出,也可以通过编发专号的方式一次推一批。20世纪90年代我们刊物发了很多当时在文坛上刚刚崭露头角的作家作品,比如,"七十年代出生女作家小说"专号就是这样。不仅如此,《作家》还联合《钟山》《大家》《山花》等四家期刊搞起了一个长达五年的意在给青年作家提供更宽广的舞台的"联网四重奏"活动，东西、李冯、鬼子、李洱、叶弥、述平、金仁顺等都是这个活动推过的作家。

鲁　弘：现今文坛上的作家，有哪些是从《作家》走上文坛的？

宗仁发：有一些作家，至少是在创作的早期，都是在《作家》上发表作品的。包括刚才提到的东西。东西在早期写作阶段，《作家》推他的力度是很大的。苏童在早期阶段，在《作家》发表的作品也不少。还有韩东。韩东当年面临着这样一个问题，就是从写诗转而写小说，当时很多人对此都不大接受，在那个时期，我们《作家》发表的韩东的小说还是挺多的。毕飞宇曾经出过他的一本短篇小说集，大概有二十篇左右的短篇小说，其中有十篇是由我们《作家》刊发的。可见，当年我们发表他的作品的力度有多大。像金仁顺这样的作家的大多数作品也是在《作家》上发。述平的主要作品也大多是在《作家》上发的。不仅这样，我们还会以杂志社的名义向其他更有影响力的文学刊物推荐作品。当年述平的中篇小说《凸凹》，本来是给我们《作家》的，但是，我们看过之后，觉得作品写得不错，认为对于一个省内作家来说，要想在文坛上迅速打开局面，不仅要在《作家》上发作品，还要在更有影响力的刊物上发，于是，我们就以我们杂志社的名义把述平的这篇小说推荐给《收获》。实际上，这样做对于我们《作家》来说，是一种损失。但是，我们从作家的长远发展角度考虑，宁可刊物自身损失一点，也要为作家多提供一些尽可能的帮助，这是需要一点自我牺牲精神的。当时《收获》对这篇小说还是有点想法的，有所顾虑，没有马上就发。这样我们又把稿子推荐给《漓江》，最后，还是《收获》又把稿子要了回去，发了出来。2008年第7期我们发了一个"《作家》七十年代出生女作家小说专号十周年纪念专辑"，里面有作家的创作年表。看看作家创作的年表，就会发现她们有多少作品是在《作家》上发的。

鲁　弘：刊物编辑对新人新作的修改，其审稿的倾向性是否意味着对新人在某种意义上的修改？

宗仁发：我们对稿件的修改有这样两种情况：一种是对比较敏感的问题，或者是对我们刊发时的某些违规因素的局部修改。另一种是在艺术上的修改。我们更多的时候所谈论的修改是从这个意义上说的。也就是说，在艺术方面，编辑会根据自己的一些想法部分地介入到作者的创作活动中去。但是，这种"介入"是需要编辑小心谨慎的，不然，一不小心介入创作的程度过大，会干扰到作者的创作。作为编辑来说，在什么程度上提出一些参考性意见，这是要十分慎重的。

但是，有的时候，这种提意见、修改作品也是很重要的。比如，有一个作者写了一篇叫《女孩》的小说，最初拿来的时候大概有六千字左右吧。我倒是没有给作品加什么东西，而是删减。删减前的小说思路较为混乱，搞不清到底是要写出什么东西。删减一半之后，把小说的字数压缩到三千字左右，去掉那些比较模糊混乱的部分，这样，作为一个短篇小说，小说的条理便清晰多了，作品中有价值的部分也就清晰地显现了出来，成为一个比较好的、比较精致的短篇小说了。小说主要讲的是一个女孩在"文革"期间到乡下的姨家取布票的经历。返家途中小女孩遇到了狼，险些被狼吃掉，受到了惊吓。后来回到家中小女孩与她的母亲有一段对话。女孩说："我遇到狼了。"母亲并不接女孩的话，而是问："你大姨在没在？"女孩又说："我差点儿被狼吃了。"母亲又像在自说自话："你把布票取回来没有？"这一段对话放在一个物资极度匮乏的时代背景之下，可以看出，一个母亲对自己的孩子在遭遇到差点被狼吃掉这样的大事件之后，没有能力去抚慰、去安抚孩子受伤的心理。在这一点上，《女孩》这篇小说还是具有某种价值的，下大力气进行修改还是值得的。作为写作者本人，所谓当局者迷，有些问题未必能够看得那么清楚，而刊物的编辑作为局外人，站在写作之外提出一些建议和意见，还是很有必要的。

鲁　弘：《作家》曾否参与推动某些文学思潮、流派的发生与发展呢？

宗仁发：文学流派的形成是需要一个过程的。有的时候，一个文学思潮、文学流派刚刚形成之初，大多数人未必能意识得到。《作家》曾经做过一些思潮的专辑，比如"后先锋"，我们当时做过"后先锋小说专号"（1999年第4期）、"后先锋文论专辑"（1999年第5期）等等，但是，效果一般。"后先锋"这个概念的提出是有过文学潮流、文学流派方面的考虑的，然而，"后先锋"最后并没有成为一个大家公认的小说流派，认同度不是那么高。我们也做过"七十年代出生作家"的专辑，1998年第7期推出了"七十年代出生女作家小说专号"。可以说，现在"七十年代出生作家"的创作成为一个文学现象，《作家》是其中一个重要的推动者。此前，我们还推出过与"七十年代出生作家"相关的"在路上"这个栏目。可见《作家》对"七十年代出生作家"的关注程度。那些六十年代作家，也就是后来被称为"晚生代"的作家，即晚于苏童、余华等人的后出现的一批作家，当年《作家》推他们的力度也很大，他们曾经是20世纪90年代的创作主要力量。

鲁　弘："诗人空间"这一栏目很早就出现了，几次改版都被保留下来，一直延续至今。2007年第4期还专门报道了"2006年'诗歌榜'事件"。足见《作家》杂志对中国文坛的关注度。为什么对当下并不热门的文学题材投以如此高度的关注？

宗仁发：如果说整个文学在当下已经被边缘化了，那么诗歌在文学中就是被再度边缘化了。然而，在中国民间的刊物中，占绝对多数的却是诗刊。不算网站上发表的，单就纸质刊物而言，大概有几百种之多。它们的印刷、排版大多很是精美，编辑得也相当认真。由于我每年都会编辑年度的诗歌选本，所以，会收到多至百种的这样性质的诗刊。像广东、青海、宁夏等省份还有诗歌节这样的活动。尽管文学、诗歌被边缘化了，但依旧对诗歌狂热的诗人还在写诗。

虽然，《作家》是一个综合性文学刊物，但是，对诗歌的关注是由来已久的。早在1989年的第7期就出过诗歌、诗论专号。此前还比较集中地推出了"第三代诗人"的诗歌作品。早期我们的诗歌栏目的名字叫"诗人自选诗"，后来改为"诗人空间"。这个调整主要考虑的是，如果从刊发诗歌作品的角度来看，《作家》很难与国内其他专门发表诗歌的诗歌刊物如《诗刊》《星星》《诗潮》《诗林》《绿风》《诗歌月刊》等等区别开来，另外还有那么多民间诗刊的存在。这就带来了一个问题：类似《作家》这样综合性的文学刊物如何处理诗歌板块？这是一个比较难处理的问题。我们把诗歌板块定名为"诗歌空间"，主要是考虑到要尽可能地让栏目具有一定的专题性，除了刊发诗人的作品之外，还会配发一些诸如"诗人印象"、访谈录、评论文章等等，这样就自然由诗歌作品延伸到诗人本人，甚至延伸到对诗作的评论这个层面上来。或者配发一些诗人的散文、随笔，这样使得阅读的空间一下子便拓展了，而不仅仅局限在诗歌作品本身。如果单单刊发诗歌作品，那么诗歌板块在《作家》一类综合性刊物中的价值就不会很好地体现出来，也不能与其他类诗歌刊物区别开。

"诗歌空间"这个栏目，直到今天我们还在坚持做。尽管《作家》作为综合性月刊，在文体选择上是更侧重于短篇小说的，但是，我们还是兼顾到其他文体。在兼顾的同时，又在栏目设置上有所侧重，找到各个栏目的不同侧重点，尽量做到栏目本身具有本刊物的独特之处。

鲁　弘："长篇小说专号"始于2003年。那一年只有第9、12期为长篇小说专号，从2004年起一年四期的长篇小说专号被固定下来。期刊的条件并不十分利于刊登长篇小说，但是，《作家》还是在有限的条件下为长篇小说开辟了专栏。这一专栏设置的最初构想是怎样的？

宗仁发：《作家》的改版始于1998年。第一次改版从刊物的容量角度来说，主要解决了一个中篇小说的刊发问题。因为之前的《作家》是一个只有80页的小型月刊。像前面提到的述平的《某》一下子占去了整个刊物印张的一半。一篇小说就占去了一半的结构,其他的部分我们就更不好处理了。改版之后,刊物的印张有所增加,从容量角度上说,也就完全可以容纳下一个中篇小说了。

到了2000年,《作家》进行了再一次的改版,这一次主要是解决全彩制作和办刊理念的一些调整,同时也解决了长篇小说的刊发问题。此前的1999年,我们曾经刊发了潘军的长篇小说《独白与手势》(1999年第7—12期),当时是以连载的形式刊发的。但是,实际的效果表明,连载的形式不太适合月刊杂志。因为现在的读者看连载小说的耐心是相当有限的,对于天天出版的报纸类连载还好说,对于一月一期的杂志来说,很难以连载的方式真正把一部长篇小说连续得上。在我们并不想把《作家》由现有的中型月刊变为大型月刊的前提下,我们在考虑如何解决长篇小说的刊发问题。另外,就目前作家的写作状况来看,与短篇小说相比,作家更倾向于写长篇小说。长篇小说的创作量逐年递增,据相关资料统计,我国一年出版长篇小说的量,以单行本来计算,会有1200余部,与20世纪80年代初期相比,是翻了无数番。在杂志组稿的过程中,长篇小说稿件的资源要远远大于短篇小说稿件的资源量。好的长篇小说稿件会经常遇到,不发的话,多少有些可惜;而短篇小说的稿件又不足,想发的、好的短篇小说的量也少,找不到那么多的稿源。于是,便开始做起了"长篇小说专号"。一开始时,是一年两期,上半年一期,下半年一期,即每年的6月和12月两期。后来做过一段时间之后,发现长篇小说的量是越来越多,一年两期容纳不下这么多的长篇小说,于是,我们就从原来的一年两期变为一年四期,即春、夏、秋、冬四期。

现在我们每一期的长篇小说专号在容量上容纳三部长篇小说,但我们每期都会有几十部的稿源。这些不是一般作者或业余作者所写的稿子,往往是有一定层次的作家所写的小说,我们每期从中筛选出三部。这种情况与我们所刊发的短篇小说的情况是完全不同的。短篇小说的稿源远没有那么充足,每期想要把刊物的框架构建起来,都要努力去发现稿子。而长篇小说部分,有时候在取舍方面还挺难斟酌的。

鲁　弘："小众化"现已成为一种期刊发展的趋势。某一类期刊在办刊之初便锁定了某一类读者。《作家》杂志的读者群是怎样的？

宗仁发：以文学目前的状况来说，希望文学期刊能够吸引那么多的大众读者，是不太现实的。但是，作为一个文学刊物，我们还是希望有一个相对比较合理的读者量。从大的方面来说，各类期刊的分工是不相同的，不同类型的刊物会对应着相应的读者群。近年来，一部分文学期刊已经转型为大众读物，文学期刊更名、改刊的现象屡屡发生。文学期刊的功能也随之发生了分离，有的变为文摘类的刊物，有的变为面向中小学生的课余读物，还有一部分原来是针对纯文学读者的，现在变为通俗文学刊物等等。就刊物发展的角度来说，每个刊物都有自身的定位与选择。这种定位与选择是不同的。对于《作家》来说，我们的读者定位，是具有高中以上文化程度的、对文学比较感兴趣的那一群人，也包括写作爱好者，以及较高层次的相对专业些的大学中文系教师、学生、研究者、作家、评论家等等。我们的读者群的低端部分等于是接续了通俗文化读物的高端位置。如果将读者群的分布按照金字塔的形状划分的话，《作家》的读者群分布应当是始于这座金字塔的中间部分，一直延续到金字塔的顶端。

当然，尽管如此，以中国人口的数量计算，这样的读者的数量按照常理来说也是不小的。也就是说，尽管"小众化"，但所谓的"小众"在数量上是不会很小的。然而，从实际情况上看，也许由于整个文化市场存在一些弊端，导致这个"小众化"在实际程度上实现得并不理想。这并不是说，我们不可能把"小众化"完成，它是能够完成的，但暂时还处于一个努力实现的阶段。一个杂志、一个刊物不太可能跨越那么多的读者层，所谓的"雅俗共赏"，也是相对而言的。

鲁　弘：地处长春这样的城市，与北京、上海等国际大都市的同类期刊相比，如《北京文学》《十月》《收获》等，《作家》在办刊理念上有何倾向？体现出哪些独有的特色以区别于他者？

宗仁发：地方性、地域性这样的问题，一直以来都是刊物发展中所要遇到的问题。在这种本地化的声音里，强调的往往不是从文学流派的角度上所倡导的地域性，比如"山药蛋派""荷花淀派"等等，它所强调的是在利益瓜分角度上的某种要求，带有一定功利性质。我们作为一个刊物是一直都反对和抵制这种要求的。比如说，《作家》是吉林省办的刊物，那么，《作家》就要在作品发表上对本地的作家过分倾斜，也就是说，吉林作家在《作家》上具有某种刊发的优先权。不好的作品，由于是本地作家写的，《作家》也要发表。这种做法，无论是对刊物自身，还是对作家本人，都是有百害而无一益的。甚至对整个文学、整个文坛都是有害处的。我们是坚决反对这种庸俗的、低级的、功利的、所谓地方化的要求的。因为它本身不是文学的地方化要求，而是利益的地方化要求。当年王成刚担任《作家》主编的时期，《作家》曾经发过"北京青年作家小说专辑"（1984年第11期），当时就引起一些人议论纷纷。包括1983年《作家》由原来的《长春》更名，还有人把这看作是僭越。

另一方面，地方性也指代地理环境上的某些因素。像长春，显而易见是一座非文化中心城市。而坐落在长春的《作家》试图与北京、上海这样的文化中心城市的文学刊物拥有一样的影响力，这本身是有一定难度的。北京、上海等地是文化精英集中的城市，文学相对于长春要活跃得多。而长春，位居一个偏僻的区域，往往成为被人遗忘的角落，这无形中增加了我们刊物工作的某些困难。但是，有些事情也是事在人为的。如果《作家》所刊发的作品、文章经常成为人们关注的焦点，刊物自身的影响力、辐射力是不能被世人忽视的。那么，刊物所处的地理文化环境的不利因素也就会大大减弱，或者被超越。比如当年韩少功的《文学的'根'》（1985年第4期）就是在《作家》首发的，多少年过去了，当人们提及这篇"寻根文学"标志性的宣言时，也不会忘记首发它的《作家》。再比如研究"七十年代出生作家"就不能不翻阅《作家》推出的"七十年代出生作家专号"。刊物的影响力就是这样形成的。这种文学史实的东西是不能被抹掉的。如果一个文学刊物不断地出现在当代中国文学的各个现场之中，多个文学现场都有这个刊物的身影，那么，这个刊物本身的内在影响力也就抵消了传播方面的地域局限性。

二、全球化语境下的新元素

鲁　弘：《作家》有着阵容浩大的"海外特约撰稿"和"海外特约编辑"，他们给《作家》注入了哪些新的元素？

宗仁发：时代与社会的发展具有国际化、全球化的趋势。这也是历史的必然趋势。文学期刊的发展也是这样，必然朝着国际化的方向发展。因为不仅社会，文化本身也是需要交融的。但是，一直以来，当代文学期刊对同时代的国外作家作品这部分关注得不够。像与《作家》同类的文学期刊似乎有着某种明确的界限，外国文学这一部分完全交给《外国文艺》《世界文学》《译林》这样的专属于外国文学方面的期刊处理好了，我们这样当代中国文学类的期刊就不再触及外国文学这部分了。当然，我们也不会把《作家》变成《外国文艺》《世界文学》《译林》，但是，我们还是想把一些外国文学的因素，特别是当代的、与我们同时期的国外文学的发展动向注入《作家》里来。包括请一些居住在国外的华人作家写一些散文、随笔类的文章，介绍一些当前国外文化现象、文学现象。有时候，还会做一些带有某种专题性质的译介文章，而且，大多数的这类文章都是与国外期刊同步的。也会做一些关于某一位当下国外作家作品的专辑，并且尽量是请一位作家参与到这样的专辑之中，比如"作家走廊"这样的栏目。这样，也是给当代中国作家在创作方面提供某些参考。从这个意义上讲，这一类栏目的功能主要是提供咨询、开阔视野。国内的一些作家可能更有兴趣翻阅一些外国作家的作品，《作家》提供这样的栏目在一定程度上满足了这类读者的阅读需要。通过这些海外撰稿人、海外编辑，增加刊物的丰富性，也扩大了刊物的阅读层面。

鲁　弘：2000年的改版将期刊的目录作为杂志的封面，出于何种考虑？

宗仁发：改版之后的《作家》变成了一本彩版杂志，增加很多图片类的东西。刊物中出现了这么多的彩色图片使我们有一种担心，那就是会不会让读者误认为它是一个画报类的刊物。但实际上，尽管出现了如此多的彩色图片，《作家》以文字为主体要素的办刊宗旨依旧没有丝毫的改变。它的文字的主体性问题必须给以充分的强调。于是，我们干脆把刊物的目录放到了封面的位置上，以此强调《作家》仍然是以文字为主要传播方式的刊物。也就是说，是以期刊的目录作为杂志的封面这种方式协调了刊物中图与文的关系。在期刊内容的处理上，它的图片是处在从属地位的，起到的是辅助性作用，而文字才是刊物的主体部分，这两者间的主从关系是绝不能颠倒的。以此避免读者真的将《作家》视为一个读图时代里的一本读图刊物，它不是读图的，依然是读字的。

鲁　弘：2000年《作家》改版之前，封面上是两个斗大的字：作家。改版之后，封面上的字体设计出现了一些变化：先是大小相同的"作家杂志"，2006年后"杂志"两字以小字体出现，更突出了"作家"两字。这一刊物名称的字体设计上的变化传递出来哪些办刊理念上的变化？

宗仁发：老版封面的字体差不多是《作家》这个刊物的形象性的刊标了，所以，改版之后我们还是非常希望把这个字体保留下来。但是，2000年改版之初的合作伙伴不倾向于保留刊物的老版字体，而倾向于采用印刷体的字体，于是，当年我们用了一段时期的印刷体字体的封面。正是因为这样，有一部分读者至今弄不清楚我们这个刊物的名称到底是《作家》，还是《作家杂志》？造成了一定的混乱。

印刷体字体的封面用过一段时期之后，发现新的刊物标识会令一部分人误认为《作家》在办刊走向上发生了某些变化。也是为了避免这样的误会，《作家》与他人短暂的合作结束后，我们就恢复了原来封面使用过的老版字体。也就是说，尽管曾经出现过一些波动，但是，在刊物的总体方向上,我们一直以来都是延续着一个办刊宗旨,那就是,《作家》始终把自己的基点定位在纯文学期刊上,不论如何改版,《作家》的这个办刊基点是绝不动摇的,它的最基本的办刊理念始终都没有改变过。在这一点上,今后也绝不放弃,并且还要紧紧地抓住这一点把刊物办下去。

鲁　弘：从2000年起,《作家》每一年的封面设计都有所变化。2007年第1期开始的封面设计、排版印刷似乎已经超出了普通读者对传统的纯文学期刊版面设计的一般想象。这里是否是主流文学期刊在阅读导向上的某种变化?

宗仁发：在2000年改版之初,我们曾经有过一种奢望,那就是,能不能扩大《作家》这个刊物的读者群问题。改版之后的实践证明,这确实是一种"奢望"。关于纯文学期刊的读者量的问题,并不是一个在短时期内能够解决得好的问题。有时候,片面地、一味地强调扩大读者群会部分伤及纯文学期刊的文学因素。《作家》曾经试图融入一些时尚元素,但是,这些元素都没能与文学有效地结合起来。结合得不好,会使刊物在内容上与文学有所分离。比如说,我们当时做过"白领折子"等时尚性的栏目,也发过"杭州美女地图"等类似纪实性的文章,但实际上,这些东西都与文学的关系不大,所以效果不是很理想。也就是说,这些时尚的元素没能帮上文学的忙,反倒是伤害了文学自身的要素,于是,在两者的取舍上,我们最终还是放弃了借时尚元素拓宽刊物的读者面的这种想法。

鲁　弘：将"作家走廊"这样图文并茂的栏目作为杂志的最前面部分,并且以彩页设计,是否与期刊的品牌意识有关?

宗仁发：改版前的《作家》一直是四大板块：诗歌、小说、散文和评论。如何打破这四大板块的束缚,是我们自改版以来一直在试图解决的一个问题。改版后,小说板块,我们将短篇小说部分改叫"金短篇",强调小而精；将中篇小说部分改叫"小中篇",因为刊物的容量有限,我们不发太大篇幅的中篇小说。取消了散文板块，取而代之的是"作家故事""记忆·故事"这类栏目。也就是说，不再泛泛地发散文、随笔了，而是发一些某种类型的散文，将散文栏目具体化了，有所指向。诗歌板块，改版为"诗人空间"。评论部分，根据具体情况较为灵活地刊发一些评论文章，或者是以作品配发的方式。或者是以作家专辑配发的方式，至于如何将评论文章与刊物整体融合在一起，这还是一直在试图解决的问题，所以，评论板块还在不断调整之中。

"作家走廊"放在杂志的最前面部分，主要是出于读者阅读方面的考虑。走廊嘛，见了面，自然而然地打声招呼，寒暄几句。也可以看作是进入正题前的"预热"阶段。读者打开杂志，并不马上正襟危坐地开始读小说，而是先随便翻翻，发现对某个话题感兴趣便多看两眼。就是这样，给读者一个阅读过渡。这与开板儿就读作品的感觉是不太一样的。读者的阅读过程首先从放松开始。阅读是一种轻松的、自然的过程。翻翻看看。而且"作家走廊"里的文章大多比较短小，有一点杂七杂八的感觉。如果说借鉴中国人的办刊经验的话，我比较欣赏的是沈昌文当年办《读书》的说法，叫"不三不四"办《读书》。"作家走廊"就多少有一点"不三不四"，但恰恰是这种"不三不四"往往是一本杂志、一个刊物所需要的。

三、文化转型时代的文学期刊

鲁　弘：在现今的文化转型的时代里，文学已然"让"出了20世纪80年代的"中心"位置。文学已经很难制造出20世纪80年代的"轰动效应"了。作为主流文学期刊，《作家》是如何应对文学边缘化这一不争的事实的？

宗仁发：从生态系统的角度去理解，文化就好比是一个生态系统。一个生态系统是需要多样性的、多元化的，它需要有不同的物种的存在。文学刊物，在整个文化生态系统中，是这个系统中的不可缺少的重要组成部分。如果我们的所有的期刊全部走一条路线，全部都是大众刊物、通俗刊物，也许由于通俗刊物、大众刊物的受众群体比较大，它们的生存境况也就会好一些，遇到的困难也会少一些。但是，由于各个刊物的面孔是一样的，那么文化生态系统的整体面貌就显得过于单一了。纯文学期刊就面临着这样的问题，它处于这个文化生态系统的边缘，甚至是边缘的边缘，处于濒临灭绝的危险境遇。假设按照目前纯文学刊物的改变、减少的速度发展下去的话，纯文学刊物的数量势必会越来越少。就是在这样的背景下，一个纯文学刊物能不能坚实得住，这绝对不是一本杂志、一个杂志社自身生存的问题，它也不是某一个办刊人个人的发展问题，它涉及整个文化生态系统的多样性问题。文学期刊，在整个文化生态系统中起到的是一种调解的作用。文学期刊，好比是文化生态系统中一块自然存在的"湿地"，而今，在当下的文化系统中，这样的"湿地"是越来越少了。它既然存在，就有它存在的合理性。试想一下，如果大自然中的湿地都没有了，那会怎样？沙尘暴会越来越多，沙漠化的情况会越来越严重。同样，如果纯文学期刊真的没有了，我们的文化格局又会怎样？

  文学期刊存在的必要性是不言而喻的。问题的关键是，我们的社会、政府相关部分是否真正地意识到了这一点。以我们国家经济现在的状况来看，是否具有保护纯文学期刊生存的问题并不是一个经济问题。就目前的文化情况来看，文学期刊还没有行之有效的手段去处理好刊物与读者之间的关系问题。在这种情况下，急着将文学期刊全面推向文化市场，也是不够现实的。在这种情况下，首先要解决的不是读者数量的问题，而是自身的存在与否的问题。首先要保护它，使它存在，在它得以存在的前提下，再逐步解决扩大读者数量的问题。这是需要一个过渡的过程的，在这个过渡时期，需要国家政府在文化政策上有所支持。当它自身形成了良性的运作机制，具备了自身的造血功能的时候，到时候不用推向市场，它也很可能就已在市场里面了。

  另外，绝大多数的作家在创作成长的道路上都有过相当长的在期刊上发表作品的阶段。很多作家都是先在文学期刊上发表作品,发过几年、甚至十几年之后,才有能力、有机会结集或写长篇出版。作家写作的最初阶段的足迹大多在各个文学期刊上。如果没有了文学期刊,很难想象作家的成长又会是一个怎样的过程?所以,不能单单从发行量等一些狭隘的眼光去衡量一个文学期刊的存在价值。

鲁　弘:《作家》杂志从2007年起,增设了"作家访谈""作家对话""作家影记""作家演讲"等一系列非作品类的栏目,这种做法是否会弱化刊物的作品类栏目?

宗仁发:这有两方面的原因。一是我们现在好的作品数量越来越少,作品板块经常是找不到那么多的好的稿件要发,但又不能因此降低审稿、刊发的标准和要求,如果这样做,会导致刊物整体质量、水准的下滑。二是想从多个角度、多个方面为刊物自身提供丰富性。除了作品之外,还展示作家其他方面的东西。对于那些喜欢某些作家的读者、那些专门从事当代文学研究的工作者来说,这些非作品类的栏目为他们提供了一些背景性的、可供参考的阅读资料。从这个意义上讲,《作家》要争取多为当代文学研究提供了解和研究作家作品的途径,从多个侧面提供与作家、作品相关的资讯。

鲁　弘:在一个网络传播的时代,互联网的普及大大改变了人们的阅读方式,改变了文学生产与传播的方式。随着原创文学网站的开设、网络读书频道等网络文学媒体的稿酬体制的逐步完善,网络文学媒体不仅分流了部分读者,而且催生了网络写手。《作家》曾经刊发过网络作家的网络作品吗?

宗仁发:发过。在20世纪90年代《作家》曾搞过"联网四重奏"这样的活动。当时是我们《作家》和《钟山》《山花》《大家》一共四家杂志社联合推出的一个活动。在这个活动中也算是比较早地关注到了网络创作的状况。这个活动的最后一年,我们选择了一些网络作家的作品,以"联网四重奏"的栏目刊发了大概一年左右时间。此外,我们《作家》还发过长春的一个网络作者的作品。最初我们注意到这个作者是在网上。当时网络上挂出了一个名为《长春垃圾》的小说,作者署名是老韩头,是一个80后的作者。后来我们发现这个作者是长春的,由于是本地的嘛,便于联系,之后以韩雨山的名字在《作家》上刊发了这个作者的其他小说作品。这是我们把网络作者吸引到纸质平面刊物的例子。

但是,这也存在另一个问题。因为网络作品和平面媒体还是有差别的,网络上发过的作品,我们平面刊物也没有太大的必要再重复刊发。所以,还需要寻找到一个比较恰当的方式发表网络作品。还有一种情况是,一部分人不上网看小说,只看平面杂志,我们为这一部分人提供了一些网络小说的新动态。毕竟网络小说在写作风格上是有新的因素的,《作家》为像韩雨山这样的作者提供了展示的机会和空间。至于以何种方式更好地发表网络作家的作品,这个问题还需要进一步探讨。

鲁　弘:网络文学并不只是把传统纸质媒体的文学作品电子化后挂到网上,也不只是利用网络的多媒体性质而创作出来的联手小说。真正的网络文学必须是包括网络文化特质的个人化文字。如果刊发,对网络文学与传统文学的刊审标准是否有异?

宗仁发:这肯定有一样,也有不一样的地方。我们作为平面杂志要不断地吐故纳新,吸纳网络文学中鲜活的成分、因素,因为网络文学已经成为当代文学的一个组成部分。网络文学自身有其自成一体的东西,它的鲜活因素也应该被吸纳到我们平面媒体之中。当代文学的发展也需要网络文学为之注入某些新的元素。但是,从网络到平面是需要一个过程的,我们在这个过程中还在不断地尝试。

鲁　弘:《作家》这样的综合性文学期刊是如何处理评论性文章的?

宗仁发:《作家》是有刊发评论性文章的传统的。过去《作家》刊发过的作家所写的评论性文章对整个文学思潮的发展变化都起过推动作用。

比如当年除韩少功的《文学的"根"》（1985年第4期）外，李杭育的《理一理我们的根》（1985年第9期）、郑万隆的《中国文学要走向世界——从植根于"文化岩层"谈起》（1986年第1期）都是在《作家》上刊发的。这些关于"寻根文学"的文章对"寻根文学"思潮的影响是有目共睹的。除作家所写的带有评论性质的文章之外，还有一部分是由评论家所写的评论文章，比如我们发过朱大可的《空心的文学——关于新时期文学的白皮书》（1988年第9期），这是一篇带有反思和批判意味的对当代文学现象进行质疑的文章。《新华文摘》对我们在文学批评栏目中刊发过的评论文章的转载率还是很高的。

  《作家》改版之后，关于评论文章这个板块就有些不太好处理了。我们曾经用过"每月话题"这个形式做过一段时间，但是，坚持得不是很好。现在评论文章到底怎么发，这还是一个问题。当然，我们可以结合作品以作家作品评论的方式发，这是一种可行性形式。除此之外，还有没有其他方式把文学批评、当代文学评论转变为《作家》的一个重要组成部分，给文学评论、文学批判在改版后的《作家》里找到合适的位置，接续上我们刊发评论文字的传统，这将是近期我们要处理的一个问题。

（发表于2011年）

韩旭

这是一个文学的家——人的心灵,以及让文学抵达这个家园的路径——包括各种文学媒介乃至既定的文化形态,都处于巨大变动之中的时代。一位同样做文学编辑的朋友对我说:哪怕文学已经死去,我们也该以守灵人的身份终身留在它的身边。晚上发呆的时候,我想,文学的灵魂是存在的吗?不知道。在我的感觉中,文学倒是更像我故乡的山中那些种类绵延不绝,却永远不会有两株相同个体的植物。它们养育我们,使世界成为世界。任何坚硬的东西都会腐烂,而植物生生不息。侍弄植物的人是有福的,当个文学编辑亦如是。

《大家》十八年
——《大家》副主编韩旭访谈录

韩旭 小二

韩　旭：1963年生于昆明。1984年云南大学中文系毕业，到云南人民出版社从事文学编辑工作。1993年参与《大家》的筹办，1994年《大家》出刊后，于1995年任副主编至今。

小　二：1982年生。云南大学文艺学在读博士。有长篇小说、中短篇小说、诗歌发表。

小　二：您在《大家》工作多长时间了？

韩　旭：十八年。

我们《大家》历史短嘛——1993年2月初，云南人民出版社经过一段时期的准备，正式成立期刊编辑部，筹办《大家》。李巍、海男、潘灵和我就是该编辑部最早的成员。

对，现在还守在这儿的就剩我了，他们都西辞黄鹤楼，飞向烟花三月天了——哈，文字游戏耳，没什么隐喻。其实是：他们有的退了，有的调了。当然故人们的帆影还是时而一过《大家》之门的。

小　二：说说工作中有趣的人和事（比如同事之间，以及编发刊物的过程中和作者之间的沟通，你印象较深的事件）。

韩　旭：啊，我这人就是记不住大事，净记些好玩儿的细节。比如1993年2月13日，全靠李炳银老师帮我们张罗，我们几个边疆来的梦想办本好杂志的人，在北京长城饭店请上了王蒙、汪曾祺、李国文、张洁、谌容、张贤亮……一大批大师吃饭了。我们抠搜，菜少。老师们话可多，让我们真是大开眼界，受益匪浅。老师们为我们谋划未来的刊物，还为我们心疼钱——除了汪老师喝得还好，其他老师都挺节制的。结果，一瓶茅台居然剩了半瓶。我和潘灵捡回去，垫着拖鞋坐在地下室的地板上喝了，快活似神仙哪！第二天打扫卫生的大嫂子捡到空瓶，惊呼：哟！这云南人真懂得享受哪！穿的住的倒不咋样，喝上可舍得花！吃饭那天是我的三十岁生日。潘灵说：老韩，你这辈子最风光的恐怕就这一天了……后来有一回我和潘灵去山东出差。坐在火车上，有人问我们是干什么的。因为我俩一个瘦一个胖，潘灵张嘴就答：说相声的。全车厢鼓掌，欢迎我们来一段。我吓得差点儿跳车。潘灵机灵，起立鞠躬说：谢谢大家对我们的厚爱！可是咱做相声演员的得对观众负责啊，没有准备，哪能张嘴就来呢？这可是师傅教给我们的艺德。请大家关注我们将在央视播出的节目吧……那次回到了济南，和贯通大哥、长水老师他们吃饭。贯通豪迈，一边声明不能喝酒，只和谁谁表示一下吧，一边对每个人都热烈表示，结果比谁都喝得多……瞧，都是喝酒的事儿。其实我一点儿也不能喝，一喝就醉……也有别的。安徽的苏北到昆明，叫我带他去看汪先生在联大时常活动的地方。我们从当年的长春路走到大西门，再到联大旧址，我一路告诉他这里大概就是汪先生听过戏的那个茶馆在的地方了。这里应该有过那个丈夫没出息的女人的茶馆。可旧时街貌早没了，我们踏过了前人行走过的经纬度，而穿行在另一个世界里……就是这个苏北，有一回在北京遇上了，我就跟他回他住的旅馆。第二天一早，我还想多睡会儿，他已经买了油饼豆浆回来，厉声叫道：太阳多好，快起来从事文学事业啦……哈哈，说不完，都是些陈年旧事。看来我也上点儿年纪了，近的事儿倒不如远的事儿记得深切了。

小　二：一种文学现象的发生，比如说"朦胧诗""新写实小说"，文学期刊一般反应较为敏感。在这方面，《大家》有过对哪些文学潮流、现象或事件的参与、讨论甚至推动?

韩　旭：我想，任何一种文学现象，就像其他的社会现象和文化现象一样，其产生、成长，既离不开创作者突破陈规的热望、天才的创造，也离不开阐释者敏锐的洞察、深刻的理解，以及广大受众的认同等等。总之，它是"历史的合力"的产物。当然，文学媒体的作用也很重要，但媒体同样躲不开上面这些因素的制约，它的"势利"嘴脸是必然的。所以努力地、尽可能地超越这种势利，也就成了媒体应该秉持的一种品格。

世纪之交的时候，《新周刊》曾把《大家》列为在世纪末的十年中对中国文学最具贡献的文学期刊。的确，《大家》从创刊起，就以坚持先锋性，提倡积极的文学创造、多样的形式探索作为自己的努力目标。在《大家》创刊后的一些年里，我们不仅努力以开放的态度对待各种新的文学观念和形式探索，尽可能将它们迅速在我们的刊物上展示出来，还曾经主动策划、推动过"跨文体写作"——我们的主编李巍老师（《大家》原主编——编者注）将它命名为"凸凹文本"——等写作尝试。

然而，《大家》创刊的时代，应该说已经是以"先锋"为号召的20世纪80到90年代文学形式革命的末期了。那种在长期的禁锢之后，哪怕仅仅是一个与标准姿势不同的动作带来的新鲜视角、一句语焉不详的话语造成的某个词与它既定的意指之间联系的松动，都能牵动无边的联想，让我们体验到灵魂解放的巨大快感的时代已经过去。当一批在创造性地使用文学语言、在探索人性的复杂性、在表现命运的诡奇等方面卓有建树的写作者开始把笔触伸向真实历史中厚重的生活，并不再回避体味和发掘传统的文学手法、范式丰富的内涵和生命力，另一些只为追新逐奇，甚至为了赢得江湖名声而故作怪异之文的写作者也走到了写作的末路。而社会生活的急剧变化，更让读者和大批有理想的写作者把反映现实生活看成了文学最具魅力的使命。当然，当年"先锋"文学开拓的文学疆域，创造的许多表现手段，也融入了主流的文学创作之中。因此，在进入新世纪的这些年，我们像一些有过同样追求的期刊一样，"先锋"色彩明显淡化,所发作品在形式上似乎也不那么新奇特异、光怪陆离了。但《大家》没有也不会放弃对文学创造的多样、文学表达的深度和广度的追求。

这些年来,我们在选稿中一直注意选择各种在题材、形式等方面不肯拘泥于陈规而努力开拓新鲜天地的作家作品;同时,对那些具有经典意味的、在文学发展中具有里程碑意义的作家和创作方式,始终保持着高度的尊重和期待。

我们似乎更多的是在守望。

当然当然,不管是该叫作"现实主义的回归"(依我看这等于让西方文学史上的"现实主义"一词完全丧失了所指),还是该叫作"爬行的写实主义"(啊,我不知道那"爬行"的动作是否疑似"抚摸"),最近这一个时期,津津于摹写日常生活的表面的文学创作,的确是"风起云涌"啊。这同样是不以个人的意志为转移的。《大家》就在这个现场中,当然不会与之绝缘。其实,我自己就很喜欢"写实",福楼拜、契诃夫、卡佛、巴尔加斯·略萨……

在这样的时刻,《大家》更渴盼那种对语言之美的无尽性充满坚定的信心,以探索和展现世界的无限可能为己任,不仅满足于告诉我们"我曾经怎样",更和我们一起探究"我可能怎样",因而和我们所有真正的读者一样,永远谦逊地在"我们是谁,我们从哪里来,我们要到哪里去"这永恒的困惑中,珍爱着生命、护持着生命尊严的写作。

小　二:《大家》在中国当代文学期刊中的地位不容忽视。作为主编,你有一些什么样的选稿原则?

韩　旭:写出自己的真趣味;不违背原则。

小　二:在许多读者的记忆中,《大家》响当当的名声有一部分应该是来自它的倚重名家、创新和多变;但也有一种声音说,今天的《大家》不仅离名家越来越远,而且锋芒不再。对此,您有什么看法?

韩　旭：这个问题其实我们刚才已经涉及了。要梳理《大家》这些年变化的轨迹，我想，不光要参照当下文学创作环境、文学创作大格局的状况，也需要从刊物自身的生存环境来考察。

《大家》于1993年筹办，1994年创刊。它创办以来的这十八年，正是中国文化产业、出版业改革一浪高过一浪的年代。也许有些读者朋友还记得，《大家》最初在宣传和自我说明的时候，每每是以"理想主义"自诩的。我们李巍老师也挺认同人们把他称为"斗风车的唐·吉诃德"。其实一种理想主义的态度，在那个被媒体断言为"大型纯文学期刊已走入冬季"的年月里，在边疆的云南省立志办出一份面向全国、基本具有全国水准的大型文学期刊，是我们整个出版社上上下下共同的追求。当时，我们云南人民出版社承担着全省中小学教材的租型出版，每年少说也有好几千万的收入。拿出一点钱，哪怕就是打了水漂，只要做的是一件非常有意义的事情，云南出版人当然不会皱眉头。

也许是对新时期文学发展成就的一种由衷的珍爱，也许也有我们《大家》最早的几个成员个人喜好的印记，甚至也不排除为取得成功而有意取悦当时普遍具有文学兴趣的青年知识阶层，我们在获得了像王蒙、汪曾祺老师他们这一代前辈，刘恒、林白、陈染、王朔、苏童、格非、余华等大批新锐的支持，以及活跃的评论家王干兄的大力帮助之后，信心十足地把《大家》办成了一个"名家、先锋、新锐"特征鲜明的刊物，并且积极参与文学活动，和《作家》《钟山》《山花》《作家报》联合展开"联网四重奏"活动，和红河卷烟厂合作设立"大家·红河文学奖"……

那一段时间，《大家》虽然也经常觉得紧巴巴的，但实际上办刊条件还不错，一年四季，我们都有人在文化的中心城市走动。后来，云南像全国各省市一样，成立了出版集团。一个靠行政命令而不是靠产业整合而成立的集团，在成立之初，只能从下属机构中拿出一部分好资产形成自己的支柱产业。我们社的中小学教材经营权移交到了集团，云南人民出版社只能为生存而挣扎。

同时，中国的期刊市场发育相当不成熟。各种不同类型的期刊拥挤在报刊征订和报刊零售这同一条狭窄的通道上，当大量时尚类、生活类杂志涌入这条通道，当文学阅读已经成为少数人的事情，文学期刊在卖场上的全面溃退势所难免。而刚刚从计划经济中被动而费力地走出来的中国出版，在产业链接等方面的运作是何其薄弱啊！尽管出版社珍视在行业内有了一定声望的《大家》，总算忍着肚子疼没让它死掉，但工作条件是不得不压到最低限度的。在文坛大势风云变幻之际，《大家》偏安一隅，虽然是汪洋中的一条船，居然在扬子江心没有断缆崩舟，也算是老天爱笨小孩啊！

在这一时期，我们在定位上做出了一些调整，把"名家、先锋、新锐"的定位改成面向中青年写作者，以多元的风格构成期刊，追求真性情、真趣味。几年的努力，还是得到了不少朋友的认可和大力支持。

从2011年第3期开始，《大家》栏目做了较大的调整，在我们出版社更加给力的支持下，我们集中了更加得力的人员，特别是外聘了雷平阳来担任首席策划、组稿，划了多少年的烂船，现在是又有名家坐镇支撑了。哈哈！

于是乎，作者队伍和稿件质量，我负责地说，是重新上了一个很大的台阶。我们在栏目和版式的设计上，也有了新的面貌。

我怀着无比激动的心情，希望这一次革新能得到广大朋友的认可和扶持。

小　二：云南地处边地，文化上似乎也处于边缘状态，但在作者和读者心中，《大家》是一个响当当的品牌。作为主编，您是否有意保持刊物的独立性？

韩　旭：所谓的独立性，好像李巍老师当时是比较敏感的。我呢，也没怎么刻意注意这个方面，出版社已经改成企业了，咱一个公司里打工的，有啥吃啥。不过呢，《大家》在多年前就已经形成的一些基本路数，也多少保持了下来。从归属来说，我们是出版社办的杂志，和各种文学、文化机构是合作的关系，现在的问题是，传统的条块分割模式仍然潜在地产生着影响，因此合作的机遇和空间并不是很充足，形式也不是很多样。在出版社内部，我们有义务服务于我们社、我们集团的核心价值，但现在的问题是，出版业的原始积累和商业开拓太薄弱了，没有经验也没有机制让《大家》这样一个"名刊"充分发挥出核心产业的价值，形成良性的产业链。这倒让我们的操作蛮有"独立性"的——孤零零标杆一棵，搭不成什么"平台"，鸟儿也很少来这儿做窝。这种情况，全国出版业随处可见。是吧？

在选稿上，我理解的"独立性"，并不是一个杂志只能有一种狭窄的取向，我希望的"独立性"是，每一位编辑都用独立的判断，去选择他喜欢或认可的稿件，合在一本杂志上，才会构成既鲜明独特又丰富多彩的风格。

"边地"云南在20世纪80年代还经常被居于中心文化的视野之外，本土文化的自信心也不总是那么足。在网络时代的今天，在现代化进程飞速发展的今天，云南文学一方面呈现出对本土元素的自觉，一方面和中心地区呼吸相通。在这里办刊，我倒觉得并不总是有挤挤缩缩之感，有时还有思想能够更放开的感觉。实际上，云南高原自古就是一个放眼世界的地方，各种文化在这里汇聚、融合、变异，要不怎么叫"七彩云南"呢？古今中外，我们常常看到一种现象，那就是当某种中心的文化式微的时候，往往是原来居于"边缘"的文化给它输入了新鲜的有活力的血液，才使它重新振作起来。没准云南将成为中国文学的再生之地，哈哈哈！

小　二：在您心目中，列举三个您认为最好的中国文学期刊。

韩　旭："三"这个数字太具体了吧？让我随口说几个充满景仰的杂志吧：《人民文学》《收获》《十月》《花城》《西湖》《山花》《作家》《钟山》《青年文学》。

小　二：很多编辑同时也都写作。我读过您博客上的诗，非常令我吃惊,因为好极了。但您为什么不发表?

韩　旭:年轻时候,是因为总以为还可以写出更有意思的东西;现在是因为只是偶然能写出几首来。如果我能找回来一个比较稳定的写作状态,我也会投稿的。

我是个老文学青年,长期没有成功的经验,教训倒是有一点:在大学和刚毕业的那一段时间,我写诗,但并不勤奋。一方面是抱着写着玩儿的心态,同时又有虚荣心作祟,有些好高骛远。后来当生活变得有些繁忙,同时又有觉得没有惊世骇俗的作品,颇为焦虑,于是写东西这件事就慢慢搁下了。现在看来,坚持写,坚持表达自己能表达的东西,才是最重要的。连博尔赫斯也说过,成为作家并不是想写什么,而是能写什么的问题。当一件事情成为生活中可有可无的东西的时候,它就会退出你的生活。

小　二:文学期刊的发展和生存空间有多大?

韩　旭:先说生存才能谈发展。按我想,文学是只要有人类就不会消失的。文学活着,承载文学的媒体就不能没有,可是文学生存在什么媒体上,那倒不一定。我们现在所说的文学期刊,特指纸媒。在今天,年轻一代特有的电子阅读和网络阅读的习惯,恐怕倒比捧着一个纸本本的习惯还要普遍哪!所以整天鼓捣这个纸玩意儿,"空间"肯定是越来越小了。噫吁兮呜呼哀哉!

我们现在这些干这事的人,特别是那些在本行业中的肉食者,就是找不着北,没有能力也不十分努力强化创新能力,"与时俱进"地建设适合时代的新媒体。

这只是一个方面。

另外一方面,在一个和谐而丰富多样的文化环境中,文学毕竟只是生活的一隅,在多种多样的文化消费中,文学这一块能分到多大一块蛋糕,是显而易见的。中国正处于一个高速发展、社会变化急剧的时期,不论是谓之"浮躁"还是"快节奏",我们在生活中能够静下来享受语言之美的时候的确是少之又少。所以，且不要说"文学期刊"如何如何，先谈文学的生存空间——"皮之不存，毛将焉附。"在中国漫长的古代，无论富足还是贫穷，阅读始终是人们，至少是识字的人不可或缺的生活内容，"寂寂寥寥扬子居，岁岁年年一床书"；在世界上许多民族中，阅读也是人的生活中必然的一个部分。可是今天中国人的阅读，特别是对"无用"的文学的阅读，的确是太少了。这种现象，责之于民众，特别是青年民众，说他们"素质太低"啦什么的，实在是没什么意思。改变这种现状，肯定是政府的责任。

另外一方面的经验是，在西方发达国家，期刊有直接进入卖场的，有"直邮"的，有通过某些俱乐部或协会发行的，"鸡走鸡路，鸭走鸭路"，而不能简单地依靠销售市场和广告经营谋求生存发展的文学期刊，大多有固定的基金会、财团赞助。因为文学不仅仅是一种消费，更是一个民族共同拥有的甚至于也可以说是整个人类共同拥有的一份"非物质财富"，赞助者在赞助活动中，并不简单地追求声誉甚至是自我满足这样一些回报，而是在尽一个公民所应尽的义务。那么公民要尽一种义务，作为一个社会来说，它也需要某种机制。这里又提出了两个方面的问题，第一个就是我们的文化市场究竟何时能够发育到有足够的手段让各种各样的文化产品能够通畅地抵达它所需要的人的手上，像现在我经常听到读者朋友，甚至就是昆明的读者朋友告诉我，在哪儿也买不到《大家》。而我手捧着自己的杂志直接送到报刊亭，请他给我代销，也常常有店主觉得"不好卖""占地方"而拒绝我。这种情况，其实是不正常的，也与今天已经高度发展的商业文化是不相适应的。第二个方面的问题是，肯定需要有政府主导的文化运作的多元健康模式的建设也实在是迫在眉睫了。

当前，我们国家对国家"软实力"的重视程度是越来越高了，相信我们面对的这些问题不会无解。所以我相信，"星垂平野阔，月涌大江流"的意境，肯定会是中国文学事业明天的真实。

（发表于2011年）

陈鹏

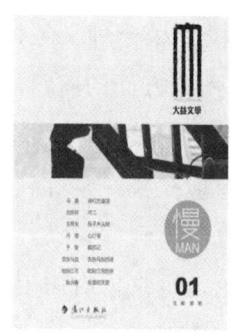

我们是大益集团的子公司，资金由集团全力保障，这就是底气。《大益文学》要想长远发展，大益集团就必须长期投资，提供足够的运营经费。我相信集团的实力，哪怕效益不怎么样，集团支撑一个小小的文学院应该没什么难度，因为我们每年花不了多少钱。我对国内民刊了解不算多，只知道深圳的《民治·新城市文学》做得很不错。民刊需要钱，这是必须的。

我们要的就是尽可能不同凡响，不流俗，不跟风。现在跟风的文学太多了，好的标准也被消弭了。好像圈子叫声好，才是好，罔顾经典的坐标、先锋性的坐标。我们的追求无非就是，一定要做优质的文学，绝非人云亦云。而且一定要有世界性的眼光。很多文学的经验其实早就是新时期三十年来的常识，但坚持常识，在当下，有时候也变得异常艰难了，仔细想想，这挺可悲的。好在，还是有不少值得我们尊重的期刊前辈们，为当下文学发展做出了非凡的、卓越的努力。

《大益文学》目标高远，难度可想而知
——《大益文学》主编陈鹏访谈录

陈 鹏 凌之鹤

  陈鹏，1975年生于昆明，国家二级足球运动员。17岁开始发表小说。近年在各大刊物发表作品。曾获十月文学奖、滇池文学奖、红豆文学奖、莽原文学奖、湄公河国际文学奖、华语青年作家提名奖、云南文艺一等奖等多种奖项。出版长篇小说《刀》，中篇小说选《绝杀》《去年冬天》《向死之先》，足球短篇小说集《谁不热爱保罗·斯科尔斯》，现居昆明。昆明作协主席，《大益文学》主编。

  凌之鹤，诗人，独立评论家。云南省作协会员。纯文学民刊《滇中文学》主编。本名张凌，回族，号黄龙山人。公务员。1971年10月生于滇中嵩明。16岁发表处女作。常用笔名有荆棘鸟、安兰、凌之鹤、小李伊人、西门吹酒。著有《醉千年：与古人对饮》《独鹤与飞》《为文学祭春风：凌之鹤文学评论选》。

凌之鹤： 首先界定一下你现在的身份吧。小说家、编辑，或者别的什么？你更认同哪一种指认？或认为哪一方面的成就最高？

  陈　鹏： 我就是一个在大益集团工作的员工而已。这是正式身份。即，大益文学院院长。我写小说，也做主编。我当然认为自己首先是小说家，因为太热爱写作。主编一本刊物（书系）有点误打误撞的意思，虽然，我同样为之呕心沥血。不敢说成就，一切都还在路上。尤其小说写作，这些年，我越写越心虚。还得不断努力。

凌之鹤：小说是你的命。马原如是说。对此你有何感想？能就此谈谈你的文学初心吗？

陈　鹏：有些夸张，但本质上……也许是对的吧。毕竟，我把儿子都取名"小说"。我对小说的迷恋持续了二十多年，无法想象离开它做点别的。当年进入媒体也还是为了今后要写作。毕竟单纯的写作者很难养活自己啊。我对小说的爱成了日常功课，不停地看，不辍地写。类似一个手艺人，每天坐下来认真干活并且渐渐成为习惯。嗯，对待习惯，你有什么好说的呢？就像我每周习惯了踢球、跑步，它自然发生，自然结束。文学初心这种提法太大，写作者的出发点无非是不吐不快，吐之而后快。写作是我们快乐的源头，不是痛苦所在，也不敢预设多么远大的目标。如果非要论及"初心"，快乐地写，尽量写得好一点，算不算？

凌之鹤：呃，这种状态外行人听起来似乎不可思议，但对一个真正的写作者而言，其实恰是寻常的事。约翰·斯坦贝克曾说过，想把什么东西给写好了，你必须要么爱它到死，要么恨之入骨。说句玩笑话，无疯狂，不文学。回到正题，近几年来，文学界普遍看好云南诗歌创作，认为云南出诗人，甚至有诗歌水准压过小说的偏见了。但据我的观察，作为文学滇军的重要力量，云南小说创作的成就同样不容忽视。比如彭荆风、黄尧、汤世杰、范稳的作品，在当代文坛亦颇具影响。你看好云南的小说家吗？能否说出几个你认为优秀的小说家？直接地说，云南小说的成就在中国小说界能否获得相应的地位？

陈　鹏：云南诗歌有先发优势，所以影响似乎更大些。就地理上看，云南是高原，的确更容易催生天马行空、"大脑缺氧"的优秀诗人，小说家太需要理性介入，所以整体似乎偏弱。不过，总体上云南小说挺棒的，一点儿不差。云南小说家当中，范稳、张庆国、存文学、潘灵、胡性能……早期王坤红都很优秀。中生代，我、包倬、马可、马瑞羚、黎晓鸣也都不错。至于地位，原因复杂，很难一言以蔽之。但必须承认，我们的中短篇不落人后，但长篇，还需要更大的野心和抱负。

凌之鹤：你本人的文学抱负又何在？你多年来的创作是否受出版商、评论家甚至读者的影响。你取悦读者还是自己？

陈　鹏：写出能与经典——我指的是西方经典——掰掰手腕的好小说，无论长篇短篇。这是我的抱负。多年来，我的写作基本不受杂志趣味、评论家、读者的影响，只写自己想写，先满足自己。

凌之鹤：从你的阅读倾向看，你喜欢的作家多为西方文学大师。中国作家中，你最喜欢谁，或者说创作上受谁影响最大，你现在如何评价他的作品？

陈　鹏：中国作家中，最喜欢的还是鲁迅。从小能背他的小说片段，甚至模仿他的写作，那种半文半白的调子。他最厉害的还是他的"思想"，对国民性的毫不留情的批判。这一点让他远超同时代作家。其次，施耐庵，《水浒》真好。很奇怪，我不是特别喜欢《红楼梦》。老舍、叶圣陶我也喜欢。老舍接地气，叶圣陶让你觉得亲切，非常非常亲切！当代作家中，最喜欢的还是马原。我的小说语言和结构受马原影响颇大，这一点我从不避讳，但你能看出来，我们写的是完全不同的小说。马原的重要性至今还没有得到充分足够的评价。他的小说天马行空，以超验的神秘和诗性取胜，近似一种直觉写作，这在中国当代写作中太罕见了！其口语的强调和贯彻更是留给后辈的一笔宝贵财富。李洱就说，当代中国作家，马原和王朔对口语写作的贡献最大。马原早期经典，你现在来读，依然会被震撼。他的的确确是他们那一批先锋派中的"先锋派"。最奇妙的是，他从不故弄玄虚，故事和叙事都接地气，这与玄奥晦涩的残雪很不一样，但总体上又是玄妙晦涩的，而且触及了神和神性。这种虚虚实实的形而上极难。还有，他经常把自己——马原——写进小说，竟然呼应了法国自我虚构一派的写作，完全是自觉自然的，这为我们后面的某种自我虚构提供了非常难得的经验……简单的"叙事圈套"简直是对马原小说的侮辱。

凌之鹤：冒昧地问一句，你是否读身边作家的作品？你的阅读视野偏向西方作家，是否出于一种极端的傲慢与偏见？我注意到，很多作家坦承自己不喜欢近代中国同行的作品，更为致命的，是一些评论家对身边优秀的作家作品视而不见，他们狭隘地相信大师在远方，那情形类似"外来的和尚会念经"，或者"好风景不在眼前"。

陈　鹏：中国作家的作品我看。一是因为编辑工作的关系，要读众多同行的小说。二是，朋友的小说也会找来看一看。我要纠正你的观点：热衷西方文本倒也不是出于什么傲慢与偏见，而是当下中国文坛的太多文本不太令人满意，至少让我不太满足。简单讲，比如读了班维尔，读了维勒贝克，读了汤姆·麦卡锡，读了迈克尔·翁达杰，读了胡安·塞尔卡斯等等活跃于文坛一线的优秀作家的作品，你会发现无论观念、技艺还是思想，都远胜我们的国内同行（我读的还是译本）。不是妄自菲薄，而是我们太偏重"好读""好看"了，世俗化太重的后果也许以牺牲深刻性、艺术性和思想性为代价。二者兼顾？太难了，鲜有可及者。再就是，西方当下文学，我说的还并非各类经受了时间考验的经典，均有深刻宗教背景和人文关怀。我们在这方面，还是太薄弱。我们非常容易坠入故事性的写实或现实的温床不愿出来，将苦难、反省、深刻、痛苦和极致的艺术表达这些文学最本质的命题轻描淡写，一笔带过；都热衷于大处落笔、家族式传奇，热衷老庄佛学的"放下"，"不可说"。但小说忽略个体痛苦，忘掉集体记忆，如何叫小说？所谓放下，所谓万物皆然、不可妄言，很可能导致一种历史虚无主义，是对当下个体感受的极端不负责任。就宗教情怀来讲，就深刻性、艺术性的实施和贯彻，我们相差甚远，也就很难撼动人心。这些，都是常识，可我们往往扔掉了常识。认识到西方的好，你才可知耻而后勇。

凌之鹤：村上春树说，写书的好处是你可以在醒时做梦。小说真的是白日梦？

陈　鹏：这句话怎么理解都行。既是做梦，又是最清醒的现实缔造。做梦是沉溺，非梦是有话要说。

凌之鹤：你为儿子取名"小说"，是否想证明儿子才是你最得意的作品，还是另有寓意？要是再生一个女儿，你会为她取个什么有诗意的芳名呢？你已有二十余年的创作生涯，其中学徒期有多长？现在是否已总结出一些创作的经验？

陈　鹏：给儿子取名小说，没别的，他的确是我最重要最满意的"作品"，再就是，以此表达我对这门艺术的敬意。再生一个的话，希望是女儿，叫陈小不。对，小不忍，则乱大谋。小说的学徒期？只要作品尚未呈现和写就，我们都处于学徒期。因为每一部小说面对的难度都全然不同，几乎都是新的。这就是小说最难之处。写到老，学到老。

凌之鹤：伊恩·麦克尤恩说："我认为，在所有艺术形式中，小说最能让我们栖息在他人的心灵中。我认为它比戏剧做得好，它比电影好。"威廉·加斯断言，小说家的艺术是神圣的游戏。你如何看待小说艺术？在一个万物互联的读图/读屏时代，纸上的小说明天会更好吗？

陈　鹏：这两个家伙我都很欣赏，尤其威廉·加斯，真正的先锋派。小说艺术的确比戏剧好，比电影好，从深度和广度上也超越诗歌。我绝对是小说艺术的信徒，它所创造的纸上世界必然和现实世界是平行的，是另一种现实；它深深探究了人的存在的各种可能，探究了深不可测的人性深渊，以揭示我们人类存在的各种秘密。托尔斯泰、陀思妥耶夫斯基的伟大作品无不如此。20世纪的小说更多折射了人类精神生活的复杂性与深刻性，一点也不比上述两位巨人的小说逊色。神圣的游戏一说我也同意，后现代美学之一种即如此，小说为什么不能是游戏？当然是。智性的，语言的，解构的……它多么高级啊。如果人类永存，小说艺术必将永存。未来小说必然会有变化，或更轻盈，或更沉重，都可能，只要语言和文字作用于人的一切意义还延续着。图像、视频不可能带给人类质的变化，它们只是语言的跟随者。

凌之鹤：在伟大的中国文学传统视野中，小说长期被讥为"小道"。而在西方，小说自诞生即获得重视，在德国、法国，小说被视为一种非常严肃的对象，就像马尔科姆·布拉德伯里所说，它是一种发人深省的思想产物。他也注意到，小说有时只是一种娱乐喜剧，一种自我争辩的对话体，"立场一直不稳定"；而日本评论家坪内逍遥则坚信小说能给国家带来荣誉。莫言获得诺奖，举国为之振奋，在宏大的意识形态和多元文化交织的冲突中，在这个"后小说时代"，你相信这种形而上的虚荣吗？如果有立场的话，你的立场是什么？

陈　鹏：这涉及小说承载之物。中国的小说受现实主义影响弥深，它不太可能只是娱乐。要说它能带来某种虚荣，这是肯定的，但这种虚荣如果不构建在足够的对存在的广度、深度的探测基础之上，大厦必倾。所谓后小说时代，其实是小说形态略有改变而已，小说必然因循时代变化发生变化，如节奏，当代小说叙事节奏绝对比19世纪大部头的节奏快多了。再比如细节，因为影像的介入，小说的描写和叙事也在悄然变化，某种程度上现在的小说更诗化了（形而上了）。小说随时代而变，但绝对不死。只要有人类，就有小说。形而上的虚荣？我不太清楚你指什么。具体来说也许是小说艺术天然的重要性及其合法性？是仅次于上帝的人类最伟大的工作之一？小说家力图创造一个真实的世界，自然会带来某种深刻的自我剖析、自我辩白和自我迷醉，当我们捕捉到这个时代或历史中的真实人物，当我们创造了他们，这种"虚荣"便无以复加……但我深信，小说的虚荣来自小说真切触碰了人类存在之困境。当然，如果换一种后现代语境则是，小说的虚荣必然来自小说家最具颠覆性的叙事革命或个性释放，让个性稳稳立住。这种个性体现了作者的世界观，他们用极具个性的艺术手段（语言）重新建立了新的世界，一个平行于现实的现实世界，哪怕他使用的材料都是边角废料，是鸡毛蒜皮，这座语言的大厦也会立得稳稳的。

凌之鹤：你对当下中国小说创作及其评奖现状是否关注？当代文坛很热闹，事件多而成果少，"得奖的太多，自己不提别人知道的太少"。你相信或期待鲁奖、茅奖吗？

陈　鹏：不算特别关注。文学需要通过获奖才可更好地传播，也已经成为常态了，小到地方性小奖，大到国家级奖项，都如此。没什么，很正常，也完全不必抱怨。我甚至觉得一个作家能够有一两个读者就足够了。所谓一二知己，足矣。那种宏大的、一出手就天下皆惊的作品不太可能出现了，即便出现，我们也该对当下审美和流行文化的介入保持足够的警惕。鲁奖、茅奖？多么遥远啊。

凌之鹤：创刊之初，《大家》曾以重金评奖轰动全国，如今你的大益文学院也在推动文学评奖，且有异军突起之势。我的疑问是：真有一种奖项可以证明文学创作的优劣吗？评奖的正义何在？是什么样的杰作或谁能代表我们这个时代的审美标杆？

陈　鹏：文学奖的意义还是肉眼可见的，诺奖、布克奖都是很好的例子，推出了一大批经典作家。我在《大家》时推出过"先锋新浪潮大奖"，做《大益文学》之后也推出了"首届大益文学双年奖"。文学自然是很难有统一标准的，我爱海明威，你可能爱福克纳，没有标准答案。但是文学奖或能提供某种经典化的参照和标准，尽管这种标准也许是相对的——其实这种相对仍然是基于苛刻的文学标准之上的相对，即，文学之绝对标准。这话有点绕，其实我想表明，文学的绝对标准肯定是有的，海明威和福克纳都是大作家啊。文学奖项的初衷一定是要建立标准、确认标准乃至于确立某种审美趣味。你比如龚古尔奖就偏于鼓励创新和先锋，法兰西大奖则未必。我们大益双年奖也不过想让一些异质化写作能及时得到褒奖和肯定，由此，我们就建立了自己的评奖美学，有了自己看待作品的标尺和态度。这一点很重要。说实话，首届评委里有多位是圈内著名主编，对我们入围的作品也颇有微词，但我认为恰恰是文本的纯粹、大胆、溢出，让我们的奖项和其他奖项拉开了距离。这太重要了。再说各种奖项的设立，目的终究是要表扬和扶掖作家，是及时给予他们肯定和温暖，从这样的意义上讲，善莫大焉，再小的奖也可能成为激励作家勇往直前的那一盏烛光，那一点星火。至于是否有奖项代表时代，或真正公平，则考验的是评委们的公信力和评奖规则的公信力了，某些奖项遭受这样那样的诟病，就是这二者出了问题，尤其是规则。不过，好的获奖作品也未必能代表时代——代表？这个词不适用于文学。

凌之鹤：身为《大益文学》掌门人，做职业编辑无疑是对你作家身份的挑战。这个角色转换是否要求更高？它对你意味着什么？你想对你的同行——小说家们说点什么？当然，也可以谈谈编辑的责任与使命。坦率说，我曾经碰到一些编辑，他们的文学素养和编辑能力令人怀疑；不单是眼光问题，有些编辑连基本的常识都严重欠缺。作为编辑，你怎么看待这些积弊？

陈　鹏：还好，毕竟和写作还是有联系。看稿、审稿也自有乐趣，没什么挑战，反而是我作为一个写作者的身份能让我略显挑剔，海量的阅读也让我有充分自信。这份职业对我来说，就是回归文学而已。对我的小说同行，我想说的是，先认真阅读，再认真写作。更要仔细想清楚，自己为什么写作，想做到什么分上，你的标准在哪里……是啊，眼下也许很多职业文学编辑水准堪忧，不是不认真，而是阅读出了问题。比如艾什诺兹、菲利普·图森这样的写作，他们未必就深以为然了，眼光还是局限于最传统最结实的现实主义写作，一旦来稿看不出起承转合、发端推进高潮等等，立马枪毙，遑论像托马斯·品钦、贝克特、塞尔夫这样的写作了。不客气地说，我看了太多来稿，发现大多是电视小品似的东西，小误会、小情绪、小反转、小温暖，离真正的好的文学还很远。但许多刊物也许为了发行量为了读者就乐于发这样的东西，长此，自然恶性循环，编辑渐渐懈怠，读者更加懈怠；一方面，读者和编辑骂我们作家也就这点东西，另一方面，作家为了保住读者或体面也就只剩下了这点东西，文学自然而然降格成了小品。这是文学整体势衰的明证吧？娱乐太可怕了，它严重误导了很多东西。而好的东西，你是摧毁不掉的。可你做不到啊，怎么办呢，只好降格。我们身边充满了这些肤浅的降格的东西。而好的小说、好的艺术，绝不该是这些东西啊。

凌之鹤：你向来倡导天马行空的写作，这是自由想象的镜像。重掀先锋新浪潮，这与以往的先锋写作——中国20世纪的、甚至西方早期的先锋流派有何区别？意欲何为，目标何在？就当下的文学探索和实践看，你觉得先锋文学如今最大的成就或影响何在？

陈　鹏：这话说得够多了。我所说的"先锋"绝不是简单回归20世纪80年代，而是针对目前缺乏想象力的严重被故事和现实拘泥束缚之小说写作提出来的。所谓先锋，是倡导一种反叛的勇气，呼唤一种"不太一样"的写作，不要人云亦云。一旦形式上有想法，语言上推到极致，思想上有新意等等，我们都予以大胆发表，充分肯定。这些作品未必是经得起推敲的，未必是现实主义力作，但是，我相信他们的艺术成色一点不差，至少与很多面目相近的故事性写作拉开了距离。通过多年的努力，我们也发现了一批优秀的中青年作家，他们值得期待。实际上先锋性所强调的反叛在当下文坛语境中尤为稀缺，既有的力量，作家、传统，很容易占据优势，很快就成了我们需要反对的一部分。文学的先锋精神或先锋性，是优质文学的根本，是形式也是内容。好的文学一定具有反叛性，任何因循守旧的照搬、模仿都是死路一条，至少是意义不大的写作。辉煌的19世纪永远回不去了。干吗非要回去？先锋是什么？先锋就是不一样，就是前驱，就是乐于做出新的尝试且勇于牺牲。当年，20世纪80年代的先锋派们已经完成了他们的历史任务，奉献了一大批优秀的先锋文本，这就够了。区别？没有本质区别。魔幻现实主义、零度叙事、结构主义、意识流……我们一样不缺啊。模仿？不，没那么简单。我们很多作品完全植根于我们脚下的大地，我们现实语境的荒诞性难道不远远超出卡夫卡的荒诞？问题来了，世界文学容许各种各样的流派争奇斗艳百舸争流，我们为什么不行？这个问题要深究的话，就太大了，不说也罢。先锋文学努力与世界接轨的身姿英勇而迷人，它最大的成就，正是让我们看到了文学的多种可能，看到了我们与世界文学相比也有毫不逊色的志气和能力。莫言拿下诺奖，某种程度上，即为先锋文学正名。当下？中国文坛不乏很多不甘现状的优秀的写作者，我们《大益文学》这些年在做的，就是发现他们，推出他们。所谓有容乃大，当文学的样式渐渐多元和丰富，文学自身必然焕发强大的生命力。我们应该对先锋性的实验性的文本尽量宽容。这其实也考验了读者、受众的美学意识和文学储备。任何粗暴的反对，我觉得都可能是自身经验不足带来的，是盲目自大带来的，在文学上讲，故步自封很危险。

凌之鹤：先锋意味着唯一的自我。韩少功先生强调作家要有内省式的个人体验，但却反对"错把险途当捷径"的"自我表现"。他在《好自我而知其恶》中讨论"自好"时曾提醒道：青少年尚处于经验和学识的欠缺阶段，以学习为要务，似应特别注意防火、防盗、防"自我"，不必去参加仿卢梭或者仿卡夫卡的高风险冒进。一不小心成了先疯（锋）派和前伪（卫）派的怪胎，靠扮鬼脸发尖声混生活，恐怕就是不折不扣的自毁了。当代先锋派、前卫派是否走出了如此泥沼或怪圈？你个人在文学创作上是否模仿过谁？有清晰的精神源头吗？

陈　鹏：我不太赞同韩少功的说法。这是一个伪命题。青少年标榜自我有错吗？没错。难道融入大众、追求面目相同就是对的？卢梭和卡夫卡干吗就不能模仿呢？没有模仿又哪来自己？至于非得靠搏出位来吸引眼球，靠怪力乱神来确认自己，那是另一个话题了，不是"先锋"。先锋当然是精准、决绝的世界观的认知和自身非凡（原创力）创造的完美结合，是一种艺术先知行为，一种勇敢的道德和艺术的双重担当，它是基于一种深厚积累的突破，也是源于天性和天才的喷发。怪力乱神岂可与先锋派相提并论？马原当年的先锋是因为他读了大量名著使然，不是怪力乱神。贝克特的先锋是对乔伊斯的传承、发扬，更是对古典的借鉴和突破,不是标榜自我,是不得不说,而且是有底气地说,且说得如此与众不同……我们所处的泛娱乐化时代高压时代模仿时代互联网时代难道不需要先锋吗?太需要了。庸众不必低头迎合,要的是高亢的突围和惊人的行动。我的偶像?不少,立即涌上脑海的是海明威、陀思妥耶夫斯基、马拉多纳,20世纪90年代美国、中国的摇滚乐。

凌之鹤:我注意到,在你的创作意识和写作实践中,"先锋"和"荒诞"是两个极具分量的关键词。先锋即自由,荒诞是突破。在中国当下的语境中,"会员制作家太多,自由作家太少",你如何诠释"自由",如何体现"荒诞"?

陈　鹏:在中国语境下,自由是戴着镣铐跳舞。我们这一代作家,还缺少不断深入的诚实的勇气。找到一个作家最真诚的写作动机,也许才能实现"自由"。至于荒诞,我的看法是,现实的荒诞性一旦远远超越作家的虚构能力,所谓"正面强攻"也许会失效,不如以更荒诞的虚构对付之。对,用荒诞解决荒诞。这种写法的意义或许在于,我们能否以轻的方式抵达重的彼岸。

凌之鹤:除小说外,你关注和从事散文写作吗?说到散文,早有人说中国是散文大国。但传统的散文写作依然钟情于乡土和历史(农耕文明)的审美,就算近年蔚然兴发的所谓"大散文",也鲜有现代意识(都市文明)的杰作。面对李鸿章当年所谓的"三千年一大变局",我们的散文创作依然未能实现其"处数千年未有之奇局,自应建数千年未有之奇业"的愿景。这不能不说是一种遗憾。

陈　鹏:关注。窃以为,判断仍在于写作之态度和语言之个性。其余不敢多说。

凌之鹤:你收到过退稿吗?你如何处理退稿?

陈　鹏:我22到26岁那些年发表不了任何小说。都是退稿。堆积如山。如今也还会遇到被退稿的情况。太正常了。一个作家的一生，绝对是由退稿伴随的一生。我觉得要正确对待退稿。一方面认真总结，自己的小说哪里出了问题。另一方面，也要坚持和自信，不要因为某编辑的趣味就否定自己。卡夫卡作品当年还经常被退呢。坦白说，被退稿大概率还是因为写得不够好，不十分好，这没什么可说的。那就使劲写好它，让它征服编辑。当你的信心、能力积累到相当程度，事情也就反过来了，你会觉得编辑确实没看懂你的小说，退了就退了吧，再也不会为此挂怀。你成长了，强壮了，对自己越发从容而客观。

凌之鹤：你曾经是足球运动员，在球队担任中锋、前卫还是后卫？你写过那么多以足球运动为题材的小说，你对中国足球不想说几句？

陈　鹏：我一直踢前锋，从小到老，没变过。我的短篇系列有一个就是"野球"时代的，结集成书《谁不热爱保罗·斯科尔斯》，以我效力的球队哥们儿的生活为蓝本。中国足球？不说了吧。

凌之鹤：我注意到你小说创作中娴熟地使用电影艺术的技艺，也包括新闻写作的笔法。你曾经的新闻从业生涯对你影响巨大，特别是《记者手记》系列的写作。能谈谈创作技巧吗？

陈　鹏：电影、新闻、美术、雕塑、摇滚乐……无一不对我构成影响。艺术的至境都是相通的，既然我们身处一个泛娱乐的碎片化时代，受各种各样的艺术样式影响不可避免。博尔赫斯当年就受到好莱坞黑色电影和侦探小说影响。关键还是在于作品究竟如何，是否立得住。我干了近二十年新闻记者，当然对新闻相当熟稔，也深知简洁、直接的重要性，这对我的写作好处大于坏处。很多大作家都是从新闻记者干起的，比如马尔克斯、海明威、斯坦贝克……记者最好的一面是，他们无限接近现实；中国记者最好的一面也同样如此，但也无限偏离了现实。我的《记者手记》系列短篇就是以记者采访素材为主要内容，它们直接，荒诞，不确定……最终，它们可能呈现了底层生活的种种面目。技巧？我一直认为方法论非常重要，小说不仅仅在于写什么，更在于怎么写。小说，说到底是一门艺术，不是社会学报告，也不是新闻调查。再往深处说，谁都希望大音希声、大象无形，即无技巧的技巧，像托尔斯泰、陀思妥耶夫斯基一样"无技巧"，但是，太难了。这是作家终身追求的东西吧？我坚持前面的看法：当你的个性化表达（丰富的技巧）帮你搭建起稳固的大厦，你就是最好的。如乔伊斯，他才懒得搭理什么技巧过剩。他为你奉献了宏伟炫目的狂欢。然而直逼人心的东西是永恒的，是本质的人的困境和存在，作为读者、写家，你会忘记你用了技巧还是没用技巧。后现代不是陷阱，是主张，是突围，是把自己当作目标，是不计后果地推向极致，它大大丰富了小说的疆域。这难道比托尔斯泰和陀思妥耶夫斯基更容易？显然，不。

凌之鹤：君特·格拉斯相信"文学有改变世界的能力"，"文学所造成的改变是无法测量的"。你相信文学的力量？你能感觉到文学改变了自己吗？

陈　鹏：一直相信。文学对我的改变相当大。比如对我的提纯、净化。类似于宗教的作用。让我看到人或生命的有限性，看到人性的高贵和荒谬，看到我们的努力虽然是西西弗斯式的，又必不可少……总之，文学也许让我变得越来越认真和执拗。

凌之鹤：如果有一天必须放弃写作，你的生活或人生是否会因此受影响？

陈　鹏：放弃？应该不会吧。但说这话的时候也许并未充分估量未来的变化、人生的复杂。所以，不知道，不可说。受影响是肯定的。但我觉得我还是会尽力去写，一个作家的天职也无非坐下来，写。写得好坏，则是另一码事了。

凌之鹤：你的小说多以昆明为背景。你觉得你理解这座城市吗，她的历史、现在——她近年来的巨变，被拆迁、被折腾的现状——和她的未来？你是否有勇气像乔伊斯通过尤利西斯和他的笔记重建柏林一样，或者像博尔赫斯致力于塑造布宜诺斯艾利斯城神话一样，通过你的小说文本重建昆明？你敢不敢触及这座城市的疼痛点？相较于小说中的昆明形象，你觉得真实的昆明和昆明人形象如何？

陈　鹏：我的小说几乎都以昆明为背景，也有野心构建笔下的昆明。但如何把它写得像莫迪亚诺笔下的巴黎、乔伊斯手中的都柏林一样真实而独特，是个重大问题，甚至有些虚妄——中国的城市太相似了，个性几乎泯灭。全球化语境最可怕之处即在于此。连一座城市的历史和个性也不放过。疼痛点，哪个地方少得了呢？小说家的要务不是这些连续剧的剧情，应该是呈现这些表象之下的人，他们的内心、他们的精神遭到了什么样的破坏……陀思妥耶夫斯基对彼得堡的揭示、对人性的挖掘，是我们所有城市写作之楷模。

凌之鹤：你离开大家杂志社，从体制内净身而出转眼五年多了。从体制内到体制外，从《大家》到《大益文学》，我听说这些年你经历了很多。感觉如何？你的选择是否接近或抵达了你最初的梦想？

陈　鹏：每到一个地方，总会有所经历。文学事业，尤其这个时代的文学事业不可能一帆风顺。我感触最深的是，《大益文学》完全是在体制外另立旗帜，从前《大家》是站在原有基础上往前走，《大益文学》的难度可想而知。但还好，五年多来，《大益文学》还是得到了很多朋友的称赞和认可。于坚就说，这也许是中国先锋文学最后的堡垒了，要坚持。五年来最大的感触是，累。心累。要做各种各样的事情，要抵挡各种误解和中伤，自己还要兼顾写作。现在连作协的事情也要兼顾……所有东西加一起，身心俱疲啊。但我的文学梦想很大，五年，相比很多大刊名刊，不过是刚刚开始。

凌之鹤：从《大益文学·慢》起步至今，《大益文学》系列丛书已相继推出了十七期。我注意到,《大益文学》每期都有一个鲜明的主题,比如"城""寓""戏""跃""揽""虚与实""于无声处""所向"。这些文学主题看似低调平实,其实意味深长,张力十足。在我看来,这庶几是"理想的现实主义"与坚硬的现实生活剧烈碰撞而出的绚烂火花,其"文学性""探索性""深刻性"的集成形象,恰好有效地呈现出一种"文学在场"的姿态,与当下社会语境和环境都非常契合。这是否体现了《大益文学》关切现实世界的抱负与追求?

陈　鹏:我们要的就是尽可能不同凡响,不流俗,不跟风。现在跟风的文学太多。好的标准也被一再降低和混淆,似乎圈子叫一声好,才是好,经典的标准、先锋性的标准被搁置不提。我们的追求无非是,做优质的文学,发现被体制忽略和遗忘的优秀的有潜力的作家,特别是青年作家,尽量不要人云亦云,而且要有世界性的眼光。很多文学的经验其实早就是新时期三十年来的常识,但坚持常识,在当下,有时候也变得困难重重。这不能不让人莫名悲哀。好在,还是有不少值得我们尊重的期刊前辈们,为当下文学发展做出了非凡的卓越的努力。他们永远是我们学习的榜样。

凌之鹤:先锋文学一直是你强调和追求的写作方向,"先锋"始终贯穿于你写作、办刊的实践中。我知道你始终怀着深沉而强烈的"先锋文学"情结,对"先锋文学"的前世今生都怀着浓厚的兴趣,而且一直以各种颇具影响力的文学活动——包括先锋论坛、签约作家、海外写作训练营等形式,探索重新诠释或为先锋文学正名。这些努力在中国文坛已引起广泛注意并获得了一些文学名家的认可。事实上,作为一种文学潮流或流派,先锋文学从来未曾消失过,某种情势下,它只不过是在不断地变换写作技艺、叙事策略和表现形式而已。先锋即自由,——有时先锋即不自由。我前几年称你为"后先锋时代的急先锋"。经过这些年的探索实践,你现在怎样看先锋文学?时隔五年,你如何评价先锋文学,尤其是你一直在强力倡导实践的先锋文本在当代的意义与前途?比如,第七辑中残雪的《女王》、第十三辑中奈洛的《弗洛伊德是我儿子》，我估计大多数读者读不懂这两个短篇小说，或者读后感觉毫无意义。

陈　鹏：我深恶痛绝的，无非是庸俗、平庸、取巧的东西获得越来越多的赞赏和趋同，是固定不变的所谓主流美学和流行文化对精英文学的反噬和戕害。无论小说家还是艺术家，我以为，都应该对太多平庸的甜腻腻的或大起大落的东西保持足够警惕和距离，甚至应该旗帜鲜明地予以反对。先锋文学，说白了，是先锋性，是反叛，是对当下写作的不满，是另辟蹊径和另寻出路，就像20世纪80年代马原、残雪他们那一代先锋作家所做的，在主流文学之外另寻出路，一定要突围，管他代价如何，一定要与庸常、庸俗划清界限。所以才有后来的断裂，才有辉煌的先锋作家群。我一直认为好的文学必然是先锋性的文学，一定是反叛的，因为它必然具有独特的原创性。比如法国文学，巴尔扎克何尝不是对雨果的反叛，福楼拜呢？当然要反叛巴尔扎克。这是非常浅显的道理，非此，文学如何发展？可怕的是，现在很多评论家张口闭口说，形式的追求可以放下了，老老实实讲故事就行了。这应该是一种误解，先锋性岂止仅仅是玩弄形式？躺在19世纪现实主义襁褓里多省事啊，怎么会有后来的海明威、福克纳、乔伊斯、博尔赫斯？当下，没有先锋性（反叛性）的文学，注定众多的迎合之作都将是短命的。而独辟蹊径显然更难了。还是要殚精竭虑地思考，再思考，实践，再实践。作家不能轻易满足，不能躺在窠臼里沾沾自喜。这个时代其实极其肤浅，读者越来越懒得思考。这反而凸显了反叛的价值和思考的重要。文学必须逆向而行才有价值。说到《女王》，残雪的小说一贯如此，她不讲什么故事，只讲情绪、氛围，直面幽深的人。这种不讲故事的小说似乎不好看，无意义，但其最本质的意义，恐怕要细细品味。现代主义或后现代主义的要义正是模糊多元、去中心化，残雪的可贵之处就在于，她坚持自我，哪怕以牺牲故事性为代价。这本身就是一种推到极致的独特的先锋写作。其意义……我们总喜欢意义先行，这是多么腐朽的文学观念。至于奈落的小说，仍有明晰的故事线索可循，但好在，这个年轻人有强烈的个体感受，它尖锐，它生涩，它生动，是他们这代人的声音。这就够了，不必面面俱到。一个新人的短篇，何必苛责面面俱到？

凌之鹤：作为一本高端的纯文学民刊，《大益文学》在运作上有哪些优势？它开出千字千元的稿费，底气何在？《大益文学》发展过程中面临哪些困境和问题？你认为如何才能使其保持强健的生命力和深广的影响力？你对国内目前文学民刊的情况了解多少，你对它们的生存与发展有何建议？

陈　鹏：我们是大益集团的子公司，资金由集团全力保障，这就是底气。《大益文学》要想长远发展，大益集团就必须长期投资，提供足够的运营经费。我相信集团的实力，支撑一个小小的文学院应该没什么难度。其生命力的保障还是在于我们推出了多少好作品和好作家。说起来很虚，但结合一些高端文学活动的举办，也许能让这些作家和作品渐渐被更多人接受和认可。我对国内民刊了解不多，只知道深圳的《民治·新城市文学》做得很不错。民刊需要钱，这是必须的。除此，我一点建议也没有。

凌之鹤：我注意到，大益文学院持续在争取"签约作家"。就目前情况看，大益文学院签约的作家囊括了当下中国老中青三代杰出的作家代表和部分优秀的海外华文作家代表，这些签约作家对《大益文学》本身的影响如何？

陈　鹏：签约作家是我们珍贵的资源库，至少我们的作品就有了保障。这是我们长治久安的基础。再有，我们每年都出国举办国际写作营（目前受疫情影响而中断，但也在探讨线上研讨的可能），受邀的国内作家，就在我们的签约作家中产生。

凌之鹤："文学有大益"，这显然是一句温和而响亮的文学宣言。从该期刊创刊到现在，《大益文学》在专栏设置、版式上一直在尝试求新求变。换言之，我觉得它仍然处于"摇摆与游移"状态。《大益文学》怎样体现和彰扬"文学大益"这一宗旨？

陈　鹏：没有犹疑和摇摆。没有。只是各期的栏目名称有变化，是因为，我们是书，不是杂志，不可固定栏目和书封。这只是技术性的问题。其余，比如对垒——中外作家PK的栏目，就从来没有变过。小说、散文、评论、摄影，也没变过。这是你的误读。其实我们坚持得非常彻底。文学有大益，一语双关，但究竟做得如何，还得看未来五年。

凌之鹤：就目前行世的系列丛书看，窃以为《大益文学》走的是"文学+时尚"的办刊路径，在作者阵营构建上追求的则是"本土+国际"的世界写作格局。这种大手笔大气象诚然令人瞩目。大益文学院和《大益文学》目前的运营情况如何？身为《大益文学》的缔造者和推动者，你能否具体谈谈《大益文学》的终极追求？

陈　鹏：在资金有充分保障的前提下，除大益内部会员制发行外，我们也在积极探索自办发行。终极追求，无非推出更多优秀的佳作和新人，让更多中国作家走向海外，奖励最优质的汉语写作，维护汉语写作之尊严。这些话，说起来容易，做起来实在太难了，每一步都不容易。就拿我们的西语版来说，筹划、找翻译、推倒重来……一系列工作才稍见眉目。跨国文学交流，而且是纯粹民间的跨国文学出版，更不容易。很多事情，不是你花钱就能做到的。很多事情，我们又在竭尽全力地省钱。

凌之鹤：五年了，弹指一挥间，五年来《大益文学》肯定有彷徨，有疑惑，有困难。能否说说五年来的各种遭遇，快乐的，不快乐的，印象最深刻、启发最大的事情有哪些？它们很可能会在《大益文学》的未来发展中起重要作用。

陈　鹏：彷徨，犹疑，难免的。人非草木，总会遭受一些莫名打击。但这些事情很快就过去了，我也从不挂怀，凡事向前看。五年来总体看大益文学院和《大益文学》没什么大起大落，一切平稳推进。记住的事情实在太多了，比如2016年9月9日的北京创刊首发仪式，比如2017年的法国写作营、2018年的西班牙写作营……法国写作营的印象尤其深，中国作家何凯旋、赵彦，加上我，我们的多名工作人员，与法国的、美国的、意大利的、西班牙的多国作家欢聚在法国南部一个美丽的小镇，每天写作，争吵，研讨，碰撞，前后二十天，实是难忘。法国作家中，一位七十多岁的外交官令人印象深刻，另一位意大利的"90后"也非常有意思。中西文学观念的确相差巨大，视角也多有不同，西方作家多从人类整体上思考写作，我们的作家更擅长从规定性主题切入。总之，获益匪浅。第二届国际写作营在西班牙，很辛苦，我们带去的中国作家是赵兰振和林为攀，在三周的时间里和西班牙一众著名作家对谈，收获也非常大。西班牙人一上来就问，什么是小说艺术，什么是通俗故事？目的是让我们自己厘清楚，严肃文学的确有极高的门槛，绝不是讲故事。故事，可以让位于影视剧和流行小说……未来，只要疫情过去，我们还会继续举办国际写作营，让中国作家走出国门，增长见识，丰富阅历，实现中西文学的交流碰撞。成长为"世界性的"，就是我们的目标。坦白讲，我们为中国文学"走出去"探索了一条真正的民间路径。

凌之鹤：诚然，大益文学院的国际化视野和真正的行动，让人肃然起敬，这也是很多体制内刊物或机构很难实现的。这是你们的优势所在吧？再就是，五年来，通过写作营和《大益文学》，推出了哪些在你看来不可错过的优秀作家？他们是否具备某种大益文学的属性和品格？

陈　鹏：也许这正是我们的优势之一。民间身份使我们在从事对外交流方面还是要便利得多。关键是国际写作营的模式，我们绝不是跑去海外度假，不是游山玩水，是关在一个小地方，认认真真谈论文学，认认真真关起门来写作。这正是我们对文学的诚意所在。五年来，我们的作家，我们的优秀的有先锋性和先锋品格的作家不少。比如何凯旋、学群、寇挥、赵兰振、严前海、易康、林苑中、赵彦、陈东东等；再年轻一些的，80后90后，有陈小手、林为攀、小珂、格桑拉姆、范墩子、李浩、庞羽、余静如等。老作家老当益壮，不妥协不媚俗，年轻作家有个性有想法，未来可期也。

凌之鹤：列夫·托尔斯泰读罢歌德的42卷全集后说："我读了歌德的作品，看到了这个有才华的资产阶级利己小人对我们这一代人产生的全部有害的影响。"而莎士比亚在他眼里却是世界观最低下的、庸俗透顶，"不仅不是个作家，而且是个极其虚伪和卑鄙的人"。他喜欢卢梭并认为"卢梭是不朽的"。毛姆在《七五述怀》中谈及艺术的价值时认为，艺术的价值不在于美，而在于正义的行为。且不说《大益文学》作为一本纯文学刊物的终极目标，关于文学的终极追求或意义，你有怎样的思考和抱负？

陈　鹏：有大悲悯的文学。如陀思妥耶夫斯基、雨果。它也许囊括宗教的、艺术的、人道的、美的、真的、善的，全部。

凌之鹤：你认为作家可以通过语言构建"通天塔"，了不起的经典指向"道"，写作是人类向上帝致敬的最好方式。请结合你的创作实践谈一谈，作家如何"悟道""得道"，如何向"上帝"致敬？这个"上帝"是否也即自负的作家自身？

陈　鹏：《圣经》上说，我们当尽力做好自己的工作。这是义务，也是责任。这种责任不可推脱。我想，作家的写作就是一种责任吧。这是上帝规定好了的义务，做好它，是我们分内的事情。悟道、得道是不存在的，作家的终极目的无非是模仿上帝，构建一个有血有肉的世界，平行于当下的另一个世界。其实作家都很困惑，每一个作家，有想法的作家都很困惑，否则就不会写作了。我觉得写作本身并非悟道的途径，也无法通过写作悟道，只能是，通过写作完成使命，像一个清扫大街的大哥一样完成使命，尽可能在文本中体现你对存在的所有感知，表达你对生命的痛苦和骄傲、无奈和麻烦。有时候写作无非倾诉，作家不可能是一个道德至上主义者,但这并不妨碍他成为一个悲天悯人之人,一个知道敬畏并且尽可能去爱的人。无论写什么,我们都应当竭尽全力,就算知道我们的限度、我们的可能与不可能,还是应当尽力试一试。知其不可而为之才有意思。作家没必要轻易服输。这就是向上帝致敬的最基本的方式。我们死后,可都要向上帝交账的。

凌之鹤:作为小说家,你现在身兼大益文学院院长、《大益文学》书系主编和昆明市作协主席三个职位,看起来每个职位都需要相当的精力和时间来操心。你怎么平衡这些工作?在时间和精力分配方面,你如何解决工作与写作的矛盾?

陈　鹏:竭尽全力利用一切可利用的时间碎片,竭尽全力让自己的工作和生活规律,再规律些。我是个相当无趣的人,也是个相当自律的人。嗯,自律会让事情相对简单一些吧。当然,如果事情太多,负荷过重,我会选择辞掉作协主席的工作,让年轻人上来。

凌之鹤:我注意到你近年的小说写作,在表现形式上有诸多冒险的探索,比如极端追求小说的表现形式和叙述方式以及艺术性、现代性,在虚构作品中植入我们熟悉的当代作家,你自己也现身其间。在你的小说世界里,看起来"生活约等于或平行于艺术"。在这方面,是否有源头性的作家?

陈　鹏:我这两年越来越喜欢"自我虚构",也就是喜欢把自己——陈鹏——这个作家暴露在小说中,暴露在虚构中,这个陈鹏当然不是我本人,是虚构的另一个陈鹏。自我虚构不新鲜,法国人早就干过了,比如维勒贝克、艾什诺兹、菲利普·图森——啊,我真是喜欢他们,多少受其影响。再就是马原,他早期小说也不时蹿出另一个马原,而且他也喜欢把身边真名真姓的朋友写进去。我这么写,不是为变而变,是自然而然。我们已经身处一个真实和虚构交错并行的后现代世界,一个经常会被各种新闻纠缠、遮蔽的时代,一个经常让你分不清楚今夕何夕,或真或假虚虚实实的当下,那么,还有什么方式比自我虚构更好的方法?我这么写,既营造真实,也更加虚幻。我个人认为这种方法很符合当下中国的语境,很符合我自己的生活日常,所以,选择这么写,顺理成章。当然,这也表达了我对世界的看法,即我的世界观。

凌之鹤:担任昆明市作协主席后,你对昆明作家的关注、培养是有目共睹的。比如为青年作家或诗人举办主题文学研讨活动、创办昆明作家微信公号等。目前和今后一个时期,市作协会有哪些举措来推动和引领本地作家创作?

陈　鹏:尽可能帮助中青年作家,比如研讨会等等。打造"昆明作家群",帮助他们走出去,走出云南,走出国门。建立更有公信力的评奖机制,鼓励他们写得更好。无非如此。

凌之鹤:你能否给年轻的写作者一些建议?顺便推荐几本必读的文学经典?

陈　鹏:别着急,一定要有苛刻的标准。不要在乎一城一池的得失,什么发表啦,出书啦,获奖啦……耐住性子。我就是前车之鉴哪。当年,五年前、十年前的很多小说,我都非常后悔拿出来发表。太差了。为什么当年那么着急?到底为什么?文学,终究是有绝对标准的,不可愚人愚己。既然诸位现在在干它,那就请务必干得好一些。要成为你自己,成为不可替代的那一个。要达到此目的,只能多写,尽量多写,趁你们还有野心和冲劲。经典?全部的陀思妥耶夫斯基,全部的契诃夫,全部的雨果,全部的海明威,全部的博尔赫斯,全部的莎士比亚,以及《堂·吉诃德》《魔山》乃至贝克特、福克纳的绝大多数作品。

凌之鹤:最后一个问题。请对读者谈谈你理想中的《大益文学》,顺便推荐一下《大益文学》书系。——它确实值得读者认真对待。

陈　鹏:先说现在的《大益文学》,我们尽可能发现异质性的写作和作家，虽然困难重重，来稿大多还相当不成熟。但有一点，我们坚持每稿必复、当月必复的机制从未改变，坚持服务作家和优秀作者的初心从未改变，帮助中国作家走向海外的心愿也从未改变；《大益文学》自诞生之日起就不太唯名气和关系，一切以稿件质量说话，一切围绕先锋性、个性和异质性展开……其实我前面谈得够多了。就我的编辑理念来讲，一定要认真对待作家，要和他们真心交朋友，要善于接纳他们的缺点和失误，给予他们足够的体谅和宽容……换言之，要给予作家足够的空间，要容许他们走弯路，也要容许他们呈现出截然相反的个性，和他们一起成长。绝不可故步自封，夜郎自大。五年了，我们就是在这种相互帮助、关心、鼓励的氛围中共同成长的。未来，多么希望能向法国的午夜出版社看齐啊，多么渴望大益文学院的未来就是中国版的午夜啊。太难了，但再难的事情，放手去做就是了。只管去做。你做的过程已经成功了。不会失败的，怎么会失败呢？

（访于2021年）

杨晓升

"篇篇好看"就是要使《北京文学》所刊登的作品最大限度地体现文学作品应有的感染力。"期期精彩"是指新出版的每期《北京文学》都要有亮点、重点作品或重点策划,要给读者耳目一新的阅读感受,同时留下对下期杂志的阅读期待。

真正的作家应该是用心灵写作,以真诚的态度面对生活,并与人民大众同呼吸、共命运,与现实、生活、时代、社会和历史息息相通,他写出的每一篇作品都应该是真诚感受现实、生活、时代、社会和历史的情感结晶。

文学给了我充实幸福的人生
——《北京文学》社长杨晓升访谈录

杨晓升 舒晋瑜

  杨晓升：广东揭阳人。现任《北京文学》社长兼执行主编。中国作家协会会员、中国报告文学学会副会长。著有长篇报告文学《失独，中国家庭之痛》等各类作品数百万字。长篇报告文学《只有一个孩子》获2004年正泰杯中国报告文学奖和第三届徐迟报告文学奖，《中国科技忧思录》获新中国六十周年全国优秀中短篇报告文学奖，《失独，中国家庭之痛》获首届浩然文学奖。近年所著中篇小说《红包》《介入》《身不由己》《天尽头》《疤》《病房》《宝贝女儿》《龙头香》《海棠花开》等被多家报刊转载或入选多部年度优秀作品选本，出版中短篇小说集《身不由己》《日出日落》《寻找叶丽雅》，散文随笔集《人生的级别》。中篇小说《龙头香》获第二届"禧福祥杯《小说选刊》最受读者欢迎小说奖"。

  舒晋瑜：《中华读书报》总编辑助理，著名文化记者。

一、关于写作

  舒晋瑜：从20世纪80年代到《中国青年》杂志，您就开始从事报告文学创作，很好奇您是生物系毕业，怎么会从事写作？

  杨晓升：上大学学生物，对我来说完全是阴差阳错，是我人生中的一次误会。无论是上小学还是上中学，我的成绩在学校里均属优秀行列，文理科也很均衡，语文成绩好，数理化成绩也不错。高考是在1980年前后，那时候"文革"结束不久，提到"从文"，无论老师还是家人都还后怕,因为"文革"期间受迫害的文人最多。与此同时,"学好数理化,走遍全天下"的口号家喻户晓,而我数理化成绩又还不差,家长和学校老师都不主张我学文。于是我稀里糊涂报考了理科,考出的成绩不好不坏,虽然分数已经高出重点线十几分,却未被我所报志愿的学校录取,因了志愿栏中最后填写的"服从分配",早早被非我志愿填报的学校和专业录取。由于家里经济条件不容许我再复读一年,我只好服从分配上了华中师范大学生物系。本着既来之则安之的宗旨,我总算完成了四年的大学学业。回过头看,上师范因为是免学费和食宿,减轻了家里的负担,综合性的师范大学校园文化,对我能力、视野、兴趣和未来个人发展提供了难得的沃土。专业课学习之余,我在图书馆自由徜徉,广泛涉猎、阅读文学经典,进行写作训练,终因参加学校文学社团并在大学文学杂志发表过一些习作,毕业时被提前选调、分配至团中央机关刊物《中国青年》杂志当编辑和记者。生物专业的学习于我的事业发展来说,看似"走了弯路",实则"曲径通幽",歪打正着。假若当初不学生物而学中文,哪怕是上北大中文系,我毕业后都不一定能分配到北京,而且在当时期刊界正如日中天的《中国青年》杂志工作。何况生物专业的学习,让我以更开阔的视野深入体悟、认识我们身外的大千世界和生灵万物,这对我的思维方式、方法和看待事物的态度毫无疑问有着潜移默化的作用和帮助。

舒晋瑜:您早期在《中国青年》杂志时的作品,就显示出敏锐勤勉的"脚力、眼力、脑力、笔力",那时期的创作是怎样的情况?

杨晓升:我到《中国青年》杂志工作,那时候《中国青年》如日中天,是因为一场由北京青年工人"潘晓"寄给编辑部的一封"人生的路为何越走越窄"的信引发的人生大讨论风靡全国,使杂志发行量高居全国期刊之首,达到期发数四百余万份。作为引领全国青年思潮和文化时尚的刊物,那时候中国青年编辑部人才济济,思想解放,思维活跃,充满团结协作、蓬勃向上的生机与活力。我正是在这样的氛围和背景下加入《中国青年》编辑团队的,而且一干就是十六年。这十六年是我视野、个人能力和综合素质得以全面锻炼和全面提升的时期。这十六年,我先后受组织派遣参加当时由胡耀邦总书记亲自倡导的首届中央讲师团,赴山西雁北教育学院支教一年,返京后先后担任过编辑、记者、文化版和社会版主编,采访了大量年轻的人和年轻的事,更多的是关注了中国改革开放的社会进程以及与之相伴而来的各种阵痛和社会矛盾,当然也包括不同行业、不同领域普通民众的不同命运。也就是在这十六年,工作之余我开始创作小说,短篇小说处女作《真诚》发表于广东《作品》1987年第5期,之后有二三十万字的中短篇小说先后散见于《作品》《萌芽》《芳草》《湖南文学》《北方文学》《草原》《北京文学》等刊物。与此同时,结合工作,我先后创作出一系列长篇报告文学作品《中国魂告急——拜金潮袭击共和国》《告警——中国科技的危机与挑战》《拷问中国教育》等。说起来,这些报告文学其实都是工作的副产品,往往是工作时采访的一个选题,杂志因容量的原因只能刊登数千字或至多是一万来字,发表的文章时常是言犹未尽,而我采访时的大多数素材也未能用上。这促使我有机会对相关选题进一步做深度开掘,于是便写起了报告文学。

舒晋瑜:不论是在《中国青年》杂志,还是在《北京文学》,不论是虚构还是非虚构,您一以贯之的是关注社会问题,为什么您总能够对社会生活时刻保持敏感?

杨晓升:这可能与我自小接受的教育有关,但更主要原因还是在《中国青年》的工作经历和养成的关注点与思维习惯有关。我小时候虽然跟当乡村教师的父母生活在粤东农村,但那时候广播却很普及,我喜欢听中央人民广播电台的时事广播,尤其是"新闻与报纸摘要时间"。虽然当时广播的内容很"文革",但中国与世界的时空感已经在我的意识中逐渐形成。加之学校"胸怀祖国,放眼世界"的教育已经深入人心,所以冥冥之中希望将来所从事的是社会性很强、对外联络广泛的工作。大学毕业到《中国青年》杂志当记者，正好契合了我小时候的志向和思维特点。《中国青年》作为恽代英、萧楚女等老一代革命先驱创办的革命号角性的杂志，无论是在大革命时期还是新中国成立之后的各个时期，都始终站在时代前沿，发出时代的先声和时代的强音，恽代英、萧楚女、张太雷、李大钊、毛泽东等一大批老一辈革命家在不同时期都曾经将《中国青年》作为重要的舆论阵地。这本杂志的传统使得后来的编辑记者或多或少都有关注时代、关注社会、捕捉文化时尚和社会思潮的习惯，对现实生活中的急剧变化乃至细波微澜也都或多或少葆有敏感，家国情怀、社会责任感和忧患意识也在记者编辑的职业习惯中相伴而生。我本人长期以来对社会生活和社会问题保持了一定程度的敏感与关注，原因也在于此。

舒晋瑜：您创作了相当数量的报告文学，《中国魂告急——拜金潮袭击共和国》《告警——中国科技的危机和挑战》《中国教育，还等什么》《六月风暴——拷问中国教育》等都引起强烈的社会反响，曾获得"正泰杯中国报告文学大奖"、徐迟报告文学奖、新中国60年全国优秀中短篇报告文学奖等等。已经有如此成就，办刊又占据了平时大量的时间，为什么还会有创作的动力？

杨晓升：说实话，创作才是我真正的兴趣点和原动力所在，这源自我青少年时期培养起来的对文学痴迷般的热爱。但同时，我不是自由写作者，也非专业作家，年轻的时候，为了养家糊口我必须先就业先工作，既不具备自由写作者的经济条件，也没有机会成为专业作家，如果有条件和机会，我可能会首先当自由写作者或专业作家。后来职业渐成我的人生习惯和生命常态，加上无论是在《中国青年》还是《北京文学》，我的工作都还干得不错，而且从工作中也获得了乐趣和职业成就感，某种意义上讲也已经是单位和工作需要我，我已经是欲罢不能，骑虎难下。虽然内心深处我仍惦记着个人的创作，舍不得放弃自己心爱的创作，可现实是我平时大量的精力和时间被工作不断挤占，因为除了繁杂的日常事务，没完没了的稿子等着我审读给出意见，以致时常只能挤占晚上或周末的时间审读稿件，这正是我眼下最苦恼之处，也真正体味到什么叫鱼与熊掌难以兼得。即使如此，我仍然舍不得放弃创作，往往见缝插针，利用工作间隙，尤其是国庆或春节放长假的时间才紧锣密鼓抓紧写一点。近年来一般情况是每年完成两部中篇小说，或一部中篇小说加几篇散文作品。作品量虽然很少，但却让我保持了一定的创作感觉和创作状态，这也算是聊以自慰吧。

舒晋瑜：《只有一个孩子》《失独，中国家庭之痛》看了令人心痛。前者是您对大量独生子女遭遇意外死亡之后，给父母所造成的剧烈情感创伤和生活震荡进行了真实残酷的描述，后者是我国首部对独生子女意外伤害问题的全景式采访，也是一部含泪带血、饱蘸激情与理性深度的长篇报告文学。您通过什么方式寻找这些遭受意外伤害的独生子女家庭？寻访、采写，我想这个过程一定让您备受煎熬，要克服太多的困难。但是作品完成后，对读者的心理冲击、在社会上的影响力也是前所未有。这两部作品，不仅关乎人生，关乎家庭，也关系到中国人口生态甚至国家前途命运，堪称是警世之作。如何做到既有文学性，又有现场叙述感，既有细节故事，又有宏观视野和前瞻性，您能谈谈自己的经验吗？是如何兼顾这几方面的？

杨晓升：这两部名字不同的书，其实是同一部作品，是我国第一部全景式揭示失独家庭惨状，分析一孩政策弊端并探讨开放二孩政策可行性的报告文学作品。2004年人民文学出版社本已将《只有一个孩子》纳入当年重点图书出版计划，书出版前，该社策划部还大规模联系了全国各地数十家报纸进行了广泛的宣传与连载，不料却惊动了国家计生委。计生委干预并阻止出版社出版此书。我当即将书稿转给一家民营出版公司，书很快由华艺出版社完成出版印刷，不料书尚未发行又被国家计生委发现，计生委这回举报到中宣部。中宣部当即到出版社调书审查，虽未发现政治问题，但鉴于计生委认为此书所反映的问题太过残酷尖锐，且与现行计生政策相左，故制止此书发行。此书终成了禁书，而后长达十年时间再没有出版社敢于出版。直到十年之后的2014年，《文艺报》总编梁鸿鹰找到我，提出将我这本书纳入他为太白文艺出版社主编的一套中国长篇纪实丛书计划，我当即同意并将书稿做了修订补充，书名改为《失独，中国家庭之痛》，于2014年10月出版。次年的全国两会，中央宣布全国实行单独二孩政策，于是有舆论将我这部书誉为"推动国家开放二孩政策的功勋之书"。说到这部书的采访过程，可谓艰苦卓绝。我是从各种新闻媒体或周围的人群中直接或间接寻找采访个案的，但要知道失独家庭谁都不愿意揭开自己的疮疤，所以即便好不容易联系到了采访对象，遭拒绝或冷眼的情况屡屡发生。即便好不容易对方同意接受采访，采访的过程中我的情感也与受访者一样备受残酷折磨，时常是陪着受访者以泪洗面。其实，每个失独家庭都有悲惨的遭遇，自然都不缺故事和细节，加之悲剧发生带来的巨大情感冲击，这一切都已经构成了文学作品最重要的基础和前提，假若将这些东西放到相应的社会背景和已经出现的社会问题上加以考察、观照，自然就不难发现所有这些给你的写作所带来的价值，而前瞻性也正是建立在这个价值判断的基础上的。所谓创作的冲动，其实就是基于对你所要描写的对象、题材及所能揭示的内涵做出的价值判断，你觉得价值越大，冲动自然也就越大，这是文学创作的原动力。而对社会生活的细致观察与敏感捕捉，是优秀作家应有的基本素质和基本技能。

舒晋瑜：您的报告文学创作涵盖教育、科技、家庭等方面，既关系个体命运，也关系国计民生。可否概括一下您的报告文学创作特点？

杨晓升：从大的方面讲，我的报告文学属于社会问题报告文学，我很少以人物为主体进行创作。即便作品中涉及了人物，也都是放到特定的社会问题框架中描写，并为题材的揭示和表达服务。所以，热切地关注现实生活，敏锐地洞察时代风云，深切地体味百姓的幸福与疾苦，以忧患意识和悲悯之心关注中国社会发展进程及百姓的命运浮沉，为推动社会进步和人民追求美好生活贡献自己的微薄之力,这大概是我写作报告文学的初衷和特点吧。

舒晋瑜:我们都知道报告文学创作首先是选材。您对于作品的敏感性以及对重大题材的把握来自哪里?

杨晓升:某种意义上讲,报告文学是题材决定论,好的选题的确立,其实已经奠定了一半的成功。什么是报告文学的好选题?首先是要立足现实,以当下的现实背景、社会现状和普通民众的生活状态为参照,及时捕捉并把握普通百姓的普遍关切,尽可能站在时代的潮头和生活的前沿,思百姓之所思、想百姓之所想,紧紧抓住百姓和社会的兴奋点与热点。具体讲是题材必须要有新鲜感、典型性、普遍性和关注度,写出来的作品还要有可读性、感染力和一定的理性深度,最终达到引发读者关注、共鸣与思考的目的。如果能长时间保持对现实生活和社会发展进程的高度关注、敏感和热情,开启这样的思维雷达不断去寻找、策划选题,好的选题包括重大的选题自然会"其来有自"。 无论是我早期创作报告文学还是后来我主编《北京文学》策划报告文学,都是沿着这样的思路去策划选题的。

舒晋瑜:2020年初,您的中篇小说《龙头香》获得第二届"禧福祥杯"《小说选刊》最受读者欢迎小说奖。写小说的时间更长吗?近几年您发表的小说都很有影响,是不是有意调整自己的创作方向?

杨晓升:自从参加工作,走上业余文学创作道路,我最早写的是中短篇小说,而非报告文学,后来因为结合工作派生出副产品——报告文学。其实是工作促使我这样去做,觉得已经捕捉到的好选题因工作需要已经采访并收集了大量素材,不写很可惜。但是,写报告文学比写小说无论是时间和精力,要付出更多也更辛苦,而且写作时由于必须遵从真实性,把握分寸感,所以有着更多的局限,不如写小说自由和自如。其实,我已经很多年没有创作报告文学了,因为工作太忙,没时间和精力去调查采访，而内心深处又还热爱着小说创作，所以重拾起小说创作，近年也收到了一些成效。像《介入》《身不由己》《病房》《龙头香》等中篇小说都被一些选刊转载甚至收录入多种版本的优秀中篇小说年选，今年1月《龙头香》还获得了第二届"禧福祥杯"《小说选刊》最受读者欢迎小说奖。尽管如此，迄今为止，我的创作影响更大、更广泛的还是报告文学，像《中国魂告急——拜金潮袭击共和国》《告警——中国科技的危机与挑战》《只有一个孩子——中国独生子女意外伤害悲情报告》（或《失独，中国家庭之痛》），都在不同时期引发了较大的社会反响，有的还是强烈的反响。但从现在到未来，主观上我可能不会再去写报告文学了，因为自己大量的小说构思都等待着我一步步去完成。

舒晋瑜：您在创作中最大的困惑是什么？对自己又有怎样的要求？

杨晓升：如果说有困惑，那主要是时间和精力总是被繁重的工作所挤占，而我又是一个做事认真、追求完美，自认为责任感很强的人。只要还在任上，以我的性格和做事的态度，本职工作我不可能随便应付，更不会敷衍了事。正因如此，即便我近年已经写了一些小说，但这些小说自己其实都还不甚满意，或者说这些小说远未达到自己的满意度，还存在着各种不足。我只能期待自己退休之后，有充足的时间阅读、思考、写作，即便写了新作，也要以更高的标准，以精益求精的态度不断打磨，力求写出自己更加满意的新作。

舒晋瑜：和非虚构作品一致的是，无论是小说《病房》还是《龙头香》，都体现出强烈的忧患意识和真切的社会关怀，在真切地反映社会矛盾的同时，对人性的深入挖掘和透视也令人称道。能谈谈您文学创作上的追求吗？

杨晓升：你这个提问，让我无意中审视了自己近年的小说创作，发现像《红包》《介入》《身不由己》《天尽头》《病房》《龙头香》这些中篇小说，都带有很明显的问题意识，这可能是由于早期写作报告文学的缘故，可以说与报告文学的写作一脉相承吧。但同时，与报告文学相比，小说离不开人物，尤其是有血有肉的人物，所以写作时更应该从小处入手，更多地体悟人物的身份与处境，时刻关注并遵从人物的性格和命运走向以及生活的基本逻辑，通过场景、故事、情节、细节、氛围和心理活动推动作品的走向，从中发现、开掘并揭示出生活的意蕴和人性的奥秘，尽最大努力去挖掘人性的多样性和生活的复杂性，尽可能使小说好看、耐看，读后又能让人久久回味。这是我创作上追求的方向。

二、关于办刊

舒晋瑜：为什么会选择《北京文学》？2000年从《中国青年》调到《北京文学》，第一个月工资收入减少了一半。心理上有落差吗？

杨晓升：2000年我之所以要离开《中国青年》到《北京文学》，一是自己已经年近中年，而《中国青年》是年轻人的事业；二是内心深处的文学情结，感觉到文学杂志无疑会更接近文学，而《北京文学》又是国内的文学名刊，那时《北京文学》又刚好需要我这样的人。在《中国青年》十六年锻炼培养出来相对开阔的视野、组织能力、社交能力、综合能力，尤其是对国家、民族、百姓命运的热切关注和社会责任感，对我后来主持《北京文学》编辑工作有着非常重要的帮助。虽然那时候全国文学期刊普遍处于最低潮，读者大量分流，发行量严重萎缩，但我认为那不是文学本身的问题，而是文学创作和文学出版机构及文学编辑某种程度闭门造车、孤芳自赏，远离社会远离现实最终远离读者的问题。抓住了这种症结，如何办文学杂志我多少也就心中有数，相应的思路、办法和策略也油然而生。不过说实在的，之前我知道文学杂志正处于最低潮，正式到《北京文学》上班，才惊叹境况比我想象的还要严重。那时候，《北京文学》办公地点还是在北京文联宿舍楼下阴暗潮湿的地下室，仅有的几间办公室装满了桌椅、书刊、稿件和编辑员工，空气中还不时散发着异味。第一天上班走进这样的办公室，我内心多少还是咯噔了一下，心仿佛也掉进了地下室，原本高涨的情绪多少也变得有些灰暗。不仅如此，第一个月快到发工资的时间，漂亮的女会计在办公室无意中向我叨咕了一句，说咱们的账户里都快空了，根本就没工资可发。待到真正将工资发到我手，我发现只有两千来块，比我在《中国青年》的工资足足减少了一半多。那一瞬间，我的心仿佛又从地下室掉进了冰窟窿，怀疑自己这一步的人生是否走错了。不过这种糟糕的心情只是一瞬间的事，很快就过去了。紧接着，我全身心投入了新的工作，而且一干就是二十年。究其原因，一是我内心的执着与坚持，二是我在办刊实践中不断取得了成效，刊物逐步走出困境并进入正确的发展轨道，而且影响越来越大，受到了各界读者的普遍认可。可以说，目前的《北京文学》已经进入良性循环，正处于发展史中的另一个黄金阶段。

舒晋瑜： 到《北京文学》担任执行主编后，第二年就开始对《北京文学》进行改版，承担着很大的压力吧？可能也会有不同的声音。当时是怎样的情况？

杨晓升： 任何改革都会遇到阻力，主要是观念的阻力，当然还有由观念不同而派生出的人际关系阻力。新时期文学之初，文学期刊曾经有过"伤痕文学"时期的辉煌，甚至曾经走进文学期刊人之前都未曾意料到的社会聚光灯之下，优越感形成之后的故步自封、孤芳自赏和自以为是，在文学期刊编辑中普遍存在。面对后来媒体雨后春笋般的蓬勃发展和外部文化环境的变化，尤其是读者的不断分流和杂志发行量的普遍萎缩，文学期刊人普遍感到迷惘、失落与悲观。一方面，他们既自以为是又自怨自艾；另一方面，他们既孤芳自赏又抱怨读者；由此陷入观念和行动的怪圈，使得文学杂志普遍陷入低潮并进入恶性循环，发行量跌入低谷，政府主管部门不重视，甚至不信任，以致财政资金投入少。面对改革和新观念的介入，原有的文学期刊人普遍存在着矛盾心理，既渴望改革又害怕改革，尤其是当具体的改革措施与自己内心深处根深蒂固的观念激烈碰撞，尤其是与自己的个人利益激烈碰撞时，就会形成抵触甚至反抗。就我到《北京文学》之后的经历，最明显的例子是：为了改变文学期刊千刊一面的现状，密切文学期刊与现实生活和读者之间的联系，《北京文学》开设的"现实中国"这个专门发表报告文学的栏目，遭到编辑部内部甚至外部一些人的强烈反对，他们认为报告文学"不是文学"，而且容易惹是生非，我是顶着巨大压力坚持将这个栏目办下来的。如今事实证明，"现实中国"的栏目每期所刊发的报告文学，不仅没有"惹是生非"，而且影响巨大，所发作品不仅广受读者欢迎和其他报刊转载，还获得过包括中国文学最高奖鲁迅文学奖在内的各种大大小小的奖项，每年的报告文学作品还成为全国各种优秀报告文学年选争先选用的对象，被年选收录的报告文学作品在全国文学期刊中也是最多的，"现实中国"如今已经成为《北京文学》的品牌栏目。再比如：《北京文学》改版改革之初，我就杜绝一律发表本社编辑员工的文学作品（工作需要时的评论文章除外），同时要求编辑每月必须审阅一定数量的自然来稿，并将审读自然来稿的情况纳入每月编辑的考核。这一措施因为损害了本社员工一定的个人利益，自然也遭到内部员工一定程度的排斥与反对。要求编辑审读自然来稿，是因为我认为新人和陌生作者的不断出现是文学期刊的活力和文学发展及繁荣的希望所在，而自然来稿是文学新人出现的最主要渠道。

舒晋瑜：栏目调整是基于怎样的思路？改版后的定位是什么？

杨晓升：栏目调整是基于营销学中的区分经营战略，打破传统文学期刊以体裁划分栏目且千篇一律、千刊一面的陈旧模式，既要尊重文学的基本规律，兼容文学的共性（比如必须是刊发优秀的文学作品），又要最大限度拓展文学的边界并突出自身的特色与个性，本着"人有我有、人无我也有"的原则，调动一切手段，挖掘自身潜力，尽最大的努力将每一个环节、每一个栏目、每一篇作品组织得最好。刊物改版后的定位是：全心全意为读者着想，为读者服务，无论发表什么作家、什么类型的作品，都必须将多数读者的需要放在首位。

舒晋瑜：改版之后的《北京文学》"以其内容的清新感、现实感、大众性和可读性赢得了社会各界的广泛关注"。可否概括谈谈，《北京文学》的发展大致经历了怎样的变化？

杨晓升：《北京文学》自2001年第1期开始改版调整栏目，大致经历了三个阶段。一是探索阶段。探索阶段主要指改版和调整初期，我们要看看各方面读者的反映，在小的环节和个别栏目上进行微调。比如最初设立的栏目还有"网络奇文"，初衷是想选发网络文学精品妙文，但面对汗牛充栋的海量网文，由于人力和视野所限，我们难以做到精选，因而探索了不到半年就果断撤销栏目；还有"纸上交流"栏目，初衷是为了及时呈现读者对刊物和作品阅读后的意见和建议，一段时间之后我们发现来稿只局限在少数读者，我们也果断撤销此栏目。二是发展阶段。刊物的定位和栏目确立之后，重要的是每期都要组织并刊发质量达到要求的作品，包括杂志的封面、装帧设计、排版、校对、制作、印刷和销售发行等环节，都有一个逐步发展的成长期。第三个阶段是成熟阶段，包括杂志风格、封面、栏目、作品质量达到一定高度之后的相对成熟与稳定。这一阶段还有一个大动作是杂志扩容，从杂志改版最初的一百多个页码，中间扩充到160页，再到2017年的每期208页（与《人民文学》容量相同），而且全部改为彩色印刷，稿酬也大幅度提升到全国文学期刊的第一阵营。迄今为止，无论是杂志风格、作品的质量还是我们杂志社内部的编辑队伍建设，可以说达到了成熟期。

舒晋瑜：2020年是《北京文学》创刊七十周年。七十年间《北京文学》的发展历经曲折，是不是也有坚守不变的方面？如果有，这种定力来自什么？

杨晓升：2020年是《北京文学》创刊七十周年，从2019年开始我们就约请著名文学评论家、文化学者孟繁华为《北京文学》七十周年撰写长达数万字的纪念长文，这篇长文发表在《北京文学》七十周年纪念册和《北京文学》2020年第9期创刊七十周年纪念特刊上。孟繁华将《北京文学》七十周年发展历程作了客观准确的概括：第一个阶段，新时代的新文艺，描述创刊初期老舍等编辑前辈在刊物内容和定位上的艰难探索和历次政治风云对刊物的冲击与影响；第二个阶段，大时代的文学重镇和风向标，描述改革开放之后《北京文学》在新时期文学发展历程中的巨大贡献和重要影响；第三个阶段，新世纪的守正创新，描述社会文化环境发展变化、文学期刊面临市场经济严峻挑战之后，《北京文学》历任办刊人对文学的执着坚守与为谋求杂志生存的艰难探索，以及我主持《北京文学》工作之后的改版、改革创新并重获新生。孟繁华还归纳总结出《北京文学》七十年发展历程的特点：形象正大，引领风潮，扶持新人，锐意创新。我觉得孟繁华的归纳、概括与总结，比较准确与客观，符合《北京文学》七十年发展历程的实际情况。《北京文学》之所以能七十年红旗不倒，是因为一代代文学编辑执着地坚守文学理想，始终沿着文学的航向前赴后继，奋勇前行。尽管期间经历过曲折，遭遇过激流险滩、暴风骤雨，内部也有过不同观念的交锋与碰撞，杂志有过低潮和高潮，但始终没有偏离文学的航线。高扬的文学理想，成为《北京文学》七十年间一代代文学编辑唯一的定力。

舒晋瑜：您在《北京文学》提出"篇篇好看""期期精彩"，这其实是很难实现的。为了达到这一目标，您采取了哪些措施？办刊物，您最看重的是什么？

杨晓升："篇篇好看，期期精彩"，是我为《北京文学》确定的工作标高，是我们编辑每一期杂志的努力方向。我以为，只有以高标准要求我们自己，我们才能有压力和动力。为了达到这个标高，我们建立了严格的管理考核制度，调动全体编辑员工兢兢业业、扎扎实实抓质量。比如强化每期杂志重点内容、重点作品的组织与策划，坚持稿件三审制度；比如要求编辑可以有自己的审美倾向，但绝不能以个人好恶选择稿件，选稿要服从刊物的大局和需要，要善待每一位作者，质量面前人人平等，最大限度杜绝关系稿人情稿；比如规定本社员工一律不准在自己刊物上发表或转载作品（工作需要的评论除外）；比如编辑必须审读自然来稿，审稿和发稿的情况每月纳入编辑考核（内容包括审读来稿数量、稿件刊发后的反响等），同时刊物设立"新人自荐"栏目，每期专门发表编辑从来稿中发现的优秀小说处女作；比如加强与读者互动，开设"作家热线""纸上交流""文化观察"等读者参与的栏目，征集读者的评刊、意见与建议，每年策划大众文化话题开展专题征文，吸引读者参与。总之，杂志的编辑和出版是一个复杂的系统工程，牵涉到很多环节，必须以高标准严要求做好每一个环节。只要每一个环节尽可能做好、做到位，"篇篇好看，期期精彩"的标高就不是空话。事实证明，目前的《北京文学》每期都有看点，有亮点，内容丰富且都有高质量的作品。不信大家都可以看看我们现在的杂志，建议尽可能多看几期，并且不妨与其他文学杂志做比较，我相信《北京文学》不会让大家失望。办刊物，我最看重的是正确的理念与有效的行动。

舒晋瑜：新媒体时代，《北京文学》如何应对或者融合多媒体，进一步扩大影响？

杨晓升：新媒体的迅猛发展，对文学杂志既是挑战也是机遇，我们必须顺应时代和读者发展要求，努力借助新媒体平台扩大杂志的影响与传播。其实，《北京文学》是比较早开通网页、博客和微博的文学杂志。在电子阅读方面，《北京文学》是全国文学期刊中最早与新浪文化合作推出专题专版的文学杂志，也是最早与龙源期刊网、知网（中国电子期刊）、万方数据网等电子平台合作推广电子阅读的文学杂志。除了保持传统的邮局发行、二渠道等方面的销售，2017年始，我社又开通了微信公众号和北京文学微店，同时与全国最大的网上杂志订阅平台"杂志铺"合作，开展网上订阅和刊物销售。比如每期新刊出版，我们都调动编辑在本社的网页、官方微博、微信公众号和一些报纸宣传推介新刊内容要目。在微信公众号、微博、博客、官方网站等常规运营的基础上，《北京文学》在2019年进行了多平台的运营尝试,一方面开始搭建官方APP,另一方面,在简书、小红书、抖音等平台开设相应账号,针对不同平台用户需求,发布相应内容,构建新媒体矩阵,初步探索了新形势下文学期刊媒体融合的发展道路。

舒晋瑜:有作家的身份,我想您一定特别体谅作家的苦衷,尊重他们的劳动成果,对于选择优质作品也更有眼光。您觉得呢?作家身份对办刊带来什么?

杨晓升:是的。因为我有写作的实践与经历,所以能切身体味作家创作时的甘苦与欢欣,所以我要求编辑要尊重每一位作者的劳动,对所有作者要一视同仁,质量面前人人平等。我这样说,并不意味着《北京文学》要像慈善组织或救助站那样去尊重作家的劳动,不顾质量要求帮助写作者发表稿件,绝不是!我们只尊重作家的有效劳动,也就是说你的来稿必须达到《北京文学》的发稿标准和要求,这是最基本的前提。说到作家的身份,我觉得有助于我在审读和选用稿子时设身处地地把脉作品的品相和成色,并且从更具体的角度对不完善的稿件提出修改意见。最起码的一点,你这样编排故事和情节,这样描写细节、情景和对话,路子到底对不对,是否契合具体的场景和氛围,是否符合人物的性格和身份,是否符合常识和生活的基本逻辑;站在更高的角度看,你这篇稿子到底有没有新意,类似的题材和故事别人写没写过?这就像一个会开车的人坐在副驾驶位置上观察正驾车前行的朋友,一举一动你都能观察出对错。这么多年来,无数作者及投稿,我时常以写作者的身份和角度审视稿件并提出合理化的修改建议,包括一些知名作家,都曾经听取过我的合理建议,对作品做了相应的修改和润色。所以,作家的身份可能更有利于我更广泛地团结作家。

舒晋瑜:在众多的文学刊物中,《北京文学》好像更接地气,更重视读者,也能让作家更能体会到尊重。您认为《北京文学》有哪些独特之处？办刊最理想的状态是什么？

杨晓升：我始终认为，文学杂志既然是公开发行的杂志，就具备了文化产品的属性。而产品是否受到欢迎，有没有生命力，取决于我们最主要的阅读对象——读者是否喜欢。换句话说，文学杂志的生命力取决于读者是否需要你，欢迎你，某种意义上说读者就是上帝。无论哪位作家、何种作品，你发表作品的目的就是要将作品展示给读者的（那些声称不在乎读者的作家，为何还要将稿子投给杂志发表？我对此始终存疑），所以在不降低杂志和作品文学品位及质量的前提下，我们必须尊重更多的读者。《北京文学》改版的时候我提出杂志为读者办、为读者着想的大方向，近二十年来也一直按照这个大方向全心全意为读者办刊，无论杂志的封面、装帧设计、栏目的设置、作品的内容、类型和质量，都是围绕"读者"这个轴心来进行的。当然，确立刊物的办刊方向之后，必须建立一套科学严格的考核制度，构建一个从组稿、编辑到发行、宣传等方面的全方位系统。主编所要做的，就是以高度的责任感与严格有序的管理最大限度地确保这个系统正常运转，一期接一期地编辑制作出对读者有吸引力、让读者有阅读期待的高质量产品，月复一月、年复一年地不断推出精品力作和文学新人，这也是办好一本杂志的必由之道。说到《北京文学》有哪些独特之处，我还是借用铁凝主席的两次题词吧。《北京文学》创刊五十五周年的时候，时任河北省作协主席的铁凝为《北京文学》的题词是："精彩，活力，好看，耐看。"2020年，中国作协铁凝主席为《北京文学》七十周年的题词是："淳厚的文化积淀，鲜活的时代生机，常新的艺术样态。团结作家，亲近读者。样貌从容亦有朝气。"我以为，铁凝主席的两次题词、两次概括，会比我们自己的概括更权威，也更有说服力。我以为，办刊的最理想状态是六个字：天时，地利，人和。天时，是指宽松和谐的社会文化环境和办刊氛围；地利，就是要拥有一支爱岗敬业、团结协作、充满活力和战斗力的优秀编辑队伍；人和，则是指刊物必须建立良好的人缘（即作家、读者、上级主管部门等方面的厚爱与支持）。

舒晋瑜： 和《北京文学》相知相守二十年，是一种怎样的感情？

杨晓升： 在《北京文学》工作的二十年，是我人生中最美好的黄金时光，我的办刊理念在经过艰难的探索与付出之后得到了充分的体现，个人能力得到了全方位的锻炼与提升，职业的成就感、自豪感、幸福感和人生价值得到了最大限度的实现。所以，我与《北京文学》的感情堪比骨肉亲情，无法割舍。我由衷感谢《北京文学》二十年来对我的滋养以及为我提供的舞台，是《北京文学》成就了我，让我获得了快乐和充实的人生。同时，我也要由衷感谢当初将我引荐到《北京文学》工作的前任社长章德宁女士，感谢二十年来与我并肩战斗的众多同事，以及帮助支持过我的无数作家和读者朋友。

（发表于2021年）

黄桂元

文学编辑不仅要体现为他人作嫁衣裳的职业精神,更应借助刊物的影响力,为当代文学的发展起到助推作用,才有存在的价值。这就需要文学批评期刊必须体现一种海纳百川的大自在境界,尽可能展示多元化的各种神貌、声调、性情、趣味。记得一位诗人说过:对于作家创作而言,团结是一种力量,不团结也是一种力量,欧美文学、俄罗斯文学哪有那么多大团结?作品的百花齐放,批评的百家争鸣,才是最真实、最货真价实的大繁荣,才是最高意义和境界上的大和谐。

文学的轨迹与编辑的"坚守"
——《文学自由谈》主编黄桂元访谈录

黄桂元　高　丽

黄桂元：1982年毕业于南开大学中文系，2005年结业于鲁迅文学院第五届（文学理论与批评）高级研讨班。现为天津市作家协会副主席、《文学自由谈》主编，文学创作一级。曾在百余家海内外报刊发表小说、散文、随笔、诗歌与文学评论250万余字，部分作品被《新华文摘》《小说月报》《散文选刊》《散文海外版》《作家文摘》《读者》《文摘报》等转载，十余次入选各种年度最佳散文或随笔选本，已出版长篇小说、文学评论集、散文随笔集、作家评传多部。

高　丽：1996年毕业于南开大学中文系，《今晚报》文化部主任助理。

高　丽：今天的话题主要是围绕《文学自由谈》展开。还是从您的编辑生涯聊起吧。听说您20岁就做了文学编辑，那应该是1976年初的事，想起来，真是够遥远够漫长的。什么原因使您这么早就干上了这一行？

黄桂元：说来话长。我15岁就告别中学校园到河北石家庄当兵，开始有一些小诗小文发表，1975年在《天津文艺》（前身为《新港》杂志）发表了小叙事诗《征途万里》，中央人民广播电台和天津、安徽等多家电台做了配乐朗诵，引起编辑部的重视。转年2月我复员回津，20岁出头，当时的身份只是一个与任何编辑都无一面之缘的外省业余作者。按规定，学生兵通常应该分配到工厂当工人，等分配的日子闲得无聊，之前我听说我那首小叙事诗的责编是肖文苑，就去了一趟《天津文艺》想表示一下感谢。这个杂志当时隶属于文化局创评室，在一座西式的三层小楼办公。我上楼怯生生敲门走进诗歌组，肖老师出差在外，我诺诺退出下楼，一个人漫无目的地走在大街上。突然想，肖老师不在，认识一下其他编辑不是也可以吗？这个念头促使我再次上楼，自报家门。屋里只有时任诗歌组长，后来成为副主编的陈茂欣。陈老师先是一愣，接着眼睛放光，立即让我把自己的基本情况写一下，并留下家庭住址。我以为那只是编辑部通联作者的惯例，也没多想。不料两天后陈老师亲自找到我家，说文化局创评室研究决定把我调入《天津文艺》，需要征求一下本人意见。我像是做梦一样，我一生的职业走向也由此被改变。我也常常感慨，假如我没有再次去编辑部，或者去了编辑部而见到的不是陈茂欣老师，此后的人生之路必然会改写。听一些同事说，那天我第一次来过编辑部离开后，陈茂欣在每个编辑室都转了一圈，说"黄桂元复员回天津了"，欣喜之情溢于言表。陈茂欣是一位著名的性情诗人，我相信他完全做得出来。陈茂欣已故去多年，但永远是我的恩师。

高　丽：由退伍兵一步迈进文学专业部门，成了一位正式编辑，这个跨度太大了。

黄桂元：在那个年代，许多写过一两篇作品的工农兵业余作者摇身一变就成了专业文学工作者，属于一种不正常的"新生事物"。我只能说自己很幸运，但我的幸运并不是个案。

高　丽：当诗歌编辑，眼界不同了，少不了会与一些著名诗人、作家打交道，在编辑与作者的稿件来往中，您一定有过记忆深刻的往事。

黄桂元：当然有。过去自己仰慕的一些名家，现在成了可以直接阅读、处理他们手稿的作者，那种感觉妙不可言。只是1976年，全国范围内的文学杂志很少，诗歌水平也不高，多为公式化、概念化、高分贝、口号式的作品。当时比较活跃和醒目的，除了军旅老诗人李瑛的诗至今为人称道，大多早已在大浪淘沙中沉寂、消失。在编辑部，我主要是看自投稿，类似于实习编辑吧。这期间，先是赶上了唐山大地震后的支援灾区抗震采访，又因为年轻没有家庭拖累，被抽调为天津市"普及大寨县"工作队成员，在宝坻县（现为天津市宝坻区）农户劳动、生活了十个半月。我的诗歌编辑生涯，也只是做了一年。不过，还是有件事给我留下了深刻印象。

前几年，读到贺绍俊先生刊于《芳草》上的《铁凝评传》，我有些好奇，特别想了解一下著名女作家铁凝在当年文学创作起步阶段有过怎样的经历。我的好奇是有原因的。大家都知道，铁凝是以数量很大且颇具特色的长、中、短篇小说而称誉中国当代文坛的，但说到她的早期写作，大家就可能比较陌生了。《铁凝评传》告诉读者，铁凝"处女作"是作家高中时代的一篇作文，题为《会飞的镰刀》，1975年被收入北京出版社出版的儿童文学集《盖红印章的考卷》。此后铁凝下乡插队，至1979年调到保定市文联当编辑之前，在农村度过了大约四年的知青岁月，其间发表过几个短篇小说，开始在文坛崭露头角。我感兴趣的《铁凝评传》记述了铁凝早年一段鲜为人知的写诗"小插曲"，我不仅是这段"小插曲"的知情者、最直接的见证者，甚至可以说是"实施者"——亲手编发过她唯一正式发表过的一组诗歌。我推算，这组诗即使不算是铁凝的处女作，也大致不会晚于她最初的小说创作。

高　丽：铁凝写过诗？我也是第一次听说。

黄桂元：许多著名作家早年都曾有过写诗的经历，这不新鲜。我调侃过这种现象，诗歌是文学青年的青春分泌物，几乎无人幸免。《天津文艺》诗歌组有三位编辑，陈茂欣、肖文苑都已四十开外，我年龄最小。记得1977年那个夏季格外炎热，没有电扇，更没有空调，屋里皆为须眉，大家穿着短裤和跨栏背心挥汗如雨地看稿子，动作也都相似，一只手把扇子摇个不停，另一只手不住地用毛巾抹脸。陈老师还多了一个动作，不时摘下眼镜，擦一擦汗渍。现在想起来，那一幕场景仿佛历历在目。

一次，我从一堆自投稿中发现了一组诗，题目叫《丰收纪实》，大约有四五首，很工整地抄在那时候常见的小方格稿纸上。作者为河北博野县的一位下乡知识青年，署名"铁凝"。按其简介估算，年龄超不过20岁，名字像是男性，但娟秀的字体、细腻的语感，以及反映的皆是农村铁姑娘的劳动精神面貌，又让人想到很可能是一位女作者。我选了其中的《浇麦小唱》《割麦曲》《分量》三首诗，二审、终审顺利通过，并刊载于1977年《天津文艺》第10期。这组诗的文学水准，以今天的审美眼光观之，坦白地说，问题比较突出。比较明显的是公式化的集体腔调抑制了个性表达，这也属于那个时代诗歌写作的通病。若放在当时的诗歌语境来看，我们倒是会有另一种发现：作者在巧妙营造诗意和在诗里融入叙事元素方面有个人特色，其语言表达也称得上清新流畅，训练有素。比如《分量》一诗中有这样几句：

> 铁姑娘车队拉着棉花进村，/马儿像拱着蓝天驾着白云。/唱着卸车，笑着入库，/库外是银山，屋内灌满银。//管理员刚要锁门，/队长说："等等!"低头拽起衣襟，/她摘下沾在身上的一瓣棉花，/花瓣轻轻地飞进库门。//姑娘们学着队长，/也细细查看全身。/无数朵小小的银花，/都飞进大队的银囤。

作者固然生疏于对变形、象征、意象、隐喻等现代诗歌基本手法的运用，却懂得如何观察、捕捉、利用生活细节为诗歌服务，其叙事能力也有优势，是那些仅仅擅长抒情造势的诗作者所欠缺的。铁凝发表诗歌，这是第一次，也是最后一次。这之后，新时期诗坛并没有诞生青年女诗人铁凝。贺绍俊的解释是，"铁凝显然意识到了自己的长处所在，她就没有在诗歌上花太大工夫，她干脆将诗歌彻底放弃，专门钻研小说写作"。应该说，贺先生的解释还是中肯实在的。铁凝的这段写诗"小插曲"，在其有关创作研究和资料介绍中几乎无迹可寻。或许在评论界和作家本人看来，这组诗发表于"文革"结束不久的文学拨乱反正时期，实难彰显作家的整体文学成就，不足观，不足道，不提也罢。这是可以理解的。古已有之的中国文人意识里，为尊者讳、为贤者讳是一种根深蒂固、延续至今的伦理"潜规则"。但我还是觉得，历史老人永远会对实情充满敬意，而不论其事情之大小、事由之巨细。退一步说，类似"小插曲"作为作家早期文学写作的热身与尝试，是很正常的，即使再伟大的作家也有可能写出过自己的青涩之作。而呈现作家的写作实情，既是对读者的尊重，也是对历史的负责。在这一点上，与其说是评传作者贺绍俊尊重历史细节，不如说是"不悔少作"的作家铁凝本人有着更为清醒也更为通透的文学胸襟。前几年，我有机会与铁凝聊天，提到早年那组诗，她并未讳莫如深，而是爽朗一笑，"哦，感谢我当年的责编。"在另一个场面，她对在场人这样介绍我："这是我的责编。"

高　丽：据我所知，您属于"文革"后恢复高考的第一批大学生，历史上俗称"七七级"，从南开大学毕业后，您没有回到编辑岗位吗？

黄桂元："七七级"和"七八级"的学生，可以说经历复杂，年龄各异，于是有个规定，工龄超过五年者可以带工资上学。我们班，女作家赵玫和我都属于这种情况。大学毕业后，我被分配到天津市委宣传部工作了近六年，但内心深处始终难以割舍写作情结，喜欢文学氛围更浓的环境，便几次向领导提出离开机关，终获批准。当时不少同事、同学用"人往高处走，水往低处流"的道理劝我慎重行事，我还是来到天津文联，可以说义无反顾。在理研室工作了一年，后被调到《艺术家》杂志当编辑部主任。20世纪90年代中期，时任《文学自由谈》副主编的任芙康曾让我帮忙看自投稿，印象最深的是处理过四川高校张放教授的一篇稿子，谈对巴金《随想录》的评价，题目是《关于〈随想录〉的随想》。当时巴金的声望非常高，张放的不同意见显得有些大胆，发表后立即引起文坛内外的反弹，《文学自由谈》也意外地成了矛盾的漩涡。说实话，我以前真没有想到《文学自由谈》会有这样的影响力。

高　丽：我读大学的时候，就知道天津有一本品牌杂志《文学自由谈》，有文学批评界"轻骑兵"的雅称。由于开本小，还曾与《读书》《随笔》《文史知识》并列，被称为人文期刊的"四小名旦"。

黄桂元：《文学自由谈》创刊于1985年，至今已走过了三十载沧桑岁月。这是一本积极介入文学现场的小开本批评刊物，始终倡导一种即时、及物的近距离文学批评。它的办刊思路和使命很简单，以文学批评而不是以学术研究的姿态，搭建一个可以见到各种话题、听到不同声音的批评平台。它的历史见证了新时期以来的文学发展轨迹。具体到《文学自由谈》，现阶段的中国文坛其实并不缺少思想厚重、学理规范、言说严谨的文学理论刊物，我们这本以话题为主随笔化的批评杂志，力求向当代文坛强调一种海纳百川、吞吐万象的批评气度，营造一个区别于一般批评刊物惯常路数的独特存在。在众声喧哗、多元共生的当代文坛，我们不希望这本杂志是一支静态的"守岛部队"，而是一支自由、剽悍、高效的"轻骑兵"，驰骋在当代文学批评的前沿阵地。

《文学自由谈》创办之初由著名作家冯骥才、评论家滕云任双主编，这也是尝试。最初是季刊，影响大了，就改成了双月刊。90年代中期，刊物由任芙康执掌帅印，倾注了半生心血，也为刊物奠定了独特的品牌个性。刊物的编辑阵容一度很强大，比如赵玫、王绯、李晶、刘敏等女将，都是一个时期的实力派青年作家、评论家。2004年夏天，我由《艺术家》调到《文学自由谈》任副主编，做任芙康老师的助手，近几年又做执行主编、主编，深感责任重大。

高　丽：感到责任重大，也是因为"天时、地利、人和"都有了变化。放眼当今期刊市场，各类杂志千姿百态，处境也是千滋百味，一言难尽。套用一句曾经很流行的名言：办刊难，办文学刊物更难，办文学批评类刊物尤其之难。

黄桂元：有一个词已经用滥了，但我一时还找不到更适合的词可以代替，只好再重复一下：坚守。多数文学杂志的命运起起落落，浮浮沉沉，昨日还大红大紫，转瞬间已是明日黄花，一片沧桑景象。回顾本刊所走过的历程，令人百感交集。现在的文学理论刊物，多与高校合作。本刊隶属于文联，非作协系统，这意味着文学不是单位的主业，办刊经费一直不足可想而知，通过种种努力，刊物没有沉沦于困境，这些情况就不多说了。进入社会转型期以来，文学期刊作为当代作家作品的主要载体，日益受到大众文化为主潮的阅读市场的挤压，位置越来越边缘，能够数十年如一日地"坚守"文学评论阵地的刊物，寥若晨星。《文学自由谈》一路颠簸地走到今天，始终坚持办成"一本不收取分文、半免费的刊物，一本努力表达文坛民意的刊物，一本被视为文坛窗口的刊物，一本特立独行、充满激情的刊物，一本有名人奠定品牌、由非名人保持锐气的刊物，一本有众多大知识分子与众多小知识分子自费订阅的刊物"的思路，褒贬也好，毁誉也罢，众多作家、批评家和文学爱好者一直没有失去对它的关注和兴趣，以至于作家王蒙曾如此感慨："在我们的阅读里，有《文学自由谈》与没有《文学自由谈》是不一样的。"这样的评价并非溢美，而是道出了一种实情。

高　丽：据我所知，有的被尖锐批评过的名家，非常恼火，甚至扬言要与你们"法庭上见"，好像最后都不了了之。

黄桂元：有几次，我们已经走到了被诉讼的边缘，但总是有惊无险。把文学内部问题交给法庭裁决，这种处理方法本身就有些滑稽可笑。事实上，文学批评的角色自诞生以来，一直处于貌似强大却又不无尴尬的境地，这是中外都会有的文学现象。一些作家非常渴望借助批评为自己点赞扬名，而难以忍受批评界对自己的忽视和冷落。同时，又从骨子里瞧不起批评家，认为创作与批评并不对等，永远是从属、附庸关系，甚至还有人把批评家比喻为"食客""马蜂""虱子"等等。因此，批评家要想得到作家和读者的尊重，首先要自重。

高　丽：《文学自由谈》创刊三十年，锋芒毕露，"一意孤行"，不改初衷，确实体现了一种非同凡俗的办刊理念。显然，批评类刊物要有自己的定位很重要。

黄桂元：在我看来，一本批评类刊物，在普通读者中或许可以是小众，但如果在作家中依然是不被关注的小众，就不大正常。批评类刊物不应办成文学研究刊物，只给圈内少数受过专业理论训练的人士来读。比较专业的文学研究刊物当然也是需要的，但不可泛滥成灾。你可以发现，如今的文学批评期刊置身其间的是一个新的以前没有出现过的学术环境。这个环境由什么构成？基本上是由大学构成。更明确地说，文学批评的中心如今已经由作协转移到了学院，而现在的学院评价体系又深深影响了文学批评期刊的办刊方针。在大学评价体制下，学院化的批评好像能够扭转期刊的非学理化倾向，但也正像一些有识之士指出的，有不少都是伪学理，文本并没有细读，很快就过渡到理论，而且它所津津乐道的理论与文本是游离的，与作家的写作两张皮，往往使人望而生畏，然后是望而生厌，常常不被作家当回事。对于生机勃勃、气象万千的文学现场，批评刊物应该能够接文学地气，与作家的写作息息相关，永远保持对文学现场的一种关切，一种介入。就像法国批评家蒂博代说的，文学批评应该表达一种"自发的批评"的声音，要热烈地爱，还要清醒地说。它需要的不是学者日积月累的卡片，而是机智、敏感、生动、迅速的反应，是那种刚出炉的滚烫的现场批评。现场批评本来就不是为后人写的，却可以为未来的经典作品研究和文学史研究做筛选、做铺垫。没有现场批评就没有学术的进一步深入，或者说没有成千上万的充满争议的见仁见智的现场批评，就没有后来的文学史研究。所以蒂博代认为，不同的声音要比单一的声音好，对话要比独白好，争议要比一潭死水好，批评者可能由于来不及深入思考而犯有某种偏颇和疏漏，甚至有一些误解甚至谬见，也无须大惊小怪，因为这是来自现场的还来不及冷却下来的直接感受，它会带来一种活力四射的互动，与作家的互动，与读者的互动，但很可能不是与少数专家的互动。一句话，批评要具备有效性，否则还不如没有批评。

此外，我认为文学期刊应该体现一种大自在境界，可以尽可能容纳多元的各种面貌、各种声音、各种性情、各种趣味。记得一位诗人这样说过：对于作家创作而言，团结是一种力量，不团结也是一种力量，欧美文学、俄罗斯文学哪有那么多大团结？作品的百花齐放，批评的百家争鸣，才是最真实最有包容性的大合唱，才是最高意义上的和谐。某种意义上，我同意这种说法。

高　丽： 一些读者对我谈起过他们的不理解，开篇打头的"特约"栏目，为什么总是李国文老师的文章？

黄桂元： 李国文老师不但是著名作家，还是文史随笔大家，早已在本刊拥有了固定读者，虽已是耄耋之年，仍元气沛然，锐气十足，思维敏捷，笔墨恣肆，在当今文坛，实不多见。由于年迈，李老的写作量已逐步减少，但他把"特约"看得很重，每期为《文学自由谈》提供一篇谈古论今的厚重稿子，成了他现在的主要写作内容。本刊同仁一直对老作家怀有深深敬意。

高　丽： 不过，我还是请教一下，有些文学期刊，包括批评刊物，是不是有同人化的倾向呢？比如《文学自由谈》，感觉里面的熟面孔很多。

黄桂元： 本刊作者中熟面孔多，生面孔少，确实存在这种状况，其实也是一种稿源方面的无奈。《文学自由谈》过去曾是中文核心期刊，现在不再是，自有原因，且不去说它。事实上，真正能给我们刊物写稿的作者并不多，能持续给我们提供写稿者则更少，这也是我们面临的一个困难。本刊一贯坚持自己的办刊方略，特别是把选稿的"六条思路"多年来固定在封二位置。经常读《文学自由谈》的读者都知道，这"六条思路"是："不推敲人际关系，不苛求批评技法，不着眼作者地位，不体现编者好恶，不追随整齐划一，不青睐长文呆论。"这是针对文坛和批评界的某些不良倾向所表达出的我们的态度,其中的每个"一",都是表达一种纠偏、除弊的决心。文坛的"关系学"现象已是有目共睹,它不仅反映在用稿取舍上的因人而异,厚此薄彼,还表现为圈子里的"行帮"意识、哥们习气,感于此,我们把"不推敲人际关系"放在了第一位;文学理论界一度八股盛行,名词轰炸,追新逐异,各种玄妙高论使人无所适从,"不苛求批评技法"的倡导,显示出办刊者有实事求是之心,而无哗众取宠之意;文坛上的论资排辈由来已久,无名之辈对一些名家的批评、讨论,即使言之成理,也往往被视为畏途和禁区,"不着眼作者地位"表明了我们一种不愿奉承权威、迎合名家,勇于追求真理、积极广开言路的态度和襟怀;文学的复杂性在于没有什么绝对真理、一定之规,百花齐放、百家争鸣的局面对于繁荣文学事业是必要前提,一本好的批评刊物应该给读者一种信任感,而不是着意推行编者的主观意图,所以要坚持"不体现编者好恶";为了营造某种严整,为了显示某种体面,而刻意制造统一的所谓"祥和局面",削足适履,左右逢源,是许多程式化杂志不受读者欢迎的通病,"不追求整齐划一"就是要使刊物打破平稳格局,倡扬写作个性;以注重学理性为由,拉开笔墨架势纠缠学术体系,动辄长篇大论,显然不适宜于这样一个"文坛轻骑兵"的角色,"不青睐长文呆论",就是欢迎活泼、灵动、精短,言之有物、锋芒闪烁的写作表达方式。

  20世纪90年代后期以来发生了学术转型,对文学批评造成了压力。20世纪80年代有所谓的文学回到自身,90年代是学术回到自身;也可以说80年代是文学自觉,90年代是学术自觉。这些当然是中国文学的进步,但在进步的同时也付出了代价。90年代以前,作协是文学批评的主力,90年代以后,批评的主力基本上就是学院批评。文化研究成为批评的一个主要方法之后,阐释变成了主要的。以文化研究带动批评的深化无可厚非,但不能以丧失批评趣味为代价,文学批评期刊应该建立并展现批评家的个性趣味特色。都说文学批评要讲究科学性,要客观理性,这里是不是完全排除写作者的个人趣味?不一定。学者的思考可能更厚重，现场批评则更需要有血有肉、生香活色的体味，好读，有趣味，而趣味正是一些故弄玄虚的理论家最缺乏的东西。因此，文学批评期刊的编辑趣味就很重要了。连文学的翻译都被形容为一种再创作，都要有趣味，文学的批评更应如此。批评刊物有一个集中的趣味，可以感觉出潜在的文学领衔的职责，有可能会成为未来的文学史在形成过程中的良种库，造成一种文学史事实，甚至对文学史经典化的运作会产生某种影响。因此，文学批评期刊保持自己的风格和个性是非常重要的。

　　这也是多年来我们办刊得失的经验总结。我们从来稿中发现，一些看似学富五车、以学院派自居的理论家，其实根本不具备与文学现场的最基本的互动能力，他们习惯于引经据典，纸上谈兵，文章没有体温，没有脉跳，没有激情，没有个性，笔下呆笨、生涩、无趣，行文四平八稳，缺乏必要的灵活性、直接性和微妙性所组合出的个人感受力，无力把握那些变化多端、面目各异的作品。他们也许更适合于在现场批评之后发挥自身的理论优势，按部就班地做些常规性的欣赏和研究。他们不明白，对待当代作品最要紧的不是所谓的考证和定位，而是作品品读之后的第一反应。因此，没有争鸣的当代文学批评是死的批评，甚至可以说，没有争鸣就没有当代文学批评。文学批评期刊应该对文学批评生态起到激活作用。还有一些善于个人思考和具有写作锋芒的作者，拒绝媚俗，不甘平庸，其逆耳之言或容易得罪人，或不合某种时尚思潮，很少有发声的机会，这时候他们会找到我们，比如文化批评家和杂文大家何满子先生就曾给过我们类似这样的批评稿子。我和同仁有个共识，在本刊发表的批评稿件，文学性是其一个前提。把一个很有意义的文学话题讲得枯燥乏味，相当于焚琴煮鹤，很煞风景，本刊不会让这样的事发生。

　　二三十年来，长期或曾持续在本刊发表文章的作者，细数起来有限。李建军、金梅、张颐武那样的职业理论家、批评家比较少，更多的是一些学者、作家、编辑，比如韩石山、陈冲、陈歆耕、陈世旭、冉隆中、李更、高为、黄惟群以及已故的何满子、毛志成先生，他们大多学养深厚，又有创作经历，文章写得风生水起，摇曳多姿。同时我们也在不断挖掘稿源，期待更多视野开阔、思维活跃、突破旧套路的新面孔能成为本刊生力军。这样的新作者一旦具备了持续写稿能力，就能在文坛产生非同小可的影响。比如青年批评家李美皆的文章，就是老主编任芙康从一堆自投稿中偶然发现的，不禁眼前一亮，于是仅2004、2005两年之间，李美皆就连续在《文学自由谈》发表了《余秋雨事件分析》《从苏童看中国作家的中产阶级化》《由陈思和教授看学术界》《李银河时代的王小波》《王朔为什么不继续"看上去很美"?》《我们有没有理由不喜欢王小波?》等文章，一时间洛阳纸贵，许多作家、批评家和读者纷纷打听这个李美皆何许人也。同时，人民文学出版社的一位老总也在密切关注这位新作者，她在《文学自由谈》发表的文章每篇必读，并主动联系本刊，2006年9月编辑出版了李美皆的批评文集《容易被搅混的是我们的心》。人民文学出版社这样的国字号大牌文学出版社能为一位名不见经传的新锐批评家出"本版"评论集，近些年还是极为罕见的。还有近些年露面的唐小林、何英、赵月斌、石华鹏、狄青、梅疾愚、岳雯、刘卫东、陈艳群、杨光祖、阎小鹏、严英秀、牛学智、吴景娅、李梦、金赫楠、唐德亮、郭玉斌等，多为三四十岁的才俊，已经构成了本刊意气风发、颇具亮点的人文风景线。

高　丽：今后刊物有什么打算？

黄桂元：坚守，承担，付出，一如既往，接受挑战。资本称霸、经济唯大、娱乐至上的大众文化时代，文学已成小众，然而，自身的蓬勃生命力仍难以抑制。比如，仅长篇小说年产量就早已突破四千部，其间批评期刊也在悄然跟进。一是作协、文联内部的批评刊物出现了，比如湖北、山西作协等，二是文学原创期刊也在加大批评文章的"份额"，比如《花城》《中国作家》《大家》等都设立了批评栏目。与学院的理论刊物不同，《文学自由谈》注重文学话题的当下性，真正是当代文学现状的晴雨表。它不搞理论的缠绕、廉价的捧场和无关痛痒的喝彩。也许其中有些文章比较通俗，比较浅显，甚至比较情绪化，大多数必然会消失于文学史的视野，但这样的文章是不可或缺的，起到了文坛哨兵和轻骑兵的作用。

这些年，一直有热心的作者、读者向我们建议，《文学自由谈》的版面容量太少，应该改成月刊。前不久，《文艺报》主编梁鸿鹰见到我，也曾提到过这件事，限于种种原因，我们暂时没有这样的考虑。一切顺其自然吧。

（发表于2015年）

谢锦

做一本杂志,就像是在烹一桌菜肴,难免众口难调,尤其文学这道菜要烹得好吃要烹得上品要烹得更多的人来品尝,实在不易。不知道这个时代还有多少读者仍然把文学的阅读作为生活的一部分,仍然把文字的享受作为生命的一部分?我们惶恐,我们质疑,文学的永远有多远?没有答案也不会有答案。作为一个文学编辑,我非常欣赏一句口号,叫"永远在场"。我喜欢这四个字,因为它说出了一个文学工作者永恒的使命和沉沉的责任,说出了一种永不被淘汰的气势和人文的尊严。

永远在场
——《小说界》主编谢锦访谈录

谢 锦 常 夏

> 谢 锦：现当代文学硕士，现任《小说界》杂志主编，上海文艺出版社文学图书编辑室副主任。
>
> 常 夏：复旦大学中文系比较文学专业研究生。

常 夏：《小说界》是上海文艺出版社旗下的杂志，不同于那些独立的杂志社，社办文学杂志有没有它的优势和局限？

谢 锦：在做这个访谈之前，上海文艺出版社刚刚平静而隆重地度过了她的六十周年大庆。上海绍兴路七十四号，一个普普通通的门牌号码，却见证了中国文坛半个多世纪的创作风貌，真所谓"南文艺北人文"。翻开社志，从1952年开始，每一页都伴随着一长串在中国文坛掷地有声的名字。文学，作为人类精神生活的重要组成部分，曾经成就了上海文艺出版社的辉煌。创刊于1981年5月的《小说界》是在上海文艺出版社孕育成长的一本大型纯文学双月刊。可以想见，背靠着上海文艺出版社这棵大树，它从创刊的那一刻起，就天然地拥有丰富的文学资源和良好的经济支撑。如果把出版社比喻成一艘庞大的航空母舰的话，《小说界》杂志就是伸展出去的那片战斗机起降平台，杂志的灵动性给出版社的文学图书出版带来活力。它事实上为出版社搭建了一个非常好的通道。出版社通过杂志广泛接触作者，联系名家，发现新人，接收各方信息。同时，出版社的各类活动又可以很方便地通过杂志展开。因此，杂志成为出版社、作者、读者三者联动的最好媒介。在几十年的岁月中，

《小说界》杂志正是在一任任主编的努力下，坚持到了今天。前几天，我在翻看我们《小说界》杂志20世纪80年代的合订本。按今天的眼光来看，当年它每期几乎都是"全明星"阵容。我非常感慨，在那样的时代，有那样一个出版社，那样一批文学编辑，全身心与作家交往，与读者互动，全心全意地做着文学事业。这些旧刊虽然有着时代的印记，但是你能感到泛黄的纸页背后的敬业和精心。

然而，近十年来，随着时代的飞速发展，随着文学边缘化现象的日益严重，杂志，尤其是纯文学杂志的生存状况遭遇到了前所未有的严峻挑战，最典型的特征即是杂志话语权的消失，推举文学力作的功能的丧失。如果我们按照传统的方式来看，文坛作家的成名，基本是遵循这样的模式：各种文学杂志上的频繁亮相——国内重量级文学刊物的推举——出版单行本作品——出版文集。

这是从文学杂志到文学图书的一个过程，其中，杂志在前承担作家亮相与成名的工作，图书在后推波助澜，最终确立作家在文坛的地位。杂志与图书在作家成名的过程中，可以说是各司其职，泾渭分明，和谐互动，这也是社办的文学杂志和它背后的文学出版社之间的良性循环。但今天，文学杂志的亮相和成名的功能已经日渐被文学图书占有和取代。换句话说，今天，许多写作者进入文坛、进入市场，已经跳过了文学杂志，直接进入图书阶段——从包装到宣传，从编辑到发行，图书出版本身所具有的稳定性和经典性，加入了现代化的印刷速度，糅合成一种极其适合这个社会的文学推举方式。按照我们的老主编魏心宏老师的说法是，文学已经进入了"单行本时代"，作家也从"稿酬时代"全面进入"版税时代"。而杂志，在这样的变化中，逐渐成为阅读的"鸡肋"。在文学杂志普遍的困境中，社办杂志遭遇的是平台功能的丧失，刊物不是被出版社挪作他用，就是被边缘化，处于维持和敷衍的状态。

好在，很幸运，作为上海文艺出版集团唯一的一本文学杂志，《小说界》仍然得到了层层保护和支持，甚至追加的投入更大，而它的"瓶颈"在于——温和。"温和"是一个中性词，它意味着有利有弊。有利处是这本杂志背靠出版社，再经过那么多年的运作，从稿源到发行，从风格到市场，整体状况非常稳定，绝没有大起大落。多年来，总印数基本持平，这确实是一个成熟杂志的标准状态。但也正因为温和，因为被保护得特别好，所以走到今天，它没有特别大的特色，少了一点锐气，少了一些鲜活。在全国的纯文学杂志中，它的发行量不少，但却面目模糊。而且，不可避免地，随着时间的流逝，面临固定读者群的老化流失，未来的竞争力堪忧。这样一个注重品位和文学性的纯文学刊物，如何在急速变化的市场中保持相对的老字号的稳定？如何又在这相对稳定中添加一点活力和锐气？如何在与出版社的互相依存中重新找到新的平衡点？这是我们杂志这两年来一直在思考在探索的问题。

常　夏：的确，传统是优势，有时也是包袱。记得20世纪80年代《小说界》创刊时，便立足"海派"的特点，当时刊发了不少"留学生文学""新移民文学"，产生了不小的影响。随着时代的前行，《小说界》杂志是否仍然以"海派"为特色，对于"海派"的内涵，是否有新的诠释？

谢　锦：上海文艺出版社是一个综合性的文学艺术出版社，海派城市赋予了出版社海派文化的特色，特殊的城市位置决定了出版社特殊的文化位置。《小说界》开宗明义，"敏锐、海派、包容、可读"八个字道出了我们出版社和杂志的宗旨。所谓海派，不是简单意义上的地域概念，而是一种包含着城市核心精神的文化品质，它有自己的特质和气息，有独特的认知方式和表达方式，有不同的审美取向和价值取向。而正因为是一种文化品质，所以我们一开始所着眼的便是一个大的华语文学范围。例如，从20世纪80年代起，上海文艺出版社和《小说界》杂志就一直致力于推动海外华人作家的华文创作。《小说界》杂志率先在中国文坛提出了"留学生文学"的概念，围绕着"留学生文学"，团结了一大批旅居海外的华人作家，并于90年代隆重推出了六卷本的《中国留学生文学大系》，见证了中国当代海外文学的发展。同时，我们杂志的前任主编江曾培、郑宗培积极投身中国微型小说学会、世界华文微型小说研究会的工作，通过微型小说这一短小精悍、隽永灵活的文体，联络了大量的海外华语作家，为在他乡的文化中孤独地坚守着母语写作的作家们打造了一个互相交流、互通信息的华语文学平台。多年来，白先勇、严歌苓、陈谦、张翎、范迁、裴在美、王渝、融融、毕熙燕等海外作家一直与我们保持了良好的合作关系。同时，所谓海派，又天然地与城市文学有着密不可分的关系。中国当代文学中的城市文学发展不够，这与中国在几十年的岁月中城市化进程被压抑有关。上海文艺出版社在2001年的时候曾策划过一套"三城记"的丛书，就是选取了台北、香港、上海三个城市，请三个城市的著名评论家做一个三个城市的小说年度选本，但是，在做了两辑之后，台北卷、香港卷依然活力十足，上海卷却明显难以为继，更遑论其他城市。应该说，从全国范围来看，在城市文学方面，上海这个城市有着得天独厚的优势。我们的"海派"宗旨，是想为当代都市文学尽一点力，这也始终是上海文艺出版社的特色，立足上海，辐射海外，从小说、散文等各个文学领域关注都市，关注都市文化。

常　夏：从中国当代作家的创作主题，以及读者的关注重点来看，"乡土"仍是文学的主流，那立足"海派"特点，是否会对读者群产生一定的限制？

谢　锦：2010年我们出版社和上海作协联手推出了一套130卷本的"海上文学百家文库"，让我们惊叹于上海作为中国曾经的文化中心并不偶然，电影、话剧、小说……那样多的名家在上海写出了那样出色的都市文学作品，看来海派文化并非徒有虚名。诚然，"乡土"是中国文学永远的主流，但是正如我刚才所说，城市是乡村最复杂的延伸和最终的结果，尤其是在中国城镇化都市化进程越来越快的今天。两年前，我们杂志在与韩国、日本两国的小说联展中，"城市"就曾是三方约定的一个重要的主题。城市文学随着中国社会的发展，必然会成为当代文学重要的组成部分，我们为此而努力。我不认为"海派"的特点会对读者群产生限制，"海派文学"是一个偏正词组，它的重点始终在"文学"二字，有了好的文学才有读者群,"海派"只是它的表现方式。

常　夏：那么,您觉得是应该迎合读者的阅读趣味呢,还是着力培养一批固定的、喜欢海派文学的忠实读者?

谢　锦：关于迎合读者还是培养读者的问题,我只能说,这是文学杂志内容运营的两个互为依存的目标。做一本杂志必须坚持杂志本身的定位和宗旨,这是杂志不变的底色,而相对稳定的作者群和读者群是一本杂志的基本土壤,直接决定了杂志的生存空间和被接受度,标志着一本杂志的专业化程度。在稳定的底色和土壤上,杂志可以靠栏目的设置来稳中求变。随着时代的发展,文学杂志也一定要审时度势,适时推出相应的栏目,这是不变中的变,是固守中的妥协。文学作品很难策划,必须给作家以充分的创作空间。但文学杂志可以依靠栏目统筹文学稿件,依靠栏目盘活杂志风格。作为一本传统的文学杂志,我们一定不会去迎合什么,但我们仍然会继续一些创新,渴望有一点新的不一样的改变,以此更多地走近读者。

常　夏：我留意到今年的《小说界》杂志又恢复了"非虚构写作",这是个老栏目了,早在20世纪80年代的时候就开始了。美国的文学批评家韦勒克说,小说就是虚构。在"小说"界上开设非虚构的栏目,是出于怎样的考虑呢?

谢　锦：2010年的时候,我们杂志做了一个很琐碎却很重要的工作,就是随杂志进行了一项读者问卷调查,结果令我们有些小吃惊。从我们的眼光来看,长篇固然是衡量一个作家整体实力的文体,而中短篇更是体现一个作家综合写作能力的精准标杆,我们编辑经常的建议是先把中短篇写好,再去写长篇。但是,事实是,在读者最喜欢阅读的小说种类中,出现了两个极端——大量问卷指向长篇小说和微型小说。而中篇、短篇的得票数出乎意料地少。读者喜欢微型小说是很可以理解的。在文学阅读渐渐收缩的时代,在一个现实而忙碌的社会里,人们没有大量时间阅读小说，短小精悍的特点让它更受欢迎。但是为什么有大量的读者去选择长篇小说而不是篇幅更适中的中短篇呢？这几乎是一个悖论，它让我们思索。我们发现我们忽略了这个时代的一个关键词：信息量。这个忙碌的社会需要效率，需要大量地占有信息，文学作为一种阅读文本，也不可避免地被寄予了这样一种阅读期待、阅读目标。我不能说篇幅越长信息量就越大，但显然，它的大容量决定了它能够承载更多的信息。而以中短篇为核心的文学杂志就此陷入了比较尴尬的境地。而且最为要命的是，我们当下的一些文学创作，似乎确实与我们完全无关，与生活无关，更与心灵无关。而读者恰恰希望我们的文学能够以一种审美的方式给他们以信息，大量而丰富的信息，丰富而细腻的信息，细腻而有意义的信息。所以在虚构之外，我们想到要坚持我们杂志的一个老栏目：非虚构写作。当年这个栏目曾经刊登过非常好的纪实作品。比起小说，这些非虚构作品在某种程度上更能给读者大量丰富的信息，让我们回到人间，强烈地感受现实和时代。

常　夏：您是一位女主编，编辑部也大多由女性编辑组成，你们是不是会对女性题材的作品特别有感触？

谢　锦：做了主编才真正明白，报纸杂志的风格其实就是主编的风格，什么样的主编编什么样的杂志，一点不错。作为一个女性，我想自己在约稿审稿的过程中一定有局限和盲点，何况，文学创作经常是"我花入我眼"。但是，好在我们杂志有稳定的办刊宗旨和严格的工作流程，有比较完善的编前会议和评稿会议，可以稍稍弥补个人的局限和偏颇。我也非常欢迎阅读我们杂志的行家、读者给我们真诚的意见。

常　夏：能不能跟我们分享一点编辑生涯中的精彩故事？

谢　锦：说到编辑与作家，我相信每个从事文学编辑行业的人都会有独特的感受。文学创作自有它的规律，急不得。文学编辑基本靠天吃饭，你不能简单地指令作家写什么，你只能在下面接盘、等待，适时地给一些意见建议和帮助。有时候这真的是一个漫长的无法忍受的过程，结局还无法预料。我一直觉得如果一个人要为名为利，一开始就不要来做文学编辑，从事文学的人一定是真心热爱文学的人。这么多年，我能在文学编辑的职业中坚持下来，与作家们的交往是非常重要的原因之一。作家与编辑之间的来往和友谊，有时候真的是这个职业最温暖最感人的地方。比如，我对于西藏的全部想象和知识，都来源于裘山山老师。有一年我在笔会上和她相见，这个一身戎装、望之严肃端庄的女军人居然像个邻家大姐姐一样给我讲了一个晚上的西藏。自此我深深理解了她的西藏情结，并感动于那种天性中的纯正大气。比如，熊正良老师，很多年前他曾经委婉地拒绝了我的约稿，是觉得我还年轻，完全不能理解他作品的沉重底色。但是多年后，因为一部最终没有出版的长篇，我们在电子邮件中来来往往地交换意见和想法，居然建立了信任和友谊，他也成为我尊敬的忘年交。而在与作家的交往中，更有许多记忆会令你难忘。比如，我第一次见刘醒龙老师，你猜是在什么地方？居然是在儿童医院。当时他的一岁还不到的小女儿患了气管炎正在打吊针，当他伏在床边充满爱怜地搂住女儿小小身体的时候，我觉得在我面前的根本不是那个为中国的民办教师忧虑悲悯的作家，他只是一个普通的如水温柔的父亲。比如曾卓老师，那年我还是个刚进出版社的毛丫头，去他家拜望他，他执意请我吃饭。本来可以步行而去，因为卓老年事已高，薛如茵老师还是决定由我陪卓老坐摩的去。摩的颠簸得厉害，转弯处更是如滑着旋转舞步，窄小局促的车厢里，我搀着白发苍苍的卓老，替他拿着拐杖，而慈祥的他一路都在不停地嘱咐我拉好扶手，莫摔着了，像个唠叨的老外公。脏的布帘外是武汉这个城市喧腾的烟火时分。这一刻，我真的有宛如祖孙的感觉。还记得一个有趣的故事是有一年去奥地利开会，遇到了台湾的施叔青老师。上卡普伦雪峰的那天，我和施叔青老师坐一辆缆车。谁知一说话，忘了把缆车的安全围栏放下来了。说时迟那时快，缆车已经启动，安全围栏已经被锁定，怎么也放不下来了。那叫一个惊险啊，下面是千米的雪峰，扑面而来的是寒冷的劲风，我们两人就生生地暴露在缆车上，除了两侧的扶手什么保护措施都没有。我和施叔青老师紧紧挽在一起，大声地叫，彼此说千万不能放手啊，不然就葬身异国他乡了。呵呵，好在，终于熬到了。当然，我承认，女性编辑和女性作家之间，有时候更容易沟通和理解，比如，和须一瓜老师、葛水平老师等，几乎是一见如故。可以说，是作家成全了我们的职业，他们需要你用专业的头脑去对待他们的作品，他们需要你用真诚坦荡去和他们"长相守"。而这些人和事，在我看来就是一个编辑一辈子最珍贵的财富。

常　夏：还有一个问题是，一般来说，文学杂志上刊登的作品，基本是以中短篇小说为主的，而《小说界》可能是国内唯一一家始终坚持开辟微型小说栏目的纯文学杂志，你觉得微型小说的意义在哪里？

谢　锦：微型小说的特点在于短小精悍，其实是最贴合我们时代的文本，是与新兴媒体对接的最好载体。但是长期以来也正因为它的篇幅而不被文学界重视，再加上这个文体像散文一样易入手却难写好，所以中国微型小说事实上虽然拥有庞大的作者群，作品却是良莠不齐，泥沙俱下，很多纯文学杂志是不屑顾及这样的微小文体的。《小说界》杂志坚持微型小说栏目是有传统的，可以说从创刊开始就重视这种文体。几任主编一直坚持不懈地支持微型小说的发展，看重的是它灵动的体量和极具智慧的表达。中国微型小说学会的发轫、壮大和繁荣，与我们杂志有着重要关系。三十多年来，我们杂志可以说拥有了中国微型小说的独特资源。而且，上面提到过，我们杂志还以此为平台联络了大量的海内外华语作家，我甚至还发现中国当代文坛上活跃的作家，有些也是从写微型小说起步的。同时，微型小说这种文体非常容易与读者互动，是杂志非常重要的活动"眼"，所以无论从文学意义上还是从杂志经营的意义上，微型小说都是我们杂志重要的特色和组成部分。

常　夏：如今，《人民文学》有了英语版的PATHLIGHT，《天南》则与英国的文学杂志GRANTA进行了对话，他们都着眼于杂志品牌的国际化。请问《小说界》是否也会做如此尝试？

谢　锦：中国文学的"走出去"还有一段很长的路要走。作为文学的载体，"走出去"肯定是我们杂志努力的目标之一，而相应的，杂志品牌的国际化应该也是包括我们在内的很多杂志的理想。我们近年来与日本、韩国一起搞的三国作家作品联展就是尝试之一。但是，略有不同的是，我们目前可能仍然会把重点放在以海派文化和都市文学为核心，打造较大范围的华语文学。我们将为此而努力。

常　夏：最后还是回到文学的主题，从一个文学从业者的角度，说说你的真实感受。

谢　锦：做一本杂志，就像是在烹一桌菜肴，难免众口难调，尤其文学这道菜要烹得好吃，要烹得上品，要烹得更多的人来品尝，实在不易。不知道这个时代还有多少读者仍然把文学阅读作为生活的一部分，仍然把文字享受作为生命的一部分。我们惶恐，我们质疑，文学的永远有多远？没有答案也不会有答案。作为一个文学编辑，我非常欣赏一句口号，叫"永远在场"。我喜欢这四个字，因为它说出了一个文学工作者永恒的使命和沉沉的责任，说出了一种永不被淘汰的气势和人文的尊严。

（发表于2012年）

冉正万

　　在杂志社做文学编辑，与其说是为他人作嫁衣，不如说，是利用这个平台与志同道合者建立一种文学观。这种文学观也许对，也许错，对错一时没有标准可依。但随着时间的推移，对与错将逐渐显现。错的将湮没甚至被唾弃，对的将发出光彩，照亮文学版图上一个小小的地名。因此编辑既要有此在，又要有彼在。此在是分内的一切，彼在是读者和未来。分内的一切要担得起，对读者和未来要有大智慧。编辑作品不仅仅是修订和欣赏，还要把它们装进心里，再从心里流淌出来。

像做人一样做文学杂志
——对话《山花》副主编冉正万

冉正万　胡野秋

冉正万：生于1967年，《山花》杂志副主编。曾在《中国作家》《人民文学》《十月》《花城》《当代》《大家》《芳草》等发表过长篇小说《纸房》《洗骨记》，中短篇小说《奔命》《青草出发的地方》数百万字。《小说月报》《作品与争鸣》转载过部分作品。有作品入选《2009中国短篇小说年选》《2010中国短篇小说年选》《2010中国短篇小说年度佳作》。中国作协会员，东莞文学院第二届签约作家。

胡野秋：文化学者。

胡野秋：我知道你到《山花》之后也走过一条非常曲折但是我认为是上行的路线。《山花》在国内是一个很新锐、很先锋的文学杂志，你能不能给我们简单介绍一下《山花》杂志这些年走过的道路？

冉正万：《山花》是一个比较老的刊物，贵州没解放的时候就开始办这个刊物，当时叫《贵州文艺》，1957年改名《山花》。以前的《山花》主要发表跟贵州的风土人情相关的文章，小说只是其中的点缀。"文革"期间停刊，1979年复刊后比照其他文学期刊，设置小说、散文、诗歌三大版块，兼发文学评论。到了1994年改版，当时的主编何锐有一个想法，他就说：我们要在中国一个地方办一个中国的刊物，我们不是在贵州办一个《山花》；既然是文学刊物，就一定要面向全国，面向文学本身，不应该有地域限制。评论家黄发有专门写过一篇文章——《山花：边缘的力量》，对这次改版有过比较详细的讲述。他说，《山花》的改版不仅不是对"边缘"状态的不满或反抗,而是充分意识到"边缘"的潜在意义。1994年第5期的改版新设了"山外山"(特邀王干主持,当年先后发表了叶兆言、朱苏进、朱文、海男、鲁羊、北村、苏童、戈麦等作家的作品)和"先锋论坛"栏目,同年第9期又新设了"文化与文学"栏目。这都是《山花》打开山门的举措。拆除园地栅栏,打破地域界限,呼吸山外的新鲜空气,从封闭走向开放,迅速地与中心地区的文学刊物接轨,形成一种良性的竞争、互动与对话关系。1995年,《山花》与《钟山》《大家》《作家》等刊物联袂推出"联网四重奏",在同一期的四个刊物上发表同一个作家的四部作品。《山花》同时推出了"跨世纪星群"栏目,在最显耀的位置推出那些富有活力、具有审美独创的作品。1995年开设"三叶草"栏目,同时推出一个作家三种不同体裁的文学作品(小说、诗歌、散文),意在多方面展示和挖掘作家的创作才能,同时也探讨不同文学体裁之间相互促动的文体可能性。1997年开设的"文本内外"同时发表作家的小说作品和创作谈,便于读者在相互参照中把握作品的审美特性,实现写、编、读三方互动。1997年和1998年分别开设的理论栏目"大视野"和"前沿学人",专门发表国内中青年学人视野宏阔、富有创见、对文学新动向进行敏锐把握的学术论文。1999—2001年开设的"自由撰稿人"刊发自由撰稿人写作的小说和描述其生存状态的背景文字,并力图凸显这些职业写手与体制内作家的复杂关联,在关注其独立品格的同时也展现"自由"面具背后的不自由。1998年开设的"文体实验室"刊发在文体形式上进行探索的作品,强调文本的开放性和可能性。2001年开设了"域外选家"栏目,刊发海外研究者推崇的汉语作家的新作,同时配发海外学者的评介文字。十多年下来,慢慢地影响越来越大,国内很多有影响有实力的作家都在《山花》发过稿子,一直坚持到现在。到1998年左右增加了一个栏目叫作"视觉人文",标榜文学精品与前卫美术的融合,将新潮美术扩大到涵盖面更广的更具人文内涵和时代特征的视觉艺术领域,包括美术、摄影、影视、建筑、雕塑等等。

胡野秋：我采访过的作家，基本上分两大类。一类是不阅读的。前几天还采访了一个，不读任何文字。另外一类就是阅读的。你显然是属于阅读的，你一般的阅读范围和阅读习惯是什么样的？

冉正万：我阅读的时间，如果说按照比例的话，大概80%的时间在阅读，20%的时间在写作。阅读得最多的还是外国文学。去年我把《世界文学》从创刊以来的刊物全部买回来，浏览了一遍。现在在读一本1930年出版的县志，然后读《三国志》，同时在读一些外国小说。我每天在上班时间编稿，很多作品跟我们现实生活有关，看多了我回到家里一定要看一点陌生的东西，从那种熟悉的生活中跳出来，要不然会很难受。

胡野秋：也就是说你除了读经典之外，现在也读一些其他杂志的小说，不像有的文学编辑，他就说除了自己发的作品，基本不读其他杂志的作品。

冉正万：文学杂志我基本上是不读的。我手里的文学杂志很多，因为和我们交换的很多。我一般都是看目录，有哪些人现在在写，写得怎样，有的时候看一两段，很少全部读完。

胡野秋：什么原因呢？是读不下去还是你没有阅读欲望？

冉正万：现在中国文学有一个最大的问题，就是同质化，这个作家和那个作家很少有个性，大家都差不多。尤其是这几年强调底层文学，底层文学很多的情节都一模一样。比如有一个情节很多人都写了很多次了。说一个女孩来到深圳或者来到东莞打工，是因了家里面有生病的父亲或者是有急需上学的弟弟，反正诸如此类的亲人需要她去供养。每次看到这里我就很烦，为什么每一个人的生活都是这样，为什么每一个出来打工的女孩都有父亲在生病？有那么多父亲在生病吗？第一个这样写感觉还可以，但是后来越来越多这样的，就同质化了我看不下去。

胡野秋：这个倾向在当代文学作品中可能是很明显的。

冉正万：我感觉最大的问题就是文学资源的连通。这些作家写的都不是他们自己的生活，是在网上或者什么媒体上看到的生活。现在的生活因为信息太发达了，生活中发生点什么事大家都知道，但这不是自己的生活。我始终认为文学不是这样的东西：拿起什么都敢写，而自己并不了解深藏在其后的人物命运。

胡野秋：现在都市生活某种程度上也在构建这种单调的东西，大家在八小时之内都差不多，在这里上班和在那里上班，除了内容不同，基本上是一样的形式。这和以前乡村生活是不一样的，乡村生活是多元的。

冉正万：即便生活是一样的，但是作家应该不一样，作家应该对生活有思考，写的时候有叙事方法和技巧，应该不同于任何人，要不然就没有自己的个性，淹没在里面写得再多也没用。除了赚一点稿费外，在文学上没有意义。

胡野秋：现在你在看稿子中间，有没有发现普通的作者、业余的作家写小说写散文的时候，投稿中都有一些共同的什么问题？你站在文学编辑的角度有什么看法？

冉正万：投稿的问题我没有想过，有一个问题是很多人追刊物，比如《小说选刊》《小说月报》现在发的什么比较多，他们就模仿这个写。其实这是一个很笨拙的办法。他们发是因为那个稿子写得好，你在他后面追实际上是追不上的，你一定要写跟他不同的东西才有可能跑过去，不能在后面追。但是作为写作者，不管写什么一定要研究刊物，一定要知道刊物发什么，知道他们对文学的看法。这是为了超越同行，而不是把它作为标准。

胡野秋：现在我们都知道很多地方出现了一些"新新人类"，包括80后、90后。像深圳有一批高中生写小说，而且写长篇。这些作品很多都出版了，有一些也有相当的水准，但是后劲的问题也突显出来，就是有没有后续的力量。对这些初学写作、起点又设定得很高——写长篇的业余作家，你作为一个过来人，有什么忠告和建议吗？

冉正万：从60年代、70年代、80年代出生的作家来看，一拨一拨，我觉得叙述功力一代比一代强，但是生活阅历一代比一代单调。我没有什么忠告，这个社会、这个时代会告诉他们应该怎么写。80年代出生的作家要承担的东西我感觉还没有到来，但是某一天他们会知道他们在文学上应该干什么。他们会知道的，并且比我知道得更清楚，到时候会让我们大吃一惊，这是我们可以期待的地方。

胡野秋：这几年随着像茅盾文学奖等国家级文学奖的影响日益在民众中增大，作家的写作热情好像又进入了一个新的时期。因为前一段时间大家都很悲观，觉得文学延续下去都成了问题，包括出现"文学已死"这样的观念。但现在文学已经明显回热了。面对这样一个状况，你对我们当代文学的发展走向有什么预测？

冉正万：我感觉评奖给文学带来的繁荣是一种虚假的繁荣。这么多年评下来，给大家留下深刻印象的不是很多，但是意识形态需要这样评奖。从统计资料来看，现在文学刊物的影响力越来越小。我来之前看过一个统计资料，是龙源期刊做的，它分别统计了海外跟国内的点击量，它把所有公开出版的期刊都放在里面。2008年第四季度，国内点击量排在前100位的刊物里面，第一是《电脑知识》，前100位里面有11个文学刊物。海外点击量也差不多，有13个文学刊物，主要是《收获》《当代》《十月》，包括《山花》也在里面。但是到了2009年第一季度，国内点击量前100位中，文学刊物只有两个，里面没有一个小说刊物，只有《诗刊》和《美文》。点击量最多的是考试类的，肯定跟现在的高考有关。但是海外点击量前100位中还有六七个文学刊物，《收获》《十月》还在里面，但是已经排到80到90名之后去了。这说明普通读者对文学的关注度越来越低。但是作为文学刊物，不能因为关注度低就不好好做，越是这样我们越要坚持，要把文学精神传递下去。这是最艰难的时候，但是只要坚持下去，我们就可以迎来曙光。坚持就是一切。

胡野秋：深圳书城可以算是世界上单体建筑面积最大的书城，但是有一个统计数据可能你听了不是很开心，在这个书城里面没有纯文学的杂志，包括《人民文学》《收获》，还有你们《山花》，都没有。面对这样一个阅读潮流和趋势，你又在坚持纯文学的道路，你难道一点都不担心将来的市场命运吗？

冉正万：这种担心很无奈，担心也没有用，我担心市场，市场不担心我。在这个情况下，我首先就是想如何能写得更好，写得更真诚一点。市场要什么是市场的事情，对我个人来说我做不到，没有办法。

胡野秋：在今天的圈子里面，似乎有这样的共识：以在杂志发表作品为成功的标志，而不是占有市场；以出版长篇小说为标志来衡量作家的成绩。对这两种标志，你如何评价？

冉正万：我感觉从艺术性、文学性来说，肯定还是杂志更纯粹一些，尤其是中短篇小说。但是对市场有吸引力的肯定是长篇，尤其是现在网络上的长篇，非常非常多，每天都有很多。去年《长篇小说选刊》搞了一个网络小说经典盘点，我当评委去看那些长篇小说，感觉那些小说就像工厂在搞生产，像流水线一样，并且什么产品都能生产。但是里面良莠不齐，好的有，差的则非常差。因为没有限制，发表也没人管，那些小说动辄三四百万字，很长。我实在没时间，求主办方给我一个短的。后来答应了，给了我一个最短的，也有120万字。过去很多作家一辈子也写不了这么多。

胡野秋：因为网络没有准入门槛。杂志容量有限，必须只能让少数、甚至极少数的作品进入到版面上来,这跟网络是不一样的。

冉正万:文学刊物到现在也有一个问题。我的感觉是中国没有必要办那么多文学刊物。以前我们办刊物是按照行政区划,深圳办一个,贵州办一个。或者一个行业办一个。按道理说文学刊物应该是分众来办。比如我们有纯文学爱好者,我们专门为他们办一个,其他的人我们都不管,只为这一类读者负责。但现在有一个问题,主编是上面任命的,经费是财政拨付的,目前按读者分众显然不可能。

胡野秋:可能要符合一些行政架构的需求,包括政府可能会给一些任务,这是一些中国特色的东西,将来我觉得文学杂志也会有一次洗牌的过程,优胜劣汰。

冉正万:这是肯定的,就是看谁可以坚持到最后,坚持到最后的就是赢家,"剩者为王"。

(发表于2010年)

吴玄

就今天来说，先锋小说作为一种文学思潮已经过去了。在中国也是这样，20世纪80年代轰轰烈烈的先锋小说，作为潮流和运动已经不存在了。也可以说，作为文本实验的先锋写作，已经不是主流了。但先锋小说的另一方面，就是先锋文学的精神已经成为一种传统，先锋写作的各种元素已经集体无意识地融入现在每个作家的写作中。先锋和以前的现实主义、古典主义一样，已经成为写作的一种传统了。我是这样认为的。

先锋已经成为一种传统
——对话《西湖》副主编吴玄

吴 玄 梁 帅

> 吴 玄：《西湖》杂志副主编，男，1966年出生，浙江温州人。曾出版小说集《谁的身体》《像我一样没用》《陌生人》《吴玄中篇小说选》等，中国作家协会会员。
>
> 梁 帅：青年作家，1979年出生，黑龙江人。在《山花》《西湖》《小说林》等发表小说。现居哈尔滨。

一、关于刊物

梁 帅：吴玄先生，首先请您来介绍一下《西湖》这本杂志的情况吧。

吴 玄：《西湖》是一家老牌刊物，有五十多年的历史，这个刊史比那些著名的刊物，譬如《当代》《十月》《花城》还长许多。《西湖》也曾经有过相当的影响，影响最大时，还跨出过国门，在东南亚一带的华语区也有不少读者。

梁 帅：我在一些资料上看过，《西湖》曾经改名字叫《鸭嘴兽》，这是一个什么东西？

吴 玄：这些年，随着文学期刊整体性的滑落，《西湖》也陷入了困境，大约在2002年改名为《鸭嘴兽》。不过，我至今也没见过《鸭嘴兽》，它肯定不是文学刊物了，据说是一本大文化刊物。它试图走向市场，显然，它的努力没有成功，2003年又复刊为《西湖》了。

梁　　帅：没想到曾经的《西湖》有这么长久的历史。在我的印象中大约是进入2003年之后，《西湖》在众多文学期刊中异军突起，谈谈这本刊物的定位吧。

吴　　玄：复刊后的《西湖》，似乎终于明白了自己该干什么，可以干什么。《西湖》把目光集中在了"新锐"身上，西湖打出了"新锐出发的地方"，这广告语也就是《西湖》的办刊方向了。《西湖》该做的就是成为新锐们出发的地方。各种各样的新锐们，都可以从这里出发。《西湖》并不刻意追求某种风格和流派。当下的文学期刊，似乎除了现实主义，就没有别的主义了，但潜在的写作肯定更为纷繁复杂。《西湖》并不反对现实主义，但也可以为任何一种写作提供足够的空间，它是开放的，兼容的。

梁　　帅：《西湖》是宽容的，像我这种另类一点的作者也能成为新锐的一员，我也是很意外的。《西湖》打出"新锐出发的地方"后，大概有多少"新锐"已经从《西湖》出发，现在效果如何？

吴　　玄：《西湖》打头的栏目就叫"新锐"，每期以三分之一的篇幅推出一位新锐作者，同时发表三个短篇或一个中篇一个短篇，一篇创作谈，一篇评论，以及照片和简介。这么隆重地推介新锐，在全国众多的刊物中，应该说是不多的，而且效果是不错的。《西湖》的"新锐"栏目引起了文坛的重视，北大刊评也将《西湖》列入了他们的点评范围。七年来，"新锐"推出了将近一百人吧，像徐则臣、李浩、曹寇、袁远、东君、吕不、李红旗、石一枫、何丽萍、柳营、方格子、孔亚雷、俞梁波、王威廉、郑小驴、杨遥、文珍，这些人曾先后出现在"新锐"栏目上。现在，这些人中有的已经是当下重要的作家了。

梁　　帅：有人认为，《西湖》这本刊物中非虚构的作品要好于虚构作品，比如"一个人的文学史""文学前沿""海外视点""自传和公传"等栏目都很受欢迎。您如何看待这种观点?

吴　玄：确实，《西湖》的专栏是很强。程永新的专栏"一个人的文学史"，为当代文学史提供了细腻的感性记忆。"文学前沿"是邀请当下重要的作家、批评家、编辑家，就当下的文学关键词展开对话，阐述他们的观点和内心。"文学前沿"还跟《西湖》的另一专栏"海外视点"，构筑起了关于国内和国外对文学的两重视界。另外，像"民间叙事"栏目，董学仁的《自传和公传》，算得上是近年来散文的代表作。作者构筑了一部包括"我"、"我"的城市、"我"的国度、"我"的世界的五十年混合的编年史。其宏大叙事和个人叙事结合得很好。不过，专栏跟小说不太好比。小说大多是新人的作品，肯定不是他们最好的作品，他们最好的作品尚未写出来呢。但是，这些新锐的小说还是很有文学品质的。

梁　帅：个人比较喜欢"一个人的文学史"，几乎每期都看，挺有意思。这些作品对《西湖》影响力提高起了很大作用。目前《西湖》的发行量能有多大?

吴　玄：对，在一些知识分子中反响还不错。但我们的发行量还不大。

梁　帅：以年轻读者为主的《独唱团》在今年上市以来，就有几十万的发行量，您觉得纯文学期刊如何面对发行数量下滑、读者减少的现实?

吴　玄：这是个老问题，这个问题韩寒解决了。但是，传统的文学刊物都没有解决。

梁　帅：一些主流刊物，像《人民文学》《收获》都推出了80后代表人物郭敬明的长篇小说，媒体也认为这是中国纯文学对80后创作的认可。那么，《西湖》在推举文学新人方面有哪些做法呢?

吴　玄：《人民文学》《收获》发表郭敬明的小说，好像成了一件事情。不过，他们发表郭敬明的小说，恐怕不是从文学方面考虑吧。郭敬明是80后文学方面的代表人物吗？如果是，郭敬明的影响也够大了，不需要刊物来凑热闹了。《西湖》只是个小刊物，我们没法像《人民文学》发表郭敬明的小说那样有影响，我们只能为新人刚出发时提供一点点动力，并希望他们很快能引起《收获》《人民文学》这样的刊物的关注。在某种意义上，我们是在为这些大刊提供作者。为了扩大新人的影响，我们特邀了程永新、洪治纲等16名专家作为"新锐"栏目的点评人，对新锐作者进行专门的作品点评。从2007年开始，我们还每二年举办一次"西湖·中国新锐文学论坛"及"西湖·中国新锐文学奖"。

梁　帅：从刊物角度来讲，80后的创作在一个什么样的水平？

吴　玄：好像有很多个80后，比如郭敬明的80后，韩寒的80后，这些其实是完全不同的群体。从刊物角度看，80后的创作跟70后、60后没什么区别，他们的文学资源也没什么区别，大多是西方20世纪以来的现代文学。创作群体以十年为界来划分，好像没有什么意义。

梁　帅：20世纪80年代，作家的成名作品都是在刊物上发表的，而现在，出版一本书变成了很自由和方便的事情，一些作家通过图书的出版也得到了市场的认可。那么，刊物现在是否依然是衡量中国文学创作水平的标准呢？

吴　玄：我觉得还是吧。目前通过市场认可的文学大多还是类型文学。

梁　帅：中国期刊界，有"一本期刊是一人办成"的说法。也可说一家刊物的好坏，要看刊物是否有一个"灵魂"人物，比方鲁迅之于《语丝》、巴金之于《收获》，一个好的主编与刊物之间的关系是如何的？

吴　玄：就是你说的灵魂吧。

二、关于写作

梁　帅：您是从什么时候开始写小说的？第一篇小说在什么刊物上发表的？

吴　玄：20世纪90年代开始写作，是一个中篇，叫《都没意思》。发在《江南》。

梁　帅：我知道您是温州人，那是一个全民皆商的地方，应该说经商对一些人来说意义更大，但您为什么选择当一名作家呢？

吴　玄：我觉得是这样的，一个人走上作家的道路和他生活的地域没有必然联系，主要是和他生活的圈子有联系。我们当时也是有一群文学青年，整天在一起讨论文学作品，当时的观念也很新潮，因此当年在一起的那些人，现在基本上在文坛上都很活跃，像马叙、东君这些人。我们在温州那个地方，都不会做生意，好像活在另外一个地方，每天都在谈文学，应该是小圈子每个人互相影响吧。

梁　帅：当时你们的文学小团体，经常讨论一些作品，互相推荐一些书目。那么您的阅读口味是什么类型的，崇拜过哪些经典著作呢？那些作品对您的文学创作产生过什么影响？

吴　玄：我们那时候基本上都在阅读现代派的那些文学作品，卡夫卡、马尔克斯、博尔赫斯，还有意大利的卡尔唯诺、法国的加缪、爱尔兰的乔伊斯等。应该说，对于中国大部分写作者来说，这是大家共同的阅读背景。一直到现在，这些经典作家还在一代一代地影响着我们的作家。

梁　帅：就您个人来说，喜欢哪些作家的作品？

吴　玄：我个人喜欢那种叙述上比较简单的，在精神上反英雄的类型，还有那些写作姿态比较低的作品。像加缪的《局外人》我就比较喜欢，海明威的一些作品我也喜欢。比如《老人与海》，马尔克斯《一个没人给他写信的上校》，这些都是叙事很简单的作品。它们的叙事从表面上看可以一点都不先锋，但是，他们写作的那种精神还是站在当时那个时代的前沿的。因此，这些作品传达出对世界的看法、对人生的态度都是先锋的。

梁　帅：先锋文学是一种文学态度。主要是看内容，而不是形式？

吴　玄：我不是很喜欢那种把文本拆开，颠来倒去地实验的作品。文本的实验只是先锋的一种可能，但真正的先锋是精神层面上的对人的精神的探索。从先锋文学产生来看，确实有过那样一个文本实验的时期，就像乔伊斯的《尤利西斯》，把文本切割开来。但我个人认为，文学是一个线性结构的东西，硬把它切割开来，没有那个必要，因为它不像电影，蒙太奇，什么都解决了。形式上的先锋已经过去了，但精神上的先锋，是永远不会过时的。

梁　帅：结构主义大师的代表略萨获得了今年的诺贝尔文学奖，也是对重视文本实验的一种肯定啊？

吴　玄：略萨是搞结构的，因为它的大部分作品都是在那个拉美文学爆炸的背景下产生的。那时候，整个西方文学玩结构比较时髦。但是，今天看来，它的结构其实给普通读者的阅读造成了障碍。我曾写过一个随笔《告别文学恐龙》，说的就是那些被经典化的作家作品，有一个"不好看"的标准。

梁　帅：是啊，我觉得略萨的小说结构很生硬，有时候为了阅读一个完整的故事，我需要跳跃章节来看。那个《胡利娅姨妈和作家》就是这样的结构。在一个长篇中插入几个短篇。我看的时候基本上把那些短篇都越过去了。

吴　玄：就今天来说，先锋小说作为一种文学思潮已经过去了。在中国也是这样，80年代轰轰烈烈的先锋小说，作为潮流和运动已经不存在了。也可以说，作为文本实验的先锋写作，已经不是主流了。但先锋小说的另一个方面，就是先锋文学的精神已经成为一种传统，先锋写作的各种元素已经集体无意识地融入现在每个作家的写作中。先锋和以前的现实主义、古典主义一样，已经成为写作的一种传统了，我是这样认为的。

梁　帅：先锋已经成为传统。说得好。先锋写作已经自然地呈现在更多的作家的作品中了。

吴　玄：先锋文学除了文本试验，更主要的是那些作家站在思想史前沿来看问题的。先锋精神是对世界的看法，是人生的态度，是对人的精神方面的不断探求。

梁　帅：经常听你说无聊，"无聊"也是现代人的一种精神状态啊？这种"无聊"先锋吗？

吴　玄：我以为，无聊就是存在的基本困境，就是后现代的关键词。我所说的无聊，是指零意义的生活状态，不是日常用语里的那种无聊。现在，我或者说我们，就是吃饱了撑，活在无聊的状态里面。当然，这并不是我们愿意的，我们更愿意活在有意义的状态里面，对吧。可是，到了我们这个时代，意义已经统统被解构了，我们除了面对无聊，还有什么呢？在此之前，生活是有意义的，文学也是有意义的，比如古典主义、浪漫主义和现代主义。古典主义追寻的是美，浪漫主义追寻的是激情，现代主义追寻的可能更复杂一些，主要的大概是自我，然后就是所谓的后现代了。我们处在一个文化思潮的末端，这个思潮从文艺复兴开始直到现在，简单地说，这个思潮就是自我不断建构的一个过程。到了现代主义，人对自我的建构已经完成了，或许是过分地完成了，就像当下的股市泡沫、房市泡沫。于是后现代就来了，后现代是对以前的一次反动，从各个方面进行质疑，比如福柯对历史的质疑、德里达对语言的质疑、拉康对自我的质疑。拉康说，根本就没有自我，自我是虚构的。还不仅仅自我是虚构的，利奥塔尔在《后现代状况》里总结了，其实历史、语言、科学、宗教等等也是虚构的，这一切，只不过都是叙事，叙事之外，一无所有。也就是说，我们人，不过是活在一场宏大的虚构里面。这样，我们的文化大厦蓦然间就倒塌了，这是不是也很像股市房市的突然崩盘？

梁　帅：因此，在您的大作《陌生人》中，就在试图表现这种"无聊"的精神状态。

吴　玄：现在，我们是站在我们自己的精神废墟上面。《陌生人》试图写的就是这个废墟上面的自我，就是不存在的自我。

梁　帅：《陌生人》这个名字总让人想起文学史上的"局外人""多余人"。

吴　玄：《陌生人》是有文学渊源的，是从多余人到局外人到陌生人这些文学人物演化中的一环，也许是最后的一环。我在序言里说过，多余人是19世纪批判现实主义的人物，局外人是20世纪存在主义的人物，陌生人是后现代人物，是对自我也感到陌生的那种人。何开来比多余人更多余，比局外人更局外，他对于他自己也是多余的，他是一座废墟，一座移动的废墟。

梁　帅：你那个序言写得太好了，一下子把自己就贴了一个标签。被人认为是一个观念先行的作品了。

吴　玄：是啊，这个序言本来是为了做这本书的推广用的，它其实不应该放在前面，影响了读者对小说的理解。首先我觉得《陌生人》是一种状态、一个故事，至于它传达出的观念，如果不看序言，看完故事之后，大概不会认为它是一个观念先行的作品。关于状态，我认为每一个读者都会有自己的感受。

梁　帅：除了写作还有什么其他的爱好吗？

吴　玄：下围棋。

梁　帅：我觉得你写得很少，最近有没有写作计划呢？

吴　玄：暂时没有要写的。我写得很少，节约文字，也是一种美德啊。我相信一本书主义，我觉得一个作家一辈子写一本书就差不多了。

（发表于2010年）

杨晓敏

在办刊人眼里,作家的作品只能是原材料,刊物本身也只能是一座加工厂。刊物操作的整个流程,就是把适宜于自己加工的原材料,重新分拣、组合而打磨成一种新产品投入到消费(读者)市场。这个过程必须符合市场规律的游戏规则,要体现产销对路的办刊理念。所以,所谓的刊物定位是一种风格,一种张扬的个性精神,一份执着和坚忍不拔的固守,是长久的无言期待和遵循。

话说小小说三十年
——郑州小小说文化传媒有限公司董事长、总编辑杨晓敏访谈录

杨晓敏　王晓君

  杨晓敏：河南省作家协会副主席，郑州小小说文化传媒有限公司董事长、总编辑，《小小说选刊》《百花园》《小小说出版》主编，郑州小小说创作函授辅导中心校长。著有诗集《雪韵》，小说集《冬季》《清水塘祭》，散文集《我的喜马拉雅》，评论集《小小说是平民艺术》《小小说阅读札记》等。有作品入选《大学语文》教材，并被译成英、法等文字。曾荣获"《文艺报》理论创新奖""河南文化创意产业杰出贡献奖"，获得"河南省优秀专家""河南省优秀共产党员""60年'感动中原'人物"等荣誉称号。《小小说选刊》两次被国家新闻出版总署评为"国家期刊奖百种重点期刊"，《百花园》被河南省评为"优秀期刊20佳"和期刊质量检验"一级期刊"。

  王晓君：《社科新书目》记者。

《百花园》与《小小说选刊》

  王晓君：杨晓敏先生，您主持小小说期刊已长达二十五年，和小小说这种新兴文体的发轫与成长已融为一体，在倡导与规范文体、培养和造就作家、寻找和培育读者群方面所创造的业绩有目共睹，这种长期恪守初衷、矢志不移的努力，对于当代小小说事业起到了推波助澜的作用，很是令人钦佩。先谈谈您主持的《小小说选刊》与《百花园》吧。

  杨晓敏：当代小小说是一种新兴文体，从萌生、发轫到争取到今天

的生存环境,仅仅用了三十年的时间。三十年时间,在已有数千年的中国文学史上,可谓弹指一挥间,何其短矣。所以,小小说的字数限定、审美态势和结构特征,无不打上了稚嫩的痕迹。倡导和规范小小说文体的使命,自然在很大程度上要落到发表、选载小小说的主流刊物上来。有缘于此,1982年以专号刊登小小说的《百花园》等,1985年创刊、专门选载海内外优秀小小说作品的《小小说选刊》等,才会应运而生,在期刊苑里绽开鲜亮的花朵。倡导文体的意义在于,不仅使更多的作者参与小小说创作,还通过作者的创造性劳动,让文体最大自由度地拓展。而所谓规范,则是在编者的遴选检索过程中,对小小说大致有个文体界定。每一种文体,都会蕴涵巨大的文化含量。定位犹如"老字号",十里已闻酒菜香,要的就是这么一点"老卤"、一滴余酿。固守,有时会成为独特的品格。

王晓君:当下的文学刊物已日趋边缘化,在文化读写市场也很难再产生出往日的轰动效应。您主持的《百花园》是原创小小说园地,《小小说选刊》是选载平台,月发行量曾达到64万册,您对它们的分工与互补一定有不同的定位吧,又是如何兼顾到它们的发行市场的?

杨晓敏:寻找、培育和积极引导稳定的读者群,实际上是为刊物确立一种定位。不同的刊物有不同的定位。每种刊物都在谈定位,那么,刊物的定位究竟该如何理解?面对十几亿人的文化市场,刊物定位,无非是最大限度地去贴近属于自己的那一部分读者。凡是那些试图想把刊物办成对所有人都"通吃"的"一揽子"做法,只不过是异想天开、一厢情愿而已。寻找也好,培育也罢,总之,只要选准这十几亿人中的一部分知音,便会有不菲的订数了。在办刊人眼里,作家的作品只能是原材料,刊物本身也只能是一座加工厂,刊物操作的整个流程,就是把适宜于自己加工的原材料,重新分拣、组合而打磨成一种新产品投入到消费(读者)市场。这个过程必须符合市场规律的游戏规则,要体现产销对路的办刊理念。所以,所谓的刊物定位是一种风格,一种张扬的个性精神，一份执着和坚忍不拔的固守，是长久的无言期待和遵循。

到什么山上唱什么歌，挂什么招牌卖什么货。一本刊物的定位确立后，起码包含两层意思：其一，方向明确，目标锁定，再不能也不允许东一榔头西一棒槌。因刊物变化的周期长，易受外界诸多因素的影响，在通往理想境界的途中，不走弯路，即为捷径。其二，刊物定位后，实际上等于"安民告示"，言简意赅，直截了当，使读者一目了然。百花园杂志社的两本刊物，一本原创，一本选载，不仅使读者在阅读上相得益彰，在自身生存发展上也相互呼应，形成掎角之势。两刊定位的特点是，共同营造"小小说专卖店"。《小小说选刊》的"精品意识"栏目，是要把海内外最新最好的小小说优秀成果奉献给读者，体现"选刊"质量的高度；"读者知音"栏目是努力把高雅艺术的精英成分和大众文化结合起来，尽可能提供更大的阅读空间，让受众从中咀嚼出多种滋味来；文学的存在，是推动人类生生不息的精神之火，而"作家摇篮"栏目，则是对产生文学梦的人的一声亲切召唤，焕发出可望又可即的诱惑。假如把《小小说选刊》比作小小说领域的"塔尖"部分，并带有一定的市场行为的话，那么《百花园》作为海内外倡导小小说的标志性刊物，应该是垒砌"基座"的希望工程，从分工上要使自己成为一所小小说的大学校。虽说全国已有数千家报刊发表小小说，但唯有《百花园》自1982年以来情之独钟，矢志不移。

小小说是平民艺术

王晓君：在当代文学领域，似乎缺乏那种具有提纲挈领、高屋建瓴式的宏观理论，您提出的"小小说是平民艺术"这一理论观点，却能长期在小小说业界乃至文坛内外产生积极的影响。著名评论家胡平先生也曾说过，关于"小小说是平民艺术"的论断，是著名的宏论，在小小说领域影响甚广。这个定位是中肯的，也是重要的。您能谈谈当初这一文学观点的产生与构想吗？

杨晓敏： 三十年来，为提升小小说文体的品质，促进小小说事业的长久繁荣，经过倡导者、编者、作者乃至读者的共同开拓创新，小小说作为文学的一个新品种，渐次在读者中形成共识，以至又被文坛有识之士所认可，不能不说是新时期文学史上的一个文化奇迹。尽管这个文类未来的道路还很长，但如果玉汝于成，百年树文，依然是对历史悠久的中国文学的一大贡献。

我曾经这样表述过：对一种文体样式的理论探讨，肯定会促使其逐渐走向成熟并健康发展。作为小说的一种，小小说不仅要具备人物、故事、情节等要素，更重要的是，它还携带着作为小说文体应有的"精神指向"，即给人思考生活、认识世界的思想容量。之所以称之为"平民艺术"，当然不容忽略它在艺术造诣上的高度和质量。如果完整表述一下"小小说是平民艺术"，那是指小小说是大多数人都能阅读（单纯通脱）、大多数人都能参与创作（贴近生活）、大多数人都能从中直接受益（微言大义）的艺术形式。小小说作为一种文体创新，自有其相对规范的字数限定（一千五百字左右）、审美态势（质量精度）、和结构特征（小说要素）等艺术规律上的界定。我提出的小小说是平民艺术，除了上述的三种功效和三个基本标准外，着重强调两层意思：一是指小小说应该是一种有较高品位的大众文化，能不断提升读者的审美情趣和认知能力；二是指它在文学造诣上有不可或缺的质量要求。很显然，我是把小小说定位在既有精英文化品质又有大众文化市场的"雅俗共赏"的层面上。

我国当代的小小说文体已有近三十年的创作实践历程，其理论探索也在不断深入。尤其是纳入鲁迅文学奖后的小小说文体，必将面临纯文学写作和大众化写作两种价值取向的分野，它的理论规范和评判标准界定也会二元化或多元化。这种似乎矛盾的情况出现，究竟是"双刃剑"还是"互补共存"，恐怕也不是"行政手段"或"业界权威"所制衡得了的。好在原创之树常青，只要小小说写作者辛勤耕耘，好作品不断涌现，读者永远都拥有着终裁权。

小小说的大众文化意义

王晓君：您曾经认为小小说文体的文化意义大于文学意义，教育意义大于文化意义，社会学意义又大于教育意义，这是一个令人震惊的观点。现在是经济全球化、文化多元化和文学式微的时代，您坚持把文学与文化乃至社会人生联系得如此密切，一定有与众不同的看法。

杨晓敏：一种文化，仅靠少数精英的呐喊和觉醒是远远不够的。从某种意义上来说，缺乏大众热心参与和大面积流通消费的文化，不能真正具有"接地气"的力量，只能是一种"小众"的或"弱势"的文化。一个文化大国走向文化强国的标志应该是：把原始的文化资源型积累和受众的被动型接受，逐渐转化为大众的主动参与生产和选择性消费，转化为精神产品的活力创造和国际化的文化输出。文化强国首先要文化繁荣，而真正的文化繁荣不是单指"精英文化"即科研式的开掘利用，其实大众文化形态与通俗文化形态亦有自己的经典化标准，文化繁荣从根本上涵盖了精英文化、大众文化和通俗文化的多元文化的融会贯通、相辅相成。

因为小小说文体简约通脱、雅俗共赏的特征，就决定了它是属于大众文化的范畴。我有一个观点，作为小小说文体，它的文化意义大于它的文学意义。一篇小小说，要求它承载非常高端非常极致的文学技巧，或者要求它蕴涵很大的精神能量，是非常难的，也会限制它旺盛的生命力。如果延伸一步，小小说的教育学意义又大于它的文化意义。小小说是众多文学体裁中，一种非常受社会各界读者青睐的文学读写形式，对于提高全民族的大众的文化水平、审美鉴赏能力，提升整体国民素质，会在潜移默化的孕育中起到不可估量的作用。我国大专以上文化水平的人，与发达国家比起来比例要小得多，做好基础的或中等程度的文化普及教育，应该是一个重中之重的大前提。小小说能让普通人长智慧，对传统的文化读写活动无疑是一种有益的补充。仅以《小小说选刊》《百花园》为例，三十年来的发行量已逾亿册，培养和成就了成千上万的写作者,影响了两代读者。所以还可以认为,小小说的社会学意义又大于它的教育学意义。

王晓君: 你这个观点很新鲜,那么你心中的文化形态该是什么样的结构呢?

杨晓敏: 我坚持认为,精英化、大众化、通俗化三种文化形态就好像三原色,共同构成了文学天空的斑斓色彩。当代文坛之所以显得单调和窘迫,很大程度上就在于我们文学的主流话语把基调定在了"精英化"的一根琴弦上,而一根琴弦又如何能奏响气势如虹的交响乐章呢?小小说注重思想内涵的深刻和艺术品质的锻造,小中见大、纸短情长,在写作和阅读上从者甚众,无不加速文学(文化)的中产阶级的形成,不断被更大层面的受众吸纳和消化,春雨润物般地为社会进步提供着最活跃的大众智力资本的支持。

似乎这样的设计更趋于合理:文学的少数精英化带动、拓展大众化,大众化提升、改善底层的通俗化,使文学(文化)成为一个互补互动的科学和谐的链条,只有这样,才能夯实现代文明进程的基础。所以从广义上讲,小小说的社会学意义便超出了它的艺术形态意义。小小说作家除了文学写作的追求外,他们还具有文学启蒙、文化传播和普及教育的作用,这种自觉服务社会的功能理应属于公益事业的范畴。由于种种原因,小小说作家长期处于体制关怀的边缘却热情不减,所以我认为,坚持小小说写作并持之以恒的人,是应该得到社会和受众的理解、尊敬的。

小小说金麻雀奖

王晓君: 多年来,小小说读写虽然有庞大的群众基础,却长期未得到文坛主流的正面认同,直到2010年3月,中国作协公布的《第五届鲁迅文学奖评奖条例》,才把小小说作为一种文体纳入其中。在此之前,郑州设立的"小小说金麻雀奖"已评选五届,该奖项对于小小说领域"推出名家、遴选精品",构建当代小小说作家队伍起到了至关重要的作用,为什么会用"金麻雀"命名,是坚持体现小小说的民间性吗?

杨晓敏:中国当代小小说从20世纪80年代发轫萌芽,经过90年代的大力倡导与规范,到新世纪之初已渐趋成熟。为了这一新兴文体的发展繁荣,一茬又一茬的小小说写作者们进行了不懈探索,许多报刊和有识之士用汗水、心血和智慧营造出良好的生存环境。多年来,小小说领域为此所设立的多种业界奖项,为鼓励众多小小说作家的创作热情、发现文学新人、推出单篇的精品佳构等方面,起到了推波助澜的积极作用。然而在相当长的时间里,小小说一直处于体制关注与主流文坛的边缘状态,譬如一直未能列入国家级文学奖项的评奖范畴。随着文体成长和好作品的不断涌现,在民间设立一个从某种程度上能真正代表中国小小说创作水准,并能与长、中、短篇小说全国性评奖相对应的奖项,推出小小说业界的"大家名家",便显得尤为迫切。在这种背景下,"小小说金麻雀奖"应运而生。2002年底,由郑州《小小说选刊》《百花园》《小小说俱乐部》、郑州小小说学会联合设立的"小小说金麻雀奖"正式启动。

王晓君:为什么选择用"麻雀"来命名呢?

杨晓敏:众所周知,麻雀的生存能力极强,有其自由自在、无拘无束的天性。无论春夏秋冬、天涯海角,处处可见其灵动活泼的身影。啼鸣说不上婉转,却是内心歌声。离人间烟火最近,却又不愿被关在笼子里。据有关资料介绍,唯有麻雀是遍布五大洲的鸟类。正因为此,麻雀才被誉为"空中的平民"。在文学日趋边缘化、小说式微的今天,小小说创作却三十年方兴未艾,不能不说是当代中国的一个耐人寻味的文学现象。据不完全统计,至少有成千上万人热爱小小说写作,有数百人出版过小小说集子并加入了各级作协。能使文学的原始生命力得以蓬勃再现,催生了一个耐人寻味的文学现象,这些特征和麻雀的生存状态何其相似。而且,用简洁的语言最能概括小小说特点的就是这句话——麻雀虽小,五脏俱全。以"麻雀"来命名这一奖项,也是为了体现其民间立场,赋予这一奖项浓郁的平民意味。无论现在还是将来，小小说或许都会像电影界的"百花奖"一样，以她的独立品质，继续保持着一定的大众性。

王晓君：它的评选机制和衡量标准又是如何产生的呢？

杨晓敏："金麻雀奖"的评奖标准，是在规定的年度内以作者公开发表的十篇小小说为参评单元，由文学界专家、业界编辑家组成高规格的评委会进行评选，具有全国性、公正性和权威性。一是针对每一篇参评作品的思想内涵、艺术品位和智慧含量进行品评，可以看出作品的质量精度；二是通过这种十篇集束式的阅读，基本上可以衡量出作者整体的综合创作实力。"金麻雀奖"的设立，旨在遴选精品，推举名家，以带动全国范围内小小说创作的健康发展。参评作家只有靠作品，靠实力，才能真正站在领奖台上。现已评选五届，共有35位作家和两位评论家（第四届增设评论理论奖）获此殊荣。这些获奖作家中，除了少数几位对小小说情有独钟的文坛大家和小说名家，如冯骥才、王蒙、林斤澜、孙春平等，其余均是专门从事小小说创作或以小小说创作为主，而且较为完整地涵盖了庞大的小小说作家队伍中老、中、青三代的代表性人物，其琳琅满目的作品，也包罗了各类不同的题材内容、艺术个性和审美风格，基本上彰显了中国当代小小说创作的至高水准与发展趋向。

培养机制和作家摇篮

王晓君：中国作协主席铁凝女士曾高度赞扬说：新时期以来，河南文学有一个极大亮点，就是以《百花园》《小小说选刊》为根据地形成的以郑州为龙头的全国小小说创作中心，它以充满活力的文体倡导与创作事件，有力地带动了全国小小说的发展。过去郑州小小说团队通过数十次的笔会、研讨，建立了具有梯次结构的小小说创作队伍。据悉近几年来，郑州在"小小说作家网"平台上，以一种新的方式进行"网上新秀赛""网上研讨函授"，卓有成效地发现和培育了众多小小说写作新人。

这对于延续小小说现象有直接的效用吗？

杨晓敏：小小说从民间兴起，三十多年来蔚然成林，演绎出一个耐人寻味的文坛传奇。成就作家，推出作品，是一本有责任心和勇于任事的文学刊物永恒不变的主旋律。三十年来，百花园杂志社的《小小说选刊》《百花园》《小小说出版》和郑州小小说学会、小小说作家网，坚持一以贯之地倡导和规范小小说文体，发现、培养、推介和造就小小说作家，可谓意义深远。反过来说，也正因为一茬一茬的小小说作家们茁壮成长，你追我赶，才维系了一种新兴文体三十年的日趋成熟和长盛不衰。

三十年来，百花园杂志社投入大量的人力、智力和财力，数百次地举办征文，坚持评奖，组织笔会，编辑出版丛书、增刊等，坚持以一种民间的调节方式，自觉引导小小说文体的前行轨迹，有责任心地梳理那种民间写作的散兵游勇，簇拥有潜质的小小说写作者不断进步成长。我们遴选精品，推举名家，发现、培养、扶持、组织和造就了中国当代小小说创作的作家主力阵容，形成了一种特殊的作家资源积累和作品资源积累。

王晓君：据悉你们曾在自己的"小小说作家网站"上，以一种网络培训方式进行互动，其想法是什么，效果明显吗？

杨晓敏：由于种种原因，当今文坛，能投入大量人力和财力为文学新人组织笔会等活动者日渐减少，尤其是小小说写作者，如散兵游勇一样遍布社会各个基层角落，不易登上文学的舞台。充分利用网络来办好"新秀赛"和"高研班"的意义在于，它提供了另一种可能：不受时空、人数的限制，只需合理配置使用好辅导教学的智力资源，就能达到我们期待的目标。师生们虽远在天涯却近如咫尺，交流交友、学习研讨均处于同一便捷的简易平台，入门皆可受益。参加网络活动的小小说爱好者们，能直接与那些具有创作实践和理论涵养的辅导老师进行"面对面""零距离"的如现场般的交流切磋，以至提高读写能力，脱颖而出，实现文学梦想，会成为可望又可即的事情。学习期满结业，又会作为小小说领域活跃的创作骨干,带动并影响周围更多的后来者置身其中。长此以往,每届"新秀赛"和每期"高研班",都会集合起朝气蓬勃的一群,小小说的百花园便会永远春光无限,姹紫嫣红。

文学写作本来是极端个性化的活动,而网络研修,却能使写作者之间以文会友,奇文共欣赏,疑义相与析,取长补短,乐在其中。从参与者所发表的部分作品可以看出,他们所突显出来的文学潜质、艺术追求和写作才华,虽有圆熟和稚嫩之分,仍不乏可圈可点之作。部分佳作发表后被名刊选载或被编入精华本。谁说小小说作为明天的太阳,不会是今晚某颗星星嬗变而来的呢?在此意义上说,网络文学活动将会是名副其实的小小说作家摇篮,将会以它独特的创意、丰富的想象力和大众参与的丰硕成果,为未来的文坛留下一段美妙佳话。后来的诸多优秀小小说作家会说,我当年就是从"新秀赛"和"高研班"启蒙入门或开始文学创作的。

中国郑州·小小说节

王晓君:我参加过郑州小小说节,它为小小说与主流文坛的交流对话提供了一方平台,最大限度地拓展和提升了小小说文化的大众影响力。两年一届的小小说节,已经成为海内外文学界、新闻界、出版界精英汇聚的盛大文学节日。你们已举办了四届,还会坚持下去吗?

杨晓敏:为推动中国当代小小说事业的健康良性发展,2005年4月,由郑州市政府主办、百花园杂志社承办的"中国郑州·小小说节"设立,迄今已成功举办四届。"小小说节"以颁发业界重要奖项、组织小小说高端论坛等为主要活动内容。

进入新时期以来,当地政府在充分肯定百花园杂志社所坚持的"推出精品、成就作家、传播文化、服务社会"办刊理念,认同百花园杂志社所选择的"倡导与规范同步、事业与产业兼重"科学发展思路的同时,不仅从资金上给予了积极扶持,从策划实施上给予了宏观指导,彰显了打造"中国小小说中心"的决心和气度,而且在更大范围内,也为小小说业界的倡导者、编者和作者们,真正构建出颁奖表彰、交流研讨、展示成果的宽阔舞台。于是才有了连续四届与众不同的小小说节,在此舞台上显示出强大而旺盛的民间力量,让我们在这里一次次见证关于小小说的奇迹和它的精彩瞬间。

  大道通天,天道酬勤。小小说文体之所以能以民间生存的方式三十年方兴未艾,星火燎原,长盛不衰,社会生活孕育的必然和人为努力的因素风云际会,缺一不可。在历届小小说节上,聚集了来自全国乃至全世界的小小说和微型小说文体的开拓者、奠基人、实践者的代表性人物,每一个人都在力所能及的范围内,相当自觉地开展群众性的小小说征文笔会、理论研讨、出书评奖等,坚持潜心创作,妙笔生花、佳作迭现,以一种独特的方式最大限度地拓展了小小说的读写市场,共同创造了当代文化建设中一个令社会各界瞩目的小小说时代和一段神话般的文坛传奇。

  推出精品,成就作家
  传播文化,服务社会

王晓君:您和同事与多家出版社合作,已编选出版了《中国当代小小说大系》(5卷)、《中国小小说金麻雀获奖作家文丛》(23卷)、《中国小小说典藏品》(72卷)、《超人气现代名家小小说》(10卷)、《中国年度小小说》(13卷)、《中国当代小小说精品库》(4卷)、《中国小小说名家文集》(10卷)、《中国当代小小说排行榜》(上下卷)、《生活·认知·成长青春励志故事丛书》(60卷)、《中国当代最具影响力的120篇小小说》《60年小小说精选》《小小说300篇》等六十余种(套)优秀图书,这也是你们拓展小小说事业的重要组成部分吗?

杨晓敏:小小说贴近生活,具有易写易发的优势。因此,大量作品散见于全国数千种报刊中,作者也多来自民间,社会底层的生活使他们的创作左右逢源。一种文体的应运而生,需要有一批批脍炙人口的经典性作品奠基支撑，需要有一茬茬代表性的作家脱颖而出。所以，仅靠文学期刊，是无法垒砌高标准的巍巍文学大厦的。进一步促进小小说文体自觉走向成熟，集中奉献出思想内容与艺术形式兼优的精品佳构，继而走进书店，走进主流读者的书柜并历久弥新，积淀成独特的文化景观，这或许是新兴的小小说文体的集大成，是对人才资源和作品资源进行深加工的一道精密工艺。百花园杂志社集数年之功，先后精心编选了多种增刊、精选本。这些增刊、丛书、选集近百种（套），总字数逾千万，总发行量数百万册，投放文化市场后，为中国小小说的阅读、研究和珍藏，起到了不可或缺的推波助澜的作用。

好书是具有生命力的。一本好书，我们拿在手上，揣在兜里，或者放在枕边，会感觉到它和我们的心一起跳动。在日常的学习生活中，我们每天都在用最经济的时间、精力和财力，收获超值的知识、学问和智慧，于是我们自己就一天天充实厚重起来。

王晓君：从网上看到百花园杂志社在文化体制改革中，已正式注册为"郑州小小说文化传媒有限公司"。你们今后的发展思路是什么，产业化会改变你们原有的初衷吗？

杨晓敏：小小说文体自身携带的诸多文化元素，在现代社会生活和多元传媒中占尽天然优势，更使它在未来的文化产业市场竞争中有着无限广阔的前景。百花园杂志社拥有一流的文化创意团队，较为熟悉文化市场运作规律，掌握大量的文化产业开发项目，目前形成了书刊出版、节会组织、教学培训、新媒体阅读等多元形态的文化资源、人才资源和创意资源的产业化发展结构，其社会效益与经济效益的前景与潜力有待深度开掘。

文化产业是以智力资本为主要载体的高端领域，只有创意性劳动才会构成"第一生产力"。郑州小小说文化传媒有限公司将逐渐发展为以生产优质的大众文化产品为主的各类经营性专业人才的集散地，不断完善内部结构的科学整合配套，广集人才，开拓创新，做到多体合一、互补互动、相得益彰，集文学事业和文化产业经营于一身，注重传统媒介与数字化平台的双向开发，力争社会效益与经济效益的双丰收。

王晓君： 最后一个问题，作为编者，你推选优秀小小说作品的标准是什么？

杨晓敏： 优秀的小小说作品必须是思想内涵、艺术品位和智慧含量的综合体现。所谓思想内涵，是指作者赋予作品的"立意"，它反映了作者提出（观察）问题的角度、深度和批判意识，深刻或者平庸，一眼可判高下。艺术品位，是指作品在塑造人物性格、设置故事情节、营造特定环境中，通过语言、文采、技巧的有效使用，所折射出来的创意、情怀和境界。而智慧含量，则属于精密判断后的"临门一脚"，是简洁明晰的"临床一刀"，是解决问题的方法、手段和质量。

（发表于2013年）

葛一敏

散文,是我们自己文学大地上生长出来的文学样式,我们无须动辄比较西方哪个流派,我们无须动辄比较西方哪位哪位先驱作家。我们有文学(诗歌)就有散文,或者说有散文就有了中国文学。中国散文,我们拥有独立的文学尺度。

麦田的忠实守望者
——《散文选刊》主编葛一敏访谈录

葛一敏　任　瑜

　　葛一敏：《散文选刊》主编，中国作家协会散文委员会委员。主编《最散文》《年度精短散文选》《建国六十年历史文化散文选》《新世纪散文选：一本杂志与一个时代的表情》《年度华文最佳散文奖获奖作品选》等。

　　任　瑜：女，中山大学文学博士，曾为出版社编辑，现从事翻译及文学评论。

任　瑜：《散文选刊》算是国内创刊较早的散文类文学刊物，像其他一些目前在国内比较有影响力的文学刊物一样，它也是出生于20世纪80年代那个文学"爆炸"的时期，到今年它已经三十一岁了。在这三十余年间，文学自身的境遇以及文坛的状况都发生了非常大的变化，像《散文选刊》这样比较纯粹的文学刊物，自然也深受影响，经历了相应的跌宕起伏。可以说，在当代中国的经济浪潮及文化语境之中，几乎每一种文学刊物的背后，都会有一个曲折的甚至事关生死存亡的故事。那么，《散文选刊》的故事是怎样的呢？比如，它有没有经历什么大的危机和难关，如果有的话，又是如何渡过和克服的呢？

葛一敏：谢谢你在这里提及关于《散文选刊》的"故事"说。今天我们来述说刊物的故事，把刊物拟人化，就像是一部讲述形象的小说。说到故事，通常有人物，有事件和时光。《散文选刊》一代又一代的编者就是故事中的人物，事件呢，应该是《散文选刊》所历经的文学"串联",或者也可以称作文学期刊"串联"。这个"串联"不是"文革"式串联,两者完全不是一码事。"文革"的串联,是传统绿皮火车开到哪里,你就可以乘车到哪里,把"革命行动"落实到哪里。而文学串联,我想是文学价值观念在意识形态上的联动、互动。历经这样的文学串联,对一本从时间深处走过来的文学杂志而言,成就的不仅是它的光阴故事、岁月更迭,更让它在精神气质上葆有一份珍贵的被时间磨砺过的文学光彩。这也是它所拥有的难能可贵的建刊历史。不仅仅《散文选刊》,目前国内为数不少的刊物,都和《散文选刊》同样,保留着文学、文化串联的烙印。我们翻阅其中任何一本,都不难看到时代的表情和表征。这是一份难得的见证,也是一份幸运的见证,对于刊物来说,其实也是一份荣光。既然饱有文学串联的印记,也就一定能够出现散文的春夏秋冬、山高水长。春天是在勃勃生机的土地上郑重地播下种子,悠长夏日的日光是在汗水中耕耘,秋天面对的是累累果实的喜悦,冬季则仿佛是无边无际的寒凉。刊物的故事就是如此。这让我想起一句话:"一世界的鹅毛大雪,谁又能听见谁的呼唤!"这句话是2014年的文学热句,同时我还想到另一句:"灯光转暗,你在何方?"前一句是一部小说的结尾,后一句则是一篇散文的题目,我觉得用这两句话来形容当下的文学期刊似乎也挺合适,不是吗?大雪之下可能蕴藏暖意,漫漫冬季过后,春天又会是什么景象呢?文学的春天你在何方?

当下形势对许多刊物来说,都是订数上的冬季,甚至可能是有史以来最严峻的"极寒"现象。尤其对于像《散文选刊》这样的企业管理运营模式的刊物来说,没有国家(省)财政常规拨款,没有了往昔高大上的订数,应对员工工资、稿费、印刷等问题,一切依赖于刊物自身的自主经营,这真是"狼来了",存亡问题来了。伊索寓言《狼来了》是关于放牛娃戏言失信,最终导致悲剧的故事,现在我们则把"狼来了"引申为刊物遭遇的生存危机。纯文学期刊的市场危机已经喊了这么多年,现在,"狼"是真的来了——全国各种期刊的订数逐年大幅度下滑萎缩,我们面对的是前所未有的压力,确实常感危机重重,忧虑深深。

当然，一个社会的各个层面是相互依存又相互矛盾、对立统一的，几乎没有哪个行业能一统天下，成为这个社会、这个时代的绝对主宰。文学期刊更是如此。从事文学工作，不能把自己逼成主角，主角也是万万逼不出来的。既如此，那就做配角吧，把配角做好，也挺好、还好、尚且好。做配角也许是文学刊物在这个大时代中的命运，或者说是大时代中文学的命运。要做好配角，怎么扮演、如何扮演，这是一个问题，也是你所说的"渡过和克服"的问题。委屈当然有，但一味地祥林大嫂、窦娥冤屈，总是六月天大雪覆盖，行吗？恐怕是不行的。举一个例子。不久前，一位大学教授，他们大学阅览室想订阅《散文选刊》，因为同在一城，于是他按图索骥，从西城到东城找到杂志社。我们并不认识，一见面，不带寒暄，他直接说：时代在变，文学已死。我套用许多同行常说的话回答他：从唐到今，李白杜甫等文学"大鳄"们还是活得好好的。他又说：没死也边缘。我说：边缘不边缘，我想我没有能力下结论，我也没有能力预测文学的未来，我们不是先知先觉。可是，哪怕已经是边缘，哪怕就在山的边缘、海的边缘，我们也不会自行跳下山崖，跳入汹涌的大海。为什么要跳？我们会面朝大海，虽然花已枯萎。

扯远了，话说回来吧。我们要做的，是重新真切深入地认识一下自己的刊物，认识到作为选刊，它的定位、它自身的优势，以及它自身潜在的资源是什么、在哪里，然后，收拾行囊，继续前行。毕竟，阳光每天都是新的。

任 瑜：你的回答也是颇有散文的诗意啊！其实，谈起这个有点像是"忆苦思甜"的话题，是为了引出一个关于生存的"终极"问题。你看，这几十年来，不管是时代潮流冲击也好，社会文化变迁也罢，《散文选刊》始终没有被滚滚车轮碾压倒下，它一直存在，而且是比较有"存在感"的存在，为散文创作者和爱好者提供了一个比较重要的园地，这很令人欣慰和鼓舞。在你看来，《散文选刊》能够如此坚守的最大原因是什么？或者说，最主要是得益于什么因素？

葛一敏：喜欢"忆苦思甜"这个词儿。忆苦思甜——无论怎样，尘埃落定，有苦才有甜，知苦才知甜，才可能享受甜的秘密。《散文选刊》的幸运在于，不是只有忆苦，更拥有可思之甜。我想，我们的"存在感"便是"忆苦思甜"里的可思之甜，而我们办刊物最大的价值和意义也就在于这个"存在感"吧。一本刊物的存在感，来自读者的认可、读者的不厌倦、读者的持续信任、读者的尊重。

中国散文，是从我们自己的文学大地上生长出来的文学样式，它有独立的文学尺度。就中国文学而言，有文学（诗歌）就有散文，散文之树常青。所以，我们无须动辄拿它和西方的哪个流派比较，也无须动辄就和西方哪位哪位先驱作家比较。中国散文伴随中国文学走到今天，散文还是那个散文，但又不能完全等同于当初的散文。一方面，散文本身从外延到内涵，从表层到本质，都发生了一定的变化。其中既有横向形式的开拓，又有纵向内容的挖掘。另一方面，作家队伍也在更替变化，各业各行如工、农、商、学、兵之中都有大批散文写作者，创作人员在不断增多。而且，这些写作者的眼界也愈加开阔。民族、时代、社会，经济、政治、教育、道德、日常生活等，如此广泛的题材，提供的是更丰富多样的新经验，也提供了新的散文文本的可能性，比如报纸副刊散文、刊物散文、网络散文随笔、散文集等等。一切的一切，都可见出散文文风、文体之变化。这诸多因素，正是《散文选刊》如此坚守的根本理由，是《散文选刊》如此坚守的根本动力，也是《散文选刊》如此坚守的根本保障。

任　瑜：我想，作为主编，你对刊物的关注和理解，注定要更全面，也更现实。不像我们读者，可以只关心内容。可能你不得不首先考虑刊物的生存状况和经营问题，然后才是发展的问题，才是特色、个性、风格等问题。那么，以你的感受和经验而言，一个刊物，尤其是文学刊物，它生存和发展的根基是什么呢？

葛一敏：读者可以只关心内容，关心他感兴趣的东西，这无可厚非。

读者往往也可能只阅读他所需要的，而摒弃其他。所以，一本刊物做不到全方位让读者满意。

在我看来，一本刊物，它的生存状况和经营问题、发展前景问题、个性风格问题，也可说是同一个问题。为什么这样说？个性风格即一本刊物的精神气质，即定位方向，定位方向基本可以决定一本刊物的成活率。办出鲜明的刊物风格，往往就已经先期考量到了生存状况，所谓既要瞻前又要顾后，早先就已经预计了经营的预设，才可能发展，才能展望未来前景。

就《散文选刊》而言，我以为，它生存和发展的根基，是广大的散文写作者和广大的读者，以及一直以来坚守在散文园地为作家作嫁衣的编者。我们常常通过电话、短信等形式接到各式各样的表扬或批评，面对这些表扬和批评，我们最大的感受，是不愿意辜负也不能够辜负大家。这是一本刊物的责任、义务，也应该是它的能力。几年来，《散文选刊》反复强调：编者要尽可能做到把刊物的方向定位了然于心，时时融会各家期刊之长，要具备捕捉当下散文之微妙变化的敏锐能力。我们也要为荣誉而办刊物，这里的荣誉是指编辑生涯中职业所赋予的自尊心和荣誉感。如此说来，《散文选刊》赖以生存的根本就是刊物自身的清醒，就是对待刊物热恋般的尊重和爱。我们赖以生存的刊物，如果连我们自己都不好生看待，还能指望谁去好好待它呢？

任 瑜：由此可见当主编也绝不是一件容易的事。尤其网络时代数字化技术飞速发展所形成的这种现实环境，对纸质刊物的主编来说，恐怕更是轻松不得。当下文学的生产传播和流通方式都发生了巨大的改变，社交平台、文学网站、自媒体，都可以成为文学传播的途径，相比传统的纸质媒介，它们还更便捷、快速，更敞开、直接，受众群也大得多。可想而知，杂志这样的纸质平台，面临这样的挤迫，要承受较之以往更大的压力。你的生存空间在压缩，对此你不得不做出反应，做出与时俱进的调整和改变。但这并不容易，也不简单，杂志本身就存在着一些限制性的因素。比如，选稿审稿编辑的流程，再快也不可能快过网络的上传；实体的发行渠道，再快也快不过网络传播。除了电子化、数字出版，你只能在有限的空间内进行自身的拓宽和深化，加强自身的优势。我也看到这两年《散文选刊》有一些默默的变化。比如扩大视野，把目光投向了海外和港台地区；扩大边界，纳入新的文体；还有往深度发展，增加了评点和评析。这些尝试和改变，是不是《散文选刊》自身对环境的自我调适？还有更多的计划吗？

葛一敏：所谓"尺有所短，寸有所长"，任何事物都有其两面性甚至几面性，也都有其自身的局限，这当然也包括纸媒，也包括新兴的媒体。

其实，一直以来《散文选刊》对于港澳台作家都不陌生，可以说在很多年前我们就已经有了一定的计划，要适时关注港澳台作家。原因在于：一方面，同文同种同情怀；另一方面，经过十年"文革"，内地的文学出现了一个无法补救的断层期，而港澳台散文的发展过程则相对完整，相对来看，它们和我们的散文传统有着更加紧密的连接。一本选刊，当然应该兼收并蓄，内地，港澳台，以及海外的华人作家、新老作家，我们都应有深入细致的纵横向了解，不关注反倒是不正常的。一旦有了差别心，就会出现偏差。事实上，近几年，我们也有意关注国外的专栏作家，关注"国家文学"与"地区文学"，这是国家与国家及文学与文学之间的文学之比较、比较之文学。大家文化背景不同，经历不尽相同，那么，人生体验、个人感悟在一个大文本背景中相互碰撞沟通，和而不同，从中我们是否可以借鉴？可以学习？可以汲取营养，从而产生真正的认知？

作为编者，我们常常预料不到下一秒作家对于文本的呈现。作家强大的创造能力是难以估量的。不过，可以自夸的是，《散文选刊》针对广大作家雨后春笋般的海量写作，能够做出及时和快捷的调适、反应、捕捉和呈现，而这也正是刊物的计划。近年来，针对几乎每一位散文作家，《散文选刊》都安排有系列的计划。哪些作家一直坚守写作，哪些作家刚刚起步，哪些作家可以重点推介，哪些作家可以持续关注，对此，杂志社都有自己的想法、计划和步骤。这是一项繁重的工作，杂志社会坚持下来，持续做下去。

任　瑜：确实，这两年《散文选刊》呈现了一种新的面貌和气象。尤其是在近年来设立的"新经验"栏目里，出现了不少好作品，比如毕飞宇、张定浩的散文，质量都很优良。而且，《散文选刊》似乎是非常注重这个栏目的，从2013年起，杂志社评选"年度华文最佳散文奖"时，还增设了八个名额的"新经验"散文奖，就是专门从这个栏目中评选优秀作品。这一栏目的设置，是出于什么样的宗旨？预期达到什么样的效果呢？目前达到了吗？

葛一敏："新经验散文"是《散文选刊》在2013年夏末开始设置的一个新栏目，也是重要的常设栏目，为此，有了"新经验散文奖"的产生。开始呢，它并不叫"新经验散文"，而是叫"乡土中国散文"。当时，《散文选刊》的一个老朋友，也是我们的一个"金牌读者"，给我们来电发表高见：当今中国，又岂止是"乡土"在面临几千年未有之大变？随着现代化与城市化进程的日益加速，市场经济和商业文化对社会生活各个领域的渗透与颠覆也都愈发深刻，包括政治体制、经济模式、文化生态、教育状况、道德秩序……几乎社会生活的所有领域都呈现出复杂多元的新面貌和新经验。乡土内外，无非中国。为何不能兼而纳之，将这个奖项设置得更宽阔，从而使其具备更鲜明的风格和更丰富的意义呢？智者出言，其言必善。杂志社同人经过认真商讨，决定采纳这位朋友的建议，将"乡土中国散文"的定位拓展开来，更名为"新经验散文"。其宗旨是，无论是书写都市还是剖析乡村，无论是浸润文化还是感受教育，只要是来自生活和心灵的新经验，比如情感经验、认知经验、行走经验、阅读经验等等，只要把握着时代脉搏，紧贴着当下的现实生活，真正走进现实内部和生活深处，并做出了真诚、真挚、真情的表达，就是我们心目中的"新经验散文"佳作。

"新经验散文"栏目的设立已近两年，预期的目标——活跃刊物栏目、总结一段时期以来散文写作的新变化,应该说基本上也做到了。

任　瑜：说到散文奖,《散文选刊》每年一度评选出十篇"年度华文最佳散文",到今年已经是第五届了。每届都有一些实力名家获奖,比如毕飞宇啊,周晓枫啊,等等,可以说这个奖的影响力在日益扩大,在散文写作领域的重要性也被越来越多的人所认可。不过,文学作品的鉴赏和评价都难免有"主观性"的一面,主观性就容易产生异议。特别是散文,作为一种最自由的文体,有着最多样的形态,就像梁实秋说的,有一个人就有一种散文。这么多种的样态,这么丰富的作品,再加上阅读者难以统一的口味和喜好,对于散文的鉴评,可能更容易出现类似"甲之蜜糖,乙之砒霜"的分歧,而分歧的结果往往是质疑和非议。所以,散文奖的评选,可能比其他文学体裁的评奖更"艰难"一些,如何最大可能地做到公正、权威,是必须考虑和解决的问题。《散文选刊》是怎么做的呢?

葛一敏：设立散文年度奖,我们是经过深思的。我们广泛征求了意见和建议,为了避免变成《散文选刊》的"一言堂",我们邀请了十多位评委共同担任评奖工作。评委团由著名评论家、国内主要散文刊物主编、大学博导、资深编辑、媒体人等人员组成。杂志社先完成初选工作,然后由评委们一一进行投票终评,根据投票票数决定最终评奖的结果。无论是评委团的组成,还是从初选再到评委投票的流程,都是为了尽量减少片面化,尽量公正公平客观。唯其这样,年度奖获奖作品才能在角度、风格甚至是长短度等方面具有可基本遵循的准则,才可能具有相当的代表性。

也就是在这一前提下,才有了《世间有情人》在2011年度的获奖。柴静的《世间有情人》,关注的主人公是"感动中国"2011年度人物、号称"烤羊肉串的慈善家"的阿里木。这篇短短3500字的文章,以朴实的客观化表达、冷静节制的叙述,呈现了生活中令人惊骇的嘈杂与安静,也显露出了善和爱。这种"作者刻意隐藏、对象自我呈现"的表达方式,近年来被许多散文作者不加节制地运用,以致散文与小说的文体界限变得含混不清。但是柴静对此的运用,自然而恰到好处,呈现了嘈杂生活中的大爱大善,突破了以抒情、唯美为主流的散文传统,为此类散文的写作提供了极有意义的启示,也引导出散文写作的一个新方向。当时,作为央视《看见》栏目的知名主持人,柴静在散文这个纯文学领域也引起了广泛关注,但是,《散文选刊》的年度散文奖是柴静在文学领域首次获得的专业奖项。柴静获奖之后,首先是《南方都市报》的记者以高度的职业敏感和专业精神第一时间采访了杂志社和柴静,随后百余家媒体予以详细报道,一时之间"柴静获散文奖"成为各大媒体的焦点之一。南都记者曾问柴静:散文获得专业肯定,是否会激发你进行文学创作?柴静则说,她本来写的是博客,因为电视节目有时长的限制,但是采访过后有些余味难忘,还有一些细节镜头没拍到,她眼睛看见的老忘不掉,于是就写下来了。她没想过这是不是"文学",或者得不得奖。"文学创作"这个词有点吓人,要抱着这个心态坐在电脑前,她恐怕一个字也写不出来。我觉得她说得很诚恳,而我们的评选也很诚恳。到现在提及此次评奖,我自己的心情也依然是万分感慨。《散文选刊》的华文最佳散文奖,不是刻意要颁给柴静,或者说毕飞宇、周晓枫他们的,我们不会刻意针对哪位作家。任何一个奖项都有它的评判标准,作为"年度散文"的评选,我们看的不是散文的作家,而是他们的散文。说到这一点,我想起评论家谢有顺关于莫言获诺贝尔文学奖的一次演讲,在演讲中他说道:一个文学奖遗漏该得奖而没有得奖的作家是难免的,但绝不能让不该得奖的作家得奖了。这也是我们的底线。

任 瑜:在目前的情势下,文学刊物不能墨守成规,新变当然也是必要的。不过,新变和拓展也会带来另外一个问题,就是品质是否能够保证。会不会为了更丰富更多元,为了与时俱进,为了有新"卖点",而降低了对文学性的要求呢?既要开放、拓宽,又要严守文学价值,怎么来平衡呢?这真是一个难题。

葛一敏：新变和拓展是必要的，但我并不认为这会影响到刊物或者稿件的品质。我们对内容的选择和取舍最终都是依据刊物的大框架定位而定的。

"文学性"在某一个点上是绝对的，但有时又是相对的。文学性不是绝对化、一成不变的。当下的文学已经多元化，类型文学、网络写作、电子书刊等等，日新月异，各显神通，也各领风骚。传统的文学样式，显然适应不了大时代的发展，但是，《散文选刊》既要拓宽，也要严守文学价值，我们坚持不变要做到的，是把守刊物的风格定位，一切都要在风格定位里考量，如此就可平衡、解决这一难题。

任　瑜：我对选刊的理解是，首先它是为读者寻找并汇集优秀之作，然后也是为文学筛选和保存优秀之作。相比普通期刊，选刊可能更贴近和看重读者，也更受读者的影响。所以，我觉得像《散文选刊》这样的"选刊"，会更多地考虑读者的需求和喜好。而现在有一个现象是，一方面读者的口味变得更挑剔更精致，另一方面，他们的胃口也变得更大更杂。与此同时，写作的门槛反倒变得更低，文学的边界也在拓宽。而散文，本来边界就宽泛，现在似乎比以前更难以界限分明地划定了，比如新出现的微博体呀段子体呀烹调文学呀什么的，好像也可算在散文的边界之内。这些新的、边界模糊的事物，有时能够迎合读者的某种阅读口味，或满足求新求异的需要。对它们，《散文选刊》是什么样的态度呢？是考虑到读者的需求而包纳、接受，还是坚持自我，严守所谓的散文"边界"？

葛一敏：首先，散文还是要有边界，只不过，它的边界较之以往更加开阔而已，这其实也是散文深得大家喜爱的原因之一吧。

对于当前散文的多样性、丰富性，《散文选刊》有着明确的态度：对于符合刊物原则、读者认可和接受的，我们可以接纳到刊物中，有时也可以进行有目的的尝试。这是选择标准，也是我们的"边界"。

任 瑜：我想继续说一说关于读者的问题。相比其他文学体裁，散文的阅读市场一直都比较广阔，读者群更为庞大。对杂志来说，这是好事。但是，受众太广了，就意味着读者的阅读水准和程度会有很大差别，而杂志对自己的读者群的定位就要更明确，更精准。《散文选刊》是针对什么样的目标读者？作为主编，你心中的理想读者是什么样的？

葛一敏：《散文选刊》31岁了，早已过了青涩之年，现在是青壮年吧。青壮年是已经成熟的年纪。从建刊之初到现在，《散文选刊》的定位一直很明确，就是作为选刊，要办出选刊的样子，要有专业的水准。我们奉行的是"好作品主义"。好作品当然需要好眼光，即选刊的眼界视野要高要广，如此，写作者才不会拒绝，而阅读者也能够有选择和收获。那么，因为我们对自身要求的是"专业"水准，所以，我们预期的读者，也会是具有一定文学素养的阅读者。

至于我心目中的理想读者，其实，我多么想先做一个相对理想的编者啊。我们刊物一直希望能先做到理想编者，再去要求读者，或者才有资格对读者提出要求。我认为，只有好编者才能要求好读者。

任 瑜：说一说个人化的话题吧。一敏老师成为《散文选刊》的主编，也有六年了，在你接手这项工作的时候，文学的处境已不复当年的风光，文学已经被深度"边缘化"了，至少被广泛流传和认可的说法是这样。文学刊物的状况当然也离20世纪80年代的盛景有很遥远的距离。在这样的大氛围中，去承担一个纯文学刊物的命运，当时的你是什么样的心态？是不是也面临着文学"式微"的压力？对此，你准备了怎样的应对和规划？

葛一敏：我也曾是个文艺青年，虽然这种说法在今天似乎已不再是"褒义"的了。我也曾经历了文学的盛况，这一切带来的美好记忆，深深刻印在我的人生简历中。所以我才会接任这一工作。接任刊物那天，正好是"愚人节"，巧合的是，后来我们的副主编接任工作也是在"愚人节"那一天。愚人节是西方人的节日，但给我留下了深刻印象。那一天，那个笨人的节日,怀着愚笨的想法,我似乎看到了文学经典之光芒。于是,在杂志社开会时,我开玩笑地说:一群笨人,怎么把事情做好!当然了,文学"式微"的压力一定是有的,不过我说服了自己,去适应这瞬息变化和落差,踏实下来,既然身处麦田,就要热爱麦田,做麦田的忠实守望者。

任 瑜: "忠实守望者",这个比喻很贴切也很动人。作为《散文选刊》的主编,也可以说你是以散文为专业和职业的人,不管是不是乐意,散文都会是你生命中非常重要的一部分,不可摆脱的一部分。那么,它对你意味着什么?恐怕不会仅仅是一种职责吧?

葛一敏: 请允许我说一些题外话。之前,你就我们的谈话询问我的想法,我说,很高兴你的一切提问,你问我答,有问必答。我特别想要说的是,以上我们讨论的这些问题,也确实都是我感兴趣的话题。但是,听到你说"散文都会是你生命中非常重要的一部分,不可摆脱的一部分,那么,它对你意味着什么"时,我真的快要哭了——这可能多少有一些矫情。说实话,之前我还真的没有认真思考过这个问题。大学毕业至今,我主要的工作岗位就是在《散文选刊》,从编辑做起,不夸张地说,是从学习怎么写编稿意见始,不经意间,时光过去了这么久。期间,也有转换岗位的机会,最后还是放弃了。在刊物时间久了,似乎除了编刊,别的什么都做不来。意识到这问题的严重性之后,态度反而更加固执甚至偏执了,我就不再做别的选择,这里,就是我的不二选择。所以,散文和《散文选刊》是我的选择,不是它们选择了我,而是我选择了它们。我知道,我早已经离不开它们了,我愿意无条件地付出热情、时间和精力。它们就像我挚爱的亲人,就像我热爱的兄弟,真的已经成为我生活中非常重要的一部分。

任 瑜: 那从你个人的角度讲,你觉得怎么样的散文是优秀的散文?你喜欢什么样风格的散文?最看重散文的什么品种?

葛一敏： 作为编者，尤其选刊的编者，不可以有太明显的个人好恶，如果爱白菜就只选择白菜，爱萝卜就只选择萝卜，是非常不可取的。

但是，单纯从个人角度，我更喜爱学院风格的散文，或者偏重文艺腔调的散文。不过，还是因为刊物关系，对散文基本上保持"无论品种，只问质地"的态度，见质见地，具有最佳的传统散文的抒情意味，是我们比较看重的品质。

在我的阅读经验里，也经常见到仅仅停留在表面的叙述，没有渗透力的、人云亦云式的抒情，或者抒情不当，沦陷成滥情，情感虚假而空洞等如此这般的作品。是的，你可以这样写，但这样写出的散文，一定不是优质的散文。应该是，你的写作，即便不能说前无古人，起码也是后来者的标杆，这样的才是优秀作品。我们过去总说，好散文要有思想、艺术感染力、文学品相。我想，其中艺术感染力也许最关键。你的文字严重感染了我，感染了我们，这一点是多么可贵多么重要！

任　瑜： 你刚才也说到作为编者不可有太明显的偏好，那么，你觉得自己对散文的观念和喜好，有没有无意中影响到你对刊物内容的把握和编选呢？通常情况下，你怎么平衡一期杂志的内容水准？

葛一敏： 一个人的观念和喜爱，容易成为惯性。其中的一部分会体现在工作中，一部分要时时自省克制。这些，其实也曾经影响到我对刊物的把握，尽管我尽了最大努力去克制、屏蔽。这曾经让我深感不安。

通常情况下，我们这样来平衡一期内容的安排：首先，把这期预备的报刊包括书籍网络的选稿、自由来稿及荐稿，一审、二审、终审之后，确定符合刊物的稿子已经全部准确地挑选了出来。其次，依据各栏目的需求，从题材、"时间"与"记忆"、"现实"与"历史"等方面考虑各个稿件的排放，同时也要考虑篇幅长短、刊物与报纸是否搭配得当等。这是标准程序，说起来似乎简单，但做起来也是挑战。

任　瑜： 有一个很常见的说法是，散文的门槛很低，似乎能写字的都能写散文。所以放眼望去，到处都是写散文的人，到处可见散文作品。但散文其实又是易学难精的，要写出好散文非常不容易，因为散文尤其做不得假，它是非常本真的话语，最能见写作者的胸襟和旨趣，这就是余光中说的"人品尽在文中"。好的散文，常常不仅有情怀有心境，也是情趣和风度兼具的，它是人心和文心的合一。而这，是相当高的要求和标准。这些年来，《散文选刊》选编了数量巨大的散文作品，此外，你还做了许多散文选本的编选工作，比如《从这里到永恒》《命运深处》等。你对散文的阅读量肯定比一般的读者要大得多，对国内散文创作的状况，你不仅是比较熟悉，也会有更为宏观更为清晰的认识。那么，在你看来，就你所看到的当下的散文写作而言，存在的最突出的问题是什么？

葛一敏： 在散文写作中，说理、叙事、记人、抒情、表意、状物、写景各种体例，都存在一个突出问题，就是强调小说意味，削弱传统散文的抒情性。比如一味地写人物对话，一味地着重事件，等对话结束，事件结束，此篇也就结束。那么，我们会问，你这散文写作要给读者提供什么呢？又怎能从人、物、事、理、景中提炼出让读者感同身受的有价值有意义的东西呢？何以撼动读者呢？

还有，生活经验同质性严重，这也是突出问题。没有新的写作题材，便去追赶热门题材，实则距离题材现场一万里路。结果就是，生活是他人的生活，经验是他人的经验。即作品在场，而作家本人却不在场。王安忆老师曾在写作教学中讲过这么一件事：有位同学，家在云南，那个地方，早晨八点天才蒙蒙亮，所以乡下学生要上学就要在黑天里起来，穿过森林。学生们没有照明设备，只能唱着歌谣互相喊着穿过森林，直到接近学校的时候，才看到些许日光。可是这样的资源并没有引起这位同学的兴趣，他依然不断地写着凶杀和爱情。

再说一个作家作品在场的例子。直到今天，我依然清晰地记得第一次看到郑小琼的《铁·塑料厂》和王十月的《寻亲记》时的真切感受。他们在打工现场，他们的语言、语境、情感、情绪、心理、思想和意识都在打工现场，所以，他们能喊出"真相"，真相，是他们文字的真谛。

我们无法预知未来，也许有一天流水线会消失，"打工文学"会成为一种记忆，但我相信，见证中国社会巨大变革和转型的打工文学，"它一定是文学界一个永远的话题"。透过这些文字的记忆，我们就可以找到当下乡村抵达城市的真实入口，同样，我们也可以找到当下城市抵达乡村的真实入口，是他们深情讲述了改革中的乡土中国，深情讲述了改革中的城市中国，深情讲述了改革中的中国故事。

任　瑜：最后的问题再回到《散文选刊》。这些年，杂志取得的成果和成绩是有目共睹的，对散文创作起了很大的推动和激励作用，这已无须多说。我们来说说它目前存在的不足吧。你觉得下一步它需要往哪个方向努力呢？

葛一敏：从2015年第1期开始，我们已尝试做了些微调。其实，在过去的几乎每一期都有微调。为什么调整，可能我们的读者不一定看得出来，但是，编者会意识到上期存在的问题，哪怕这问题根本影响不到大局，我们也一定要解决，否则，自己都没有办法让自己通过。

目前，除了公共阅读范围内的报刊，其他的包括内部报刊，甚至行业以外的报纸等，都已被我们列入了选稿范围。之所以这么做，是为尽可能减少阅读范围的不足或者欠缺。

读者的跟进喜爱，读者的方向；作家有价值的呈现，作家的方向。最后才是《散文选刊》的方向。

（发表于2015年）

韦健玮

编辑工作，是我做了一辈子的事，尽管远没有做得更好，但一直在努力。同仁们爱说自己的工作是为他人作嫁衣，这话当然包含着自我调侃的成分。其实美丽的嫁衣不仅装扮了新人，也会照亮自己的梦想。这是一个需要付出辛苦的工作，也是一个可以收获美好的工作，能把它作为自己的终生事业，是我倍感欣慰的事。

与你厮守终生
——《文艺评论》主编韦健玮访谈

韦健玮 老长

  韦健玮，中国作家协会会员，编审。1954年9月出生于黑龙江省望奎县。曾做过知青、化肥厂工人。1978年3月作为恢复高考后第一批大学生入黑龙江大学中文系学习。1982年1月大学毕业后分配到北方文学杂志社评论组，开始从事编辑工作。1983年10月调入文艺评论编辑部，任编辑，1987年任《文艺评论》副主编，1995年任《文艺评论》主编。2014年9月退休。曾任第八届、第九届、第十届茅盾文学奖评委。获2019年度中国作家出版集团、全国文学报刊联盟奖"致敬·资深文学编辑奖"。著有评论集《飞鸿雪泥》，另有散文、随笔及评论文章见于报刊。

  老长：本名仇立国，中国作家协会会员，哈尔滨市作家协会副主席，20世纪末开始从事小说创作，作品散见于《人民文学》《芙蓉》《山花》《清明》《小说林》等文学期刊，出版过个人小说专集《行色慌张》《阁楼》。

老　长： 韦老师好！获悉您荣获2019年度中国作家出版集团、全国文学报刊联盟奖"致敬·资深文学编辑奖"，由衷为您感到高兴并予以真诚的祝贺！

  据了解，这个奖项是首个全国性的文学报刊编辑的奖项，每年评选三人，参评条件为从业三十年以上，成绩显著，在业内有较高的认可度、美誉度的退休编辑。就我个人感觉，这个奖项似乎有些像奥斯卡中颁发的那种终身成就奖。那么，我首先想问您的是，这个奖项在文学报刊界有着怎样的分量？您认为自己获奖的原因是什么？

韦健玮：一直以来，各种文学类的奖项都举办得热火朝天，比如中国作协的茅盾文学奖、鲁迅文学奖、儿童文学奖、骏马奖，囊括了文学创作的各个门类，却没有一个全国性的文学编辑的奖项，这不能不说是一个缺憾。

全国文学报刊联盟为激励广大文学编辑，培养爱岗敬业的良好风尚，打造政治素质高、专业能力强的文学编辑队伍，在"中国作家出版集团奖"基础上，设立了"全国文学报刊联盟奖"，包括新锐文学编辑奖、骨干文学编辑奖、致敬·资深文学编辑奖、内刊文学编辑奖四个奖项。从各个层次评选出优秀的编辑，给予奖掖鼓励。把聚光灯对准编辑这个一直被忽略和冷落的群体，让更多人认识和发现编辑的核心价值。

我获得的是"致敬·资深文学编辑奖"。这个奖项为什么选择了我，我也困惑了很长时间，尤其是与张守仁先生、崔道怡先生两位前辈同时入选，更是让我难有足够的自信。如果你注意看过授奖词，那么忽略掉其中对我个人褒扬的成分，或者可以感觉到，这个奖项颁发给我，与我工作了整整三十年的《文艺评论》有直接的关系。也可以说，这个奖是给我个人的，也是给那三十年间的《文艺评论》的。

老　长：能否跟我们讲讲您的人生经历，让我们领略一下您不同时期的成长印记。我揣摩，恐怕您未必从小就立志将来做文学编辑，或许还有其他志向吧？那么后来又是什么使您和这一行结缘，并一直走了这么多年的？

韦健玮：其实我的经历和大多数同代人基本一样，中学毕业后下乡插队，然后回城进工厂，面前的路似乎一眼就能看到头了。幸运的是我赶上了恢复高考，同样幸运的是作为77级大学生进了大学，让自己的路从此发生了变化。

至于说到志向，我从来是一个对自己缺少设计的人，或者像某些人说的，我是胸无大志。插队的时候想回城，哪怕扫大街都行；在工厂时想离开又脏又累的煤球车间，理想是当个电工；甚至考大学，志愿也是随意填写的。直到大学毕业前到一家刊社实习，才觉得这个工作比较适合自己的性格。当一个编辑的想法，也许是这时才有的吧。

大学毕业时，可以报三个志愿，我选择了三家刊物。1982年1月，我到了《北方文学》杂志，当了一名评论编辑。1983年10月，省文联准备创办《文艺评论》杂志，我被抽调去创办这本期刊，开始了《文艺评论》三十年的生涯。直到2014年退休后，又返聘到《北方文学》，继续着我热爱的编辑工作。

我非常欣赏宗仁发先生说过的一句话：一个人一辈子应该做好一件事，而一件事也完全可以做一辈子。编辑工作，是我做了一辈子的事，尽管远没有做得更好，但一直在努力。同仁们爱说自己的工作是为他人作嫁衣，这话当然包含着自我调侃的成分。其实美丽的嫁衣不仅装扮了新人，也会照亮自己的梦想。这是一个需要付出辛苦的工作，也是一个可以收获美好的工作，能把它作为自己的终生事业，是我倍感欣慰的事。

老　长：我只是小说写作者，对您曾担任过主编的《文艺评论》了解不多。不过我想，作为文艺类理论刊物，它也应该和其他文学期刊一样，必须有严格的职业操持，并且还要形成自己独特的办刊风格，才能在此类期刊长久站住脚。

那么，在您担任副主编和主编的三十年期间，《文艺评论》是什么样的办刊风格，您又是通过什么样的方式，经过怎样的努力，使它稳固地走到现在？还有，作为本土的理论刊物，它对黑龙江文学发展起到了怎样的作用？

韦健玮：从1995年起到2014年退休离开，我担任了二十年的《文艺评论》主编（其实从1988年任副主编起，就开始主持刊物的发稿工作了）。应该说，那是一个风云际会的年代，各种文艺评论期刊各擅胜场，如何走出自己的路子，确实考量一个主编的眼光和能力。

在把握了全国创作界和理论界实际情况的基础上，我们摸索出了自己的路，这就是以文学透视文化，以文化反观文学，在所刊发的重要文章中显示出一种大文化的视角。为此，有的文章粗看起来甚至有一些"文艺之外"的味道，比如"中国当代乡村小说的文化人类学研究""知识分子与当代文学专题研究""当代小说中的文化心理现象""一个沉湎于思考的艺术家和他的友人的对话"等专栏和系列文章，都具有从中国当代文学来反观中国文化以至反观中国当代社会，又通过中国文化和中国当代社会来反观中国当代文学的意味。通过这种努力和尝试，发掘出文艺作品中的"文化意味"，并以此来透视我们民族的深层文化心理，构成了《文艺评论》的一种"深思风格"。

《新闻出版报》曾为此刊发了题为《〈文艺评论〉的个性与选择》的文章，对《文艺评论》的办刊特点进行了分析。亦有专家撰文将《文艺评论》与《当代作家评论》《文艺争鸣》并称为批评界的"东北阵线"，予以高度评介。

我始终认为，一个地区文学的发展，应该以更广阔的视野为参照。具体到一个作家，他应该关注的也不仅仅是批评家对自己作品的褒扬或批评，而要把自己放在整个中国文学乃至世界文学的格局中，衡量自己的优劣短长，用一种全国性视野来进行观照和反思。

基于此，我们试图以视点在本地、视野在全国的努力，引导本地的作家给自己设立一个更优秀的坐标，站得更高，看得更远。为当地文学引来源头活水，打破坐井观天的封闭格局，这曾是《文艺评论》的苦心，也是我希望达到的最终目的。

老　长：能否以您四十年的职业生涯为例谈一下，一位优秀文学编辑应具备哪些素养？是否都应该成为像您一样的文学评论家？

韦健玮：优秀的文学编辑应具备什么样的素养，从我个人的体会来说，责任心是第一重要的。认真对待每一篇稿件，应该是一个编辑必备的职业素养。第二就是专业能力，这个专业能力不仅仅是指文字上的功夫，更在于对所在期刊涉及领域的全面情况的理解和把握。

以《文艺评论》期刊为例，要了解各种文艺理论基本概念、当下文艺思潮的流变，要掌握重要的作家作品，他们的作品相对于当前创作有什么意义及对自己的创作有什么新的突破等等。还有重要的一点就是，要耐得住寂寞。我认为重要的是这三点，其他的因素都可以在实践中得到锻炼和加强。

至于我自己，我从来没以为自己是一个评论家，我只是一个编辑。从事评论，只是由于编辑工作的需要。当然，如果你本身真的同时是一个优秀的评论家，那于你的编辑工作肯定是有非常大的助力的，但这并不一定是成为一个好编辑的前提。

老　长：长期以来，您主要是做文学理论方面的编辑工作。退休以后，又受聘于《北方文学》做起编辑工作。就我所知，您现在不光只做和评论相关的工作，同时还要承担像小说、散文等文类的编辑任务。

我想，尽管好作品（包括评论、小说、散文等）都有着共同的标准，但毕竟不同的文体还是存在不一样的地方。那么，您在承担这项任务时跟以前是否有区别，如果有，区别在哪里，您又是如何做的？

韦健玮：这个区别当然有，但也并非水火不容。看理论评论文章，要关注其立论是否正确独到，论述过程是否周延等等，在这里，判断起着主要的作用。而看文学作品，可能更多的是感受，要调动自己的生活经验、阅读经验等来体味作品所表达出的、作用于你心灵的东西，虽然理论的基础在这时也会起到一些帮助。

但正如你所说，好作品是有着共同的标准的，尽管与之前的工作有很大的不同，毕竟都在文学的范围内，大体还可以应付。至于做得好不好，自己就很难说了。时至今日，这个工作已经做了七年，也还是一直在学习、努力，尽量别让好作品在自己这里蒙冤，就是最大的欣慰了。

老　长：您曾在一次接受采访时，将文学编辑比作帮他人作嫁衣。

因为，最终成全的都是作者，而编辑多半默默无闻。这件嫁衣好做吗？

韦健玮：你知道一个编辑最高兴的时候是什么吗？就是在一堆散沙般的稿件中淘出一篇好作品。当然，"淘"的过程也许很痛苦，不只是寻找，也许还要清扫、打磨、加工……但一旦经过你的努力，使一篇好作品能够面世，能够感动其他的人，过程就不重要了。

老　长：对于一般读者而言，我想，通常都会凭自己的兴趣和喜好选择作品。文学编辑就不一样了，他总是面对各类作品。当然，我不是说作品本身良莠不齐，而是风格样式的不同。身为文学编辑，您怎样进行选择呢？

韦健玮：这个问题的确是存在的。不只是对我自己，我想所有的编辑都需要面对这个问题。

从经验上来说，我觉得从事理论编辑相对好处理一些。面对一篇理论文章，也许你不会完全认同他的观点，但只要他能够自圆其说，论述过程完整恰切，也就是说，作为编辑，从"判断"的角度你可以采用刊发。

但是看文学作品时，可能就是因为你自己的问题，你感受不到他传达给你的东西，接受不到他的信息，这就比较难。因为读一篇文学作品，你要调动的是自己的经验和感觉，如果你缺乏这种经验和感觉，它的光芒就不会进入你的视野。

我觉得，改变这一点，除了丰富自己没有别的办法。而且我也清楚地知道，这个"丰富"也是有限的丰富，好在编辑众多，期刊众多，真正好的东西不会永远被埋没的。

老　长：我现在总心存一个疑惑，在当下的中国，一大批有理想的写作者都把反映现实生活看成文学最具魅力的使命。因为，先前的所谓探索、先锋似乎已被认定为撞了南墙，以至于众多人都蜂拥到了所谓通向"罗马"的现实主义大道上，只有为数不多者依然固执，不肯趋同，力争成为写作者中的异类。究竟谁对谁错呢？

韦健玮：实话说，这个问题太大了，回答它可以写成一本书。我还是暂且回避吧。不过我觉得，这里无所谓对错，没有你死我活，对任何一个写作者来说，适合自己就是对的。这是你自己观察世界反映世界的方式，做下去就好。其实每个文学时代，都会有针对这一时代的"先锋"出现，都会有不甘寂寞的探索者。重要的是，"先锋"不仅仅是表现于形式，更在于深处的文学精神。

（访于2021年）

赵宏兴

一个经过创作训练的编辑,在审读原稿时,更能把握作者的写作动态,这种细微处的把握,不经过创作的训练是体会不了的。我崇拜20世纪三四十年代的那些著名作家,如巴金、茅盾、叶圣陶,他们把编辑工作做得那么好,自己也写出了伟大的作品。我做了二十年的编辑,虽然取得了一些成绩,但我也越来越怕这个职业了,这种怕是一种敬畏,就像一个雕佛的工匠,最先雕佛时,佛在他的手里只是一块木头,有了敬畏之后,看每块木头都是佛了。

在编辑和创作中寻找平衡
——《清明》副主编赵宏兴访谈录

赵宏兴　张小稚

　　赵宏兴：中国作家协会会员、《清明》副主编。

　　在《人民文学》《山花》《北京文学》《上海文学》《大家》《飞天》等国内主要刊物发表文学作品二百多万字，作品入选三十多个重要选本。

　　出版长篇小说《父亲和他的兄弟》《隐秘的岁月》、中短篇小说集《头顶三尺》《被捆绑的人》和散文、诗集《刃的叙说》《身体周围的光》《岸边与案边》《窗间人独立》《黑夜里的美人》等十个人作品集，主编《中国爱情小说精选》《中国爱情散文选》《中国当代散文诗》等多部文学作品集。

　　荣获冰心散文奖、梁斌小说奖、《芳草》文学奖和安徽省政府文学奖等多种奖项，多次被各种选刊评为优秀责任编辑。

　　张小稚：安徽大学中文系硕士生。

张小稚： 你是一位优秀的责任编辑，同时你也是一位优秀的作家，我们就先从你的写作谈起。你写诗歌，写散文，写小说，你是如何处理这个矛盾的？

赵宏兴： 过去也有人问过我这个同样的问题，这种现象在文坛上也是普遍存在的。对于我，这是一种巧合，而不是我刻意追求。

　　年轻时，我和大多数作者一样，十分热情地投入诗歌创作。在这期间，我的诗歌写作和散文诗写作是并行的，因为，诗歌和散文诗两者之间是互通的，而且散文诗创作更自由、舒畅。后来，随着人生阅历的增加，觉得诗歌不能涵盖我的想法了，小说的容量是庞大的，我自然关注了它。还有小说是文学的主体，也是我做编辑工作的主要内容，所以，我在上面花了不少工夫，写了一些作品。散文是我花功夫最少的。

我平时写散文，都是作为一种笔记记下来的，后来整理出了散文。也就是无心插柳柳成荫吧。但我觉得写作是心灵的事，可以根据自己的体验舒畅而自由地写作。比如，当年普鲁斯特写完《追忆似水年华》时，人们都不知道这是什么文本，后来却成了一部伟大的小说。

多文本的写作，也提高了自己的文学素养。古代的文人是诗书画，甚至生活技能等都全面地掌握的，到了当代，鲁迅也是小说、诗歌、散文都写的，但我们现在的作家，写作却太单一了，这已引起理论界的关注了。

张小稚：你的小说，塑造了许多底层人物，这些人物的身上流淌着体肤的温热，与生活没有隔绝，请介绍一下你是如何写作的。

赵宏兴：写小说已有许多年了，每写完一篇小说，总要长舒一口气，为自己完成了一次劳动，为小说中的人物终于有了生命。

回顾这些年来的写作，我笔下写的大多是底层人物，或者说是小人物，这可能与我的生活接近他们有关。我想用自己笨拙的笔，描写"社会与个人、存在状态与存在意义、找寻与出路"等一系列终极性的问题。

从小我们就生活在底层，并不是生活在高宅大院里，因此，我们与艰辛的生活最近，与茂盛的植物最近，与农家的动物最近。

工作后，我在城市里安了家，我的家就住在这个城市的东门。我在没来这个城市之前，还不知道这个城市有"东门穷，西门富"之分，以前我只认为哪里都有穷人和富人的共存，现在按城市的方位来划分，很长时间我弄不明白是什么道理。

后来才知道，在新中国成立初期，这个城市在工业布局上模仿苏联的那一套，把工厂区都放在东门。那个时候，东门这一带工厂林立，女孩子穿着时尚，居民消费水平高，可以说是领全市之风气，据说东门给全市创造了三分之二的财政收入。

到了20世纪90年代，随着改革开放，工厂破产，工人下岗，东门经济萧条下来，西门一带因为房地产商的开发，高楼林立，富人群居，风生水起。

我的家就住在工厂区内，红色的砖楼里，朴素的面孔出出进进，奔波的身影来去匆匆，他们为了养家糊口，为了挣钱缴养老保险，做着辛苦的工作。每天早晨，在楼群的甬道里，几个满头白发的老工人蹲在铁皮炉子前，用力地摇着硕大的芭蕉扇，煤烟在清晨的空气中滚滚而上。

从我家北窗望去，院子外是一片城中村，这些失去了土地而又没有工作的农民，全靠出租房子生存。那些租房子的人，有来这个城市创业的大学生，有挣扎在生活边缘的拾荒者，有举家来城里打工的乡下人。

底层的生活，重新在我的面前展开，我每天耳闻目睹着，这些小人物一次次撞入我的笔下，当然，他们也不知道我在写他们，他们关心的不是文学，而是生活。一次，我以我老表为原型写了一篇小说，发表在一家杂志，我想他听到了，应当是兴奋的。半夜，我打电话给他，他说他正在木头行里扛木头哩，对我的电话没有一点兴趣。这就是他们的生活。

张小稚：那么你的作品中有没有自传的成分？

赵宏兴：在写小说时，首先是从自己的生活入手，这样容易进入，但写到最后，又和自己的生活不一样了。因此，从小说里读到一位作者的自传成分可能不真实，但又不能否定。以自传成分写成伟大的作品，例子不胜枚举，比如林海音的《城南旧事》、萧红的《呼兰河传》等，而我至今还没有一部真正意义上的自传作品，终难望其项背了。

张小稚：编辑离不开修改稿子，在修改他人来稿，或者修改自己的作品时，什么样的时刻可以称得上令人感到激动、兴奋？能否举例。

赵宏兴：我们不叫改稿子，叫编辑。编辑要不要改稿子，怎么改稿子，一直是作者与编辑之间的一个纠结。王朔说："一个校对，他看不懂他就敢改你的字，你创造一个词他就给你改成大家都知道的词。就像'林林总总'，人民文学出版社的一个主要编辑，他说没有听说过这个词儿啊，他就要改，那个老编辑好像去世了。北京话是个活的东西，它生长很多词儿，我费劲八咧地好不容易安在这儿，您就给我改回去了？编辑动手给作者们改稿子，为他人作嫁衣，他们还委屈了呢。谁要你改啊，神经。现在，电脑已经造成了，我哪句违反了国家法律，你给我删掉就行了。多一个人多一道事儿。"

看了王朔的这些话，再回过头来想想，王朔说得虽然有道理，但作为一个编辑，也确实有难处。一是确实要动。如萧红的书里，那些错字病句，最初出版时，那些编辑为何不改一下呢？是为了忠于原作？也不对吧，忠于原作不能将错就错。如果我们现在一位编辑编出的文章是这样的，那你就别干了，回家卖红薯吧。但编辑如果改不好，就会轮到被王朔骂的那样，心里也憋屈得很。

因此，我觉得一位编辑，也不光是需要校对的功夫，除综合知识外，还需要有对文字的诗意的感觉，这种感觉会扩大自己对语言的认识，而不至于出现误读。如我在编一位作者的小说时，里面有一句写街头景色的句子："树也在鸟的身体里收拢着翅膀。"这个句子猛一看还真是一个病句，应当改为鸟在树里收拢着翅膀，但细一想，就不对了，作者是写鸟全部落在树里了，树在鸟的身体里了，这多么有意思啊。因此，我没有改动。

编辑与作者是一种关系，与读者又是一种关系，是照顾读者的阅读呢，还是照顾作者的文本呢，我认为，还是要根据语言环境而定，尽可能地照顾作者的文本，因为语词会随着时间的递进而逐渐由陌生变为熟悉，被人们接受，就像王朔小说里的"找不着北"。如果当初改动了，白纸黑字，后来就还原不回来了，会影响原作的文本意义。

一篇稿子的采用，一般要经过三审。修改，首先是在这篇稿子能用的基础上，如果不能用，就没有修改的必要了。但反过来，作品如果能采用了，修改的空间就不大了，往往只是顺顺个别语言，除非一些硬性的东西非改不可，但即使修改，我们也以尊重作品为主，编辑最忌讳干出力不讨好的事。

修改自己的作品就不一样了。我的小说《找人》修改了三遍，时间长达一年，最后的稿子与初稿都面目全非了。修改在最初阶段是痛苦的，仿佛看不到亮光，最兴奋的是发现了一个好的细节或者是情节应当这样安排不应当那样安排。作品往往是在修改中完成的，因此，我特别重视修改这一条。

张小稚：编辑与作者的关系是相互依赖的，但在现实中，有的编辑对作者有知遇之恩，有的作者却在整天抱怨编辑，你如何处理编辑与作者的关系？

赵宏兴：每个作者都认为自己写出来的稿子是伟大的作品。每个作者稿子用不了，都在抱怨是和编辑没建立关系。但作为一个编辑却总是在读稿中感到十分疲惫，在大量的来稿中选不到自己满意的作品。

编辑总是喜爱那些成功的作者，因为他们拿出来的作品是成熟的，但成功的作者是很容易被刊物、被编辑甚至被读者宠坏的。因为写作非一朝一夕的事，它考验的是一个人思想的深度和厚度，以及心志的高远和宽阔，可能你曾写出过优秀之作，但极有可能你再也写不出那样的好作品了。

著名编辑家崔道怡说，感性创作，编辑不如作家；理性判断，编辑应胜一筹，掌握一定的评论家的本事。我当了一辈子的编辑，与各种作家交往，我切实感受到，作家的成功靠天赋与勤奋，但在他们个人写作的孤独道路上，也极为需要外界的扶持、培养，这时，编辑对其创作实力和潜力的认定，起着关键的作用。

据说路遥在写作《平凡的世界》时，第一部就受到了激烈批评，写不下去了，后来，中央人民广播电台一个编辑发现了他，决定在长篇连载里播出。路遥一边听一边写，给他带来了巨大的动力，最终完成了长篇小说《平凡的世界》的创作。因此，我们可以说，一位作家如果能找到一个知己的编辑，是他写作上的幸事，也会催生他化蛹为蝶。

张小稚：能否说一个编辑怎么认真，看稿子也有看走眼的时候，你做编辑这么多年失手过吗？

赵宏兴：编辑看稿看走眼的例子，古今中外都有过，尽管都有这样那样的客观原因，但总令人汗颜。比如，路遥的《平凡的世界》和林海音的《城南旧事》都被退过稿，但好的作品不怕被看走眼，是金子终会发光，编辑最怕的是编烂稿子。

我刚到编辑部工作的时候，编辑部里正好有一个老编辑退休了。一次，我在私下里听他们议论。这位老编辑工作也敬业，但他编了一辈子的稿子，没有被选过，没有获奖过，很少上头条。当时我听不明白，现在回过头来恍然大悟，也就是说，这位老编辑编了一辈子的稿子，都是烂稿子。但是编辑部里也有送审规则的，一篇稿子发表，都是要经过三审的，也就是说一篇稿子是要经过过五关斩六将才能发出来的，不是编辑一挥笔就发了的。因此，老编辑选的稿子肯定也是这样过五关斩六将的，怎么能说是烂稿子？难道把关的人都没水平吗？照我说，肯定不是。但这里面除了编辑的敬业外，还要靠学识，靠眼光，甚至还包含着一点儿运气了。

一个做编辑做了一辈子的人，谁也不敢保证自己没编过一篇烂稿子。有的作者，写着写着就上去了，即使为他编了烂稿子，编辑心里也是欣慰的，怕就怕这位作者一辈子都在写烂稿子。

譬如说莫言，发表在1981年第5期河北保定的内部刊物《莲花》上的处女作《春夜雨霏霏》，责任编辑毛兆晃认为"小说基础不错，但人物形象单薄，需要进一步修改"。几天后，莫言拿着重新改好的稿子送到编辑部。毛老师看后说了一句话："还不如那篇初稿好呢！"就这样，改到第三次的时候，毛老师没再说什么，打发莫言回去等消息。没过多久，《春夜雨霏霏》就发表了，这也是莫言公开发表的第一篇小说。

现在来看，毛编辑为莫言发了一篇烂稿子，但莫言最后成功了，如果莫言一辈子都在写"小说基础不错，但人物形象单薄，需要进一步修改"的稿子，那将是多么令人失望。

但我们有些作者就是这样的。我在做编辑时，经常遇到这样的作者，他们在20世纪六七十年代就这样写，到了现在还是这样写，让人哭笑不得。真想劝他，罢了，别写了吧。

张小稚： 你是一个勤奋而认真的编辑，这些年来，推出了许多优秀作品，有的作品获得了各种奖项，你自己也因此获得许多荣誉，如2008年被《诗选刊》评为"中国最佳诗歌编辑"，2010年获《中篇小说选刊》"原刊责任编辑奖"，2009年、2011年分别获《北京文学·中篇小说月报》"优秀责任编辑奖"等。你是如何处理编辑职业和作家身份的关系？

赵宏兴： 我是1997年底调到清明杂志社工作的。《清明》是安徽省唯一的大型文学期刊，发表过许多有影响的作品，我早读过，只有崇拜的份儿，从来没想过要来工作。现在我终于来上班了。

那时，编辑部还在一幢老式的楼房里。那天早晨，我早早地来了，我把编辑部红色的木门认真地擦拭了一遍，把斑驳的红色木头地板拖了一遍，把我桌子前的窗户玻璃擦得锃亮，我的脚步踩在陈旧的木地板上，发出咚咚的声音，既陌生又激动。然后，坐下来，桌子上码着一堆稿子。这些记忆是深刻的。这个板凳，我一坐就是二十多年，看来要坐一辈子了。

做编辑和创作不同，编辑是工作，创作是个体的。在我的意识里，首先要把编辑工作做好，然后再把作品写好。但两者又是相辅相成的。因为写作，首先我要关注文学前沿的东西，文学观念不滞后。一个经过创作训练的编辑，在审读原稿时，更能把握作者的写作动态，这种细微处的把握，不经过创作的训练是体会不了的。我崇拜20世纪三四十年代的那些著名作家，如巴金、茅盾、叶圣陶，他们把编辑工作做得那么好，自己也写出了伟大的作品。

我做了二十年的编辑，虽然取得了一些成绩，但我也越来越怕这个职业了。这种怕是一种敬畏，就像一个雕佛的工匠，最先雕佛时，佛在他的手里只是一块木头，有了敬畏之后，看每块木头都是佛了。我经常找一些编辑谈编辑工作的书籍来看，看看别人是如何做编辑的。我经常扪心自问，我是不是一位好编辑。

张小稚：好编辑对作者很重要，对刊物很重要，那么怎么才是一位好编辑呢？

赵宏兴：怎么才是一个好编辑，这里没有规章制度可以对照执行，但大家通行的说法是"为人作嫁衣裳"。我想还不止这些，编辑工作还是"良心工作"，还是"宗教情结"。编辑需要的不是其中某些特长，而是要有完整的人格。

过去放过一个电视剧《编辑部的故事》，很受欢迎。在电视剧里，编辑就是西装革履，美女帅哥坐在一起扯淡的故事，快活而有面子。其实，我们文字编辑每天都在低调而勤奋地工作。编辑工作不同于工人工作，工人下班了，离开了生产流水线，时间就是自己的了，可以逍遥自在。但编辑工作不行，每天上班那几个小时，只够处理一些编辑杂务。许多事情要带回家来做，如看稿子、校对等。

先说看稿子。看稿子，只有带回家，一个人安静地看，这是没有人可以代替的。稿子可以细看，可以粗看，可以不看，可以全看，没有硬性的指标可以检测你，这就是我上面说到的良心工作了。否则，你可以每天潇洒地过，过得像一个"文人"的生活，喝茶聊天，赶场子……但你要做一个好编辑，就要付出比别人多的劳动。

看稿子，最见编辑的功夫，素质要过硬，眼光要比作者高，意见要准确。除了不能漏掉好稿子，还要写出送审意见。送审意见要短小精悍，由不得你头头是道地长篇大作，但又要意见中肯，不能驴唇不对马嘴。有时一篇稿子，要看两遍才能写出满意的意见。大量的稿子一浪一浪地等在后面，像民工潮一样催促着你要往前赶，停不下来。

做编辑还要有牺牲精神，这种牺牲精神，不光是"为人作嫁衣裳"，即你为稿子花费了精力，但作品却是别人的，而且还要牺牲自己的事业。

在作者中，有一种情绪，以为一个编辑的写作是在以权谋私，相互交换稿子。其实不然，许多编辑在没来做编辑前都是一个很好的作家，都写出了许多优秀的作品，后来因为做编辑而耽误了自己的写作，有的人久而久之甚至就放弃了写作，我身边就有大量的例子。这就需要你对编辑工作有宗教一般的情结，觉得自己的牺牲是值得的。

大家在参观老城墙时会发现，老城墙的砖上都印着烧砖人的名字、地址，你烧的砖好不好，一目了然，可以追溯下去。为此我感慨不已——我们的祖先是如此先进地管理产品，所以，这些城墙的砖至今仍然是坚固的。而到了今天，这种方法早已被管理者抛弃，所以产品才一再滥造，食品才一再出现安全问题，因为没有了责任人，产品包装上只有厂址、电话，出了问题大家兜着。

而古代烧砖的先进制度，却在我们编辑工作上传承了下来。我们在每本杂志的前面，都印有主编的名字，即法人代表；每篇稿子的后面，都印有责任编辑的名字，谁出了问题，都可以一一对号入座，明明白白。因此，我们珍惜自己的名字，也必须对自己的工作负责。

我离那些好编辑还差得很远。路漫漫其修远兮，我这一辈子可能做编辑做到底了，但我只能用"不待扬鞭自奋蹄"来不断鞭策自己。

张小稚：作者最感兴趣的是，一位编辑如何从大量的自然来稿中选出自己满意的好作品。你认为好作品的共性是什么？

赵宏兴：什么才是好作品？小说有小说的说法，诗歌有诗歌的说法，但撇开文本这个概念，我觉得好作品都有一个共性：思想。

思想在诗歌和散文里体现得直接一点，在小说里，是在人物的命运里。这是一个故事的时代，生活越来越多地提供了故事的资源，而提供给平静思想的资源却越来越少。故事资源的公共性，又使得许多作品雷同，缺少诞生宏大作品的个体体验。而文学创作是个体性的行为，不是公共性的行为，如何保持自己的鲜明个性，把自己从公共性里甄别出来，我想，这就是思想。

思想是从空间里分蘖出来的，而空间的市场化、文学的边缘化，使得思想在空间里越来越稀薄。我们需要思想，这不是故作哲人状，而是要在有限的资源里对我们的生活进行梳理。我最初的阅读是从鲁迅开始的，鲁迅给我最大的营养就是思想。随着阅读的拓展，影响我的还有卡夫卡、琼·佩思、帕思、米沃什等。

洛札诺夫认为，文学的本质并非在于虚构，而在于内心倾诉的需求。我们在写作中，要努力记录下一些声音，倾听并挖掘，使真实的声音内存于灵魂的波动之中。

当然，也有人反对在作品里融入过多的思想。纳博科夫说过，我的作品里，不含有对社会的评价，不公然提出什么思想含义。但是，专家在评价他的小说时说，纳博科夫小说里人物所经历的一切，都是人们熟悉并乐于关注的生活，普通的、崇高的、丑陋的都随着人物的活动在发生。其实，这就是纳博科夫的思想。

思想对一位作家为何如此重要？因为无数事实证明，文学作品的第一要素是文学性，经过一般训练，很容易得到。在艺术达到一定高度的时候，思想内涵，是区别作家和作品的重要尺度，甚至是衡量一位作者创作后劲的决定性因素。一个思想贫乏的人，仅凭技巧和生活经历写作，我觉得他会重复自己，不会长久的。

作为一个写作者，我们不能不迷恋"思想"这个词语，我努力地描写生活中呈现出来的细节，让它承载我的思想。对现实生活的感受比想象更丰富，它们真实而自然地反映了我思想感情的原始状态。

　　这些年来，我按照思想的轨迹平静地写作，并不急躁。思想能使一颗心在浮躁中宁静下来，所以，许多作家能够数十年如一日地专注地创作一部作品，而不被世间迷惑，最后取得成功。在时光的链条中，有许多锈迹发生，能够擦拭的唯有思想这块砂布。

（发表于2014年）

石华鹏

　　我下辈子还想做一名文学编辑，它让我的爱好和职业完美地合二为一了。可以想象，你的每一天都是在阅读小说中度过的，那是一种美妙的感受，所以我说文学编辑是一个美妙的职业。当然，文学编辑终究是文学的配角，留名青史的主角是作家和作家的作品，但如何把这个配角当好，却是一门大学问。

文学编辑是一个美妙的职业
——《福建文学》主编助理石华鹏访谈录

石华鹏　涵　子

　　石华鹏：1975年5月出生于湖北天门。2000年毕业于华中师范大学中文系。2005年结业于鲁迅文学院第五届（文学理论与批评）高级研讨班。1998年开始文学创作，在《文艺报》《文学自由谈》《文学报》《长江文艺》等报刊发表小说、诗歌、散文、评论100余万字。曾获第五届冰心散文奖、第六届冰心散文理论奖、首届"文学报·新批评"优秀评论新人奖、福建省优秀文学作品奖、长江文艺杂志社"武当旅游散文奖"、江苏省第21届报纸副刊好作品奖。出版随笔集《鼓山寻秋》、评论集《新世纪中国散文佳作选评》。现任《福建文学》主编助理。副编审。

　　涵　子：福建师范大学文学院现当代文学博士生。

　　涵　子：介绍一下你的编辑经历和你工作的刊物。

　　石华鹏：我本来不想接受这个访谈，因为咱心里很清楚，咱自己既不是名编，咱服务的刊物也不是名刊，如果也来这个栏目"凑热闹"，是名不正言不顺，不合适。但朋友诚邀，再拒绝就是矫情，感情是大事儿，访谈是小事儿，那就小事儿服从大事儿。

　　我2000年从华中师大中文系毕业，一脚踏进《福建文学》编辑部，到今天，已经做了十五年文学编辑。在学校时做过广播台的文字编辑，编过刊物，算是有编辑渊源。我到《福建文学》做编辑时，文学杂志已经"尴尬"起来：订数下降、办刊经费紧缺，所以文学编辑也由过去的"香饽饽"变成了"冷馒头"。一个例证是，我找对象找了好久也找不到，老编辑感慨地说，要是在过去，女孩排成队要找文学编辑。

《福建文学》与很多文学刊物一样都很老牌，1951年创刊，到2016年六十五岁了。我最近正在参与编一本《〈福建文学〉1965年小说典藏》，发现福建省内和省外很多作家都在《福建文学》发表过作品，尤其是福建省内的活跃作家没有哪一个没在上面发表过作品。所以说把眼光放长远些来看，比如以五十年为一个刻度来看，一本刊物的作用和意义还是蛮大的。我们现在有些人目光很短浅，总认为文学刊物没什么用处，嚷嚷着要给刊物"断奶"，要把刊物怎么样怎么样，这是浅薄的表现。

涵　子：据说2014年习近平在文艺工作座谈会上讲话之后，文学刊物的日子都慢慢好起来了，是真的吗？

石华鹏：感觉是真的。别家刊物的真实情况怎样我不确定，但我们刊物的日子比以前好过多了，一是办刊经费、文学活动经费有了保障，二是稿酬也提高了不少。以前有两个压力，一是找钱的压力，二是找好稿的压力，现在主要压力在第二点上。不差钱了，就要把文学质量搞上去。

追求文学的深度和广度，把社会效益放在前面，这是文艺座谈会讲话之后，刊物在办刊思路和实践上的根本变化。由此，《福建文学》也提出了"更纯粹、更现实、更未来"的文学之路。今年以来，《福建文学》加大投入，通过加大力度约名家力作、推介新人等举措，刊物质量有大幅提升，一些小说被转载、获奖，这个办刊路子也得到了管理者和读者、作者的首肯。文学刊物终究是以"文学品质"立足的，这点把握住了，就会处变不惊，就会对未来有所交代。

涵　子：文学刊物的日子是改善了，但与活力四射、前景无限的网络阅读发展相比，文学刊物的数字化推广好像慢了一步，你认为是这样的吗？

石华鹏：你说得没错。与当下活力四射、前景无限的网络阅读相比，我们的文学期刊在这一进程中就显得"老土"和"过时"起来，其面临的不足和短板也毫无掩藏地显现出来。具体表现为：

第一，网络推广不专业、粗糙化。很多文学期刊的网络推广要么简单地外包给期刊网络，被动地不透明地接受一点微薄的"点击阅读费"，要么就是本刊的文字编辑"业余地"承担起网络推广的任务。尽管很多刊物建起了微信平台，建起了网站、博客，但是推广效果并不算突出，但可喜的是步子已经迈开了。

第二，忽视网络品牌的建设。文学期刊的品牌化是网络阅读的最大竞争力，但如何从众多网络文学期刊中脱颖而出，被读者记住，被读者信任，是一项需要创造力来解决的网络推广难题，而眼下很多文学期刊一是没有意识到此问题的重要，二是暂时没有人才来解决此问题。这是一个迫切且漫长的投入，文学期刊要登上新一拨网络发展的快车道，不能再错过。

第三，缺少文学期刊网络化、数字化、智能化的大视野和大举措。市场、资本、传媒、科技的融合正在主宰网络文学的发展，而很多文学期刊还是在单打独斗，还是在孤军作战，发展视野和发展举措都有限。当然如何去融合、壮大不是一两家刊物能解决的问题，而是整个行业、整个顶层设计的大问题。

文学期刊数字化、网络化阅读的路是必须走的，脚步才刚刚迈开呢。

涵　子：很多文学编辑除了是编辑外，还是作家、评论家。你写过许多尖锐的评论，还获过评论奖，也是一个评论家。你如何看待"编辑作家""编辑评论家"这种现象？这几种身份之间是冲突多，还是促进多？

石华鹏：我认为做了编辑之后，再成为作家、评论家，是一个自然而然的事情，水流到地方自然会形成渠。我们很多优秀的作家、评论家都做过编辑，写小说的贾平凹、毕飞宇、阿来，搞评论的李敬泽等等，都是编辑起家的。为什么说这是一个自然的事儿呢？

首先，无论编辑还是作家、评论家，都是与文学打交道的，编辑解决什么是好作品什么是差作品的问题，作家解决如何写出作品的问题，评论家解决这作品有没有价值的问题。无论解决什么问题，都是文学中人吧，身份彼此渗透、彼此交替也就成了自然的事情。

其次，文学的根本问题是何为好作品、如何写出好作品的问题，因为编辑是职业读者，如果编辑把这个问题解决了，那么就去写吧，写出好作品——于是就成了作家；如果写不出好作品，那就去评判吧，就去说三道四吧——于是就成了评论家。

而且编辑成为你说的"编辑作家""编辑评论家"，是有自身优势的：编辑见多识广，每天读很多稿件，哪篇能用，哪篇不能用，要做出判断，所以编辑既见识过好的，知道好到了什么程度，也见识过差的，知道是如何差的。

我写点评论，算是个所谓的评论家吧。很多学院派的评论家瞧不上我们，说我们是"野路子批评"，没什么学术性。其实我认为这种说法恰恰是表扬我们。"野路子"多好啊，生猛、新鲜，比老气横秋，比不知所云的学院派靠谱。

我做评论有点自信，这点自信唯一的根源是我是一名文学编辑。很多人都知道作品的好，好在哪里，但是很多人并不知道作品的坏，坏在哪里，是如何坏的。但我告诉你，编辑读过很多坏作品，而且知道是如何坏的，这是编辑成为作家、评论家最大的优势——既然知道是怎么坏的，那么自己写的时候就绕道走了，少去犯错误。

总的来说，编辑职业对成为作家、评论家是促进多，冲突少。当然冲突也有，编辑做久了，容易眼高手低。就像美食家，他会品评，但你要他当厨师，他当不了。有些编辑能说会道，但写不了，写不出来。

涵　子：你认为编辑与作者之间是一种什么关系？

石华鹏：前段时间，我也在琢磨这个问题，究竟是一种什么关系呢？让我琢磨这个问题的原因是，美国汉学家葛浩文在上海的一个研讨会上批评中国的文学编辑，说"中国的编辑几乎没有任何权力或地位，顶多就是抓抓错别字罢了"。他认为这一点"与西方出版界截然不同"，编辑"给作家提意见，修改之后出版"，是"美国出版程序中不可或缺的一个步骤"。他甚至还推论，因为"中国没有严格的编辑把关"，"因此小说有毛病也就无法避免了"。

中国的文学编辑景况如何？究竟是不是如葛浩文所说的呢？琢磨了些时日后，我写了篇文章——《编辑与作家：愉悦或尴尬的合作》。我的基本观点是：编辑与作家是一种颇为微妙的亦师亦友、亦诤亦佞的关系。编辑与作家的合作呢，是一种时而愉悦时而尴尬的合作。要细细解说，话就很长，简单说说吧。

文学编辑，无论中国外国，无论杂志社出版社，主要做这样两件事儿：一是发现新人，二是寻找好稿件。

发现有写作潜质和市场潜质的新人、新作，是每一个编辑孜孜以求的事情，尤其是对那些在写作上刚起步、发表无门的文学新人，或者写作了多年仍无法打破退稿"魔咒"的文学老人，如果编辑有眼光有耐心，发现了他们的写作可能性，在此刻施以援手推他们一把的话，那么有一天当这些人成名、成家时，一段文坛"伯乐与千里马"的佳话便会就此流传。

这样的故事很多。比如莫言撰文专门提到的"我永远不敢忘记的毛兆晃老师"。莫言当年在保定当兵，给保定《莲池》投稿，《莲池》编辑毛兆晃老师感到这位初涉文学的年轻人与众不同，于是写信把这位爱好写作的年轻战士约到编辑部改稿。改稿后，莫言的处女作小说《春夜雨霏霏》就在《莲池》1981年第5期上头条发表了。

初涉文学的新人是编辑意见忠实的接受者，他们像海绵吸水一样，吸收着这个新鲜而陌生领域的一切知识。这个时候编辑与作家的沟通是有效而顺畅的。在一个作家还是新人，需要编辑提携的时候，编辑这个时候是最能行使自己职能的人。改稿交流，不是说编辑有多么好为人师，而是他们求贤若渴的心情和见多识广的文学经验向文学新人的一个表达。

要知道，发现新人是一个编辑的乐事。

改稿至今仍是编辑的基本和重要工作，要知道，改稿对新人来说是迅速成长的重要途径——一位编辑说我从来不改差稿，改你稿是看得起你呢——那些久经沙场的老编辑稍一动手，就能让一篇稿件"活"起来。从这个角度来说，葛浩文所说的中国编辑"顶多就是抓抓错别字罢了"的说法并不成立。

但是，当到了编辑要做的第二件事——寻找好稿件时，葛浩文的说法又成立了。

寻找好稿件，好稿件在哪里呢？当然在好作家、名作家那里。这所谓的"好"是指两方面：好品质和好市场。要寻到这两好或其中一好的稿件，就得去找名作家。名作家是出版的绝对生产力，是出版只"赚"不赔的法宝——赚精品力作、赚盆满钵满、赚吆喝赚眼球，无论哪种"赚"都是"赚"。但是中国的杂志社、出版社太多，彼此林立，都去找名作家，这样，名作家便成了比熊猫还少的稀缺资源。要找到名作家，拿到好稿件，只得各显神通了：打情感牌，请名家去采风游山玩水；打金钱牌，提高版税稿酬；还打一些乱七八糟的牌。

稿件终于拿到了，编辑可是高兴极了，这个时候编辑还会与作家去讨论稿件"构思是否谨慎，结构是否严密，是否有错误，前后是否一致，遣词用字是否有所变化，这样是否对得起读者"吗？还会让作家去反复修改吗？即使编辑看出了稿件的问题，也会恭维说"太好了""大师水准"。即使有些编辑认真倔强，让作家修改，但有些名作家爱"耍大牌"，一个字不改，他心里是瞧不上小编辑的：你比我强吗？在名作家、好作家面前，编辑就如同葛浩文说的"中国的编辑几乎没有任何权力或地位，顶多就是抓抓错别字罢了"。

我知道一件事儿，一个名作家在一本重要文学刊物上发了很多小说，编辑也算是认真、负责，发表时改动了一些词句——改的也是极好的——但是后来这位作家公开表示对编辑的不屑。这些小说在结集出版时，这位作家又花了大量工夫恢复成原样。有时候，编辑的痕迹在作家那里是不存在的。

还有很多"大腕儿"作家是瞧不上编辑的，美国小说家纳博科夫就是一位。有人问纳博科夫："编辑的作用呢？确有编辑提出过文学方面的建议吗？"纳博科夫说："我想你所谓的'编辑'就是校对员吧。我认识的校对员里倒颇有一些地道的，无比机敏、和善，他们跟我讨论一个分号的劲儿仿佛这个符号事关荣誉。当然，艺术的符号往往的确如此。不过我也碰到过一些自以为是的、一副老大哥样的混蛋，他们会试图'提意见'，对此我只大吼一声：'不删！'"不知道是才华使然还是修养使然，反正像纳博科夫那样对待编辑的人不少。

不过，还是有很多名作家、大作家对他们的编辑敬佩和感激有加的。比如2013年诺奖得主门罗，她对编辑也很客气："基普·麦格拉斯是我在《纽约客》的第一任编辑，他真的很棒。竟然有人能看穿我内心深处的想法，这令我非常吃惊。有时我们审订得并不多，但他会不时地给我一些指引。"

编辑与作家的合作大多数时候是愉悦的，一篇小说或一本书成功发表、出版出来，双方均满意，算得上彼此之间做了一次精神交流，有缘再合作，无缘就此作别。事实是，因为一次合作，有些编辑与作家成为一辈子的朋友。

但是有时候合作却是尴尬的，这尴尬可以从两方面理解：一是编辑看走眼，一部优秀作品没有被编辑发现出来，在多个编辑手中被否定，但若干年后证明这是一部杰作。这样的"走眼"故事并不少，这也是编辑日后遭到作家嘲笑的原因之一。二是作家对编辑的工作不满意，封面、错别字、印数等都不如作家意，矛盾和怨恨就此产生，彼此不再信任。

涵　子：有时看《小说月报》或《小说选刊》后面的"报刊小说选目"，发现好多文学刊物的作者都是重复的，感觉就那么一些小说作者，东家发，西家发。文学刊物是不是有同人化的倾向？

石华鹏：我也注意到了，各个刊物作者的重复率比较高。有没有同人化的倾向呢？说有也有，说没有也没有。中国很大，刊物很多，这很正常，有时候某几个作家创作活跃，各个刊物都"盯上"了，所以经常见到那几个作家的名字。而且在中国只要你混了个"名字熟"，你的稿件即使质量平平，这个刊物不发，另一家刊物也会发。所以你会感觉仿佛中国的小说家就那几位。其实也不会出现同人化，因为写作者是一个庞大的群体，从全国范围内到各省内，作者是不同的，只是能写出来，出名的，并不多。作者是那种金字塔形的，是流动的金字塔，下面的作者往上走，上面的作者也往下流。长江后浪推前浪，总有新人换旧人。这也是我们的文学刊物总是充满活力的原因。

涵　子：你一直在《福建文学》当编辑，姑且称之为地方刊物吧，有没有感觉到来自北京、上海那些国刊和大刊的压力？

石华鹏：老实说，以前有。咱就是一家普通的地方刊物嘛，与那些国刊、大刊相比，有很多劣势，名气不大，影响力有限，好作家的好稿件很难拿到手。但是现在不一样了，文学刊物的风头都被网络文学抢去了，全国所有的文学刊物，大刊也好，小刊也好，发行量都是羞于启齿的，文学刊物走向了正常的平静状态，大家都差不多，相反如果有些地方刊物得到的支持够多的话，还更利于做纯粹的、高品质的文学。而且现在数字化、网络化之后，地域性的差异和局限越来越小，只要你做得专业，做得好，任何地方都是中心，对文学刊物也是如此。说不定若干年后，好的文学刊物就在边缘的地方性刊物中出现。

涵　子：有人说，现在的编辑都不看自发来稿了，是这样的吗？还修改新人的稿吗？

石华鹏：别人看不看我不知道，但我们看，而且看得很认真，有潜力的新人的稿也修改。现在有一点很麻烦，就是投稿邮箱的稿件太多，我们小说、散文的邮箱是分开的，每次一打开都是上百封信，一个星期不看，就是未读邮件几千封，即使专门人看，有时也看不过来。其实这些稿件都是群发来的,而且质量大都一般,看一百篇能否选上一篇都是问题,所以就导致有些编辑不看自发来稿了。

作家余华说:"我十分怀念那个时代,在八十年代的初期,几乎所有的编辑都在认真地读着自由来稿,一旦发现了一部好作品,编辑们就会互相传阅,整个编辑部都会兴奋起来。"其实今天的编辑也是如此,编辑们仍在认真地读,发现了好稿仍然会兴奋不已,只是出版业的急功近利掩饰了这一切,让人产生错觉,以为编辑已经丢弃了那些本分。

有时候,我并不太愿意与作者谈论稿件的修改,因为有些作者自恃清高,认为编辑并不会比自己高明——有时事实也是如此。再者,即使提出了修改意见,有些作者也无法改出来,不如罢了,能用则用,不能用便拉倒。但是有些时候遇到一些有潜力、也听得进去意见的作者,我还是愿意说出我的真实意见。因为我相信我的意见会对他有所帮助。有些作者按照我说的意见修改,往往能改出一篇好小说来。修改是一种能力,也是一种创造。

涵　子:请从一个纯文学刊物编辑的角度,谈谈你对网络文学的看法。

石华鹏:在我的思维深处,没有纯文学和网络文学之分,只有好的文学和差的文学之分。但是网络文学又是无法回避的。对网络文学,我目前的基本看法是:

第一,网络文学会成为未来文学的主导,最终变成主宰。尽管现在代表严肃、精英的期刊文学和代表通俗、娱乐的网络文学以及处于两者中间的代表市场的出版社文学看上去"三足鼎立",实则"两足"已经"跛"了,期刊文学和出版社文学的读者日益锐减,原因除了纸媒传播不敌网络传播外,根本在于严肃、精英文学正在远离读者,正在变成引不起读者共鸣的无关现实、无关痛痒、自说自话的圈子文学。尽管现在"一足"独大的网络文学还显得通俗、低端,但是它会倒逼严肃文学改变自己,以提高自己的存在价值。

第二，网络文学内部会逐渐分野、分化，会形成新的严肃文学和通俗文学阵营。其实网络文学内部的争论一刻都没有停止过，比如究竟是唐家三少好还是猫腻好，谁的是"经典相"的小说谁的是"滑屏"小说。这种争论预示着网络会诞生自己的经典、严肃作品和自己的通俗、大众作品，同时也预示着网络会带来小说新的革命和新的经典。

第三，"网络文学"这一概念会消失。现在的"网络文学"是一个特定的概念，指依靠某网站，时常更新，经过漫长叙述的玄幻、武侠、言情等类型的、通俗的、大众的文学，传统作家粘贴到网上的已出版或发表的作品并不算网络文学。但是随着纸质文学的式微，当所有的文学都移至网络时，那么现具特指含义的"网络文学"这一概念便会消失，一切文学都在网络上传播、阅读，那时只有文学，便没有网络的概念了，那时的文学也是异常丰富、异常分化了。

涵　子：最后一个问题，好编辑的标准是什么？有这样的编辑吗？如果下辈子再选职业，还会做文学编辑吗？

石华鹏：好编辑的标准很简单：读者满意，作者高兴。标准简单，但是做到很难。美国《纽约客》的编辑威廉·肖恩是这样的好编辑，全世界的读者都满意他，作者，无论大名鼎鼎的还是无名小卒，也喜欢他。

比如塞林格。塞林格与威廉·肖恩的合作是在塞林格因《麦田里的守望者》名满天下之后，但是他们合作愉快。塞林格在后来出版的一本书的首页动情地表达了对编辑的赞誉，他写道："一岁的马修·塞林格曾经鼓动一起午饭的小朋友吃他给的一颗冻青豆；我则尽力秉承马修的这种精神，鼓动我的编辑、我的导师、我最亲密的朋友（老天保佑他）威廉·肖恩收下这本不起眼的小书。肖恩是《纽约客》的守护神，是酷爱放手一搏的冒险家，是低产作家的庇护者，是支持文风夸张到无可救药的辩护手，也是生来就是艺术家的大编辑中谦虚得最没道理的一个。"一个好编辑应该具有肖恩这样的品格：热心、有眼力、敢探索、谦虚。

我下辈子还想做一名文学编辑，它让我的爱好和职业完美地合二为一了。可以想象，你的每一天都是在阅读小说中度过的，那是一种美妙的感受，所以我说文学编辑是一个美妙的职业。

当然，文学编辑终究是文学的配角，留名青史的主角是作家作品，但如何把这个配角当好，却是一门大学问。

（发表于2015年）

王晓利

编辑不是校对员,不是守株待兔的无用猎人。编辑应是一个寻找与发现者,是将好作品输出给读者的链条上的最后一环。也就是说,一个好编辑不必要求一定也要写作,但是他一定要能融入作者营造的气场,体会、鉴别这气场是否纯正,是否强大,是否动人。他在写作上的理解能力、对生活的感知能力也一定至少要与写作者同步。他对写作的理解必须做到口味纯正,尽量接近最高的文学真理。

与文字长相厮守的人
——《创作评谭》主编王晓莉访谈录

王晓莉　闻　如

王晓莉：毕业于武汉大学中文系。中国作家协会会员，中国文艺评论家协会理事。现居南昌。1989年进入江西省文联星火文学杂志社工作。先后担任编辑、编辑部主任、副主编。2011年担任江西省文联《创作评谭》文学杂志社主编，江西省文艺评论家协会驻会副主席。出版有个人散文集《双鱼》《红尘笔记》《笨拙的土豆》，八人合集《怀揣植物的人》《当代先锋散文十家》等。作品入选《21世纪散文典藏2000—2010》《21世纪2005年度散文选》《21世纪2006年度散文选》《2006中国散文年选》《新世纪散文选》《散文2007精选集》《散文2009精选集》等多种国家级选本。作品曾两次获江西省谷雨文学奖、《散文选刊》"2014年度华文最佳散文奖"、天津百花文学散文奖入围奖等。

闻　如：南昌大学中文系研究生。

闻　如：先说说怎么当上编辑的吧。据我所知，很少人做编辑是出于最初的理想。你呢？

王晓莉：理想可以天马行空，职业有时却由不得选择。特别是对一个年轻人而言。我起先做编辑，也是出于职业的选择。

由于从小嗜爱阅读，中学时代我的理想其实是做一名可以写作的图书管理员，以至报考武汉大学时第一志愿就是图书馆系（我以为从图书馆系毕业出来就是做图书管理员）。结果我读了中文。大学毕业后，有几个月工作落实不下来。看到周围同学纷纷上班，我也很着急。在几家单位遭遇婉拒后（有一家行政单位说不需要女性），抱着碰碰运气的想法，托了个熟人带我去江西省文联求职。见了当时省文联机关文学刊物《星火》的主编。主编说，写几个字吧。于是我写了几个字。主编看看说，嗯，字写得不错。这就留下个不错的印象了。过了一两个月，通知来了，说我可以去《星火》杂志上班了。于是，做梦般地成了一个文学编辑。说是"做梦般"，是因一时也根本没有其他选择——大学毕业，你不能总待在家里，总得有份工作生存。

闻　如：没想到的是，你这编辑一当就是二十六年。

王晓莉：是的，这就说明这职业还是适合我的。同时我与这职业还是有很深的缘分的。

《星火》文学月刊创办于1951年，是江西省最有名的老牌文学刊物，可以说江西每一代文学写作者都从这里起步、起飞。我起初分在诗歌散文组，跟着李耕、秦梦莺两位省内卓有声望的老编辑学习。李耕先生还是国内散文诗界居于金字塔尖的作家。那时还没有电脑化办公，我的任务是对来稿做最初的拆阅与筛选，觉得可行的稿子便提交给两位老编辑，不行的稿件，便一一给作者回复。这个"一一"的意思，就是"每稿必复"。工作量还是挺大的。虽然回信有的只有短短几行字，但是编者与作者之间这种文字的传递是非常重要的。正是在这个过程中，我与非常多的作者建立了持续的、良好的联系，其中与许多发展成了很深厚的友谊。这个工作流程的美好与重要，是直到后来"无纸化办公"逐渐推广后我才看清楚的。因为当我们打开电子信箱，电子"剪刀"一咔，一删除，那篇稿件就从你的眼前彻底消失，作者与你的联系也就彻底中断了，什么痕迹也没留下。

1989年直到1990年前半段，对于我的编辑生涯虽然只是不长的一段时间，却极具意义。那时文学的黄金时代虽然已近尾声，却犹未结束，人们从内心深处热爱文学，追求哲理，拥抱理想。20世纪80年代的理想主义、人文主义仍焕发出熠熠光辉，人们的精神状态仍是明媚向上的。

我有幸承接了这最后的照耀。可以说，这光泽也一直时隐时现在我的编辑生涯中，从未中止。它令我内心有一样标准，我知道最好的文学、最好的杂志、最好的编辑是怎样的。

闻　如：一直在《星火》杂志编诗歌散文吗？

王晓莉：没有。后来杂志有一段时间改版，我于是编辑故事和小小说。2007年后编辑中短篇小说。到了2011年，我又调到文联另一个文学杂志《创作评谭》，连文学评论也编。可以说，文学的所有体裁都编过。从责任编辑做起，我干过编辑部主任、副主编，直至主编。我甚至还画过版。杂志社所有的流程我都熟悉。截至目前，我没有从事过第二种职业。

闻　如：这算是一种遗憾吗？

王晓莉：算是宿命吧。而且也觉得这个职业对我而言正正好。安静、内在的丰富、与文字不厌的缘分，都在其中。

闻　如：那么你对编辑职业一定有一些属于自己的理解，请多谈谈。

王晓莉：1. 我定义的编辑，是发现者、寻找者，他的工作有些像探矿队员，四处搜寻之后方有可能如获至宝。当编辑在纸堆中寻到一篇上好作品，他仿佛看见了这篇作品后面那个已经或即将属于文学的人，他的欣喜不言而喻。这时，他又成了受馈赠者。他接受到的，是一份文学的馈赠。

同时，我一直觉得编辑是作品的完成者之一。作品写成后，实际只完成了一半或一大半，它必得经过发表出来，与读者见面，才算最终完成。而最后这一环，正是通过编辑实现的。编辑的重要性不可小觑。很多文学爱好者津津乐道于雷蒙得·卡佛与他的编辑戈登·利什之间的恩怨。利什欣赏卡佛，但对卡佛的几乎每一篇作品都予以删修。现在公认的是，卡佛的"极简主义"文风是利什删出来的。某种程度上，利什成就了卡佛。但到了卡佛已功成名就的晚期，他试图反抗自己的编辑这样大刀阔斧的风格。他直到去世之前还在制止经过利什删修的自己的作品《新手》出版。

当然这个例子是一个极致。但我其实非常感动于这样的编辑与作家之间的关系。是恩是怨并不重要，重要的是他们彼此成就了对方。

2. 编辑应该像狗一样有个灵敏的鼻子。编辑的"嗅觉"很重要。

很多老编辑都有这样的体会，拿到稿子后，看上开头一段或是在中间随意挑选一节阅读之后，对这个作者的基本功、他的遣词造句风格、他字里行间是否有光泽是否潜伏才华等等，就会有个基本的判断。这就像一个服装师拿到一块布料，木工师傅瞄上几眼眼前的木料，就会心中有数一样，源于一种熟能生巧的职业"感觉"，大致是错不了的。同时，眼尖的师傅，往往还能从这一小截"料"上看到是否有制作成大作品的前途。具体到文学稿件，用我们文学编辑的行话来说，就是一看就知道，眼前的这个人"能写出来"还是根本"写不出来"。

从这个角度而言，编辑必须是个极其敏锐的人。迟钝的、昏昏欲睡的人，当不了好编辑。

3. 做一个编辑不必要求一定也要写作，但是对写作的理解却一定要与写作者同步。他对写作的理解必须尽量做到口味纯正，尽量接近最高的文学真理。这有点像传记文学作者与传主之间的关系，作者必须对传主达到最高的理解，好的传记作品才可能诞生。

编辑对于写作过程和写作者的状态是一定要了解、理解的。特别是相对成熟的写作者，他所写下的每一行字其实都是由于文章内在的需求所产生的，都有他的理由。因此，除非编辑有特别的画龙点睛式的建议贡献出来，我并不赞同很多编辑所提倡的亲自操刀为作者来稿进行大量修改。因为编辑的职责是披沙沥金，把大量差作品剔除出去，把好作品好作者推荐给读者。他并不是批改中学生作文，以提高学生普遍作文能力为己任的老师。所以，在编辑过程中，我觉得编辑一定要尽量融入作者营造的气场，体会这气场是否纯正，是否强大，是否动人。若是，则恭喜你，你遇到一篇好作品了。若是气场芜杂、微弱，这篇作品即使做再多的修改，也是接近于无意义的。

4. 编辑和编辑有着不一样的使命。

我曾经与一名企业报纸副刊的编辑聊天。他的报纸副刊所选用的企业员工的作品，在我看来有些是不入流或是不太够发表水平的。但是他跟我说，阅读稿件时，我总是抱着希望看下去。这篇不行，也许下一篇就行了呢？而且偌大一个七八千人的企业，能写、会写的也就只有几十个吧，可得珍惜呀。

他的话令我触动，同时也有共鸣。植物生于江南，得天独厚，郁郁葱葱。而植物长于沙漠，却要经过无比的挣扎与努力，且依然瘦弱贫瘠。但它们的价值是同一的。甚至后者更有其存在的必要——只有一棵在沙漠中依然经久生存的草，才可证明生命是何其有力量。作为省级文学刊物的编辑，我也常常苦于看不到好稿件。当我翻阅《收获》《人民文学》时，很容易就感觉到这些刊物的好稿如云。而当下的省级杂志却明显好稿不足。加之经费、稿费也有限等等，这也是导致流失部分好稿件资源的原因。同为编辑，也许那些名刊大刊总是处于"被求"状态——被好作者好作品求着在刊物上发表。而我们乃至更低一层级的编辑，却往往是处于"求"稿状态——寻求好稿好作者成了最重要的任务。但这从未妨碍我们的工作。作为省级文学期刊编辑，任务就是发现、扶植省内文学新秀，为本省文学打个厚实广大的"底子"。当一茬一茬好作者成为省内文学中坚并走向全国的时候，省级期刊编辑的价值就体现了出来。

所以，同为编辑，使命与价值还是有些不一样的。

闻　如：啊，聊了这么多当编辑的体会，那么我们来到当下吧。当前文学杂志的生存普遍受到冲击或威胁。你怎么看？有忧虑或是仍然乐观吗？

王晓莉：我的信念就是，文学不死，文学杂志就不会死。但是在时代的前行中，科技的发达、人们精神的愈加丰富或者说光怪陆离以及体制的种种改革与变化，这一切一定会促使文学期刊走向一个新的整合或变化。比如我相信未来会有更多同人刊物的出现，小众的但是更为专业与精致的。比如我也相信会有一小部分年轻时执着文学而在中年后经商或从政的人，在有充盈的经济基础或是话语权之后，他们会用另一种形式回到文学，回到文学刊物。算是圆梦。

闻　如：你也写作多年，那么聊聊编辑与写作的关系吧。

王晓莉：我的编辑职业与写作生涯几乎是同步的。编了多少年，就写了多少年，两者绞缠一处，完全就是一个与文字做伴乃至长相厮守的人。

一个自己也写作的编辑，在阅读他人稿件时有时想法是很有趣的。当看到好稿，我会想，自己也来上这么一篇该有多好；同时，当我看到坏稿件时，我本能的想法是，还不如我自己来写上一篇呢。所以，我相信编辑稿件的过程，是一个会不断刺激我的写作欲的过程。但是也是因为阅读了太多的作品，何为好作品何为烂文字我心里一清二楚得很，这也就很容易造成"眼高手低""读远大于写"的毛病。往往会在这样的心理障碍前止步：你还是不要轻易下手吧，不要在过多的文章垃圾上制造出新的一堆来。

所以我一直是个低产写作者。但是我也并不着急。文字是生命陪伴，这就够了。慢慢来，好东西在后头。我常常这样跟自己的作者朋友和我自己说。

另一重体会是，通过日积月累的写作，我可以更为理解自己所编辑的那些稿件，作者们是如何在一盏灯下孜孜以求，达摩面壁般完成的。我也曾体验过自己的稿子被其他编辑删到偏离本意或是消失了"原味"的时候心里的那份不痛快，这使我本能地更为尊重每一篇来稿。我前面也说过，我不太愿意过多地删修来稿，也正是出于此。对于成熟的写作者而言，每行字、每个标点都是有它诞生的理由的。有时它貌似是不合语法规范的，但是从内在情感的流露、从个人性情的释放来看，它又是极其合理的。这时，作为一个编辑，就必须支持这种"不规范"，保护这篇作品的完整与独特。因为从根子上来说，写作者正是通过这"独特"与他人区别开来的。

同时，通过编辑作品，我也认清了自己写作的边界。我知道什么是自己不可以碰的，什么是自己可以操刀的。有段时间我对农村留守儿童的状况非常关注，收集报纸、电视上关于留守儿童的故事与报道，心里念念不忘。但是后来我编辑了诸多这个题材的作品，其中有写得非常好的、打动我的东西。我发现，写得好的作者全都是有农村生活经历，对农村生活深怀经验与感情的人。他们所截取的细节，很多是一般人的想象力难以企及的——它必是来源于亲历的生活。而我不仅未在农村生活过，甚至没有机会接触到任何一个活生生的留守儿童。因此，我渐渐打消了写这个题材的念头，还是把关注、忧虑、悲悯留在自己身边所熟悉的那些小人物身上，甚至留在自己身上吧。仅仅有理性的部分，也许可以写论文或是哲学思想，但对文学而言，是下不了笔的。

可以说，我写作的边界篱笆墙，有一部分是在编辑工作中扎起来的。我在墙边眺望一会儿远处风景，然后低下头，干自己熟悉的活儿。

（发表于2015年）

徐迅

文学期刊就是文学期刊,它作为能够生长和提供精神食粮的一块庄稼地,和普通的庄稼地不同的是,这块土地从来没有肥沃与贫瘠、高贵与低贱、优秀与顽劣之分,它适宜于生长一切优秀的精神的禾苗与麦穗。因此,它需要的是我们要有认识"优良"品种的眼光。只要有了这种眼光,优良的庄稼都会在这里生长得丰盈而饱满,都会以自己的丰收赢得人们的点头赞许。

让阳光照进现实
——《阳光》主编徐迅答《小说林》杂志问

徐 迅 何凯旋

徐　迅：安徽潜山县人，1963年11月出生。中国作家协会会员，中国散文学会副会长，中国煤矿作家协会副主席兼秘书长，阳光杂志社社长、主编。现居北京。著有小说集《某月某日寻访不遇》，散文随笔集《半堵墙》《春天乘着马车来了》《在水底思想》以及长篇传记文学作品《张恨水家事》等八种。作品曾被《中国年度最佳散文选》《中国现当代散文300篇》《新世纪优秀散文选》《新时期散文经典（1978—2002）》《新中国文学精品文库》等二百多种文集收录。曾获安徽文学贡献奖、首届老舍散文奖、第二届冰心散文奖、煤矿"乌金文学奖"，有作品入选中国当代最新文学作品排行榜。

何凯旋：时任《小说林》主编。

何凯旋：《阳光》是一本什么样的文学期刊？其阅读对象是什么样的群体？

徐　迅：《阳光》杂志是一份综合性的文学期刊，它发表中短篇小说、诗歌、散文、评论和报告文学作品。这样的杂志和省部级现有的一些文学杂志以及你们的《小说林》没什么两样。但《阳光》杂志是煤炭系统的，有一定的行业味道。各行业有很多的文学杂志，比如地质系统原有一本《新生界》，林业系统有一本《林业文坛》，石油有《地火》，铁路有《中国铁路文艺》等等。如同各个省市的文学杂志有培养本省市的作家队伍、繁荣当地文学创作的职能一样，行业杂志也肩负着培养自己的作家、推动本行业文学创作的任务。在文学日渐边缘化的时候,行业的文学杂志在一般人的眼里或显得更加边缘化,但这种状况实际上早已打破。文学杂志分化到现在,行业文学杂志有的改弦更张,有的也早已不复存在了。《阳光》终于坚持下来,坚持的是自己的一亩三分地。因为这份文学杂志是煤矿的,所以它的阅读对象主要是煤矿的职工,用我们自己经常说的话,就是它的主要发行渠道是在"八百里煤海,千万里矿区"。

何凯旋: 那您怎样看待自己的刊物和文学期刊?

徐　迅: 我认为,文学期刊就是文学期刊,它作为能够生长和提供精神食粮的一块庄稼地,和普通的庄稼地不同的是,这块土地从来没有肥沃与贫瘠、高贵与低贱、优秀与顽劣之分,它适宜于生长一切优秀的精神的禾苗与麦穗。因此,它需要的是我们要有认识"优良"品种的眼光。只要有了这种眼光,优良的庄稼在这里都会生长得丰盈而饱满,都会以自己的丰收赢得人们的点头赞许。

如此想,我把我们《阳光》就不仅仅当成行业杂志了。

何凯旋: 这两年,我们看到在《阳光》上发表的作品不断被《小说选刊》《中华文学选刊》等选载,对于选载,您持什么样的态度?

徐　迅: 是,这几年在《阳光》所刊发的作品经常被《小说选刊》《中华文学选刊》《散文选刊》以及一些年选、排行榜之类的选载和推荐,有的还上了《小说选刊》的头题。2001年,中国作协创研部编选的一本短篇小说年选,共选载二十个短篇小说,就选载了《阳光》上发表的两篇小说。对于作者,尤其是对于我们煤矿的作者来说,这是一种莫大的欢欣和鼓舞。我们同时也感觉这是文学选家们对我们《阳光》的关注与厚爱,是对我们辛勤工作的一种肯定。我们持的是积极的欢迎的态度。关于转载,有的文学杂志公开表示反对,我想也有其正当的理由。因为,现在的文学刊物实际上分工已经很细了,像一些著名的文学杂志本身就是一个品牌，本身就站在引领文学思潮的制高点上，已然没有我们这种文学杂志所谓培养作家、培养自己文学队伍的功能。但是我们不行。我们所接触的作者还很在乎，还是认为这种选载能使他的作品得到社会更为广泛的认可，起码让他赢得了更多的读者。实际上有一些作家就是通过《阳光》而走上文坛的。所谓位置不同，需求不同。

何凯旋：请问，你们的选稿有什么要求或者标准？

徐　迅：说到选稿，我们当然有自己的审美要求。说来简单明了，就是希望能发现有让我们，更让读者们眼睛一亮的"好稿子"。不久前，我与《北京文学》杂志主编杨晓升先生一起参加一个省作协召开的"70后"小说笔会，他感叹他的杂志"不缺稿子，缺的是好稿子"。他说："我们的作家大部分仅仅停留于故事或是文字本身，对生活缺乏较强的感受力、发现能力和表现力，让读者觉得可看可不看的小说来稿特别多。"我深有同感。实际的情形是，我们《阳光》比这些大刊、名刊更缺少"好稿子"。你想，许多作者自己最为满意的作品，一定是纷纷先投送给国内一些大刊、名刊了，我们所接受的稿子，想在里面挑上一篇好的作品自然是难上加难。所以我们的编辑一见到好稿子，就像发现了"外星人"一般奔走相告。有一段时间，我看北京电视台的一个叙述栏目（栏目名忘记了），感觉里面每个故事既有意义，也有意味，比我们眼前的小说要精彩得多。那时，我就慨叹我们的一些作家不接地气，想象力和创造力也不知到哪里去了。目前，这种情形好像并没有得到更大的改观。

说到这里，我想多说一句，很多作者认为《阳光》是一本行业杂志，所发的作品和作者都局限于煤矿。其实不然。我们杂志的宗旨虽然是"立足煤矿，面向社会"，但我们也讲"五湖四海"，我们需要的是"好稿子"。无论是写煤矿还是写社会的，也无论是煤矿作者还是社会作者，我们就认一个"好"。实际上我们早就这么做了。

何凯旋：《阳光》创刊多少年了？您刚才说你们办刊宗旨是"立足煤

矿，面向社会"，能简单地说说你们怎样实现这一宗旨的吗？

徐　迅：《阳光》杂志创刊于1993年，比你们的《小说林》要晚很多。它的前身叫《中国煤矿文艺》，1998年才改名为《阳光》。今年是《阳光》创刊二十周年，因为我们想编辑一套文集，所以这些天我们也得以重温过去。《阳光》从诞生的那天起，就得到了一大批前辈作家特殊的关爱。"愿文艺之花永远在矿工心中开放！"（冰心）、"繁荣煤矿文艺，歌颂当代矿工"（曹禺）、"给我以火"（艾青）、"挖出地下火种，推动历史巨轮，描出胸中火焰，照耀精神文明"（光未然）、"中国气派、民族传统。煤矿特色、时代精神。自成体系、独树一帜"（刘绍棠）……这些文学泰斗和前辈作家为《阳光》的题词，情深意切，语重心长，不仅给《阳光》提出了殷切的希望和办刊方向，更为《阳光》留下了一道丰厚的精神盛宴、宝贵的文化遗产。与此同时，当代一些著名作家如邓友梅、陈建功、王安忆、张抗抗、刘震云、徐坤、迟子建等都前前后后地为《阳光》写过稿，著名作家刘庆邦先生还担任过《阳光》的主编，是我的前任。二十年来，《阳光》正是铭记着文学前辈们的谆谆教诲，并接受着当代著名作家的呵护，秉承"立足煤矿、面向社会"的办刊宗旨，坚持为矿工服务的方向，才亮出了自己的底色，在强手如林的期刊界开拓出自己一片灿烂的天空。

为实现这一办刊宗旨，我们所做的就是力求使《阳光》这本杂志通过文学艺术，为矿工与社会搭起一座精神的桥梁，让社会更好地了解煤矿，让煤矿全面地了解社会。作为文学杂志，《阳光》当然首先是文学的，其次才是行业的。

何凯旋：文坛上好像有"煤矿文学"一说，您怎样理解和界定行业文学？

徐　迅：这是一个很大的题目，让我来谈似乎不太合适。但我想，之所以有"煤矿文学"这一说，是基于写煤矿题材的作家和从煤矿走出去的作家"众多而出色"这一文学现实的。写煤矿题材的中外著名作家作品都很多，比如左拉的《萌芽》、辛克莱的《煤炭王》、劳伦斯的《查泰莱夫人》，写的都是矿工的生活。有人考证，1927年，山东淄川煤矿公司的职工龚冰庐先生就开始关注煤矿，他创作的《血笑》《炭矿夫》《矿山祭》等十几个短篇小说，是中国煤矿文学的滥觞，他因此也成为我国写煤矿生活小说的第一人。老作家萧军的短篇小说《四条腿的人》、长篇小说《五月的矿山》，康濯的报告文学《井陉矿工》、长篇小说《黑石坡煤窑演义》被公认为是开创了中国煤矿文学的先河。当代作家如陈建功、刘庆邦、谭谈、孙少山、周梅森、谢友鄞、孙友田、荆永鸣等等，都有煤矿生活背景或者干脆就是从煤矿走出去的作家。像陈建功、刘庆邦还是煤矿题材领域创作的高手，已经成为煤矿文学的旗帜性人物。煤矿文学的研究者们认为："取材于煤矿，以煤矿职工为主要创作对象的'煤矿文学'，从无到有，从弱到强，从关注矿工命运到关注国家、民族、时代、社会的命运，已经走过了八十年的坎坷历程，取得了重大的发展和空前的丰收。"可惜，我虽身在煤矿近二十年，却对煤矿文学的研究不深，缺少发言权。

说到行业文学，以我在煤矿文学岗位上工作的体会，我想说，文学没有行业之分，有的只是题材不同的划分。一位作家成长的关键还是靠他的天赋和才气。作家们都喜欢写他们熟悉的人物和故事，文学创作的一切都依赖于作家本人生活与成长的环境，他的想象力、创造力与表达的能力。像人们说的"煤矿文学""军事文学""校园文学"，我以为都不很确切。有的煤矿作家写社会题材的作品很成功，相反，社会上的作家写煤矿题材的作品也是屡见不鲜，佳作不断。

何凯旋：说到"煤矿文学"，您能谈谈煤矿文学对煤矿的意义吗？

徐　迅：我个人认为，"煤矿文学"的建立有着自己特殊的意义。煤炭行业与其他行业终究不一样，过去，煤矿工人过着一种"四块石头夹一块肉"的生活，旧社会黑心的煤矿主们甚至会在他们开采的矿山开设两座"窑子"。白天让工人在"煤窑"里干活，榨取他们的血汗钱，晚上又把他们的工钱在他开设的"肉窑子"里赚回来。那时候的煤矿没有文化生活可言。新中国成立后,这种情况改变了。但煤炭很久以来形成的是一种粗放型的经济,许多煤矿地处偏僻,生活和劳动环境都比较特殊,这样,就使煤矿人对文化乃至文学艺术的渴求与需要比其他行业要来得更为强烈与迫切。我的一位老领导曾经告诉我,他到一个煤矿,看到一帮刚从井下上来的工人,黑乎乎的脸都来不及洗,就围成一圈打扑克。那时不兴赌钱,打牌的四人脸上密密麻麻贴满了纸条,一个个白纸黑脸。旁边的黑脸矿工围成一圈,黑脸白牙地傻笑。他说,他很久都难忘这个场面,他觉得,矿工必须要有自己的文化。

与此相辅相成,煤矿人对精神生活的追求与表达的欲望,当然也会比其他行业显得更为强烈和迫切。独特的煤矿生活使煤矿里有文化的人生性就有表达的天分,更会讲故事,说段子,逗乐。在娱乐媒体十分缺乏的情况下,写作就不失为煤矿职工一种选择的方式了。由此而形成的"煤矿文学"从这个意义上说,就为丰富煤矿的精神生活、提高矿工的文化素质和文学学养,进而理解煤矿、理解他们本身、理解人类提供了一个十分美好的途径,这或许就是文学的功能之一。不过,现在随着电视以及各种新兴媒体的崛起,这种功能也被大大地削弱了。现在新的煤矿作者出现得就很少,这倒与我们大的文化环境相一致了。

何凯旋:我们知道,您也是一位作家,我想知道您在《阳光》杂志工作十几年,怎样处理写作与编辑的关系?

徐 迅:说起这个,我很惭愧。我觉得我是把写作与编辑关系处理得不够好的一个人。我写过一些作品,但回过头来看,这些作品都是我没当编辑时写的,现在写的却是一些"编辑者言"。大作家做编辑或者说编辑成为大作家的例子很多。不消说现代文学史上的鲁迅、巴金、茅盾等大家,就以我研究过的张恨水先生为例,他一生基本上就是报人,是一位报纸副刊的编辑。我们知道,那时报纸编辑不像现在,面临的是稿源稀缺,很多稿子编辑是要亲自写的。但就这样,他还创作了几千万言的长篇小说、不计其数的散文作品。在繁重的编辑工作之余，他甚至可以用一支毛笔同时创作五部长篇小说。他的作品中既有《啼笑因缘》《春明外史》《金粉世家》这样的畅销小说，也有《八十一梦》《巴山夜雨》《大江东去》这样严肃的作品，散文写得更是才情毕现。我们会说当时不像现在这样有电视、网络之类的媒体侵蚀人们的才情与时间，但时光与勤奋终究把他打造成了一位"报业巨人""文学大师"。他的文学成就现在依然有不可忽视的"重估"的价值。其实，就在当下，当编辑而坚持创作的作家也很多，我的朋友中就有几位，他们在工作上龙腾虎跃，创作上风生水起。对于这些编辑、创作两不误的朋友，我心存敬意。不管怎么说，编辑工作是为他人作嫁衣，要花费很多的时间。尤其像我这样的"社长、主编"，忙得一头雾水，却不知所忙何事的也大有人在。记得一位主编说过"要想让谁下地狱，就让他当主编"，我至今还认为这句话道出的是我们的现实。

一个杂志社的事七七八八，"麻雀虽小，五脏俱全"，有时感觉自己怎么梳理也没有一个头绪，除了杂志本身的事务，我还有文联、作协的一些工作要做。工作着是美丽的，但更多的时候，我感觉我就是一个为工作、为生计奔波的人。如此，写作对于我来说就成了一种奢望，成为藏在心里的一种美好了。

何凯旋：请问你们刊物有什么样的特色，在文学期刊日益边缘化的今天，怎样应对与发展？

徐　迅：可以说，《阳光》杂志发展的二十年，经历的正是当代中国文学的流派纷呈、口号如潮，文学创作空前繁荣和活跃的二十年。现在《阳光》和其他一些文学杂志一样，也正遭遇着各种新兴媒质不断挤压、日趋边缘的尴尬。作为一本文学杂志，《阳光》无疑烙下了这个时代深深的文学印痕，留下的是当代文坛的前卫与现实、激进与喧哗、坚守与探索、落寞与沉静的种种文学轨迹。这个仔细品味起来，很有点意思。

美国的凯文·曼尼曾在《大媒体潮》书中预测，21世纪的媒体之争,是品牌之争,无论是同类传媒品牌之间的市场争夺,还是新兴传媒品牌对传统品牌的资源侵占,都会使媒体之争愈加激烈。期刊品牌的确定意味着建立很高的读者忠诚度。在他眼里,杂志品牌在读者眼中不可替代甚至是唯一的;在广告商眼里是产品的最佳发言人,是地位和身份匹配的合作伙伴;在发行商眼里是硝烟四起、风云变幻的期刊市场中永不迷失的风向标;在投资者眼里是可以生钱的摇钱树……品牌作为期刊颇具代表性的文化符号,是期刊个性和实力的展现。造就强势品牌,已是期刊在激烈的市场竞争中立于不败之地的唯一和必然选择……但老实说,我们的文学期刊却远远呈现不出凯文·曼尼这种浪漫遐想出来的优势,它的日渐衰微已是不争的事实。

我们一度把《阳光》的办刊特色概括为:一是把特殊行业的生活作为独有的优势,二是把培养自己的创作队伍视作神圣的义务,三是把特定的读者群体当作服务的对象。此外,在保持和发展杂志特有优势的同时,我们曾在办刊思路、内容取舍、栏目设置、版面语言、发行方式、经营意识、宣传创意等方面不断出新,为形成杂志自己的品牌进行过一些努力。比如,我们曾推出"外地人"的创作,但"外地人"写作虽然在文坛上一度走俏,却并不能给杂志带来任何生机。更多的时候,我们的杂志只能融入或者说被裹挟在当代文学创作的河流中,波浪不兴——也许,平静地应对一切,让阳光照进现实,以不变应万变,用优秀的作品在刊物上说话,是我们当下唯一能做得到的。

何凯旋:您喜欢这份工作吗?创作上有没有什么计划?

徐　迅:先说创作吧。我觉得我在创作上没有什么宏伟的计划,只是有一点儿想法。当然,暂时还无法实行。至于手头上的这份工作,我想我还是喜欢的。我这个人没有特别的专长,又喜欢文字。能不喜欢吗?前时我回了一趟老家,凑巧遇到中学的一些同学,他们说,你看你不管怎么说,还是干了自己喜欢做的事,不像我们,想的不是我们所想的,干的不是我们想干的。想想也是,我自小喜欢文字,一个人做了自己喜欢做的事,不能不说是自己的一种福分、一种宿命。

哈!也正因为这个原因,当您要我准备做一期这样的访谈时,我尽管有些犹豫,有些诚惶诚恐,但还是认真地接受了。我理解这是您以及《小说林》杂志同人们对《阳光》杂志和我工作的一种鼓励和厚爱。特别是今年恰逢《阳光》创刊二十年,在这个时间点上,让我来谈《阳光》,让更多的人了解《阳光》,支持《阳光》,我自觉我有这份责任和使命。当然,我更把这个当作是兄弟刊物对我个人的一种友谊与鞭策。我珍视这种友谊与鞭策。

(发表于2013年)

何凯旋

　　作为地方性文学刊物，注重本地文学新人的发现与成长，始终是历届主编传承下来的优良传统。这些作家都有着不凡的气质。文学说到底还是发现个人的缺憾，并带着由此形成的落落寡合的寂寥徜徉于世，这何尝不是一种美妙的气质呢？经典的文本就在我们身边，需要我们坚持不懈地频繁地展示出它不朽的魅力，让这样的文脉代代相传，成为本土作家发轫与自觉的源泉。我们正在做的，就是完成必要的普及性与常识性的引导工作。

寂寂竟何待
——与何凯旋主编对话《小说林》

何凯旋　申志远

　　何凯旋：曾任哈尔滨文艺杂志社社长、总编辑，《小说林》主编。现任黑龙江作家协会副主席、黑龙江文学院院长。著有长篇小说《江山图画》《昔日重现》《都市阳光》，中短篇小说集《永无回归之路》《我冷我想回家》《栀子花飘香》，话剧《红蒿白草》《梦想山峦》《1945年以后……》（与人合作）、《1978年以后……》。获东北文学奖、黑龙江省文艺奖、首届《大家》先锋新浪潮年度大奖、首届大益文学双年奖最佳小说奖，中国戏剧文学奖、田汉戏剧奖、老舍青年戏剧文学奖，《小说月报》百花奖优秀责任编辑奖。

　　申志远：中国作协会员，《哈尔滨日报》高级记者，著有小说集《亚历山大伯爵的巴扬》、非虚构文本《中国电影的激情年代》，编剧电视剧曾获金鹰奖最佳单本剧。

　　申志远：从《哈尔滨文艺》到《小说林》的历史有六十多年之久了，请您简单介绍一下这个杂志的历史。

　　何凯旋：《小说林》是一份历史悠久的文学期刊，前身是《哈尔滨文艺》，创刊于1956年5月1日。哈尔滨1946年4月28日解放，是新中国解放最早的城市。来自东北文协的老艺术家们与本土老作家1950年创办油印刊物《文艺工作》，发表工人作家作品，之后又编辑《星火》大开本刊物，这可以看作是《哈尔滨文艺》的雏形。1956年正式出刊《哈尔滨文艺》，办刊宗旨是培养地方青年作者，繁荣文艺创作。以工农兵作者、学生、文艺爱好者为创作主体，力求通俗化、地方化，讲究人民性、群众性，刊发小说、诗歌、散文、戏剧、电影、曲艺、报告文学、回忆录、写作指导文章，并兼有寓言、笑话、歌词、美术作品、翻译作品。《哈尔滨文艺》创刊号于1956年6月出版，中间停刊了两次；1975年7月第一次复刊，双月刊，邮局发行；1981年10月第二次复刊，改名为《小说林》，先是月刊，后又改为双月刊，并增加《诗林》《外国小说》两本刊物，均归哈尔滨文艺杂志社主办。

20世纪80年代，《小说林》同全国其他文学期刊一样，恰逢文学盛世，得到了长足发展，发行量最高时（1983年）达到25万份。著名的作家王蒙、莫言、铁凝、迟子建、阿成、苏童、刘恒、刘震云、马原、汪曾祺、阎连科、金宇澄、叶兆言、方方、池莉、肖复兴、陈国凯、白桦、李国文、丛维熙、赵淑侠、林希、陈源斌、梁斌、黎汝清、郑九蝉（排名不分先后）等都先后在《小说林》发表过作品。

申志远：您个人是什么时候开始文学创作的？又是怎么知道《小说林》这个杂志的？又是怎样从一个普通作者最后成为这个哈尔滨文艺杂志社总编辑、社长的？

何凯旋：我1976年从北大荒国营农场到北京姥姥家借读，就读于北京西城区劈柴胡同（即辟才胡同）深处的第37中学。因为转学手续未办完，有半年时间没有学上，待在和平门新壁街南所胡同（现已拆除）36号。那段时间，每天躺在竹椅上，看着空荡荡的胡同，听到长安街电报大楼传来悠长的钟声，心里感到发慌，所以常常到东屋床底下翻《卓娅与舒拉的故事》《钢与渣》《啼笑因缘》《三家巷》《野火春风斗古城》等小说，当然还有手抄本《少女之心》。

1979年寒假，我去山西太原探望北大荒农场的老邻居，住在山西省博物馆提供给平反家庭暂住的平房宿舍里。当时太原的空气里总是回响着开山放炮的声音，感觉天上总是在下着煤渣雨。老邻居一家三口获得平反，迁回原址，大儿子却因庸医歧视性误诊永远留在了北大荒荒冢里，男户主也殒命于寒冷的北方。悲惨的遭遇加上憋屈的居住环境，使老邻居家没有因平反发出快乐的笑声，反而是天天吵架，弄得我很是郁闷。于是干脆出门，一边听着炸煤的炮声，淋着煤渣雨，一边躲进新华书店。进了店门，抬头就遇到我生命中第一本纯文学小说《小红马》，作者是美国人约翰·斯坦贝克。封面上，前方是一匹红色马驹迎着朝阳奔向无边草原和遥远天际的剪影，后面跟随着一双闪烁着童真光芒的大眼睛，眼睛里饱含着欲滴的泪珠。

因户口问题，我最终回到密山851农场六连，这本书仍旧带在身边。在北京读书时城市的繁华印象与家乡荒原的景象让我形成了很大的心理落差，终日郁郁寡欢。某一天，我倚在被褥垛上读起斯坦贝克的《小红马》。书中场景与农场环境很是相似。小说中孩子对童贞世界丧失的经历，唤起了我对自然与文学的觉醒。放下书本已是寒冬黄昏时分，我带着莫名的情绪走出家门，徜徉在无垠的雪野里。我发现黄昏时分的雪野散发着紫色的光芒，迎面一群低飞过来的乌鸦铺天盖地，影子映在紫色雪原上面，黑压压地越过头顶，飞向远处的完达山脉。那里山连着山，没有食物，没有居所，它们却像稳健的士兵，朝着一无所有的深处奔去！也许是受到《小红马》的启发，我在雪地上跟着乌鸦奔跑起来……天空的紫色渐渐变成黑色，飞向无边黑夜的乌鸦最终也不知去向何方，但它们拍动翅膀的声音却有力地从远方传过来，经久不息。这情景震撼着我，多少年后还记忆犹新，启发并影响我走向文学创作的道路。

1983年我高中毕业，高考落榜，被分配到完达山食品厂。这是一个连续四届获得奶业银质奖章的大型国有企业，是当时工资收入很好的单位。1981年，我在厂里实习了半年时间，然后去豆乳粉车间当工人，后来当随车收奶员，并开始业余写作。我写的第一首诗的题目是《告诫》，现在还能背诵出来："可恨的风/将一粒沙吹进我的眼底/妈妈告诫我/别揉别揉/她轻轻地抚慰/有一天我感到迷茫/心像被沙粒折磨/这时候已不是童年/遥远的苍老的妈妈/您可知道/最终我记起了您的告诫……"

1984年，我开始写小说，农场宣传部把我写的稿子送去北大荒文学编辑部。文章还没发表时，我便参加了1985年编辑部举办的笔会。笔会请来了《人民文学》的崔道怡、朱伟两位著名编辑。我现场写下了五千字的小说《打草》，发表于《人民文学》1986年第1期，《新华文摘》1986年第4期转载。转年又在《人民文学》发表小说《坯场上》，时年23岁。著名作家林予老师，创作过长篇小说《雁飞塞北》，有一次他来农场体验生活，准备写《有情人难成眷属》。他专门找到我，告诉我哈尔滨市文联要扩大创作队伍。时任文联主席是丛深，副主席是蒋巍，作协主席是林予老师，他们决定不拘一格选拔文学人才。我是1986年调进哈尔滨文联创评室的，做专业作家。

《小说林》这个杂志当时对我来说，和对哈尔滨这个城市的印象一样，觉得洋气且神秘，突出城市品格，讲究文学多样性。我1990年调到《小说林》，从文学编辑做起，再做编辑部主任、副主编、主编，后来就是哈尔滨文艺杂志社总编辑、社长。

申志远：《小说林》如何发现新人，推举新人？请讲讲您发现新人的往事。

何凯旋：作为地方性文学刊物，注重本地文学新人的发现与成长，始终是历届主编传承下来的优良传统。许多黑龙江文学青年都是从这里走向文坛的：孙且、梁帅、老长、孔广钊、薛喜君、张建琪、廉世广、王若楠、朱珊珊、高丹丹、杨勇、孙彦良、张大鹏、刘浪、赫以，还有您——著名日报记者申志远先生。发稿之前，我与这些作者大多不熟悉，有的至今没有见过面。后来他们在《小说林》发表处女作，一起参加文学活动，才渐渐熟悉起来，经常在一起探讨文学。他们习惯叫我"老何"。

孙且是广播电视大学老师，我编发了他的《开往东方红的列车》，这是他在《小说林》发表的第一篇小说，以后陆续发表了他写的一系列关于哈尔滨被称"偏脸子"的地方却识别度极高的小说，其地域感、年代感、怀旧感十足，有独特的哈尔滨味道，且多用哈尔滨方言写作，有独到的语言特色。后来还选发了他一组《〈偏脸子辞典〉选集》，发了他的创作体会文章：《作家的地域性写作》。并请武汉大学文学院汪树东教授写下了《城市记忆与生命写真——评孙且的中篇小说〈偏脸子辞典〉选辑》的评论。孙且以诚挚的热情复活了哈尔滨的城市记忆，故事情节以散文化的形式呈现出来，透出极大的信息量。孙且通过对哈尔滨俄侨时代的历史钩沉和独特的哈尔滨叙事方式，形成了自己的风格，并出版了长篇小说《洋铁皮盖屋顶的房子》《有一个地方叫偏脸子》，反响很好。

梁帅是2003年认识的，他当时在黑龙江大学读书。有一天，梁帅怯生生地走进位于田地街（原荷兰领事馆旧址）的小说林编辑部，拿着他写的小说的打印稿给我看。我没有看稿子，而是从烟盒里给他拿了一根烟，让他抽烟。他好像不会抽烟，咳嗽了起来。我说多抽几口就习惯了。我现在已经戒烟，他已经成了烟鬼了。我问了问他大学生写作的情况，忘记了当时他怎么回答的啦。事后，我一看小说，觉得写得不错，就编发啦。他的这篇小说处女作《转学及其他事件》，收入《中国校园小说的走向》专辑，专辑的序言里也提到了这篇小说。后来《小说林》陆续发了他的多篇小说，比如《水漫蓝桥》，这是梁帅写得最好的小说之一。

赫以在法院工作，写的第一篇小说是《当我们长成女人》。我看到稿件时有些惊讶，行文流畅，戏谑中不乏灵动，是少见的佳作。

老长是哈尔滨一所重点中学的美术教师，他写的小说《太阳》，出手相当成熟。我与《人民文学》的编辑在《人民文学》增刊评奖时，达成共识，把一等奖颁给了老长。之后他也不负众望，写出了一系列反映城市边缘人群孤独感的小说。

孔广钊是厚积薄发的青年"老作家"，本人教导高中生政治正确，却善写散漫自由的市民生活，之前他发表了许多这方面题材的小说。我编发了他的《关于鲁平》，这篇小说一反常态，是一篇有思辨色彩兼哲学意味的小说，其结构的繁复也有超前的文本意识，是他以往作品里的孤本，后来上了很多选本。

还有大庆的薛喜军，《小说林》发表了她的《酒馆》《老榆树下的女人》。她用女性的视角耐心地对一条铁路附近普通群众的生存状态进行了细致入微的描摹。

齐齐哈尔老工业基地的国企工人作家张大鹏，对国有企业底层工人的命运有着难舍的情感，并深入其中，带有难以自拔的孤愤与思考。他的《别处的森林》《三花》等多篇小说发在刊物的头题，并请评论家给他写了评论，以示鼓励与鞭策。待到山花烂漫时，卓然盛开。可惜这般有潜力有远大希望的作家，却因心脏病英年早逝，真是天嫉英才。

久已成名的绥芬河诗人杨勇，甫一出手的小说，题目就很怪异：《天上掉了一块骨头》。质感强烈，语言指向明确，颇具内在力量的挖掘，是诗人小说家杨勇突出的特点。随后《小说林》又连续发表了他的多篇中篇小说。

这些大多来自基层的作家，其实是很有才华的。他们的才华更多的是他们不屈从的内在气质的反映。作家的这一特质是与生俱有的潜能，我认为在众多潜能中尤其重要，只是我们往往缺少这方面发现的眼光。

他们从《小说林》起步，形成了各自的风格，成为黑龙江大地上强劲的文学力量：写作北方故事，完成故乡的叙事书写。至于他们为什么至今没有大火，我想还是他们不肯从众，不肯变通，始终尊重自己内心声音的结果吧！创作又何尝不应该这样呢？我为自己职业生涯中与他们相识相知，并为他们刊发具有独特气质的处女作由衷地感到欣慰。

申志远：在促进文学新人的成长方面，《小说林》还采取了什么样的具体措施和方法？

何凯旋：也许是感到这些作家创作数年，仍没有得到更大的名声吧，《小说林》便邀请著名作家、评论家为他们写评论，进行高层次的理论研讨与甄别，在得到充分肯定的基础上，出版中青年作家专号，此外，还让他们做文学论坛主讲嘉宾，通过作家与大学师生互动的形式，开展一系列文学活动。从某种意义上来说，这样的讲座也是薪火相传吧！传递的薪火最终是他们自己的心声与气质。这些作家都有着不凡的气质。文学说到底还是发现个人的缺憾，并带着由此形成的落落寡合的寂寥徜徉于世，这何尝不是一种美妙的气质呢？文学杂志的生命力也因此包括举办文学活动，传播文学家独有的气质和魅力，也可谓术业有专攻吧。

现在，我愿意将《小说林》先后举办的八期本埠青年作家个人作品的理论研讨会，并在刊物专门辟出"哈尔滨论坛"栏目，定时在果戈理书店与哈师大博士生导师乔焕江先生和他的学生们对每位作家进行专题研究的题目展列出来，立此存证：《通往世界幽微的叙述之舟——孔广钊小说的叙事艺术》《地平线上的爱欲与生存——薛喜君的底层书写》《超低空飞行与先锋叙事的可能——梁帅的小说艺术探索》《世界的症候及其文学表现——关于老长的小说》《虚构和它的现实触角——评刘浪的短篇小说》《荒诞叙事下的精神漫游——孙彦良的小说世界》《〈哈尔滨论坛〉回顾与展望》等。我想，这是他们应获的荣誉，这样的荣誉将伴随着他们依然寂寥的孤旅，显示出个人文学旅程中不屈的面貌。

我们还邀请哈师大郭力教授带领她的学生对全年出版的重点作品进行逐篇点评，并分两次在杂志上全文刊登点评文章。年轻的学子们也如同上述这些初入文坛时的作家一样，没有名家大腕傍身，带着敏锐的直觉自由发挥，随意发言，可以观点犀利、思维严谨，也可以天马行空、肆意而为地续写或者更改，场面热烈，起到了意想不到的效果：一方面，大学生放下了蹩脚的现成词语，个个成为篡改者与续写者，并跃跃欲试，兴奋不已。另一方面，这样的场面也是对编者及时的提醒。大家意识到，需要组织作家去大学开展进一步的交流，让作家与已具备理性思考的大学生面对面,近距离探讨创作得失,进一步激发大学生的创作热情。很多大学生原来以为自己只为理论而生,现在觉得提笔创作亦并非难事,不过是自由思想别样的展现罢了。像哈师大的云南籍大学生王显琦,就是在这样的交流会之后发表小说《杀猪饭》的。哈尔滨学院的大学生焉野,不仅发表了小说《最后的堂吉诃德》,还收入《小说林70年作品精选集》。现在焉野在深圳创立了一个高端教育机构,做得风生水起,但他不忘文学创作的启发,将文学的人物形象融会贯通,使得幼儿教育课件别开生面,活泼动人。

申志远:说一说您任上办起的"名刊名编访谈"栏目,一办就是六年,基本上把国内名刊主编都邀请了一遍,其动议与效果如何?

何凯旋:这个访谈共34篇文章,初发于《小说林》(双月刊)2010年第5期,止于2016年第2期,历时5年零8个月。因分期刊载时有同刊同时期社长、主编、副主编访谈或陈述内容多有雷同,故编辑时忍痛割爱,留下社长或主编一人,余下来26篇,从国刊《人民文学》到民刊《大益文学》,基本上概括了一个时期辛勤耕耘、为他人作嫁衣裳的文学期刊名编们的办刊宗旨与办刊方向,尤其是台前幕后故事,很是动人。

说到做这个系列访谈的起因,其实并没有什么宏大规划,反倒是有些"宵小"的私心。面子上说是作为偏于一隅的小刊,迫于刊物栏目设置与众多兄弟期刊普遍雷同,想做既有利于作者辨识投稿方向,又有利于读者了解每一期刊物背后编者甘苦与意趣的特色栏目,两全其美而又相得益彰;里子里其实藏有一分失落,一分沉痛。文学期刊走过短暂辉煌后,惨淡经营,前途未卜,这是不争的事实。到底何去何从?压在文学期刊编辑心头的诸多苦衷,更想通过主编访谈让读者得知甘苦,更让自己于迷惘中增加些许信心,以至于得到人生往后的意义。

揣着这些可说与不可说的想法真正上路,实在是一件并不容易做好的"难事"。首先是稿约之难。名刊主编大多集中在京、沪两地,埋头做事,不求闻达。加上编务之外还有更多杂役、会议,又少有交集,更没有谋面。电话里虽然应许,却不能确定交稿时间,或以不宜宣传个人事迹而婉拒。不过两月一期,时间尚有斡旋余地。更多求助友人,友人再托付友人,全然友情赞助。

好在渐渐形成规模后,忽觉得蔚为壮观了起来,尤其每本刊物主编畅谈编刊心得,更多不是罗列当下韬略与功绩,而是讲述刊物历史沿革。在鲜为人知晓的掌故与轶事里面,可看到名声显赫的文坛前辈在著书立说之余,大多曾经作为刊物主编,站立于波诡云谲的历史潮头,或飘逸或肃穆,透出气韵与风骨,促成名篇巨著峰回路转。不薄名家,提携新人,终于成就迥异之期刊风格,践行百花齐放的文学共识,以及当下紧迫之担当与文脉传承。拳拳之心源远流长,唯不见委顿与惆怅;于猎猎风中岿然屹立,矍铄而睿智。因此理解了现任主编们撑起的不仅是一面文学旗帜,更是积沉下来的文化使命。沉甸甸揣入胸怀,升入脸膛,化作有些不合时宜的庄重,甚至严苛到凌厉的目光里面。少有娱乐时代的轻佻与浮夸,更多的是可以穿透云雾的敏锐与沉着。

这样的"表情"可以在各篇主编访谈前配发的照片上感到,那是沉甸甸的一份凝重。同时可以在配发期刊封面的装帧设计上感受到简约朴素的气息和不失温婉大气的时代风貌,展现出恒久不变的定力。

应该说这都是一个时期的文学表情,更准确地说是21世纪前十年或更长时间的主编表情:既要编刊,还要为刊物的生存奔忙,还要保持庄重严肃的文学样式。在漫长的时间里,文学期刊默默前行,始终保持着这般庄严的气概,为一个时代立下卓然的丰碑;唯不见编者的抱怨与牢骚,只剩下为他人作嫁衣裳的清癯与辛劳。真可谓白茫茫一片,真是干净!

由此疑惑渐渐释然,境界随即高远起来,促成并坚定了自己将刊物做下去的决心。到了2016年年初,即将结束三十年编辑生涯,任文学院新职,抬头一看,已过去六年之久,想想真是幸运的六年。

现在距离2010年开始策划访谈至今，又过去十年光阴。这十年又是崭新时代的开启，文学作为国家软实力的重要组成部分，取得了广泛共识，政府加大文化投入，文学期刊的光景日益见好，稿酬大幅度提高，书写中国故事更有筋骨，更有情怀。

遗憾的是，有些主编在拿到书时已经离开曾经履职的岗位去担任新职，或已退休。还有主编业已过世，但音容笑貌与毕生追求化作文字留存了下来，这也算是作为生命延续的更好纪念吧！只是更多主编没有访问到，他们在更为偏僻的环境里同样做着他人的嫁衣，共同将这件看似有些寂静的衣裳做得更大更有分量。不过这份沉甸甸的寄托，要在更远的历史长河里才能显示出恒久的价值……

申志远：作为一个地方性纯文学刊物，您是怎样坚守文学观念和理想的，又是怎么约来好稿子的？

何凯旋：2011年6月3日是萧红一百周年诞辰，这一天以她的名字命名的萧红文学奖在马迭尔宾馆颁奖，来自海内外著名的作家、评论家齐聚哈尔滨。我们及时抓住这一难得的机遇，在第4期刊发了"纪念萧红诞辰一百周年专号"。经过精心策划和组织稿件，刊物头题发表了"萧红的文学世界"座谈会摘要；约来季红真对萧红早期小说《叶子》的独家评论《五月的初恋》、叶君的史话《倾城之恋——萧红、萧军以及哈尔滨》，精选出萧红的经典小说《小城三月》重新发表。

作为萧红家乡的文学刊物，把萧红的文学精神传达给读者，其实也是传达文学的本质，让本土作家知道自己的源头曾经是那样卓越，现在依然这样卓越，从而完成时间的考验，并让时间为之折服。经典的文本就在我们身边，需要我们坚持不懈地频繁地展示出它不朽的魅力，让这样的文脉代代相传，成为本土作家发轫与自觉的源泉。我们正在做的，就是完成必要的普及性与常识性的引导工作。

2012年12月8日，莫言荣获诺贝尔文学奖，我们第一时间更换稿件，重新发表了莫言先生1992年在《小说林》首发的小说《红耳朵》，还有他写的随笔两篇《吃相凶恶》《吃的屈辱》，附加彩页，并登载莫言先生在斯德哥尔摩授奖仪式上的照片，全文发表了莫言的获奖词《讲故事的人》。接下来一期，《小说林》再次刊发了莫言先生的纪念专辑。

一本纯文学杂志采取了新闻报刊的做法，第一时间奉献给读者令人振奋的文学信息，既有文献性，又兼顾文学性和新闻性，在业内和读者中获得了很好的反响。当然，也是提醒与鞭策：世界文学谱系里的作家是怎样植根脚下的沃土，并最终得到世界承认的，其技法与内容说到底还是天理自有公道。

申志远：《小说林》的"先锋"栏目是纯文学期刊的一道风景。您作为推崇先锋文学的主编，请谈谈您对这个栏目的坚持和印象深刻的作家作品。

何凯旋："先锋"这个栏目起初是"先锋之旅"，2009年第5期开始设立，在那期"编者的话"中我是这样写的：先锋之旅是展示探索之作的平台，唯有不懈地探索方能有所创新。这个栏目其实是对探索作品和作家的一种尊敬。后来改称"先锋"，一直坚持到现在。也许小说内部不免有缺憾，但为了不从众，不庸常，为了文本之独特、精神之孤绝，他们尽力了，他们成功地在众声喧哗中找到了自己。

让我们记住这些努力发出自己声音的作品和作家吧：《田埂上的小提琴家》（林苑中）、《路过八零镇》（许诚）、《实验小说二题》（黑丰）、《够猴》（愚人钢）、《颤栗是一种爱》（袁小平）、《每天晚上 每天早晨》（刘立杆）、《大库与弓》（唐棣）、《厌倦了的春天》（赵秋水）、《红莲》（刘东衢）、《雨城》（丁墨）、《甲胺磷》（学群）、《白雪小说二题》（白雪）、《所有的鲸鱼都在海面以下》（索耳）、《流河》（宋世明）、《失梦园》（李唐）、《金桃》（张茜黄）、《不在仪式中生就在仪式中死》（振海）、《黑夜——一个真实的故事》（赵大河）、《情度·人伦》（凸凹）、《衰草》（杨逍）、《向日葵》（鱼禾）、《不如我们离婚吧》（陈鹏）、《向着夜场游荡》（宋迪非）、《猎杀者》（左鸿）、《三岔湾》（王生铨）、《窥视者》（小托夫）、《打马西行》（张爽）、《我们都是植物》（范墩子）、《肖像》（黄大荣）、《颁星所》（王生铨）、《阿咪——俄堡森林学院毕业论文集序》（霍香结）、《今夜鲸出没》（麦子杨）、《灯火味道》（木糖）、《湍流》（方少聪）、《诗人任务》（徐东）、《雕塑造型》（于德北）、《捕魂》（寇挥）、《与乌鸦共聚的2012年3月的20天》（杜庆春）、《红马》（吴文君）、《303往事》（郭落生）、《影子的陷阱》（邹蓉）、《掀动灵魂的羽衣》（蓝冰）。还有为这些不肯流俗的作品发出同样不凡声音的阐释者：海力洪、王朝军、乔焕江、李云雷、黑丰、陶春、林超然、赵卡。在此向他们脱帽致敬！

（访于2021年）

陈述

崔道怡

文学编辑,作为"职业读者",应能体现特定时代相应群体审美享受和心智充实的需求;作为"第一读者",应能敏锐发现并准确鉴别初学作者和专业作家创造结果的成色与特色。

在文学"市场",从生产到消费的整个过程,编辑的劳作不可或缺,但"亮相"于"前台"的是作家和读者,编辑则"压金线"于"幕后"——"敢将十指夸针巧","为他人做嫁衣裳"。

第一朵报春花

崔道怡

崔道怡：1934年生于辽宁省铁岭市，1956年毕业于北京大学中文系，被分配到中国作家协会的《人民文学》杂志社从事编辑工作，1998年在常务副主编任上退休。从事编辑工作四十二年间，发现和推举了各个历史时期诸多文学新人佳作。1979年起编辑了中国新文学大系和建国三十年、五十年等优秀作品的选集。1983年起历任全国优秀小说奖、儿童文学奖、鲁迅文学奖、"五个一"工程等奖项的评选委员。1988年获"全国文学期刊优秀编辑奖"。1996年获"全国百佳出版工作者奖"。现为中国作家协会全国委员会名誉委员、"21世纪文学之星丛书"编审委员会主任。20世纪80年代创作的中短篇小说《一个鸡蛋的"讲用"》《未名秋雨》被《新华文摘》《小说选刊》选载，同一时期出版了《创作技巧谈》《小说十二讲》《水流云在》《方苹果》等创作艺术论著。

第一个读者

1976年10月，"四人帮"组织上虽垮台，但他们的那一套理论基础和思想支柱并没有随之送进坟墓，文艺事业仍然被所谓的"黑线专政论"压制着。严冬刚过，乍暖还寒，在这最难将息时刻，人们内心深处暗自而又殷切地期待着真正的春天能够及早到来。

应知冰冻三尺，并非一日之寒，积习根深蒂固，解冻谈何容易，需要在思想和实践上具备并付出敏锐强劲的胆识与魄力。在关键时刻，在我国文坛，为精神饥渴的人们捧献出第一朵报春花的，是刘心武的短篇小说《班主任》。

刘心武也是在"文革"夹缝中涌现出来的文学新人，原为中学语文教师，后被调到北京出版系统。在业余作者中，卓显才华潜力。1977年春，我曾经向他约稿，他寄来一篇题为《光荣》的小说，我觉得不够理想，便直接退掉了。9月21日下午，又一摞作者主动投来的稿件堆放到我办公桌上。我粗略翻阅一遍，发现有刘心武的一篇，便先抽出来细看，这就是《班主任》。随稿附有一封信，后来得知，他头回寄稿时，曾因邮局不准稿内夹信而有所犹疑。他在《关于〈班主任〉的回忆》（刊1998年11月26日《文学报》）中说：

> 我心理上本来觉得自己是在做一件冒险的事，她这样一"公事公办"，毫不通融，令我气闷，于是我就跟她说我不寄了。从东单邮局我骑车到了中山公园，在比较僻静的水榭，我坐在一角，想做出最后决定：这稿子还要不要投出去？还是干脆拉倒？后来我取出《班主任》的稿子，细读，竟被自己所写的文字感动，我决定，还是投出去吧。

幸亏刘心武过几天终于寄出了它。当然，秉持作家之敏锐，感应时代之召唤，他肯定迟早会寄出这稿件的。但是，或将延搁发表时间，或未必给《人民文学》。在此机缘上，我是幸运的，能够成为又一具有特殊地位之作品的责任编辑。刘心武投稿前，曾把《班主任》拿给几位老师看过，但从作为职业读者的编辑角度看，可以说我乃是《班主任》的第一个读者。他随稿所附9月18日给我那封信写的是：

> 今年春天我写的那篇《光荣》未能改好，主要还是因为我写的是工人而我却并不熟悉工人。这回寄上我上月写成的短篇小说《班主任》，写的是我所熟悉的生活和我所熟悉的人物。
>
> 不知这个短篇你们读后做何感想。也许仍然不好。但，我写它

时，自己是颇激动的。我希望这篇小说能使读者感奋起来，实事求是地对待面前的困难和问题，扎扎实实地响应党中央的伟大号召，在自己的岗位上大胆工作，做出贡献……

我平时是写儿童文学的，但这篇不是儿童文学，虽然我觉得大点儿的孩子（中学生）读了也有好处。

冒昧地将此稿直接寄给了您，望原谅。

我马上就看《班主任》，当即被它感动了。读到张老师在小花园里沉思那一节，不禁眼热鼻酸。好久没有看到这样的小说了，21日当天我就给刘心武写回信，表达了我个人对作品的肯定态度，同时也提出了我还不尽满意之处，并告知他稿件已送交复审，还有待于终审裁决。

刘心武接到我的信，9月25日就又给我回了一封信：

来信收到。感谢您对《班主任》这篇作品的扶植。我写时的想法，是要严格地从生活本身出发，揭示出某些别人似尚未予以揭示的真谛。我想使它不但有一个朴实的题目，而且也有一种朴实的叙述和表现方式。但，正如您所指出的，结果有些地方过于直露（不是诉诸形象而是平板地交代），并且欠精练，显得比较粗糙。

我想，只要内容上肯定下来了，改掉这样一些毛病并不困难。

此稿我写好后先搁了一段，本月初才又拿出来，自己复阅后感到似乎还有优点，拿给几位学校老师看，没想到获得热烈反响。有的说："一无奇突的情节，二无华美的描写，却很有几处打动了我。"有的说："希望给更多的人读，希望学生们也能读。"有一位甚至说："我觉得是你写作上的一个突破，以后少瞎编故事，多来点这种'真格儿'的。"当然，他们也提出了一些具体意见。在他们的鼓励与帮助下，我在原稿上反复修改了几遍，终于鼓起勇气寄给了你们。既然您认为"题材很好,有现实意义",当然希望能在你们帮助下修改好,争取能同广大读者见面。

岂料这新时期文学史第一朵报春花之面世,似乎不可避免地也得经历一个"料峭风寒"的过程。

终审"把握不定"

我那时是责任编辑,1978年夏才担当复审。责任编辑的责任,首在初审,从来稿里选取可用之作,认为不可留用的,写信或以铅印便笺退掉。若按程序,我阅过《班主任》,应先交复审通过,待经终审拍板后,再写信告知作者刘心武。而我即刻表达个人对作品的肯定态度,既"违规"又"犯忌"。如果作品在复审或者终审时被否决,还是得由我来按上级指示执行退稿,那就会很被动。但当时没料到,这篇小说竟然在终审时经历坎坷。

《班主任》写的是"四人帮"被粉碎半年后,北京光明中学初三班主任张老师,领会党支部建议,愿意接受刚被公安局释放的"小流氓"宋宝琦入学。对此,有些学生"害怕",团支书谢惠敏认为:"这是阶级斗争!他敢犯狂,就跟他斗!"看到宋宝琦偷来的《牛虻》,她表示也要"狠批这本黄书"。两个孩子"不谋而合",都认定《牛虻》是"黄书",以致"一种前所未及的,对'四人帮'铭心刻骨的仇恨,像火山般喷烧在张老师心中,他几乎要喊出来:救救孩子!"这篇小说的主旨是呼吁"救救孩子",在复审环节上顺利通过,但在轮值终审的副主编那里,却遭遇到"把握不定"。他没有即刻拍板,而是把稿件交给包括评论组在内的编辑传阅,从而引发不同意见。评论组是复刊时新建,组长刘锡诚,成员有阎纲、吴泰昌等。我确信,他们对《班主任》都会是肯定的。我相信,另一些编辑持怀疑态度,并非认为作品艺术上"不够格",而是觉得思想上"太尖锐","暴露了社会的阴暗面"。"救救孩子",会不会被认为是在给现实抹黑？

须知，1977年8月召开的"十一大"，虽宣布"文化大革命"结束，却重申"这种性质的政治大革命今后还要进行多次"。直到1981年6月的"六中全会"，才通过《决议》彻底否定"文革"。而《班主任》内涵的深层，涉及对"文革"的态度，体现在"小流氓"身上的心灵伤痛。"拒绝接受一切人类文明史上有益的知识和美好的艺术结晶"，是"谁造成的"？作品自问自答："当然是'四人帮'。"可是，也许会使读者由此而联想到"文革"之"破四旧"。

1977年秋，"四人帮"垮台虽已经年，但其谬论和思潮受"两个凡是"维护，并未随即消除。在那文学几乎等同政治的社会环境中，小说发出"救救孩子"的呼声，可谓振聋发聩，却也可能被"极左"指责为对"文革"有所质疑乃至否定。长期"运动"酿制畏惧心理，唯恐政治再给文学造成灾难，有些编辑未免顾虑。这也是出于好心，应该无可厚非的。然而，这好心很可能影响文学的进程。

决策将《班主任》及时推出的，是主编张光年。中国人大多数知道《黄河大合唱》，知道这一曲民族之歌的词作者是光未然。张光年即光未然。在民族危急时刻，他唱出了中国人民的心声。在民族复兴转折时刻，他推出了刘心武抒发中国人民心声的短篇小说《班主任》。

主编"一锤定音"

《人民文学》编辑程序上有这样的规定：具体编务和一般稿件，全由轮值的副主编定夺，个别重点作品或者把握不定的稿件，需要呈请主编做出最后裁决。因而，《班主任》得以到了主编张光年手中。

1977年10月7日下午，张光年把三级审阅人员和有关编辑召集到他家里，在听取各方面意见后，明确表达了他读《班主任》的观感。我记录下了他的谈话：

这篇小说很有修改基础：题材抓得好，不仅是个教育问题，而且是个社会问题，抓到了有普遍意义的东西。如果处理得更尖锐，会引起人们的注意，以文学促进关于教育问题的讨论。

两个老师写得好，三个孩子基本上真实可信。有些地方没有通过形象，迫不及待直接发泄。当然，就现在这样的稿子，也会引起中学老师的共鸣与激动的。

我的意见：写矛盾尖锐好，不疼不痒不好。不要怕尖锐，但是要准确。这篇其实还不够尖锐，抓住了有普遍意义的社会问题，但没有通过故事情节尖锐地展开，没有把造成这个矛盾的背景、原因充分地写出来。写现象多，深入开掘不够。

孩子是我们的，"小流氓"也好，团支书也好，都是受害者。从"小流氓"来讲，是受读书无用论、无政府主义思潮影响。谢惠敏是否可涉及学校老师或行政干部的支持？或者社会上的支持？受害者不是光从报纸上受影响。或写得尖锐些，或写得含蓄些，但应该更深入些。

主题不在于对宋宝琦，相信不相信他能改造、愿意不愿意接收他的问题。而在于对谢惠敏，应该支持呢，还是应该批评帮助呢？这样就可以涉及路线问题了。在这方面，是不是还有东西可挖？是实写还是虚写，就看作者的方便了。如能写得生动，即便不是实写（具体出现代表"四人帮"的人物），也可能会更深刻些。这样，作品起的促进作用会更大些，在学校与家长中引起的话题会更多些。

现在的稿件，议论过多，要大加压缩，要把人物写得更生动些。那些话，你不写，读者也会为你补充。

不要使作者为难，在现有基础上改，采取生活本身的东西说话。可以约他写另一篇，对这一篇不必要求过高。

不必涉及上面，让读者自己去考虑好了。把麻雀解剖得准确、鲜明、生动，读者会产生广泛的联想。

具体意见：对"小流氓"的危害性没有写够。缩小了危害性，收不收这个学生也不尖锐了。问题是要突出这个尖锐性，"小流氓"甚至可以写成罪犯，因为坦白交代好，公安机关认为可以从宽。

谢惠敏就这样可以了，不要再突出她的那一方面了。她引起了石红的反感，但不能让她负责。她是要革命的，不是有意识要整人的。该鞭挞的，是"四人帮"和教唆犯。

短篇小说要得人心，作家写矛盾就不要回避尖锐性，否则，就是回避战斗性的教育作用。

张光年肯定《班主任》揭批"四人帮"的尖锐性，甚至认为还应该更尖锐，这对《人民文学》编辑人员是一大促进与鼓舞。原来对发表与否"把握不定"的，也并非认为这篇小说有什么错误，只是担心发表尖锐之作会给作者和编辑部带来难以预料的不良后果。在这种情况下，主编的决策便至关重要。看来那一时期张光年所想的跟作家刘心武追求的完全一致，都期盼文学"能使读者感奋起来"。这就既解除了"怕尖锐"之编辑的顾虑，又充实了"盼尖锐"之编辑的信心。

空前绝后反响

在张光年指点下，编辑人员统一了对《班主任》的看法，把刘心武请到编辑部来，向他传达了张光年的意见。刘心武汲取张光年的意见，对作品进行了细致的修改。大概他觉得意见中有关谢惠敏的形象塑造最为重要，在这方面改动最多。加上了"小小麦穗"整整一节的描写；加上了一段说明性的叙述："被'四人帮'那个女黑干将控制的团市委，已经向光明中学派驻了联络员，据说是来培养某种'典型'；是否在初三

(三) 班设点，已在他们考虑之中。谢惠敏自然常被他们找去谈话。谢惠敏对他们的'教诲'并不能心领神会，因为她没有丝毫的政治投机心理，她单纯而真诚。"此外，将石红的出身改变为知识分子，添上了她在家庭中学习的背景。

《班主任》的修订稿，又经编辑部小作改动。两处改动虽小，却也能透露出当时编辑的心态和水准。一处是：表现张老师心里的呼喊，初稿只有"救救孩子"四个字，是应编辑部提示，刘心武才在这四个字之前加上了一句定语——"救救被'四人帮'坑害了的孩子！"另一处是第五节，写到谢惠敏"微微噘起嘴，飞走的眉毛落回来拧成了个死疙瘩"后，原有一段插叙，被编辑部全删掉了——

> 我想不会有那样一种读者，现在来责难张老师何以不在去年10月以前就提醒谢惠敏：张春桥、姚文元的"大作"未必正确，"梁效""唐晓文"的"论文"实在荒唐。你可以设身处地把自己当作张老师，试想一下在刚接班不久，团市委的"联络员"已经进校，而"四人帮"在整个中国上空翻腾起浓浊的乌云的情况下，面对谢惠敏这么一个小姑娘，怎么能贸然说出那个话来？说出来又是否能立奏振聋发聩之效？我想，张老师当时没有去说，乃至于他自己也还拿不准、没有形成明朗而准确的认识，都是不但可以理解，而且也无损于他的优秀品质的。
>
> 那么，"四人帮"揪出来半年了，张老师为什么还不找谢惠敏好好地谈一谈呢？我告诉你，谈过好几次了。那为什么谢惠敏还在犯糊涂呢？其实也不奇怪，一块浸染衣衫的污迹都往往要花费很大力气才能除去，一个遭受"四人帮"毒汁沾染的稚气灵魂，要洗涤干净当然需要更多的耐心的工作和相当的一段时间。

现在看来，前处改动画蛇添足。"救救孩子"的喊声，是人物内心的独白，不会像加定语那样表述。之所以要那么添加，实际上反映了编者的谨小慎微，唯恐读者把那句话跟鲁迅先生《狂人日记》里的呼唤混同起来。其实混同起来，却也未尝不可。后一改动，则无不妥。那一段说明性的文字，没有多大必要，却隔断了文气。但是，那层意思，用在当今，对以"后现代"眼光看待《班主任》的论者，不无提示作用："你可以设身处地把自己当作"一位作家"试想一下"，当严冬刚刚过去，而坚冰尚未解冻，你可曾"揭示别人尚未揭示的真谛"？刘心武是这样做了，正因他第一个这样做，《班主任》取得了空前绝后的巨大反响。

我说"空前"，是由于在我四十多年编辑生涯之中，小说引发如此轰动者仅有这么一次：刊物发行不久，就不断收到读者来信，表达他们的热烈欢迎和由衷赞赏。刘心武收到的第一封来信说："'四人帮'时期的文学作品，使一切有政治头脑和鉴赏能力的青年人望而生厌，但读了《班主任》后，激动之余甚至不知该怎样表达自己的思路才好。"编辑部于1978年2月号的刊物上选登了一组来信，展示读者的心声："《班主任》说出了我们想说的话。""这是一篇别开生面的好作品。""它提出了发人深省的社会问题。""作者用他那深刻的真知灼见启发和激励我们战斗、前进……"

我说"绝后"，是因为我估计此后恐怕绝难再有这样的情景了：当文学复归正常轨道，审美回到首要位置，即便小说仍不失其启蒙作用，也将不再那样直白浅露，也将不再等同于政治激情了。而在当时，小说几乎就是政治。记得一位读者曾向我谈到他看《班主任》时的感受，读到张老师在小花园里沉思，他耳边似乎回旋起了一句歌词："中华民族到了最危险的时候……"

要知道，那时候，这句歌词还没有回到国歌的曲调之中。直到1982年11月五届全国人大五次会议，才决定恢复《义勇军进行曲》为中华人民共和国国歌。而1978年3月公布的国歌歌词，这一句被改为："万众一心奔向共产主义明天……"由此不难想见，当年《班主任》出世，怎不具有石破天惊的震撼力!

思想解放先声

《班主任》出世当月,张光年主持召开了"四人帮"垮台后的第一次文学会议——《人民文学》短篇小说创作座谈会。有二十多位老中青作家参加,茅盾与会。紧接着,12月,他又主持了有一百多位文学界人士参加的全国性会议,批判"四人帮"炮制的"文艺黑线专政"论。

在张光年指导下,《人民文学》于1978年1月推出徐迟的报告文学《哥德巴赫猜想》。这是又一振聋发聩之作,全国各报立即转载,为当年3月召开的全国科学大会提供了文学的报告。此后,《人民文学》陆续发表了一系列以批判"四人帮"罪行及其思想体系为主旨的小说——莫伸的《窗口》、陆文夫的《献身》、王亚平的《神圣的使命》、宗璞的《弦上的梦》、李陀的《愿你听到这支歌》(以上发于1978年),茹志鹃的《剪辑错了的故事》、张弦的《记忆》、韩少功的《月兰》、叶蔚林的《蓝蓝的木兰溪》、刘心武的《我爱每一片绿叶》、陈世旭的《小镇上的将军》等(以上发于1979年)。

1978年,又是一个攸关我国历史转折关键的一年。5月11日,《光明日报》发表特约评论员文章《实践是检验真理的唯一标准》,次日《人民日报》转载,从此掀开了思想解放的帷幕。11月15日,北京市委决定:为1976年4月5日"天安门事件"平反。11月16日,党中央决定:全国全部摘掉右派分子帽子。12月18日,十一届三中全会确定了"解放思想,实事求是,团结一致向前看"的指导方针。这次会议的公报提出,"应当实事求是地去看待'文化大革命'"。直到1981年6月27日通过的《关于建国以来党的若干历史问题的决议》才明确指出:"文革"是"给党、国家和各族人民带来严重灾难的内乱。"但可以说,从三中全会起,我国进入了社会主义现代化建设的历史新时期。

早于全会前一年,《人民文学》发出《班主任》等一系列揭示"文革"劫难的"伤痕文学",从其社会影响的启蒙作用看,可以称之为思想解放的艺术先声。

第一簇迎春花

1978年6月,中国作家协会正式恢复工作,张光年出任党组和书记处书记,李季接任《人民文学》主编。他有感于短篇小说创作在思想解放运动中起的重要作用,提议对短篇小说佳作进行评奖。经请示张光年同意,又取得了茅盾支持,李季决定就由《人民文学》举办首次全国性的文学评奖。

新中国成立以来,在文学领域,对优秀作品评奖只有一次:1954年6月,中国人民保卫儿童全国委员会为促进儿童文艺创作举办过评奖。二十四年后,为促进新生的文学创作进一步繁荣与发展,也是为促使文学创作在思想解放运动中发挥更大作用,《人民文学》率先启动了"1978年全国优秀短篇小说评选"。

从10月起,《人民文学》连续刊登启事,同时附上了"读者评选意见表"。评选的范围和办法是:自1976年10月至1978年12月各地发表的作品均在备选之列;由作家和评论家组成专家评选委员会,在体现于"读者评选意见表"的群众推荐基础上进行评议,最后通过无记名投票选定。

一批作家和评论家应邀担任评委,一份份"读者评选意见表"寄到编辑部。活动蓬勃进展的盛况表明,那时文学与政治依旧处于密不可分的阶段,人们仍然把小说看作是政治的"晴雨表"。那时还是唯一的中央级刊物《人民文学》,发行一百五十万份,一个短篇小说就可以引起社会巨大反响。

"意见表"只开列推荐一篇的空格,多数读者不只推荐一篇,这使统计人员不得不把桌子拼起来,把纸张连接起来,一人唱票,一人往被推荐的那一篇题目下画"正"字,每天都从早忙到晚。原本并未称"意见表"为"选票",许多读者则称之为"选票",说是把"选票"投给自己喜爱的短篇小说。

截至1979年2月10日,《人民文学》共收到读者来信100751件,"意见表"200838份,推荐小说1285篇。编辑部认真阅读读者推荐的每篇作品,充分吸收群众意见,经过多次反复比较与研讨,选出一批优秀作品,提供给评选委员会参考。初选篇目中的大部分作品,都是读者"投票"最多和较多的。

这个初选篇目是:刘心武的《班主任》,王亚平的《神圣的使命》,邓友梅的《我们的军长》,莫伸的《窗口》,卢新华的《伤痕》,宗璞的《弦上的梦》,陆文夫的《献身》,童恩正的《珊瑚岛上的死光》,刘富道的《眼镜》,王蒙的《最宝贵的》,孔捷生的《姻缘》,李陀的《愿你听到这支歌》,贾大山的《取经》,成一的《顶凌下种》,萧平的《墓场与鲜花》,张承志的《骑手为什么歌唱母亲》,张有德的《辣椒》,王愿坚的《足迹》等。

篇目顺序按照得票多少排列,排列截至2月10日。此后陆续收到更多来信,篇目又经修订,增加了周立波的《湘江一夜》,贾平凹的《满月儿》,祝兴义的《抱玉岩》,关庚寅的《"不称心"的姐夫》——刘心武的《班主任》不仅名列第一,而且票数遥遥领先,比名列第二的多出了一倍。

首届评选委员会,由二十三位著名作家和评论家组成。主任:茅盾。副主任:周扬,巴金,刘白羽。委员:孔罗荪,冯牧,刘剑青,孙犁,严文井,沙汀,李季,陈荒煤,张天翼,周立波,张光年,林默涵,草明,唐弢,袁鹰,曹靖华,谢冰心,葛洛,魏巍。

张天翼那时已丧失语言能力,编辑登门向他征询意见,他以点头赞赏的方式认定了他同意入选的作品。年高八旬的谢冰心认真阅读全部备选作品,按照自己的意见开列了选目。巴金因病未能参与讨论,寄来了他的"选票":"我把我读过觉得好的作品,选了十七篇,现在寄上选出的篇目,供你们参考。"他在初选篇目上的十七篇作品名字前面画了圈,并在这张"选票"上署名"巴金选"。

在李季主持下，综合专家和读者"选票"情况，编辑部提出二十五篇作品备选。3月6日，评选会议在新侨饭店整整开了一天。经评委会认可，这二十五篇为当选作品。评选最初准备设立三个等级，后因操作难度过大，主要是因作品水平不易区分，索性不分等级。但前五篇，是经评委特别认定的。有评委指出，《班主任》等前五篇作品，在思想、艺术、作者、题材等方面，各有其特别和出色之处。

后二十篇，大体就按得"票"多少为序。《珊瑚岛上的死光》虽得"票"不少，但因它是另外一路，属于科学幻想小说，所以放在最后。特别值得注意的是：获奖作者中有一批文学新人，以其卓有特色的新锐篇章，崭露头角于复苏的文坛。例如：张洁的《从森林里来的孩子》、张承志的《骑手为什么歌唱母亲》、贾平凹的《满月儿》等。经由这次评奖，他们迅即成熟，此后成为名家。

1979年3月26日，颁奖大会在京举行，新华社发专稿报道：

在一片热烈的掌声中，评选委员会主任、中国作家协会主席茅盾，把印有鲁迅头像的纪念册和奖金，发给了得奖的二十五篇短篇小说的作者。他希望在他们当中产生出未来的鲁迅。中国作家协会副主席周扬也在会上讲了话。他说："我们正处在一个历史的转折关头，短篇小说要起侦察兵、探索者和开路先锋的作用。"刘心武代表得奖作者发表了题为《心中升起了使命感》的讲话，他表示："作家应当成为人民的神经、党的侦察兵，既是革命事业的歌手，也是前进道路上的清道夫，这使命，的的确确是神圣的啊！我们要虚心地、刻苦地向老作家们学习，要有接续着他们去进一步发展中华民族革命新文化的雄心壮志，要有这样一种使命感！"

（发表于2013年）

徐兆淮

显然,期刊与作家长期友好的合作关系,首先需建立在文学观念与精神的契合之上。古人云"道不同不相为谋",大约即是此意。在期刊与作家的相互双向选择中,任何有志向的作家、有追求的期刊,大约都不会但凭稿酬的多寡、影响力的大小来作为主要选取标准的。

编余琐忆

徐兆淮

徐兆淮：1939年生，江苏丹徒人。曾任《钟山》编辑、副主编、执行主编，中国作家协会会员，中国当代文学研究会理事，江苏省作家协会理事。

白发编辑话遗憾

我是一个退休多年的老编辑，自从年过七旬，眼力渐渐不济之后，已经很少阅读长篇专著，尤其是虚构体的中长篇小说了。不过，偶然间从报刊上读到一些熟识或有过交往的作者的文稿，甚或是有关我所尊崇的学者前辈的忆旧文字，总不免会唤起阵阵的歔欷感慨，勾起某些片断记忆，甚至不时在我内心深处涌上点点滴滴的遗憾之情。这可能是老人的通病，也可说是职业老编辑的怪癖。

是的，在漫漫人生之路和历史长河中，无论是权贵富足者，抑或是贫穷的草根百姓，老来回忆人生往事时，大约总会留下某些或对工作或对亲友的遗憾。就此而言，说遗憾是老人的特权与优势，是人生的新阶段，或许也并无多大的差谬。

在长达三十年的编辑生涯中，我自然有过成功的喜悦，有过失意的烦恼，当然还不乏不太顺遂的遗憾与尴尬。如今退休多年后再来回忆那些编辑往事，记下成功的欣喜，录下失意的烦恼，还有不太顺遂的遗憾，我以为对于收录真实的当代文学期刊史资料，恐怕也不无些许裨益。这大约正是我絮叨地写下这些遗憾小事的初衷。

元旦刚过，春节来临之前，我随意翻阅刚寄来的《炎黄春秋》，忽然映入眼帘的两个人的名字：戴煌与顾准，立刻引起了我的阅读兴趣。及至急匆匆地读过《我反对神化与特权》（戴煌）和《〈顾准文集〉出版的曲折》（卢惠龙），顿时便在我心扉升腾起一股遗憾之情，并久久萦绕于脑际，挥之不去。它不仅勾起了我对戴煌与顾准的记忆片段，还由此引发了我在三十年编辑生涯和七十多年人生长河里的诸多慨叹与遗憾。

在河南息县五七干校里，在驻马店军营的修整中，也许我与顾准都曾有过共同的经历与痛苦的思索。1973年至1974年从干校回到学部大院，我住在六号楼，他住在八号楼，同为单身光棍，也许我与顾准也曾有过见面不相识的机遇。当这位有着革命经历的老干部，这位有着独立思想的学者和思想家形单影只、独处斗室地思索中国的历史与现实，为寻求探索救国之路而孜孜不倦地写下那些绝命之作时，年过三十、一事无成的我在干什么呢？我却在为调离学部返回南京做准备，经常冒着严寒酷暑，关在大院六号楼一间铁门办公室内，打着方桌碗柜，忙着为自己将来的小日子做准备，全然不知学部大院八号楼内还有一个忧国忧民的学者，正在写着关乎国家命运的专著。而他病逝于1974年农历十一月，恰恰也正是我调离北京、返回南京之际。

就这样，我与顾准同处在北京建内一个学部大院内，同置身于偏僻乡村中的一个五七干校里．在他生前，我却一直与他擦身而过无缘相识，更未及说上一两句话。直到他去世之后，我才读到他的书，了解他生前的环境和死后的价值。如今，当我读着《〈顾准文集〉出版的前后》和《顾准寻思录》，得知顾准学说、思想在学术界的巨大影响，尤其是得知我们曾同处于学部大院困厄时期，而我竟与他失之交臂，我不禁大有遗憾之至之感。我不由地责怪自己的愚钝与麻木。

而与此遗憾颇为相似的，还有作为文学编辑，我虽与大学者钱锺书曾有十年同在文学所，同去干校走过两三年"五七"道路的机缘，可待到我1974年调离北京，回宁从事《钟山》编辑工作多年，竟然一再错过去北京拜望钱先生的机会，以致直到钱先生离开人世时，我方才为自己的粗疏引为深深的遗憾。我后悔不该因为钱先生主要从事外国文学和古代文学研究，而我编的是当代文学期刊，就从未主动拜访、请教钱老先生，错失了请他为家乡刊物提供一些有益的建议和帮助的机会。作为一名文学老编辑，这实在是难辞其咎的过错。即使后来我写了几篇忆念钱先生的短文，却也弥补不了我内心的遗憾。

我与戴煌相遇及文稿交往，又呈现出另一番情景。我与戴煌先生初次相见，大约是在20世纪90年代中期南京新街口新华社江苏分社的招待所里。那时，我正在《钟山》主持日常工作，我有意于适当加强关注现实的办刊思路，正想寻找组织这方面的作者与作品。此时适逢前几年曾经为《钟山》"杂文作坊"专栏写稿的邵燕祥先生得知此事，遂主动向我推荐了戴煌先生。那次拜访的时间不长，这位江苏老乡却给我留下了一定的印象。出现于我眼前的，是一位个子略高、谈吐和蔼、口语里充满苏北盐阜一带口音的长者。交谈中我方得知，他是苏北盐城人，早在青年时期即投身革命，新中国成立后曾担任新华社高级记者，陪同胡志明主席采访越南战场。可是，因为为人正直敏感，敢于率真表达个人意见，终于难逃1957年"反右"那场灾难。

在我的初访印象里，戴煌先生乃是一个为人正直、平生迭遭磨难，却又不改其志，特值得尊敬的老人。回京之后，他即寄来一篇纪实文体的稿件，阅后我却陷入犯难尴尬的境地：作品的文体与刊物的宗旨距离稍大，作品基本仍属通讯报道纪实类稿件，与《钟山》一向注重文学本体的要求不太吻合。最后几经斟酌，我终于忍痛退稿了。为此事，直到退休之后我仍有不安，时常牵挂于心。尤其是近几年来，我从《炎黄春秋》上读到他的那本自传体著作《九死一生——我的右派经历》之后，我更不免有些为自己在编辑工作中的处置不当而时常感到不安和后悔。我的书生气，终于让我尝到了作为编辑无法挽回的遗憾。

从顾准和戴煌这两人两事的遗憾延伸发展下去，我又不由得想起我人生机遇中，尤其是三十年编辑生涯中所碰到的另外几件遗憾之事。那大都是我从事编辑工作中，或有过多次接触，或只知其名并不认识却接触过作品,最终都与这些作家与作品失之交臂的往事。作为一个退休多年的老编辑,如今每每看到他们的名字或是读到与他们有关的信息,便不由得引起我从内心泛起的阵阵遗憾之情。

观之中国的文学期刊或报刊传媒,主编和编辑或因政治犯忌,或限于水平胆识,大约总难免会留下诸多的遗憾与尴尬。在我的三十年编辑生涯中,自然也不例外。早些年,我曾写过一篇《主编之难与主编之惑》,叙述我在编辑工作中所经历的几种困惑与难题。现在要谈及编辑及人生历程中的某些遗憾之事,当然也不只是顾准与戴煌两人了。此刻,我不由得又想起了与三位作家及作品交往中的几件憾事。那便是天津作家路翎、蒋子龙给《钟山》来稿未采用之事与上海女作家戴厚英未能兑现的稿约。

早在读中学时,我即知道,路翎是"胡风反革命集团"的重要骨干分子,是"胡风集团"中小说创作的代表作家。读大学时又读过他的代表作《洼地上的战役》,其人其作可算是当代文学史上有影响的作家之一。总之,"文革"前,对胡风及其成员是不可能有正面评价的。"文革"后,胡风冤案获得平反,胡风及其骨干成员大都年老体衰,很少再有小说创作的热情和能力了。却没想到,大约在20世纪80年代中后期,胡风集团案件平反之后,编辑部忽地收到一件来自天津的颇为异常的稿件,打开一看,竟然是署名"路翎"的一篇中篇小说!作为从五六十年代走过来的中年编辑,我自然知道一些关于胡风案件的平反情况,也久闻路翎之大名,遂满怀兴致地阅读来稿。谁知稿件字迹十分潦草歪斜,实在无法卒读。无奈之下,我只好写了一封回信,将稿件寄回,并嘱他请人代抄誊清后再寄来。不料此信稿就此石沉大海,再无回音。当时,倒也未曾十分在意,如今退休多年之后,我却不时忆起此事,颇以为憾:当时我为何不能采取更为妥当的办法阅处此稿呢?后来我听说胡风一案平反之后,路翎这位南京籍作家早已是伤痕累累,精神也有些错乱了,然而,他却忘不了为家乡的刊物写稿。而我却处理得如此草率,以致终于失去了与他及其作品见面的最后机遇。退休之后,每念及此事,作为一名老编辑，我不能不感到后悔和遗憾。

与失之交臂的路翎相比，我与另一位天津作家蒋子龙的交往、约稿，则又呈现出另一番情景。作为与新时期文学同步成长的期刊与作家，《钟山》与蒋子龙本是有许多合作的机遇与空间的。事实上，1980年前后，当蒋子龙以《乔厂长上任记》和《拜年》等中短篇小说开创了改革文学的新局面之后，我即把组稿方向移向了京津一些创作力活跃的作家。大约在20世纪80年代初期，我曾不止一次地赴京津组稿，并特地去天津拜访过蒋子龙和冯骥才，其后，还与蒋、冯两位作家有过多次书信往来。至今我手头还保存着蒋子龙的几封来信和冯骥才题名寄赠的作品。然而，不知是因为机缘不合，还是我用力不勤，蒋子龙终未能在《钟山》发过一次作品。

事实上，大约在20世纪90年代末期，经我多次约稿，蒋子龙曾寄给我一篇纪实体作品，所写的主人公乃是广东特区的一位颇有争议的市级领导干部。最终，又因编辑部内部的不同意见，加之当时正处于敏感时期，尤其是中央有关方面曾有过报道有争议的在任领导干部需报批上级和中央有关方面的规定，我斟酌再三，只好忍痛割爱退给蒋子龙了。我知道，对于像蒋子龙这样级别的走红作家，组稿多年始得一稿，如今却又这样退稿，其时，作为责编的无奈与遗憾，也就可想而知了。记得写退稿信时，笔端是那么沉重和为难，因为只有我知道，我再也无颜向子龙约稿了，《钟山》与子龙的稿约姻缘也便到此结束了。

说起编辑的遗憾，我又不由自主地忆起了与上海女作家戴厚英的约稿、交往经历。大约20世纪80年代中期，自从戴厚英的《诗人之死》与《人啊，人！》引起文坛的关注与热议之后，我即主动热情地向她约稿。先是在家乡镇江的一次纪念同乡诗人闻捷之死的会上与她见了面，接着又特地去上海巨鹿路市作协大院内的一间平房内拜访了她，并热情地邀请她来南京做客。之后不久，我与《钟山》主编刘坪先生特地安排她在双楼门附近一家旅社内食宿，并陪她游览南京景观。在宁期间，编辑部与她相处交谈甚是融洽，离宁前她已应允回沪后即着手为《钟山》写稿。

不料天有不测风云,她回沪不久即传出在家遇刺身亡的消息。这不啻是对戴厚英亲友的沉重一击,当然对文坛和《钟山》也带来不小的伤痛和遗憾。为此,我曾经写过一篇《无法兑现的稿约》来表达对她的纪念。

与以上作家约稿多年,终未能在《钟山》发稿,实是遗憾。与此不同,还有几位曾与《钟山》相识较早且合作多年,也在刊物上发过不少作品的作家,后来却因特殊原因,为一部待发稿件的阅处结果,也会招致作家或编辑的不快或遗憾。

贾平凹与张炜都是新时期文学历程中具有代表性的作家,也是与《钟山》合作多年的重要作者。贾曾在《钟山》发表过《九叶树》《商州初录》等中短篇小说和散文,张炜则在《钟山》先后发表过《海边的风》等中短篇小说和散文。我主持《钟山》编辑工作期间,还曾分别到西安和济南去拜访,组约他们的长篇小说。事实上,他们俩也曾应允过为刊物写长篇小说。大约是20世纪90年代末,在一次全国作代会上,我去组稿时,贾平凹曾提议将他被删削压缩后发在《收获》上的一部长篇重新修订后再交《钟山》发表,后又来信说:若重新刊发,他可考虑少收或不收稿费。而张炜想给《钟山》的长篇也是因在《收获》搁置时间太长,他遂想收回给《钟山》发表。我与张还商定了发表刊期。

但《钟山》与贾平凹、张炜的长篇合作计划,却最终未能兑现成行。与平凹的合作因编辑部内意见不一,而只能婉谢作罢;与张炜的合作则因《收获》不愿放弃,抢先发表,而只能停摆。虽然这两次的合作愿望未能如愿兑现,虽然这两位当代文学史尤其是新时期文学史上不可或缺的重要作家,仍然保持着与《钟山》的友好合作关系,但作为策划此事的编辑,我仍然十分惋惜,长此耿耿于心。即使是退休多年,每念及此,我依然不免会引以为憾,不胜歔欷。

说罢三十年编辑生涯中的诸多遗憾之事,我不由又想起七十多年人生中的一些憾事。依照我七十多年的人生体验,我以为,不管是权贵富裕者,还是草根百姓,但凡人生一世,总会有欢乐,亦有悲喜,有得意之时,亦有遗憾之事。且遗憾,还有片刻些微的小遗憾与终生难忘的大遗憾之别；有可以挽回的遗憾，也有难以挽回的遗憾。尽管不同职业不同文化层次的人，其对遗憾的理解与表达方式有所不同，但消除和避免难以挽回的大遗憾，仍然是人们的共同愿望。对于七老八十的人而言，尤其如此。

在我看来，如果说遗憾本是在大的时代背景下个人的一点小小的不称心、淡淡的不满意，那么，作为编辑的遗憾，不过是我在几十年编辑生涯中发生的某种不太称心满意的事。对我而言，在已经逝去的几十年编辑工作中，虽然发生过与同事的龃龉或不愉快，我都可以不纠结于心，不予计较，但在与作家的交往、组稿过程中，一旦发生不快不满之事，甚至影响到稿件的组约，失去了原本可以得到的稿件，那便是我最大的失职、最大的遗憾。虽然，这遗憾对期刊而言也许并未带来多大的损失，也不完全是我个人的过失，但那却是永远难以挽回的机遇，是永远找不回来的缺憾。

也许，每一种人生，每一种职业，都会留下一些让人难以忘怀的遗憾。也许，在我的余生里，我总也忘不掉发生在几十年前的这些让我不太称心满意的遗憾，但我愿意与此遗憾为伴，走完剩下的日子，既是为了释怀，也是为了纪念。当然，在我七十多年的人生岁月里，对亲友对工作，我尚另有诸多的遗憾，但比之以上编辑的遗憾，我以为都是不足介怀、不必记载的。人生如白驹过隙，又如飘逝的白云，在人生大幕即将关闭之际，我愿留下一些沉思，也愿记下这些遗憾，既为自己，也为期刊与时代留下一些印痕，哪怕是浅浅的、淡淡的也好。这不是虚妄，也不是自夸，而只是一个老编辑的心语。如此而已，岂有他哉！

且说王安忆与《钟山》

大年初三之后，除夕夜扰人的鞭炮声逐渐消逝，探亲访友的喧嚣也日见淡化。该向远方亲友拜年的电话也已陆续打过，加之小孙子已去给姥姥拜年，家里顿时显得异常清静。寂寥间，我随手翻开案头刚寄来不久的《钟山》杂志，只见首页上正刊有王安忆的短篇三题，遂信手翻阅下去。谁知，这每篇只有五六千字的短篇，足足让我花去两三个小时，最终依然不免有扑朔迷离、不知所云之感。颇像是一介偏僻山区的老者，一旦进入电子化的大都市，顿时感到目迷五色而眩晕与困惑一样。这大约可以说是我阅读王安忆近作的一种新体验。

诚然，这三篇小说没有人物，亦无故事情节可言，有的似乎只是身居现代城市的朦胧迷离的感觉。作为一名老编辑，我自然知道，大凡阅读现代小说，除了需要一定的关于现代派小说的基本知识外，还需具有一定的文学感悟力和想象力。那么，究竟是我的感悟力想象力萎缩退化了，还是王安忆的创作再次发生了某种蜕变与创新？

一时间，我真的陷入了迷茫困惑的境地。年后未几，我打电话给现任《钟山》主编和责编，意在请教明示。不料责编告知我，编稿时他也有过同感，遂打电话给作者征求意见，此稿究竟是当作小说发，还是当作散文随笔发。作者说，还是当小说发为宜。于是，编辑只好将作品安排在小说栏目里了。

由此，我不禁想起了几十年来王安忆与《钟山》长期友好合作的情景，及我对王安忆为人为文的点滴印象。作为曾在《钟山》供职二三十年的老编辑，我不仅清晰地记得《钟山》曾邀请茹志鹃、王安忆母女参与《钟山》太湖笔会，多次组发过她们的作品，还曾不止一次到上海王安忆家中作个别拜访与约稿，且目前手头还保留着一些王安忆的来信；此外，我又亲自撰写过三篇关于王安忆作品的评论。如今，当我作为退休多年的老编辑，再来回顾这些陈年往事的时候，自觉无论是对作家还是期刊，或许都不无些许裨益。

在我的印象中，作为一家省级地方刊物，《钟山》从1979年创办之日起，就将组稿对象范围拓展到全国一些有实力的老中青作家。可据查《钟山》创办三十年之作品目录，却忽而发现，在《钟山》发表作品数量最多、质量最高、影响最大且文体最为丰富多样的作家，不是别人，正是王安忆。据不完全统计，从1981年开始在《钟山》发表短篇小说《墙基》，到2013年第1期发表短篇三题，她共在《钟山》上发表过近二十篇短、中、长篇小说及长篇散文和文学创作谈。尤为可贵的是，她刊发在《钟山》上的中篇小说《流逝》和长篇小说《长恨歌》，均荣获了全国文学大奖，既为王安忆自己，也为《钟山》争得了甚高的荣誉。可以说，王安忆各个历史时期的代表作几乎都是通过《钟山》与读者见面的。

毫不夸张地说，王安忆与《钟山》的长期友好合作，既共同为繁荣文学事业做出了突出贡献，也为《钟山》与作家的成功合作提供了一些有益的经验与启示。这是因为，在我看来，从某种意义上说，一部现当代文学史，本是作家与期刊书社合作的结果，是作家与编辑共同书写的。在电子化时代到来之前，尤其如此。

显然，期刊与作家长期友好的合作关系，首先需建立在文学观念与精神的契合之上。古人云"道不同不相为谋"，大约即是此意。在期刊与作家的相互双向选择中，任何有志向的作家、有追求的期刊，大约都不会凭借稿酬的多寡、影响力的大小作为主要选取标准的。在20世纪80年代之初，作为省级地方刊物，《钟山》自然谈不上有何影响可言，当时的王安忆也只是一位初出茅庐的文学青年。但《钟山》看重的却是王安忆的文学才华及其家庭文学背景与潜力，于是在其后举办"太湖文学笔会"时，便热情地相继邀请了茹志鹃、王安忆母女与会，随后即以显著版面连续发表了王安忆的短篇《墙基》和中篇《流逝》，并以"作家之窗"专栏发表了王安忆母女俩的长篇访美散文，又同期配发了长篇评论文章，予以重点推荐。或可说，《钟山》与王安忆80年代初期的合作，正是建立在改革开放、解放思想的基础之上的。而其后的《三恋》《岗上的世纪》和《长恨歌》，则又是作家与期刊共同追踪文学新潮、变更文学观念所结出的硕果。

其次，期刊与作家的合作，毕竟不能等同于一般的市场买卖关系。文学本是有情物，即使是文学市场的买卖关系，亦需借助于作家与编辑之间的友情信任作为支撑点。虽然有人喜欢把善于发现有才华的文学新人的编辑称之为"伯乐"，但我更愿意把编辑与作家之间的关系视为知音与朋友。倘若把作家与编辑之间的稿件往来，完全看作是一种金钱买卖关系，全然放弃文学探讨、思想交流，那么，这种合作既不能长久，也不能深入，便自然也谈不上文学的繁荣昌盛了。回顾王安忆与《钟山》的长久合作，我以为，编辑部内不管是早期的苏童、范小天、沈乔生、王干，还是现在主持日常编务工作的贾梦玮、吴秀坤，抑或是我在《钟山》二十多年的编稿工作期间，我们或与王安忆通讯联络，或作家庭拜访，或是会议上的接触，或是阅读王安忆作品、撰写评论文章，我们都对王安忆为人的温婉谦和、为文的细腻多变留有深刻的印象。应当说，在《钟山》与王安忆的长期友好合作中，编辑与作者的友好信任、互为知音朋友，自是起着决定性作用的。

显然，作家与期刊的友好合作能否长期有效，除了二者之间在文学观念与精神上是否契合之外，还与作者与编者的个性气质是否投缘不无关联。在我的记忆里，王安忆一直给人以温婉谦和、知书达理的印象，即使是成名之后，待人接物也从无张扬狂傲之态。

为了寻找、探索作家与期刊的友好合作关系，近日我搜检旧时编务资料，忽地发现王安忆寄给我和编辑部的三封书信。第一封信写于1986年9月23日，信中言及为《钟山》所写中篇《锦绣谷之恋》即将完稿，待她乘国庆节之际与丈夫李章一道来宁旅游时交编辑部，并特地嘱咐："千万不要惊动编辑部，否则我们十分不安了。"信末这位出生于宁的作家还说："一切费用当我们自己支付，这点请不要客气。"比之某些张扬狂傲的青年作家，其谦和之态不免令人心动。

说起王安忆为人谦和温婉、彬彬有礼，我不禁又忆起1988年10月前后，王安忆将另一个中篇《岗上的世纪》交付与我的情景：稿件写好后，适逢她有事外出，便特地委托她丈夫李章代替她请我到上海红房子西餐店吃饭并交稿于我。由此，我遂进一步认识了王安忆及其丈夫李章为人为文的温文尔雅、知书达理。

王安忆于1994年11月至1995年2月写给我的两封信，主要都是为了商谈她的长篇新作《长恨歌》的供稿事宜。在此之前，她的《本次列车终点站》和《流逝》都已荣获全国优秀中短篇小说奖,之后她又以《小鲍庄》《三恋》在创作中获得足够的信心。因此在这封信中谈到自己的创作时,她坦然写道:"这两年写东西,落笔似都艰难,不易使自己满意,但这个长篇我自己是满意的。此外,我相信会是好读的,这我可以保证。再则,我绝不会一女二嫁,放心。"这些信件足可说明王安忆创作心境的变化和她为人的沉稳踏实。自然,也多少说明她与《钟山》的友情合作是成功愉快的,作者与编者是相互信任友好的。

根据我多年从事文学编辑工作之经验,我以为,作家与期刊、作者与编者友好合作的最佳效果最高原则,本应是双赢互利一道成长,共同为繁荣文学事业尽心竭力,贡献自己的全部力量。王安忆与《钟山》之所以能长期友好合作,正是体现了这一原则,达到了这样的效果。

令人高兴的是,《钟山》创办三十多年来,随着王安忆从"雯雯"式的儿童文学作家成长为如今这样有一定国际影响力的著名作家,《钟山》也已从省级地方刊物逐渐成长为国内一家有着一定影响的品牌刊物。且伴随着《钟山》的成长,从刊物编辑部也涌现出赵本夫、苏童、沈乔生、王干、唐炳良、贾梦玮等一批作家。因而可以说,这也正是作家与期刊友好合作所结出的丰硕成果之一。

作为一名年长王安忆十来岁的老编辑,眼看着王安忆在创作上不断成长,取得新的成就,并为《钟山》争得颇为瞩目的荣誉,我自然十分欣喜,高兴之余便也情不自禁地写些文艺评论,也算是为王安忆助阵,为《钟山》呐喊。从《流逝》的发表到《长恨歌》分三期在《钟山》陆续刊出,显示了王安忆的创作曾走过的多产蜕变历程,我遂不由自主地写过三篇长短不一的评介文章,第一篇就是《沉思:在流逝的时光面前》。这篇评论充分肯定了王安忆的创作从早期的"雯雯"情绪天地,转向对社会和人性的探索与拓展,进而评述道:"作品以看似平淡,实则寓意深刻、哲理性颇深的笔墨,着意于对日常生活和都市风情的描述,有意无意间地淡化、回避了早期伤痕文学制作的寻常套路。"因而,这篇五万多字的中篇小说荣获1987年全国优秀中篇奖,自是实至名归、理所当然的。

如果说，短篇小说《本次列车终点站》、中篇小说《流逝》和《小鲍庄》乃是王安忆小说创作的阶段性成果，那么，长篇小说《长恨歌》的发表，便是王安忆创作历程中的标志性成就和最重要的作品之一。作品在《钟山》刊出后，立即在读者和国内外评论界引起十分强烈的反响。作为编者，我在为王安忆为《钟山》庆幸之余，也曾写过一篇短评《长恨歌启示录》。短评在面对、回答90年代一代知青作家是否"落伍"和"出局"之问时，明白无误地写道："知青作家王安忆在她的长篇新作《长恨歌》中以自己的创作实践向世人表明，她不但正艰难地攀登新的文学高峰，而且，还以自己的努力为中国现代城市文学的发展提供了新的成果。"委实，在现代城市文学的作家队列中，她不同于同时代的王朔、方方、池莉，也不同于她的前辈张爱玲，然而，在新的创作成就面前，她从不张扬外露，她的创作也绝没有像某些知青作家那样落入声嘶力竭的颓势。

在新时期涌现出来的一批中青年作家中，我一直认为王安忆是一位多产、多变且又具有多副笔墨、多种创作套路的作家。为此，我曾与丁帆合作写过一篇主要论述王安忆、贾平凹创作蜕变比较的论文。文中不仅描述了王安忆创作的蜕变轨道，而且还论及蜕变的个性因素与社会缘由。文中简要地写道："80年代初，王安忆从少儿文学领域内走出后，她就编织了一个知青雯雯的情绪世界。"从《墙基》《流逝》之后，"王安忆终于从雯雯的情绪天地走向了社会，由表现自我进而拓展到了不属于自己阶层的甚至与自己距离较远的人物；随着对象的不同，笔调也产生了变化，她逐渐藏匿了自己的主观感情，而转入冷静的客观描写。她似乎减弱了早期作品的抒情性，而增强了探求人生哲理的成分。她逐渐失去了童稚的天真，而代之以成年人对社会对人生的冷静观察"。

这时的王安忆的创作主张与宗旨，确实有了很大的变化。她更信奉"写一个人，从这个人身上能看到很多年的历史，很大的一个社会"。即便是《流逝》和《命运交响曲》获得了很大的成功，她仍旧不会因满足已有的创作成果而裹足不前。"1984年，她访美归来，经过半年的苦闷搁笔，终于以六个短篇四个中篇，成功地向读者表明她再一次完成了新的蜕变。其代表作便是《小鲍庄》。"诚然，王安忆变得几乎不大像她自己了，以至一位评论家曾经惊呼道："你的《小鲍庄》叫我们瞠目。在《小鲍庄》里你仿佛一下子变了，变得让大家不复认识，就像蛹儿在一个早晨蝉蜕为蝴蝶，没有思想准备的人要大吃一惊。"因此，继《小鲍庄》和《三恋》之后，90年代中期，她再次写出长篇《长恨歌》，并连续三期刊发在与她长期友好合作的《钟山》之上，也就一点也不奇怪了。她本就是一个不愿重复自己又拒绝时尚和喧嚣的作家。盖因她从来都相信："写作是寂寞的生涯"，也是她的"第一生活"。

自打2004年我从《钟山》正式退休之后，我仍不时关注着王安忆的创作，我很高兴地看到，她仍在继续为《钟山》和她的读者写作，并又陆续发表了长篇新作《遍地枭雄》和中篇《红光》等小说。《钟山》也不止一次地组发过对她和她的作品的长篇评论。并且，我还知道，在《钟山》之外，近几年来她还发表了《叔叔的故事》《文革轶事》《我爱比尔》《纪实与虚构》和《月色撩人》等等颇有影响的力作。正是这些力作和她为人的温婉谦和、细腻恬淡，使她成为中国当代最有成就、最有影响也最有活力的杰出作家之一。据悉，2001年王安忆曾被评选为全球最杰出的华文作家，获得首届花踪世界华文文学奖。我以为，这对王安忆及其作品，实在是最为恰当贴切的褒奖。

从年初三初读王安忆的短篇三题到三月立春的大半月里，我不断翻检旧札书刊，追忆往事，写到此文结尾时，我禁不住再次翻阅了《钟山》2013年第1期上刊载的王安忆的短篇三题。细加思索，方逐渐体悟出王安忆新作题旨的某种意象：作者所要表达的，或许正是电子化全球化时代现代城市人的精神迷茫困惑与心灵疏隔之感？是的，置身于千变万化的电子化时代，我辈老年人，不也同许多青少年一样，时常处于扑朔迷离、不可捉摸的状态之中吗？确实，年近六旬写过近千万字作品的王安忆，或许又一次面临着精神蜕变与文学创新的过渡阶段了。而能否接受与认可这一蜕变与创新，委实也需要一个过程，也得接受时间的检验。

（发表于2013年）

王青风

　　编了多年的小说,一直在认真地琢磨和研究它,不可谓不下功夫!可是要把它说清楚,也并不容易。在一次小说作品研讨会上,与会者问:什么是小说? 我答:要细细表述,恐怕三天三夜也说不清!要概括说,即小说源于生活。但小说是编的,它无中生有;把简单的事情复杂化,把虚假的人物真实化,把日常的生活典型化。这样的文字谋篇就是小说!

　　小说属于文学的范畴,那么文学是什么呢? 高尔基说,"文学是人学";马克思对人的概念早有概括:"人是社会关系的总和。"应顿悟吧?

　　文学的实践则各有各的不同,因为文字的谋篇每次都须有创造!

酒的奥妙

王青风

> 王青风：男，1954年出生，山西太原人，中共党员。1978年毕业于上海复旦大学中文系。1975年入党，同年参加工作，历任太原市戴家堡学校教师、辅导员、团支部书记，《人民文学》杂志编辑、总编室副主任、副编审、总编室主任，《诗刊》副社长。现任《中国作家》副主编。获全国短篇小说编辑奖、全国短篇小说编辑百花奖，其他编辑奖若干。

清人施补华在《岘佣说诗》里评子羽先生《凉州词》的后两句"醉卧沙场君莫笑，古来征战几人回"时说："作悲伤语便浅，作谐谑语读便妙。"还说，究竟酒的作用，"在学人领悟"。看来，喝酒的未必作得诗，作诗的大都是喝得酒的。

到北京以后的喝酒记忆，已经是1978年以后的事了。大多是和作者、同学、同事之间的小酌，你来我往，难得会聚。那时要凭票吃饭凭票买酒，不是很方便，但一得机会，总有人会大方地拿出瓶酒来，且是带有地方特色，现在看来都是名酒了。

生命的意义不在于时间的长度，不限于自己的感受，而在于人与人之间的情感。酒之所以能够成为人与人交往的重要媒介，主要是因为它能促进人们之间的真情。陌生的人坐在一起，开始不哥们儿，喝了几两老白干，就哥们儿了。黑龙江的一位诗人老兄就属于这种，他和朋友在酒馆喝酒，喝着喝着就和邻桌搭讪，然后就相互敬酒，几杯酒下肚，就把菜搬到了一个桌上，喝得酣畅淋漓，就像久别重逢的哥们儿。结账时谁也抢不过他，尽管平日他文弱，但酒后就变为强者。第二天醒来，发现兜里的钱不对，问同去的朋友，朋友说你买单了。他说不对呀，四个菜怎么那么多钱？朋友又说你把旁边那桌也结了。他又问他们是谁？朋友说你的朋友啊！他努力地回忆：我的朋友我怎么不认识呢？朋友说你当然不认识了，人家也不认识你。他一拍脑门"操"，悔之晚矣，但下次喝酒时还会故伎重演。后来，再喝酒时朋友就把他的兜掏干净，但碰上熟悉的酒馆不免还要签单，字体龙飞凤舞。

俗话说：感情越赌（博）越远，人情越喝（酒）越近。我觉得这话占理，得机会就和哥们儿朋友一起喝喝酒，邀人，也被邀，喝到兴致时也醉过。自斟自饮地在家喝点儿小酒，也是经常的事，但不多喝，从不酗酒。我以为：喝酒而从来不醉的人，是很难成为朋友的，因为他总"留有一手"。我喜欢豪饮的朋友，放得开，不设防，把自己的短处亮给人看。酒品见人品。

我的哥们儿韩作荣是黑龙江人，喜欢喝酒，且喜欢喝白酒，要高度的。他对喝酒有自己的套路：总是仰脖一口，快！我曾问过他："你就不能慢点儿喝？也好品品味儿啊！"他说："就是个辣，与其在嘴里难受，不如直接倒进肚里，省一道环节，少一分折磨，反正效果是一样的。"爱喝酒的人都有理论，你听，这也是一种：注重结果，简约过程。

1987年7月间，骄阳似火，酷暑难当，从2月起就不断地开会，问题越扯越多，事情越闹越大。这些朋友似乎也能体谅到，比如骆一禾就在没有预约的一天突然光临人民文学编辑部。骆一禾毕业于北京大学中文系，时任《十月》杂志编辑，是为文学青年翘楚，在界内颇具声望。我们曾一起参加了1985年春天云南德宏州举办的笔会，他在会上就小说创作的观点新颖独特，意蕴真切，得到过在场的著名作家蒋子龙的高度赞赏。之后，由黄尧陪同赴思茅（今普洱）、西双版纳组稿，傍晚时一行三人到澜沧江捡石头，他认真的那股劲儿，就像是推敲着编诗。我问他："一禾，有什么事吗？"他说："没有，路过看看。"

从窗户看出去，头顶乌云密布，远空中已电闪雷鸣，眼看一场暴雨就要到了。我想，一禾老弟显得漫不经心，一派无所事事的样子，无非是知道我们正处在艰难之中，既来看望，又表现出轻松，不想添加一丝压力而已。不几天，《骑手为什么要歌唱母亲》《北方的河》的作家张承志也登门编辑部，说他将要去日本讲学，来和大家辞个行。他当时在海军创作组。我想，海军大院离我们多远啊！他们的关心和爱护，我心中有数，是心存感念的。二十多年了，其时的情景，至今历历在目。

人啊，要学会感念他人，要学会记住别人的好。

8月的一天，作家蒋巍来电话联系，请我们派出一个诗歌、小说的编辑小组，对哈尔滨市文联的作者一对一地辅导，并说："韩作荣已经在黑龙江，你再带个人过来就可以了。"其时，蒋巍在哈尔滨市文联当副主席，主抓创作。我向临时领导小组崔道怡、周明、王朝垠做了汇报，和主编助理李敦伟受命前往。我们在哈尔滨中央大街的住处足不出户，埋头看稿，几天之后，终于选了十首诗和三篇小说，我们双方都很满意。

蒋巍说："哥们儿辛苦了！我们从深主席陪你们去镜泊湖休息几天，放放松。"于是我们就住到了镜泊湖中的"鹿苑岛"上。

鹿苑岛直径几十米，有栋两层小楼，几个房间，坐北朝南。似招待所，无服务员；有电灯，无电话。西边两间厨房单列，一个大师傅，做饭兼采购，每天摇一小船上岸买菜，顺便摇几位朋友来岛上喝酒，此外，和外界绝无关联。我们白天钓鱼，晒太阳。湖面平静如镜，鱼钩放到水里，浮标也很平静，钓者像姜太公。岛上有片黄沙滩，应该是人造的，在太阳的灼烤下暖融融得发烫，我们就将上下衣除去，光脚丫子趴在沙滩上日光浴。

一天傍晚，小船远远晃来，我们翘首以待，牡丹江林场的工会主席，带着几个爱好文学的森工（即森林工人），被厨师摇上岛来。他是作荣的哥们儿，载着酒，载着易拉罐猕猴桃，来犒劳老朋友。

那天的晚餐喝的是大酒——牡丹江当地酿造的小烧锅。先是三杯干，人人有份，谁也不能落下，这是第一轮，有礼有节；第二轮开始"提酒"，有理有据，诸如：久未见面呀，上次没喝好呀一类，你得喝，不喝不够哥们儿；当然还有第三轮：老丛（深）是主席，老蒋（巍）也是主席，主席遇上主席，也得喝吧？喝！你们是作家，我们工会的小青年爱文学，他们得敬老师酒吧？得搞好关系嘛，不喝不行啊，得喝！几轮儿过去，厨师端上来一盘小鱼，说是镜泊湖的，掌长，头尾一顺儿，码得整齐。

工会主席说："头三尾四。"我不懂，只能接着往下看。原来这哥们儿说的"头三尾四"是指鱼头冲着谁，谁三杯；鱼尾冲着谁，谁四杯。你想，这盘鱼尾能冲着谁呢！韩作荣笑笑说："行！就四杯，我喝。"

"慢，等我数数。"工会主席拿筷子扒拉盘里的鱼，"每条四杯。"哦——我惊讶了，目瞪口呆，那是九条鱼哇！四九三十六杯啊！

韩作荣稍作停顿，一挥他那香烟熏黄的手："他娘的，拿杯子来！"把所有的杯子拿来，共十二个，一字儿排开。杯子不大，三钱的。待得斟满，这老兄便一口一个地往喉咙里倒。说实话，这是我一生中见过的最疯狂的一次喝酒。工会主席倒安然无恙，韩作荣就显出了醉态：他破例地拿了几个易拉罐饮料回住处。在夜幕下，迎着小楼里透出的灯光，只见他将那易拉罐笨拙地夹在左右两边的腋下，还激情不减地挥着手说话，那易拉罐便落在地上，滚地的影子模糊可鉴。他捡起，复又夹，复又掉，如此反复，高大的剪影很忙很生动，令我悠然想起少儿时看过的电影加片——狗熊掰棒子的情景。这一幕，印在我脑际多年，要形成文字时就犹豫了，怕伤着哥们儿朋友。春节期间，聚在韩作荣家喝酒，说起这个故事，徐刚说："写！干吗不写？写出来，作荣才是个完整的人，真实的人！"作荣的夫人郭大姐也作鼓动："怕什么？写他，他的故事多了。"

作荣憨憨地说："喝多了的'洋相'何止这些，我还被人家绑在树上过呢。"说的是一次喝得回不了家了，醒的可都是女的，醉的基本上是男的，送不过来，就把他先绑在树干上，脸朝外，耷拉着脑袋等着。

我调侃说："听说是用裤带？"他说："哪呢！是用围巾，娘们儿干的。怕我走丢了，还把扣系在后头，真损啊！"我想：人的一生，谁没有年轻过？年轻时谁又没有造几件糗事？哈哈，年纪大了、老了，有几件笑话能供老哥们儿相互调侃，且也是又一件乐事。

作荣这几年身体小恙，不喝白酒了，我有些遗憾。他说："少给大夫找麻烦，少给家人添担忧而已。"但他改喝红酒了，喝得很入味，很地道。去年我看到了他关于红酒的文章《有生命的液体》，他可堪为品评红酒的专家了。于是我就把朋友送的红酒留着，每年春节和老婆拎着，一道去他家，换得一瓶老酒喝。他给我喝的都是十年以上的老酒，几十年的友情就着陈年的老酒，还有郭大姐的酸菜馅儿饺子，这个年过得愈来愈有味道了，酒也喝得越来越有味道了。

今年是和徐刚兄相约一起到作荣家的，徐刚见了我就调侃，专门在我老婆面前揭发我的糗事。我老婆是黑龙江人，痛快豪爽，没心没肺，能和徐刚这厮调侃到一块儿。老婆说："山西人就是会过，有几百瓶好酒舍不得喝，一箱一箱地买红星'二锅头'。"徐刚问为什么？她说："怕以后老了没人送了，存着呗。"徐刚和作荣异口同声地问我："你准备活几年？我俩的就够你喝几十年的，别担心，老子。"虽是调侃，还是让我心里有些热乎。

郭大姐也是黑龙江人，说得更实在："我家还有两瓶三十年的汾酒哪，明年来喝。"老婆说："三十年的汾酒很值钱哪！郭大姐慢条斯理：多值钱也不能卖啊，留着干啥，喝喽。"作荣笑得苦不堪言；我却得意地笑着，期待着来年的春节。

酒渗透在我生活中是我的愿意，成为我工作的伙伴却是我的意外。我曾经有幸欣赏到了一幅不可复制的风景，并历史般地留驻心中，使我走上了对酒近乎迷恋的快行道。

1988年3月，贵州作家何士光来京开政协会议，建议《人民文学》组织一个有关茅台的征文奖项，他愿意负责联络促成。四川作家周克芹也是全国政协委员，也表示赞成。这个奖项定名为"茅台文学奖"，由茅台厂委托杂志社承办，文类为散文。7月评选揭晓，定于15日在茅台酒厂举行颁奖仪式。主编刘心武因受邀出国讲学不能出席，委托副主编周明带队。我当时代理总编室主任，王扶代理一编室主任，听从周明调遣，一同参加了会议。出席会议的有：作家陆文夫、丛维熙、谌容、叶楠、何士光、周克芹、乔迈、梁上泉、李宽定、顾汶光等，崔道怡作为《人民文学》副主编、评委也出席了会议。

　　我们一干人在厂长郭运良、总工程师季克良等人的陪同下，参观了酒厂酿造的整个流程，在酒库里，每位客人品尝了一小口上百年的"茅台"原浆。啊哦！黄绿色的，黏稠，拉丝儿，入口很绵、很厚，酱香扑鼻四溢。琼浆玉液嘛！天宫里玉皇大帝请王母娘娘的酒宴上，喝的大概就是这种酒吧。我平生第一次近距离地和酒厂接触，第一次亲眼看着从偌大的酒坛里提取出这种神奇精华的液体来，并且亲口品尝。我突然产生一种认知感和幸福感：喔，酒应该是这样的，好酒应该是这样的。听郭厂长说，中午给来宾备有酒席，请大家开怀畅饮。这无疑给大家一个美好的期待。酒席设在酒厂的宴会厅，建筑并不宏伟，装潢也不豪华，在有些质朴的二楼，窗户是一排可以完全开启的棂式木扇。时值7月，赤水河旁的茅台镇湿热更甚，我们从北方去的客人，领略了茅台盛夏的滋味。郭厂长却说："没有绿色的赤水河，没有赤水河在茅台这儿甩出个坝子来，没有一年一度的坝子里的酷热，哪儿会有赛比黄金的茅台酒啊。"他还说："得天独厚，这是天地造化啊。"酒桌上放着三种茅台，一种是一斤装的"五星"，五十三度；再一种是一斤装的"凤凰"，五十三度；三一种是半斤装的"凤凰"，四十六度。郭厂长站起来，先将瓶上的商标一一撕破，然后再将瓶盖儿逐个旋开，他说："这是茅台人的习惯，瓶子只装一次酒，防止假冒。"酒过三巡，宾主间便不再客气，尤其是好酒者，便可以随意选择地斟饮了。我对酒怀有情结，就对三种不同商标的酒细细品味，企图找到其不同的奥妙所在。何士光和周明比较活跃，端着酒找各位碰杯。崔道怡当编辑几十年，为人为事谨慎谦虚，喝酒也彬彬有礼，谦让也不例外。丛维熙仗义豪爽且善饮，往往一杯酒刚净就立刻补满，毫不客气。周克芹和叶楠属于慢饮者，不慌不忙，慢条斯理，举起杯对着灯光照照，微笑着互相比画一下，算是招呼，只喝酒不吭声。陆文夫是美食家，为人厚道，曾有人问他保养有什么秘诀，他回答说："抽烟喝酒不锻炼。"可见他和酒的关系是多么亲密了。这时，陆文夫对半斤装的"凤凰"找到了感觉,索性将酒瓶据为己有,自斟自饮,不管他人。谌容是酒中侠客,喝到酣处,竟将陆文夫拉出座位,站在窗户边上,边斟边饮边说话,像是久别的兄弟。看着两位赫赫有名的作家喝得高兴我也高兴,只是离窗户太近,窗扇又开着,怕有闪失,就在他俩和窗户之间端着杯子,站着陪他俩说话,同时也尽到了《人民文学》的责任。那天,我们到底喝了多少瓶茅台酒,已无从知晓。总之,作家们一个个眼睛都眯成了一条缝儿,我自己也觉得脚步轻履,像踩了棉花。

二十几年过去了,周克芹离开了我们,陆文夫离开了我们,还有许多值得我们感念的作家离开了我们。已不年轻的我们还在,茅台厂掌门业已易人……"茅台"还是那个"茅台",它宠辱不惊地和人间一道沧桑。"茅台"和《人民文学》的关系至今绵延,大概是从那时开始的?也未可知。

1989年的5月下旬,昆明宏达有限责任公司总经理郭友亮一行,就赞助《人民文学》创刊四十周年活动来京。郭友亮是一位极具传奇式的人物,他和共和国同龄,不是一个安分守己的人。在"文革"特殊时期,为了吃口饱饭,竟然敢带着十几个哥们儿搞"黑包工",被当时的政法机构判处死刑,曾陪绑死刑犯执行枪决。他调侃自己说:"我是在活下一辈子的人了。"这老兄喜欢文化人,更偏爱文人,于是就起了帮帮刘心武的念头。刘心武既然是《人民文学》的主编,那就帮《人民文学》好了。我作为总编室主任,代表《人民文学》在北京饭店和宏达初谈。待一切谈妥之后,我方在国际饭店设宴答谢,宏达方面还邀请了时任中国足球队的队长出席。我们很内行地点茅台酒:"凤凰"五十三度的。饭店电话说有,欣然应允。待一切就绪,刘心武也在路上了,我们围坐在桌子周围等待。我无意识地端起桌前的酒闻闻,很熟悉,酱香的,不错,是茅台酒。然后不自觉地抿了一口含在嘴里,只觉一股馨香浸满口腔,然后慢慢咽下,余香仍在口腔,却有那么一丝的异样。

"咦,不对,好像是'五星'的,不像是'凤凰'。"我记忆中,这两种商标的茅台还是有些不同的,在那馨香的余味中,它具有一丝淡淡的不同。我小心地向副主编周明说。

周明先是端起杯嗅嗅，然后也抿了一小口，也觉得不对。于是向店方提出了质疑。服务员信誓旦旦：我们是大饭店，这酒确实是茅台，绝不会有假的。我们说："我们没有说不是茅台，但不是我们所要的茅台。"争执来争执去还是争不清楚，服务员索性把酒瓶子拿来以证明茅台是真的。我们就哈哈大笑："果然是'五星'的，不是'凤凰'的，我们点的是'凤凰'商标的。"

热闹间，餐厅主管过来了，彬彬有礼地询问是怎么回事。服务员伶牙俐齿地辩解："我的服务是按饭店规定做的，既然是茅台酒，就都是一样的。"对于我们的要求无能为力，也无可奈何。言外之意是我们在鸡蛋里头挑骨头。我已经可以很自信地以行家的口吻告诉他了："虽然都是茅台酒，牌子也一样，但商标不同，口感就不同，这微妙的区别不是谁都能体会到的。"餐厅主管恍然大悟，他立刻谦和地表示："很荣幸！我们算是遇到了品酒行家，知道了茅台酒还有这么多的讲究，受益匪浅啊。这样吧，酒就免费了，算我奉送。"

周明则很大气："那倒不必，只是不符合我们的要求。如果您没有，我们有。我家就在附近，我们可以自己带。这不是送不送的问题。"

当然，我们作为国家刊物，酒钱是要照付的。于是，关于茅台或者其他的酒，就成了我们饭桌上一个热门的话题。我也因这样一次大胆的多事，赢得了"很懂茅台"的美誉。

我的酒喝到这儿，真就有那么点味道了。

朋友见我喜欢酒，会在有意无意间送给我一两瓶酒。我呢，也开始见了喜爱的酒就心痒痒的，忍不住也买一两瓶，或喝，或摆在酒柜里欣赏。作为茅台厂的宾客，我们一行各自受礼一套（系列）茅台酒，我乘兴又购得珍酒、鸭溪窖酒、董酒、习水大曲、安酒、贵州醇。

其间到云南，作家彭荆风让我欣赏他的藏酒。彭荆风个子不高，精瘦干练（今年，彭荆风获鲁迅文学奖时，看到他胖了），穿着合体的将军服，笑起来和蔼可亲。据说，老彭是那种爱憎分明、疾恶如仇的君子式人物，心思都写在脸上。喜欢的人爱死，你怎么都行，对你很宽容；不喜欢的人恨死，无论你怎么讨好他，都懒得理你。在文学创作的潮流涌到寻根热时，彭荆风曾写了一篇小说叫《熊的寻根》，就寻根的热潮问题，以小说的形式表达了自己的不同看法，可谓别出心裁，自成一格。我作为《人民文学》杂志西南地区的小说责编，给当时的副主编王朝垠提出稿子时，王朝垠回答："青风，稿子确实不错，但不能发啊。寻根是我们发起的，我们再打压不合适啊。起码现在不宜。"我将意见有保留地转达了彭荆风后，作品在《北方文学》发出。1986年9月，我随刘心武、崔道怡到四川组稿，在成都见到彭荆风，对于寻根热和老彭有较长的交流，大约是这次，我们成了忘年莫逆的朋友，以至于彭荆风为了写《秦基伟传》经常来北京，每次都带一条小熊猫牌香烟给我。他并不抽烟，并且劝我也别抽烟，可他还是给我带烟，即使是他女儿彭鸽子到京出差，依然要带条小熊猫。当然，这是后话。

彭荆风家里琳琅满目的两柜子酒，成了一道酒的风景墙，煞是壮观！老彭得意扬扬、如数家珍地述说着每瓶酒的来历，像是阅读一篇篇美文，或是朋友间回忆友情，娓娓道来，尽显心情。我随着他的心境只有点头加赞许的分儿，不敢妄言。即兴处，老彭很"小气"地送我一瓶二两半装的湘泉酒，说是他最近去湘西带回来的，酒瓶子是画家黄永玉设计的。我珍藏至今，也常和前来赏酒的朋友讲起这段珍贵的缘分。我想我大概是老彭喜欢的人了。

我手中的酒可谓名门荟萃，这也就使我萌发了藏酒的念头。这时，我们国家已经从1952年到1984年举行了四届评酒会，由四大名酒到八大名酒，再到十三大名酒。1952年第一届评酒会评出的中国四大名酒中，除四川泸州老窖特曲外，贵州茅台、山西汾酒、陕西西凤酒我都已有。1963年第二届评酒会评出的中国八大名酒中，五粮液、古井贡酒、全兴大曲酒、董酒我也有。1979年第三届评酒会评出的中国八大名酒中，增加的剑南春和洋河大曲我也有。1984年第四届评酒会评出的十三种名酒中，除了茅台酒、五粮液、汾酒、洋河大曲、剑南春、古井贡酒、董酒、西凤酒、泸州老窖特曲、全兴大曲外，新增的特质黄鹤楼酒、双沟大曲、郎酒我都有。

（1989年，第五届评酒会在合肥举行，评出了阵容庞大的十七种名酒，在十三种名酒的基础上又评出了四种：武陵酒、宝丰酒、宋河粮液、沱牌曲酒。我随即到商场一一购买收藏了。）

我的酒柜因有四大名酒、八大名酒、十三大名酒、十七大名酒的常驻骄傲起来了。但我和一些以收藏价值为目的的藏家不同，我把家里的竹叶青、北方烧、宁城老窖、北大仓、龙滨酒、富裕老窖、绵竹大曲、北京产二锅头（分别：红星、牛栏山、八达岭、全聚德、北京、京宫）等地方名酒一一摆放着，不显贵贱。我收藏的是对酒的感觉和对酒的认识，收藏的是和朋友的情谊，以及有关酒的一个个鲜活的故事。

随着我的酒柜不断丰富，我的酒量也在朋友中小有名气，于是便斗胆于酒场叱咤一番，常常使一些不知我酒量深浅的人望而却步。自我感觉对酒了解不少，便私下里有些沾沾自喜。

《人民文学》是1949年10月25日创刊的，为纪念创刊四十周年，筹备制作出一本纪念册，内容有党和国家领导人的题词，有媒体单位和兄弟刊物的祝词及和刊物有联系的作家的题词，还有书法家、画家的祝贺作品等，全部彩印，预计成本得16—18万元。在当时，这是一个不小的数字，需要找相当的广告或赞助来支撑。于是，我们分两路，一路向南，一路向北。主编助理李敦伟是南方人，向南；我担当了北路。

1986年8月，我曾应邀参加内蒙古的一个笔会，其间随《草原》《山丹》的同行们，去赛汗塔拉看"那达慕"大会，和朋友们在一起，大块吃肉，大碗喝酒，唱饮酒歌，疯跳民族舞，结下了深厚的友谊。包头市文联《山丹》编辑部的王志刚就是其中的一位。于是，就和王志刚取得了联系，他表示愿意帮忙。

王志刚说，包头棉纺织厂是他们内蒙古的大型企业，光工人就有一万多，厂长叫李桐悦，蒙古族，大块头，人称大老李，企业管理有方，效益很好。那家伙能喝酒，喜欢文人，只要对脾气了会很仗义的。言外之意，只要我们舍得用酒把自己放倒了，事情就好办了。

喝酒就能解决问题，我感到轻松了不少。

那天，正好是棉纺厂产值突破多少亿元的庆祝活动，整个厂子沉浸在锣鼓喧天的气氛中，偌大的餐厅座无虚席，演奏的乐队齐齐整整，丝竹之音缭绕，铜光明亮耀眼。当我得知乐队是厂里组建的，很是惊诧："了得，棉纺厂竟然有西洋乐队！"

王志刚得意地说："怎么样？开眼了吧？北京人长见识了吧？"之后，和大老李熟了才晓得，他们厂不仅有乐队，还有"乌兰牧骑"呢！棉纺厂不仅工资高，福利好，还能分到住房等等。用现在的话说就是：让百姓也能享受到改革开放的成果呢。

李厂长不把我们当外人，将我们安排在他身旁的主桌。这个大老李果然了得，在简短的讲话之后，他一手端着酒杯，一手拎着酒瓶，开始给每一张桌子的宾客敬酒。他身材魁梧，嗓门洪亮，和每一张桌子的宾客干杯后又转回来接着和我们喝。他谈笑中几十张桌子潇洒地走一遭，二斤酒喝下去如清风掠过石阶，竟有些禅意。我端着酒杯不敢造次，自己虽是传说中的海量，但也不过如此吧。我暗自发愁：我得喝多少杯才能张开嘴呢？踌躇间李厂长突然单刀直入地问："你们有什么事需要帮忙？"我们硬着头皮照实说了，后来都记不起当时是怎样说的。

他稍停，随后站起，大着嗓门喊来一位副厂长交代："你填一张支票，五万的。就现在，马上用。"

那位副厂长是女的，分管财务，介绍时我已认识。我立刻觉得心中忐忑，我想我的脸应该是红了。我极力保持着矜持："我们可以先签个合同，然后再说。"大老李一摆手："手续以后再补，你们先把钱带走，别耽误事。"

说实话，我还没有碰到过喝酒这么爽快，做事也这么爽快的人。我不知该从酒中品味他，还是用他来诠释酒。从此，我和大老李成了哥们儿，他只要来北京，我们必要喝酒。他朋友多，我也得陪着。后来，我因"问题"被免职下岗了，大老李也没了消息。再后来，有一位包头的肖姓朋友来北京，我向肖打听，肖说大老李退休了，高血压，好像还害了一场大病。我便把一盒野生的"田七"托肖带给大老李。不久，我和商震到包头出差，很想见见老大哥，晚上了，便打了电话。他说："你找不着我。等着，我明天一早去看你。"

第二天上午，一开门，一堵墙立在我的门口：喔，是大老李！身后站着商震，显得跟猴子似的，又瘦又小。商震说："桐悦大哥早就到了，我说把你叫醒吧，大哥不让，说你有睡懒觉的习惯，还是自然醒的好。"

原来，大老李退休后移居呼和浩特，得过一次脑梗，手脚还不利落，是从几百里以外赶来的。我无言，感觉喉哽："大哥啊，您为什么就不能把这个机会让给我呢！"

我记得大老李说过："我们蒙古族人最爱喝酒，酒是暖心窝子的好东西；是朋友就得有酒，有酒就得喝透，喝不透哪能是朋友嘛！"我想，全世界男人们的想法，估计也差不了多少。这一天，我是把酒"喝透"了，喝得天分不出黑白，地分不出南北，人分不出男女，以至于大老李是怎么把我运到呼和浩特的，我都一概不知。只是在返京的火车上多了两箱马奶酒，我才模糊记起，我曾经是和我的大老李大哥在一起喝过酒的。

两箱马奶酒已珍藏十年之久，我就像在敖包等待着情人一样，等待着大老李大哥的到来，共饮飘着奶香的马奶酒。

做文学的人都有大致的经历，不容易，尤其是做刊物的。对于像《人民文学》这样的刊物，稿件不是问题，但经费就总是有点问题。复刊以来的《人民文学》主编轮到刘白羽、程树榛这一届，应该说是最困难的时期了。刘白羽不关心经济，他认为经济是作协党组的事情，他喜欢政治，在1990年3月8日他上任伊始的演说中，我就觉得文学又回到为政治服务的轨道上来了。他指示编辑部："要人手一册《中流》，认真学习，深刻领会，看看人家是怎么做编辑的。"别人怎么看，我无从晓得，我知道我们刊物的发行量的变化，知道发工资有时会延期。作为常务主编的程树榛日子就不好过了，他得管一干人的吃喝拉撒。我当时处境并不好，在家歇着，一个姓冯的老兄仍然天天"研究"我；程树榛却对我很宽容，也很关照，我心存感激。有一天，老程和我闲聊时，希望我能发挥作用，帮帮他。我说："我是东北一个大企业的荣誉职工，可以找他们试试。"他表示同意。于是我们就组织了一个团队，有程树榛、韩作荣、周祥、杨筠和我组成，浩浩荡荡出发了。

这个企业附企公司的党委书记李成汉是作家，也是哥们儿，人很幽默，散文写得很好，他接待了我们。在我们下榻的宾馆，那天接风的安排是：李成汉坐在主位上，右边是客人，左边是主人，我坐在李成汉的对面，算是主陪了。我感觉很荣幸。

席前李成汉悄然问我来意，我说是来找赞助的，发不出工资了。他问你们工资多少？我说每月大概要四万。他"嗯"了一声说："知道了，入席吧。"

宾主落座后，李成汉拿着桌上的一瓶"五粮液"站起来，边瞅着我边旋瓶盖，我也微笑着瞅他。他绕过了左边，竟向我走来了，冲着我的杯子倒酒，我礼貌地仰身让让，那酒杯里的酒就或快或慢地升起来。我记得，那酒杯是高脚的，拳头大小，杯满时，酒瓶已下去一半。他又将那剩下的半瓶酒，倾入自己的杯子，偏着头看看空瓶子，很满意的样子，端起杯说："欢迎诸位领导来本公司检查工作，我和青风先喝一杯，然后再敬大家。"说着就开始喝，并用眼睛探过杯子瞅我，是想让我拦拦他吗？你想我该怎么办？喝呗！没人拦你。他或快或慢地将一杯酒干了，足半斤。我已经做出了决定：喝！喝死也得喝！为我能见到我的哥们儿，为《人民文学》的利益喝死，值得！我端起杯，模仿着李成汉的姿势和表情，一口气喝了下去。啊——嘿，我是喝慢酒的，经不起这一口半斤的打击，只觉得我完完全全地被酒控制了，我只能努力地控制住自己的筷子，努力地将筷子伸向离我最近的一盘丸子，将丸子努力地送进口中。

嗡嗡的耳中听到李成汉吩咐："来，再上酒，我敬大家。"声音遥远而悠长。我将要倒下了。我摇摇晃晃地站起，托词要上洗手间，被人扶到宾馆睡觉。

第二天早上醒来，站在窗前望外，仍感觉头重脚轻。程主编在院子里晨练。这时,一辆"奥迪"进到院里,李成汉从车上下来了,他似乎很匆忙,跟主编打过招呼后,径直到我的房间。

"醒了?"我揉着太阳穴点点头。他关切的眼光看着我:"以后可不能这么喝了!你和我不一样,你是个书生。"说着,从口袋里抽出一张支票,"这是你们三个月的工资,你回去后交给程主编。"他笑笑,"怎么样?你可以交代了吧?小命儿差点搭上。"我感到有些意外。我觉得凭我们的关系,会给我们些帮助,但不会给这么多,也不会这么快。我说:"咱们得有个说法吧?"

"什么说法?是赞助!我们公司是你们的朋友,有责任帮助你们。有这份开支的。"

我能说什么呢?我只能说:"大恩不言谢了!"

他听了哈哈大笑,说:"还有几箱冰冻对虾呢,工会送你们的,一人一箱,好好过年吧!"

我还能说什么呢?只剩感动了。

这次的东北之行,我除了感动还是感动。我在当地的一个风景区特意买一柄拐杖以作纪念。之后,有酒友们说起来,我的豪饮就成了一份谈资:请王青风喝酒太贵,一杯十二万哪!

父亲已经带着他的创伤和沧桑的故事离开了我们,如果他还在世,我会给他讲这个故事,只是不知道我这次的喝酒,是算能喝抑或是会喝。

2004年夏季的一天,我的一个张姓同学来北京出差,住在刘家窑附近。同学时任吉林某市110巡警政委。知道他有公务,要在北京待些日子,我便邀他晚上过来喝酒。我们俩大学同班,住同一房间且上下铺,关系密切,而刘家窑距我家有43路公交车直通,很方便。

我家附近有一餐馆叫"黑猫饺子馆",四合院,二十四小时营业。我想:坐在露天的院子里,头顶星空,对酌美酒,有多惬意。我特意取出一瓶已收藏了十五年以上的塑盖白瓷瓶汾酒。你想,招待老同学,能拿差的吗!等几个凉菜上来后,我俩开始倒酒、喝酒,心情其乐融融,恍惚间又回到了大学时代。这时,眼睛的余光发现一个帅哥在院子里转悠,他不合时宜的西服革履显得很扎眼。不多时，他竟转悠到我们桌前来了。

他问："先生，你们喝的是什么酒啊？"

我觉得有点奇怪，心想：是否我们犯什么规矩了？是因为我们自带酒吗？不会吧，我过去也带过啊，不是允许嘛。我指指桌上的瓶子，回答："就这个，汾酒。老白汾。"我想我的口气肯定是硬硬的，不耐烦的。

帅哥似乎觉得新鲜，他"噢——"了一声说："这酒真香啊！我在办公室都闻到了。我寻思这是什么酒啊？顺着酒味儿就找到您这儿来了。"我突然觉得自己太小心眼儿了，于是就转而热心："哎——老板，您来一杯？"帅哥笑容可掬："本不应该。不过——那我就尝一口？"喝酒的事儿，大可不必在意，只要对脾气了，不计较。"您不必客气。"我干脆把我的杯子推给他。

他先是浅浅地喀了一口，咂咂，然后就一饮而尽。连声称赞："好酒！真是好酒！"

我的同学被感动了，他也斟满自己的杯子递过去，请帅哥又喝一杯。帅哥老板觉着喝了我们的好酒有些过意不去，就张罗着要免单。那哪能行？烟酒茶，不分家。再说，有人赏识我的藏酒也是很得意的事，就像自己的孩子得到别人夸奖一样。

20世纪90年代新华社初创一本刊物《中国名牌》，执行主编赵国华是我的朋友，我们策划让国内所有的"名牌"先走一遭。因我是山西人，近水楼台嘛，我愿意帮忙。于是，就利用出差的机会，顺便采访了"杏花村汾酒"。

汾酒厂厂长姓常，高挑个子，看上去朴实厚道，像一个乡镇干部。我的采访就像老乡间的闲聊。我们聊到1915年巴拿马万国博览会汾酒获大奖的事情，常厂长淡然一笑："那是过去的事了。"我继续追问："据说一瓶酒了的汾酒征服了展会，有这事吗？"他还是笑笑，并不在意："这么多年了，很难说得清。要我说，那是包装有问题。不过，汾酒闻起来的确很香，味道很纯正。"这让我理解了我们太原人做"酒枣"，为什么是一概用汾酒的道理。

常厂长的平淡其实让我很担忧,当下是市场的时代,你"好酒不怕巷子深"的理念还管用吗?央视黄金时段的广告竞标已经以亿计算,有些地方新酒为占领市场,可以倾全县财政之力做广告……你汾酒竟也不慌不忙坐得住?难道就没有忧患意识吗?之后,终于我看到了汾酒厂的改革动向,在央视也看了汾酒的广告。我是一个见了广告就无情地切换频道的人,然而对汾酒的广告,却能耐心地看完。还要郑重地告诉老婆:"哎,你看,汾酒的广告!"老婆很理解地调侃:"老西子的汾酒真好!"

　　不管怎么说,汾酒厂终于舍得花钱做广告了。

　　然而我悬着的心刚放下没多久,就又提上来了。汾酒公司新任董事长在"汾酒唯一荣获巴拿马万国博览会中国白酒品牌甲等大奖章九十五周年纪念大会"的讲话中,依据历史的记载和专家的举证,向世人宣布:汾酒是1915年以来唯一获得巴拿马万国博览会甲等大奖章的白酒。就文法来说,这个会议的名称加上"唯一"有些拗口,但这两字却是会议的核心。

　　他说:"说出这个真相,还可能会让一些兄弟企业不高兴,但始终秉承诚信经营的山西汾酒不会这么狭隘。我想,这是一种对历史、对热爱中国白酒的消费者们认真负责的态度;这是一种诚信经营、真实传承和弘扬中国酒文化的态度;这是一种恪守本色、敢于承担社会责任的态度。"

　　一石激起千层浪,网络上爱酒之人便也开始了热闹的话题,他们觉得很无辜,但认定总有人在说谎、骗人:那么多名酒说自己1915年获巴拿马博览会的金奖,汾酒怎么说只有一个呢,竟还是"唯一",而汾酒的举证却有根有据。到底谁的诚信出了问题?于是就开始打破砂锅纹(问)到底,于是就炒得沸沸扬扬,都像喝醉了酒一般热血沸腾。这浪也很快就波及了风吹草动的市场,跌的涨的,起起伏伏……人们说,白酒大战又开始了。

　　我坐在家里独自斟酌时便有些神伤:酒的味道有些变了。酒本是有灵性的,它会随着人心境的变化而变化。你高兴时,它就是喜酒;你神伤时，它就是苦酒。古人所谓：以酒助兴，兴更兴；借酒消愁，愁更愁。今天也是。

　　我的目光默默地抚摸着那些跟随了我近三十年，少的也有十几年的藏酒，哪一瓶不是我的最爱呢？听老人说：酒呢，就是粮食精儿，精贵着呢！说起中国的白酒，若从酿造工艺讲，它们各有所长。多少年来在我的印象里，始终留有酱香型、清香型、浓香型、兼香型四类白酒，这四种香型概括了中国的所有白酒，而茅台、汾酒、泸州老窖和五粮液、西凤则各领风骚。

　　茅台酒：代表酱香型。酒质晶亮透明，微有黄色，酱香突出，口味幽雅绵长。茅台酒以当地优质高粱为原料，用小麦制成高温曲，而曲量多于原料。用曲多，发酵期长，多次发酵取酒等独特工艺，是茅台酒风格独特、品质优良的重要原因。

　　汾酒：代表清香型。酒质液体晶亮、清雅幽香、醇净柔和、回甜爽口、饮后余香。汾酒的原产地山西杏花村，取"古井亭"和1991新打的八百四十米深的地下水源。用晋中、吕梁地区的优质高粱、大麦、豌豆酿造而成。清字当头，一清到底。喝酒人都知道，只有汾酒敢用泛白色的酒瓶包装。

　　泸州老窖和五粮液：代表浓香型。五粮液酒质无色透明，窖香浓郁，清冽甘爽，饮后尤香，回味悠长，具有浓香、醇和、味甜、回味长的特色。以高粱、大米、糯米、玉米、小麦为原料，小麦制曲。

　　西凤酒：代表兼香型（俗称混合型——作者注）。无色透明，醇香芬芳，清而不淡，浓而不艳，集清香、浓香之优点于一体，幽雅谐调，回味舒畅，风格独特。被誉为"酸、甜、苦、辣、香五味俱全而各不出头"，即酸而不涩，苦而不粘，香不刺鼻，辣不呛嗓，饮后回甘，味久而弥芳。西凤酒以秦川产高粱为原料，用大麦、豌豆制曲。

　　我经常想，哪一种酒的形成不是天、地、人融合演化的过程呢？中国的白酒绵延千年，中国的酒文化创造弘扬得酣畅淋漓、登峰造极……在历史的舞台上演绎着各自的精彩。这种精彩该作何评价呢？竞争虽是市场经济发展的必需,但如果陷入一场你死我活,必会导致两败俱伤,使中国的"酒文化"大失光彩,不仅是喜酒人的憾事,也是全民族的憾事。我以为,就我们的"四大名酒""八大名酒"来说,都可以代表中国!哪个不可以说是"国酒"呢?只是,竞争应凭品质,竞争应有秩序,竞争应守规矩,竞争应讲道德。

在我的酒柜里珍藏着三瓶酒:一瓶是孔府家酒,一瓶是孔府宴酒,一瓶是秦池酒。这三瓶酒都是在它们初创时收藏的,都是当年风头出尽的"名"酒。

孔府宴酒厂董事长在1994年底,以一个山东好汉的豪气一举成为央视广告"标王",耗资3079万元。一夜间,孔府宴酒以"标王"的身价,进入了它的巅峰状态,"喝孔府宴酒,做天下文章"至今余音袅袅。然而,并没有多少核心竞争力的"标王"很快就跌入了谷底,由1995年创利润达1.23亿到1997年急降到3130万元,到2000年利润竟然仅123万元,最后以负债2.5亿元结束了"标王"的童话。

1996年紧步孔府宴酒后尘的山东兄弟"秦池酒",人称"酒疯子"的老总分别以6660万元、3.2亿的天价,夺得1996年、1997年央视的广告"标王",以一种疯狂的状态"每天开进央视一辆桑塔纳"。挥金如土的秦池老总先是梅地亚的座上宾,在三年之后被拒之门外。为什么?没钱了。秦池酒厂被作价300万元拍卖了。

随着代表鲁酒的"标王"的神话破灭,"城门失火,殃及池鱼",孔府家酒也未能幸免。想当年"孔府家酒,让人想家"的温馨广告曾经让人们耳目一新,但在鲁酒跌入低谷时,它也随之消沉。至今,我仍然会回味起1990年初我在济南第一次喝的"孔府家"酒。

……

意外地获得美好是人的运气,而把美好破坏了就是悲剧。悲剧在戏剧舞台上是艺术,在现实生活中就是灾难。鲁酒的命运不是艺术,它是对我们深刻的训诫。

由此我想到了茶。中国茶起始太早,难于定论。宋人说:"茶"字读音起于汉代，音、形、义统一于中唐，在陆羽《茶经》中得以确立，直至今天。中国茶世界闻名，无论是杭州的"西湖龙井"、福建的"安溪乌龙"、武夷的"岩茶"，还是云南"普洱"、安徽"祁门"，林林总总，不一而足。只是没有听说哪家茶是"国茶"云云。竞归竞，争归争，天价的普洱、大红袍也好，散装的铁观音、龙井也罢……每次走进茶店，不管你买与不买，茶家都会为你冲一道他们的茶。说是以茶会友，和你娓娓谈起茶的文化，真像是久别的朋友。茶家的经营方式让你感到舒服，钱花得也妥帖。是因为茶的本质使经营者恪守着"淡泊"的理念吗？

所谓隔行如隔山。我想，酒是不是也能淡泊一些，经营得享受一些？少一些壮烈，就多一些和谐呢。

喝酒的人常说：啥也不说了，都在酒里了——喝！

我们还说酒。藏酒家说，藏酒须具备一定的条件，温度、湿度、光度都要如何如何，这应该是有科学道理的。可作为老百姓的藏酒，就很难讲究什么条件，仅是一种爱好罢了。即使没有酒窖之类的条件，即使搁置在屋角或床底的什么角落，那又怎么样？酒在瓶子里就那么安分吗？那酒酶不也在运动着吗！

我藏酒有三样讲究：第一是国产的"名牌酒"，大家公认的；第二是地方的"特色酒"，具有文化特色的；第三是包装有特点的，摆在酒柜里好看的。三者归一：均须纯粮酿造。

经验告诉我，藏酒，主要是靠年头。年长了新酒就变成陈酒，假酒就会现形。如果是兑了"DDT"之类的假酒，放五年以上它就会变质，肉眼都能看得出来。另外，如果将酒存放十年以上，即使是"小烧"，它也会绵、软、柔、滑，口感极好。要是再长时间，那就是一种极品的收藏了。我和我的同学那一天在"金猫饺子馆"里喝的十五年以上的"老白汾"，就是一种难得的享受。因此说，酒还是放几年的好！

当今，酒的牌子多如牛毛，包装眼花缭乱，很是下功夫，以至于就有了收藏酒瓶一族，似乎酒的功夫真的在酒外了。宣传也天花乱坠，尤其是"名酒"，几乎都能发掘出一段与自己有关的历史故事，或是和帝王将相有关，或是和领袖名人有关，真真假假，虚虚实实，实在是有夸大其词的嫌疑，没有给其他小兄弟做好表率的作用。作为喝酒的人，只有以不变应万变。

我还以为，就酒来说，老牌子还是比较靠得住的。比如说，"四大名酒""八大名酒"或"十三大、十七大名酒"的品牌，至今我是信得过的。我酒柜的藏酒舍不得自己喝（那太奢侈了），只喝"红星二锅头"，有朋友光临时才取出藏酒。我习惯和朋友好酒共享。我的信条是：和好朋友，要喝好酒。

我自己已经习惯了简装"红星二锅头"——五十六度，纯粮酿造，口感绵软，回味甘甜，价格便宜，能满足我等老百姓喝酒的一种享受。前不久，在某个会上碰到作家蒋子龙，午后的子龙略显酒意。

我问："怎么样？茅台？"

他回答："不错。红星二锅头，好喝还踏实。"

看样子，哥们儿的习惯爱好竟相距不远。

老婆起初不喜酒，但因为我喜欢，她便也喜欢起来。她就是这么一个女人，懂得习惯自己的男人，所以我就自在，两人就和谐，日子就过得幸福。近几年我搬过两次家，每次老婆都会把我的几百瓶藏酒一一包上，小心翼翼地放到买来的包装箱内，连空隙都严实地塞上报纸，在第一时间雇一辆车，专门把酒拉上，亲自押运到新的居所，从未有过一瓶破损。待所有的东西都归位后，她会又一次小心翼翼地把酒一一拿出，款款摆放在酒柜里。我则坐在一旁悉数每瓶酒的出处，以及和有关朋友的故事。

一瓶没开封的安徽濉溪老城牌"口子酒"，是1988年《秋菊打官司》（原著《万家诉讼》）的作者陈源斌到北京时送我的。我是他两篇小说的责编，他听别人说我喜欢酒，就很费周折地找到厂长特批出来。由于酒的瓶盖密封问题，就在二十几年中悄悄挥发，现在只剩下一只没有开封的空瓶子了。但我始终珍存着它，因为这里封存着朋友间的情谊。

"双沟大曲"是20世纪80年代初山西作家黄树芳送我的。当年去山西组稿，黄树芳是大同矿务局宣传部部长，后调任平朔露天煤矿工会主席。那时的"双沟大曲"在国内很盛行，但该品牌酒仍需凭票供应。前些时去山西朔州，他大老晚了还到宾馆来看我。老大哥雪染双鬓，慈眉善目，虽已退休，仍然精神抖擞，见到我老婆一直在说："很好，很好，祝你们幸福！"黄大哥在山西作家群中和煤炭系统口碑极好，他和善厚道，从不张扬，总是为别人着想，总是帮助别人解决困难……

"富裕老窖"产自黑龙江齐齐哈尔市的富裕县，是地方名酒。1989年初我和同事一同到齐齐哈尔出差，去克山县时路过富裕县，想到以后难得再来，特意停车买来做纪念。那瓶酒两元钱左右，时隔二十多年，那个陪同我们的女孩子竟然成了我的老婆，这瓶"富裕老窖"自然成为我俩结缘的纪念，意义非凡了。我们相约：如果我们三十年后还活着，就把它共同喝了。

当说到那几瓶"沱牌曲酒"时我黯然了，八十五岁的老岳母用探寻的眼光看着我，我稍微镇定了一下，心情仍很沉重。这"沱牌曲酒"是一个系列，1990年初我到四川参加"金华山笔会"，结识了时任副市长的李太银。他看我喜欢酒，说"沱牌"酒厂的厂长李家顺是他的好朋友，于是就带我一同去了沱牌酒厂。李厂长很高兴见到一位喜欢酒的文化人，就爽快地送我两套系列"沱牌曲酒"。回北京后，我邀朋友喝了一套，另一套作为珍藏。多年后，我偶然听说李太银因经济问题锒铛入狱，我愕然！李家顺呢？我问。李家顺还在沱牌酒厂，现在是董事长了，隔段时间就会去探望李太银。我想念我的朋友，感念我的朋友李家顺的行为品德！于是我便萌发了一个愿望：有一天我会带着这套"沱牌曲酒"去见出狱的李太银，邀上李家顺，老朋友聚在一起一同把它喝了。

那件盒装"茅台酒"是我茅台酒系列中的一瓶。1988年我在茅台酒厂得到了一套茅台的系列酒，但这一瓶的酒瓶有裂缝，酒挥发了大半，我的茅台酒系列断了，这对藏酒人来说是很尴尬的事情。多少年后我在办公室聊起这件事还很纠结，调侃说，有机会一定要找茅台厂换一瓶。说者无意听者有心，我的同事王朝垠大哥的遗孀——我现在的同事苏巧琴大姐第二天就拿来了一瓶茅台酒，正是我说的那种。她说："这就是你们一起带回来的，其他的朝垠生前都喝完了，正巧剩下这瓶，送给你吧。反正也没人再喝了，你收着也是种念想。"我感到它太过于珍贵了，有些难以承受，但我还是接受了巧琴大姐的盛情。它立在酒柜里，似乎是朝垠的存在："你小子可不要忘了我哦！"

那瓶三十年的"老白汾"原来是一样两瓶。

1990年刘心武在《知音》连载一部中篇小说，被中国电视剧制作中心看中，欲请心武编剧，心武指定了我，于是在约定的下午2点到"中心"驻地虎坊桥接洽。因时间尚早，想起了老领导李清泉就住在甲十五号，就顺便上楼探访。老李刚吃过饭，老伴儿在收拾饭桌，我的登门使他稍觉意外，旋即就非常高兴了。他把我介绍给老伴儿，给了我很多的溢美之词。待老伴儿重新将饭菜摆好，他说："青风，喝两杯？"赶上吃饭，很不好意思，还喝人家的酒。老李接着劝："我刚喝了点儿，陪你再喝两杯。"说着，把一瓶"五粮液"盖儿旋开让我看。我知道老领导喜欢"喝一口"，但从未同桌，想想也难得一次，就应允了。

我们老少俩坐下对酌，话题自然就回到了《人民文学》。不想老领导曾经对我有过看法，说我不该拒绝他的好意，不到办公室当主任。话匣子打开，话题就"意识流"了：说到了1957年前后，说到了黑龙江和《小说林》，说到了《北京文艺》（《北京文学》的前身），说到了王蒙来《人民文学》的前后，直到从"文学讲习所"（后改为"鲁迅文学院"）离休，都是我们的话题。老李娓娓而谈，并无顾忌，我倾心地听着，偶尔插话提问，竟忘了自己是去"中心"办事的。

2008年夏，《小说林》总编辑陈明从哈尔滨来京，她曾和老李同事，是老婆的挚友，我们作陪去拜访李清泉。这时老李已九十岁了，仍精神矍铄，思维敏捷。老伴儿因腿疾不方便了，却鼓动我们下楼用餐。老李竟意外地感兴趣，把我送他的汾酒放起来，"你送我的三十年汾酒我留着喝，今天我们喝二锅头。"

我们去喝二锅头了，一人一"红星小二"，没想到老李喝完了还要，我阻拦，他说："不要因为我管过你，你今天就不给我酒喝。"嚄——这老头儿，还很幽默！

　　说实话，我和李清泉共事不到三年，约一千天。但他是我最佩服、最敬重的长辈和领导。不仅仅因为他是老革命，他的政策水平、业务水平，他对稿件的认真态度和对作者的关心程度，他为人为事的敢作敢为和公正公平的领导品德，都令我叹为观止，不敢望其项背。他是我高山仰止的伟岸。可惜他2010年离我们而去了，我真希望他永远活着。

　　那箱没有拆封的"板城烧锅酒"，是1999年儿子参军后第一次探亲时用津贴给我买的。那一年儿子十九岁，我感到儿子长大了，我也感受到了做父亲的幸福。我想：等我抱上孙子时再拆封和儿子一起喝，那将是两个父亲间的对酌。

　　湖南湘西的"神鼓酒"、山东高青的"扳倒井"是韩作荣出差给我带回来的，瓶子很有特色。

　　金门"特制高粱酒"是李敬泽从台湾给我带回来的，商标别具一格。"琅琊台酒"瓶装，浓香型，七十度，很像是"红花油"，李敬泽从青岛回来时带了两瓶，我俩使了很大的劲终于喝了一瓶，另一瓶安立柜中，业已八年了。

　　于大平是位诗人，人好，是条汉子；诗好，出席过"青春诗会"；酒品好，有好酒就来找哥们儿喝。"店小二酒"就是大平送我的：一尊紫陶长袍、头戴塌帽、怀抱坛酒的店小二，满脸堆笑地安坐酒柜中，煞是喜人……

　　喜酒的人大凡都具性情，几两酒进肚儿，就更见真性情。所以城府深的人不会轻易在酒桌上把自己喝高，尤其在官场上，讲究颇多。下级和上级同坐一桌喝酒，领导提酒你要喝，领导的酒你要替喝。替喝也要有分寸，既要顾及领导的面子和身份，又不能过于显示自己的能力。领导一个眼神递给你，你要心领神会，明白舍命你也得陪君子。既不能把自己灌倒，又要替领导把客人陪好。陪好要恰到好处，让客人喝得舒舒服服妥妥帖帖，帮助领导把他搞定。如遇上此人有些张狂，有些把领导不放在眼里,就要让他折服,直至把他喝到桌子底下……几十年来,我见的这种场面愈来愈少,主要是不愿意和生人一起喝酒。所谓无欲则刚,我在乎喝性情酒,碰上对脾气的人,碰上好酒,就不免贪杯,不看谁的脸色,不被别人左右,自由自在地喝:喝到嘴里细细地嚼咂,让酒在口腔"遛"一圈儿后徐徐咽下,从不偷奸耍滑。你豪爽地干了一杯,我也会分三次或四次赶上,总量从不在谁之下,也讲究不失礼。

我是很在意"酒品"(德)的。在酒桌上我从不强迫别人喝酒,干杯也是象征意义的干杯。酒杯碰酒杯,是一种礼貌,未必要一饮而尽,快酒慢酒应因人而异。由着自己的习惯自由地喝,是喝酒人的享受。我极其反对灌酒法,差强人意,好酒驴饮般喝下,好菜没动几筷子,人就出溜到桌子底下了。许是山西人抠门儿,不愿可惜了那酒和那桌丰盛的菜肴。

夏天北京燥热的天气会让我很难挨。三十多年了,还是不习惯北京酷热的夏天。老婆是齐齐哈尔人,于是一到休假时就喜欢到她老家避暑。那里的天蓝得纯粹,那里的人热情得单纯,那里的人玩得开心……今年到那里,结识了几个新的哥们儿,在酒桌上个个虎虎生威。因为是老婆的同乡,按风俗不管年龄大小都称我妹夫,我没办法,入乡随俗。他们东北人喜欢捉弄姑爷,以各种理由轮番向我进攻,什么舅哥、妹夫、娘家人、姑爷……我立刻乱了方寸,真是"秀才遇上兵,有理说不清","强龙压不住地头蛇"。我终于喝高了,隐约记得有个后来的朋友,啥模样都不清楚。

"北大仓"精品,是齐齐哈尔产的头牌酒,近五百元一瓶,二两的酒杯一口一个,不到一个小时,五瓶酒就见底了。人说齐齐哈尔的男人们都穷,为什么?我算弄明白了,钱都花在酒上了!据说,当地的男人,为了表现自个儿的爷们儿气概,往往倾囊请客,至于第二天怎么过,他会说,明天再说明天的事。那天的酒宴,我只记得面前的一碗面,其余什么——就失忆了,但潜意识里却告诫自己:不能在这里丢人。我以惊人的毅力没有倒下,从容地和他们道别,看着他们的车子启动后,我才轰然倒下……

　　第二天醒来，老婆心疼地看着我埋怨："你太实在了，干吗和他们硬拼？他们跟牛犊子似的。"我努力地回忆当时的情景，有些难过地摇摇头。老婆以为我感觉有失体面，忙不迭地宽慰："没事没事，你很棒，他们都没看出你喝多了。再说我们东北人从来不笑话谁喝多了，相反他们会喜欢你，够朋友。"我苦涩地摇摇头，痛心疾首："可惜了那么好的酒，没品出什么滋味儿来。这酒不该这么喝——浪费。"老婆愕然，后哈哈大笑："王青风，我真服你了！"

　　我平日就是爱较真的人，喝了酒就更爱较真，因此得罪了不少人，也因此结交了许多朋友。

　　2007年，黑龙江一位于姓朋友，邀我到他老家肇东市相聚，我携老婆一同前往，去享用鼎鼎有名的"江水炖江鱼"大餐。

　　江水炖江鱼是当今黑龙江的一道最讲究的纯绿色美味，过去是江上渔人的平常饭食。渔人就地取材，用江水把刚网上的鱼炖煮，煮出的汤呈奶白色，撒把盐，连汤带鱼的就是一顿饭，不加什么作料就味道鲜美可口、营养丰富。多少年后，这种吃法被当代人所推崇，成为难得的佳肴。说实话，现在环境污染，能够直接饮用的江河水很稀罕，而保持绿色的松花江水炖开江鱼就更见珍贵。

　　我们这些从农村出来的人，在大城市混得人模狗样，便有些忘本了。我们开始矫情地追求无污染蔬菜、纯绿色食物，向往田园牧歌……其实让这些人在"田园"待上一个月就恓惶了，转而想念城市的繁华，想念鳞次栉比的高楼大厦，甚至想念拥堵不堪的大街小巷……太多的牵挂让我们无法回到那种日出而作日落而歇、平平淡淡无欲无求的生活了。就像我矫情的农民情结：在阳台的花盆里种上几株辣椒。嫩时，看绿；红了，摘下享用；老干了时，就穿成串挂在墙上接着看。养两只鹦鹉，五彩缤纷，天蒙蒙亮就会"唧唧喳喳"叫个不停——听鸟语。一只小狗，未必名贵，但乖巧聪明，会隔门看家，还会叫人接电话。也算是田园牧歌了，也算有农民的感觉了。

我不能免俗，一路欢快地驱车到了江边，朋友的朋友早已在此等候，酒菜已经摆好，鱼在锅里炖着。毕竟是北京来的人，因离党中央很近，离中南海不远，因此我们得到厚待。酒过三巡，接待我们的朋友问："这酒咋样？"

我借着酒劲儿，学东北人一样大咧咧地问："想听实话？"朋友一拍胸脯："咱东北人就喜欢直来直去。"我故作高深地咂了一口酒："酒是好酒，纯粮食的，柔和，味道也醇，但就是有那么一丝苦涩。嗯——这酒沾过铁器，有铁锈的味道。"

朋友本来有些自喜的脸立刻僵住了："什么？沾过铁器？不可能，我让我小舅子亲自去酒厂装来的。"

我的于姓朋友脸上有些挂不住了。本来嘛，吃着人家的，喝着人家的，说个好，不就皆大欢喜了吗？我偏不，来了较真的劲儿和人家叫号："一定是沾了铁器！肯定！"就差说不信你查查了。

朋友的朋友也是个犟人，于是找来了他的内弟。内弟是个老实巴交的人，没见过这阵势，回答就有些结巴："咋，咋了？这酒，是，是俺秋（取）的。"

朋友很着急地问："拿啥取的？"那人举起一个塑料桶："就用这个。"大家都不作声了，眼睛看着我，似乎在说：北京人也不是啥都懂。

我不愠不火地问："装这个桶之前用什么装的？"

"用俺家装奶的桶。"

"那桶也是塑料的吗？"

"是铁的，洋铁皮焊的。"

那人的话刚出口，众人一片哗然！

"王老师你真牛逼！"朋友赞扬了我，还顺便竖了拇指。

他们用最通俗的语言赞扬了我，我于是很得意，动作夸张地把杯中酒一饮而尽。那一天我喝高了，那一天所有的人都喝高了。

现在想来这其实是可遇而不可求的事，我的较真其实是很伤朋友面子的，尤其是东北男人，在他们看来，面子比命都重要。

更较真的一次是陪同云南的朋友李敦伟去看陈建功。陈建功当时是北京市专业作家,家住刘家窑。建功兄显然很高兴,备了饭菜招待我们,酒是"贵州醇"。这种酒我喝过,总觉着有些不对味儿。开始还能憋着,没说什么,几杯过后就开始较真:"建功兄,你这酒不对,恐怕是假酒。"

建功兄不以为然地一笑:"不可能。"没理我那套,显然他对酒的出处很自信。

我坚持:"就是假酒。这酒我喝过,不是这味儿。"

建功兄不争辩,也不换酒。

我虽然对酒很怀疑,但我那天还是喝了很多。回去的路上我趁着酒劲儿到贵州酒专卖店买了两瓶"贵州醇",准备哪天找陈建功再喝一次,我要用事实证明他的酒是假的。

第二天酒醒了,琢磨着自己的较真很过分,甚至有些滑稽。倒是那两瓶"贵州醇"始终珍存着,却是我酒后失态的见证了。建功兄是我善良厚道的大哥,后来他调到作协成了我的领导。所幸是他,若碰上一个心胸狭窄的人,说不定会赏给我一双精制的小鞋儿穿穿呢。

我以为酒无论是收藏还是品尝,都是人来享用的,用得恰到好处、得当,才有意义。你懂它,它就懂你,酒是有生命的。

我的藏酒已然珍贵,尤其是当今,一些名酒已经登上了拍卖的展台。今年,一个搞收藏的朋友把我拽到了嘉德拍卖会上,真是开了眼界,像刘姥姥进了大观园。回来后朋友问我感想,我沉吟片刻说:"现在有钱人怎么那么多?"朋友有些哭笑不得,他本想让我到那里受点书画艺术熏陶,其结果是我关注展柜里的酒。此次嘉德茅台拍卖总成交额1134万元人民币。而一瓶1956年出厂的土陶茅台酒以184万元成交。我不得不认为:酒,已经异化了!

之后,朋友看了我藏的茅台酒便说:不要再喝了,太珍贵了!

我不以为然,因为我所认为的珍贵并不仅仅在于它日渐看涨的价格,而是它存在得另有意义。

前年的某一天,老婆接到一个电话,是从青岛打来的。电话里说:

一两天内，他要来北京，一定要看看他在北京的朋友，还要在我们家吃顿饭，不管你愿不愿意。之后，老婆告诉我：打电话的人叫邹平伟，是她老家的市属科研所所长，多年不见。我们平常极少在家招待客人，不因为什么，只是习惯而已。我觉得，家对于任何一位现代人来说，是唯一私有、自我、清静的地方。总是有外人出出进进，对家不够尊重，尤其我的朋友多，如果不自我约束点，会给家人带来不便。

老婆征求我的意见，我觉得朋友有这般愿望，我们家又不是什么保密机构，只不过不习惯罢了，老婆既然不反对，那就来吧，也就应允了。

不日，邹平伟就登门了，他很帅气，还有些书卷气。待坐下之后，他说："来北京做手术，就是那老毛病——胃癌。"说得很平淡，好像那病是别人的。我孤陋寡闻，没见过患癌症的病人如此坦然地谈论自己的病，就觉得有点愕然。

老婆尽量使自己语气轻松，说："再检查检查，也许不是呢！北京医疗条件好。"

邹平伟笑笑，从口袋里掏出一沓单据，展开，指着一栏说："你看，跑不了了，得挨一刀了。"

接着又该我愕然加困惑了：怎么一个癌症病人可以揣着自己的病历到处乱跑呢？邹平伟接着看着我的酒柜说："看到你们如此幸福，我很高兴啊！怎么样？老王，喝一杯？不多喝，一二两就行。不然手术后想喝也不成了。"

我还能说什么呢？立刻找酒，找最好的酒，给这位前途渺茫的朋友喝！

我把1988年从茅台厂带回来的系列茅台酒找出来，精心地拿出一瓶半斤、四十六度、飞天商标的，就是陆文夫喜欢喝的那种。我对邹平伟说："喝点吧，我陪你，喝剩了也给你留着。等你下次来，我还陪你喝。"

我似乎在和一位神仙喝酒，这神仙白须飘逸，身影缥缈，他的话音深邃遥远，如在耳鼓中踏步，内容却全不记得。我在想：如此病人，单人赴京做手术，具有何等的意志啊！他妈的，要是我，在临死之前也要把老婆先休了，要她何用！当然，人不同，人际关系就不同，家也自然不同，何况还有地域文化的差异呢！我不能强求别人要和我一样。总之，邹平伟高兴地喝了酒，高兴地走了，留下了他喝剩的半瓶茅台，他也给我留下了长久的牵挂。

不久，我二哥来北京出差，打电话要来家看看。我二哥也喜欢喝点酒，还是自作主张的那种，想喝什么酒自己拿。我放下电话后，当下要做的就是把那剩下的半瓶茅台酒藏起来。

老婆诧异，问："你干什么呀？"

我说："藏酒。这是邹平伟的，我答应的，没了不行！我还等着他呢！"

我以为，人的一生中，会有无数个应诺，每个应诺都应有个相应的结果。能力所限做不到没办法，如果是因为自己不在意不做，那就是说话不算数，把诚信不当回事的人了。

邹平伟手术很成功，为了节省费用，出院后就回老家化疗去了，到了老家给我们发了个平安信息。我说："那瓶酒给你留着呢！"

他回答："我的胃没了，没地方放酒了。"

邹平伟没有再来。去年，老婆的三哥却来了，居然也患了癌症来北京看病。我们哥俩相处得很好，很对脾气。他喜酒，寡言，为人忠厚可靠，一个好人。每次我俩坐在一起喝酒并不多言，但很默契，是男人间的默契。按说我该叫他三哥，但我年长他两岁，他并不要求我叫他哥，我叫他少林。他突然得了这种要命的病，我自然很难过，但又不能表现出来，实在不知该如何是好。

我故作轻松地调侃说："好事多磨，好人多难。"意思是说，人虽然有了病，但你毕竟是好人嘛，好人会有好报。不像有些人，虽然身体不错，却满肚子男盗女娼，整天琢磨着如何害人、整人，想法子害，往死里整！

少林笑了，表示同意。

我又问："你们科研所的邹平伟见过没有？他怎么样？"少林说：

"嗬，活得好着呢，整天乐乐呵呵的，还打麻将呢！"我一拍他肩膀说："这就对了，我这儿还有他喝剩的茅台酒呢，他手术之前喝的。这瓶茅台很神奇，今天把它喝了，沾沾它的仙气。不信？你就喝了它！"说实话，哪有喝酒治病的道理？只不过是创造一种心情、一种气氛而已。

我以为，人的寿数大多靠遗传，而健康靠自己，靠平和的心态。陆文夫先生的健康长寿秘诀：抽烟喝酒不锻炼，无疑是调侃，但也不是绝无道理。

那天少林把那半瓶茅台都喝了，第二天坦然进了手术室，就像去完成一件什么平常事。我和老婆陪着三嫂等来了手术成功的喜讯，老婆喜极而泣，三嫂倒很平静，我们很佩服她的沉着。是啊，她在一年前刚刚做了乳腺癌的手术，算是在阎王爷那里走一遭的人了。这是少有的多难的家庭、患难的夫妻。

少林出院后，在我们家住了近半年，每月都要到医院去做化疗。他出院后，老婆拿着他的病历找北京的专家咨询，以确定治疗方案，老婆竟然问："他还可以喝酒吗？"

她把专家问愣了，人家恐怕是头一次见到这样的家属。

"嗯？——"

老婆解释说："我哥没什么嗜好，就喜欢喝点酒，这突然就待在家里，酒不能喝了，心情会不好。心情不好对身体就不好，我想让他愉快一些。"

专家终于理解了，竟接受了老婆的想法："喝点可以，只是不能多。"

于是，在以后的日子里，我和少林就开始挑着酒喝，开始喝名牌的好酒，后来喝地方的老酒，再后来他表示：还是"红星"二锅头好喝，就随我一起喝起了二锅头，三天一瓶。其实，我知道他是为我着想。

今年底，他到北京来复查，医生在看了照片和化验结果后，说："很好！可以停药了，指标是安全指标线的5%，用不着再吃了。"嗬！好了！大年过了，天气转暖，回去上班了。

我这里不是在胡诌什么酒能治癌症，如果写出这种效果，那不就成了那位京城最贵的中医大师张某人了吗？我是觉得，人还是顺其自然的好，什么都不是绝对的。就像药不在乎贵贱，用对了才好。就像酒，能够使一个癌症病人快乐起来，并没有影响他的康复，为什么不要这种快乐呢？

我的藏酒中有一瓶十年的"红花郎"酒，我收藏的"红花郎"有十五年的，三十年的，还有五十年的，但这瓶十年的红花郎酒，对于我来说却很珍贵。它是我送给朋友的酒，去年却又回到了我的手中。2006年，我和老婆到上海。我说毕业后三十多年再没有回过上海。老婆说她十六岁时在上海待了一年，很想念那个城市，整整三十年了，很想去看看。说这话时我们在天津塘沽渤海之滨的中泰大酒店。坐在酒店宽敞的窗台上，看着美轮美奂的海滨夜景，喝着普洱茶，有些感伤。没想到第二天，服务台的小伙子自言自语地叨咕，上海的机票竟然两折。老婆毫不犹豫地订了两张到上海的机票。

我说："我还没想好呢。"

她头也不抬地打理行囊："快乐总是和犹豫擦肩而过。"

我们晚上就到了上海，老婆联系了她大哥的知青朋友薛大姐。据说她曾是大哥的恋人，知青返城时劳燕分飞。老婆见了她，很亲热，戏称她大嫂，她竟然欣然接受，一点也没有上海小女人的矫情，倒像东北人一般豪爽。

老婆提出要见一个叫陈财喜的大哥，也是上海知青，说是她大哥过命的兄弟。据说他返城回到上海后闯荡于江湖，揣着《英语九百句》漫游世界，一直到冰岛。他曾是上海摔跤冠军，给泰国老板做过保镖，还替老板挡过枪子儿；后来在上海做服装加工厂老板……就是这样一个叱咤风云的汉子，因为脊椎节长了个指甲盖大的良性肿瘤，手术时出了医疗事故，竟然就瘫痪了。他是开着一辆德国大吉普进去的，却躺着被推了出来。

老婆说陈财喜是她小时候心目中的大英雄。我很诧异：那时我们心目中的英雄是董存瑞、邱少云、黄继光。

我琢磨着看这样的人物该带什么礼物呢？就到街上转悠，琢磨来琢磨去，挑了一瓶十年的"红花郎"酒。见到这位很富传奇的陈财喜大哥时，他红光满面，结结实实地坐在轮椅上，粗壮的胳膊挥动自如，若不是坐在轮椅上，你绝不会以为他是个瘫痪的人。

我把"红花郎"酒送给他时，他很激动，握着我的手说："谢谢你，没有把我当成病人！"他的手是那么有力。

从此我们结下了深厚的友谊。

在上海几日，我们完全被他"控制"了，他把我们每天的日程安排得紧张而有序，无论每餐饭，无论走到哪里他都要亲自陪着。我们去外滩游玩，他在车里坐着，在车库等着。

他说："在这个很功利的社会，你们还能够来看我一个残废，是讲义气的人。"临走时我真诚地说："北京的医疗水平高，不妨到北京来看看，我希望你能站起来。"

四年后他真的来了，一见我面就拿出一瓶"红花郎"酒："这是你送我的，今天我带着它来找你了！"

我们拥抱在一起，两个年过五旬的大男人热泪盈眶。

在武警总医院他把所有专家都震惊了：植在他体内固定腰部的两块钢板已经被"锻炼"断了，他现在所以能够自由地活动，肌肉没有萎缩，简直是一个奇迹！

在我们的帮助下，他很快就在武警总医院做了干细胞移植手术。我们希望他能够站起来，去再次周游世界，这也是他的愿望。但专家说他已经瘫痪了十年，错过了治疗最佳期，这是最后一搏了。

"我们共同搏一次吧！"在手术前的酒宴上，我们这样呼喊。

手术后他离开了北京，等待进行第二次干细胞移植。

那瓶"红花郎"酒一直摆放在我的酒柜上。我们相约，待他站起来的那一天——我们共同开启……

这是我的关于酒的故事。我想，别人也会有酒的故事，可能更精彩，更好听。只要我们还喝酒，酒的故事就会继续……

我拾遗捡漏古人或名人的"酒言",以飨读者,也自己品味:

A. 楚国穆生,因"醴酒不设",就猜想"王者意怠,不去,楚人将钳我于市"。

B. 俪生曰:"吾高阳酒徒也,非儒人也。"

C. 曹孟德诗云:"何以解忧,唯有杜康。"(杜康:人名,传说黄帝时杜康发明酿酒法,后以杜康概酒名;现为酒名:河南汝阳县杜康酒,陕西白水县杜康酒)。

D. 晋·刘伶(竹林七贤之一)《世说新语·任诞二十三》:"天生刘伶,以酒为名,一饮一斛,五斗解酲。"醉酒狂曰:天是吾被,地是吾床。

E. 李白:"臣是酒中仙。""举杯消愁愁更愁。""花间一壶酒,独酌无相亲。举杯邀明月,对影成三人。""古来圣贤皆寂寞,惟有饮者留其名。"

F. 杜工部:"人生七十古来稀,酒债寻常行处有。""纵酒狂歌空度日,飞扬跋扈为谁雄。"

G. 南唐后主李煜:"酒恶时拈花蕊嗅。"

H. 范仲淹:"酒入愁肠,化作相思泪。"

I. 鲁迅悼范爱农:"把酒论当世,先生小酒人。"

J. ……作家汪曾祺和陆文夫酷爱饮酒,享"酒仙"美誉。

(发表于2012年)

李静宜

一个人如若在从事写作的事情,他的内心一定是有绿茵的,及有一颗敏锐而易感的心。最初,他的文字,往往因内心有抑制不住的表达冲动,所写的,都是和自己生命最切近的东西。它新鲜,富有质感,有朴素真挚的力量。慢慢地,写作成熟起来,圆润的东西多了,生命力的表现却弱了。

生鲜与圆熟,生命力与技术性,把握这个度,是写作的高地。

我与文学三十年

李静宜

> 李静宜,籍贯广东省东莞市,出生地河南省开封市。河南大学中文系毕业。散文曾被《散文·海外版》《散文选刊》转载,并收入多部作品集。著有评论文集《观察与批评》。曾任《莽原》杂志社主编,河南省文艺评论家协会副主席等。

见证文坛盛事

记得2012年12月,我和作家邵丽到长沙参加一个"新媒体时代文学期刊的生存与发展"论坛活动,对文学期刊的发展问题,应会议要求做了一个发言。因所赴的长沙,正是当年的文学盛地,也恰是多年前我初涉文坛时曾多次组稿和开会的地方,故而触动了我太多情感的东西,在发言中便谈到了那些年在长沙见证文坛盛事的经历。发言后,下面即刻有年轻一些的期刊主编感慨说,没想到,这也是一个"老文坛"了啊。

的确,1984年5月,因对文学的喜爱,我调进《莽原》杂志社做编辑。当时,我们同是学中文专业的几个同学,都刚大学毕业,被分配到了一个叫作"三号楼"的机关大楼。那栋楼集中了省直重要经济行政部门。然而,两三年之内,我们都相继离开了那栋大楼,调入了与中文专业更近、与文学更近的杂志社、电台或出版社。多年之间,从那栋楼里走出不少厅级和省级领导干部,以至于多年之后,其中一位省长朋友谈及此事,还半认真半开玩笑地说:若你们几个不出来,那也将会是怎样怎样的。这话虽该视作玩笑，但也和正题有关。那时候，全民差不多都是文学爱好者，就像在20世纪90年代初期，商业大潮初起，整个社会洋溢着"经济热"，人们都很耳熟的话是：从天上掉下一块石头，也会砸住一个经理的。——我们几个的易职，也都和文学相关。

1984年10月，天津百花文艺出版社社长郑法清先生带队，率《小说月报》一干人到长沙张家界开全国文学期刊编审会。那时候的选刊也都刚起步，对众原发刊物尊重有加。开此会，既有笼络原发刊物之意，也是在聚全国的文坛之气。我是一刚入行的小编，本没资格参加，但当时的主编何秋生老师要我来参会，即是想要我介入《莽原》的组稿工作。因当时的长沙太牛气，第一届茅盾文学奖获得者中，湖南就有莫应丰、古华两位，而之前因发了中篇小说《在没有航标的河流上》迅速成名，并获全国优秀中篇小说一等奖的叶蔚林，也在长沙；还有因《西望茅草地》《飞过蓝天》连获两届全国优秀短篇小说奖的韩少功，以及因《白色鸟》刚获了当年全国优秀短篇小说奖的何立伟，也都是长沙作家。

那时我年轻不更事，也是初生牛犊不怕虎，在会议期间上下翻飞，跟一个个自己仰慕的作家激情满怀地约稿。会议开得十分热闹，几乎全国所有的文学期刊社都派人来参会，同时聚来了湖南以及全国其他省份的知名作家，还有当地众多的文学爱好者。宾馆里人进人出，不少房间都有几个编辑和一大帮作者在聚谈。那时候阿城的《棋王》刚在《上海文学》发表，还没大热，但已被文坛热议。一起参会的《上海文学》编辑肖元敏，她刚责编了那篇稿子，来拜访的当地作者眼睛放亮地听着她谈《棋王》。

文坛盛事多，各期刊的文学笔会，也是不断聚在全国各大名胜之地。文学期刊的编辑们，就跟后来热闹起来的记者们一样，在全国各个文学会议间穿梭。作为编辑，一个很重要的任务就是组稿。1986年初春，负责两广两湖稿件的我，再次来到长沙。其时，既想要拜见湖南的几位重量级作家，也很想见一下刚因短篇小说《阿梅在一个太阳天里的愁思》以非常独特的超现实笔法引起文坛极大关注的残雪。而同时对当年长沙的刊物《新创作》(《创作》的前身)的编辑，像贺梦凡、张新奇、田舒强，包括与他们齐名的骆晓戈等，以及当年韩少功曾任职过的工会刊物《主人翁》的编辑们，也都是我耳熟能详并想要去拜见的对象。没承想，我因感冒突发心肌炎，经其时还在《芙蓉》做编辑的蒋子丹费心安排，由湖南美术出版社一位副社长护送我回郑。

我在两湖两广频繁地组约稿，因此见到一大批作家和作者朋友。记得1984年12月，我从广州一路组稿到深圳，在广东省作协见到了因短篇小说《我应该怎么办》获全国优秀短篇小说奖的陈国凯，但未见到几度获全国优秀小说奖并有中篇小说《南方的岸》被广泛传阅的作家孔捷生。不过幸运的是，我见到了以写粤地文化见长的廖琪。而且，经由刚从《花城》离职的我的大学同学介绍，见到了年轻的李兰妮。告别了热情的花城杂志社同行们，当听说那时因一篇《桔红色的校徽》而走红文坛（现在已是香港作家）的黄虹坚女士，正在蛇口工业区任职体验生活，就又跑到蛇口工业区她的办公室拜访。走出她的办公室，乍然见到夕阳下有一整面从未见过的高大宽阔的玻璃幕墙，映着强烈的夕辉，背衬大海，那一种壮阔和炽烈的燃烧，让人一下激情澎湃，对文学和生活充满了憧憬。其时的文学，一如刚能购得的可乐，也一如刚能触摸到的时装，正新鲜而热辣地红火着。

我们杂志自己办的笔会也很频繁。河南省文联当年在鸡公山租有一个8号别墅，七八月暑期，常常有作家和杂志社同人去那里避暑、写作或开笔会。记得1985年暑期的一个笔会，聚来了省内外一批知名作家，白天各自在房间里写作或在一起交流文学，晚间则在别墅的大厅里看电影录像，举行舞会。参会的作家楚良，因发表《抢劫即将发生》获全国优秀短篇小说奖，被作为人才引进，由一个农民成为国家公职人员。文学改变了他的命运，这在当年的文坛是普遍的现象。火热着的文学也慷慨大方，不吝给文学爱好者以福利。相反，作家田中禾年轻时因喜欢文学，大学没毕业就退学，到城郊体验乡村生活。后因政治问题牵累进监狱，转而成为"盲流"。他刚发表了一个短篇小说《五月》，将获但尚未获全国优秀短篇小说奖。他对文学的虔诚使所有参会者慨叹。他手里攥着一本那时对整个文坛将产生巨大影响的《百年孤独》，见人就谈。《百年孤独》对中国文学的影响，也在那个笔会上刚刚显露。而在连云港海滨的笔会上，一帮年轻的作家也是生出各种故事。文人无形，尤其在文学繁盛之时，文人自我感觉良好，也算是文学的一种勃勃生气吧。开笔会的几天里，作家杨东明一首接一首唱尽了费翔的歌，就像是手执着"冬天里的一把火"。

《莽原》文学奖面向全国作家，一连举办了几届。首届的获奖作品中就有刘恒的处女作《狼窝》。还记得其时任《莽原》编辑的李佩甫，从北京拿回刘恒《狼窝》小说稿时的兴奋之情。《狼窝》的手稿，是写在一个方正的笔记本上的，钢笔字工整规矩，一个紧挨一个，不见涂改的乱象，若保留至今，则是非常珍稀的手稿。《莽原》有一届的颁奖，放在三门峡市一个风景区举行。那次颁奖我终生难忘。因适逢我怀孕近两个月，而孕妇在怀孕三个月内是最易流产的。我因之前已接到父亲当年所在的学校清华大学校庆的邀约，代已故的父亲参加校庆跑北京去了。在短暂的时间里，又到军艺组稿，又随顾城、刘烨、英子共同的朋友文昕，去月坛北街拜见了中学时读罢《艳阳天》内心就非常崇拜的作家浩然。回郑州时，已非常疲累，但面对《莽原》行将举行的颁奖典礼，却一点也未冒出过请假的念头。颁奖完毕，我又去参加了杂志社在义马煤矿举办的另一场文学活动。去义马的火车，是半夜一点钟的，赶到车站时，差一点儿晚点。我们一行人从一路颠簸的吉普车上下来，急匆匆跑进了火车站。结果活动结束，一回到郑州我就流产了。医生惋惜地说，十个像我这样的，九个也会流产。这次流产，对我的身体产生了很大的影响，这也是如今说起来，以为很应该避免的事情。

那时，我对文学的情怀，也一如正兴盛着的文学，被激情燃烧着，无暇旁顾。

商业大潮来袭下的应对

多年前，商业对文学最初的影响，还是伴着十分的惊讶和兴奋的。

我记得很清楚，当时我们省文联紧跟时代大潮，1985年创办《传奇文学选刊》，发行量近一百万份。后来才知道，当时文联有不少部门的人都加入了《传奇文学选刊》的发行大军。那时是只要有《传奇文学选刊》，转天拿到火车站去卖，就可以赚钱的。

1988年3月，我和还没有合并到《莽原》的《奔流》月刊的两位编辑匆匆南下，到广州、武汉组稿。当时，我们杂志的主编，已经和全国不少纯文学期刊主编一样，开始意识到商业大潮将要对文学带来冲击了。所以，我此行不仅是组稿，还多了另一项任务，就是要留意、观察和搜集当时全国众多的期刊及报纸，在商业大潮下将会有什么动作和新举措。那时还不像后来文学被困境逼压着，必须要有应对的措施，大家还在积极地赶潮。各种通俗文学刊物和小报如雨后春笋般涌出，势头之迅猛，大大超出我们的想象。在广州街头，地摊儿上，各类小报、期刊，标新立异，字体和画面醒目怪异，凶杀、探案、情妇、美女充塞了版面。我显然不能做到将所有的都买下，只能选择性地搜集了一些。之后《莽原》也开设了"域外选萃"栏目，刊发国外长篇小说，主要是畅销的。

文学阵地很快就开始失守了，但各期刊的市场意识也有所增强。那时，扛不住市场经济的冲击，停刊的文学杂志有《昆仑》《漓江》《小说》。为适应市场需求，改变了办刊宗旨的期刊有《天津文学》，后易名为《青春阅读》，更偏向年轻读者；《湖南文学》易名为《母语》，向文化方面倾斜；《新港》改为《文娱世界》，《百花洲》成为女性文学专刊，《文学世界》则成了中学生杂志，等等。

1998年，我参加了《作品》在珠海召开的"全国省级文学期刊生存与发展研讨会"，应会议要求，做了"文学期刊如何走出困境"的发言。20世纪90年代中后期，伴随市场经济的深入推进，国家财政已开始减少对纯文学刊物的拨款，甚至出现"断奶"现象。而同时，大文化市场开始形成，文学期刊的困境日渐显现。1996年，《广西文学》率先发起举办了全国省级文学期刊生存与发展研讨会。次年，同样主题的会在杭州召开。而之前约定好的第三次、第四次会则没有开下去。原因是此类的会并不能解决实际问题,成了抱怨会、诉苦会。到了1998年,广州的《作品》杂志又接续组织了一个这样的会。之后,类似的会,局部有,全国性的也就没有了。

那时,《莽原》也如其他文学期刊,开始琢磨各种点子,尤其希望打出一个什么旗帜,像《钟山》的"新写实"一类,占领文坛和读者市场。时任《莽原》的主编是作家张宇,因他在《上海文学》看到史铁生所写的那篇著名文章《我与地坛》,原是以散文稿给《上海文学》的,而《上海文学》却把它放在小说栏目刊发了,而且效果还不错。于是那一年我们《莽原》也设置了个栏目,即跨文体写作栏目——"内部的远方",就是要有意打破体裁对作品的约束。听说评论家何向阳有一部十几万字的理论著述是以小说形式完成的,大家就特别兴奋,由我前去约稿。我虽然得知此传说有讹,但在约稿时还是提出了相应的要求,就是希望作者真能将一些小说的因素,诸如带有情节性的叙事,也揉进理性的文章里。而何向阳那一系列张扬理想主义、厘清被历史遮蔽的人文精神的文章,以荆轲刺秦王故事、悉达多的在路途、孔子的游历等,作为原初的具有实证精神的基本框架,与千百年后的"我"——作者本人——对当年典籍的实地考证、考证时今时此刻的"亲在亲历"及谒拜时的心理等等现实情景相交融,构成了一篇篇生动而有魅力的文字。何向阳也是因在此栏目刊发的文章,而引起全国文坛关注的。

1998年,我参与主持的"《莽原》周末沙龙"栏目,有一期话题是关于"跨文体写作"的。其时的主编张宇,将那一期关于"跨文体写作"的观点发表在《人民日报》上。文章谈道:"21世纪,将是一个跨文体写作的新时代吗?""当文体被分门别类到细得不能再细的时候,就走到了文体创造的末日。""如果回想近当代的叙事的发展过程,我们发现了这样一个事实,像植物杂交和动物杂交一样,文体也出现了杂交现象。""跨文体写作就像在自己的身上也插上别人的翅膀一样,再也不是为了形式和形象,而是为了表现的实用,为了更自由地飞翔。"——这便是在媒体上有关"跨文体写作"最早也最清晰的表述。很快,从1999年新年开始,有关"跨文体写作"的相关栏目,便在其他期刊上亮相,比如《大家》的"凸凹文本",《花城》的"实验文本"等等。

其实,期刊之间并没有事先的预约,而是因各期刊都面临类似困境,不约而同地就走了相同或相近的路,产生了相似的自然生成过程。不过,由期刊挑起的"跨文体写作"热潮,很快就遭逢冷落。虽然各期刊想以"跨文体写作"刺激已开始麻木和委顿的文学神经,但也只是给文坛暂时打了一支兴奋剂,很难推动文学的大潮了。

多媒体致命一击,寻找文学出路

2012年,还是那次在长沙举行的"新媒体时代文学期刊的生存与发展"论坛活动,作为主办方的长沙市作协主席何立伟,不只邀约了期刊主编,还约请了作家参加,就是期望对文学面临的问题,从多个层面来探讨。

其实,可以说,真正对文学产生致命一击的,还是商业与多媒体的"合谋"。我们知道,20世纪60年代就预见了数字化生存而被誉为时代先知的麦克卢汗曾谈道:任何媒介对个人和社会的影响,都是由新的尺度产生的;任何一种新技术,都要在我们的生活中引进一种新尺度。亦即:我们塑造了工具,工具又塑造了我们。也就是说,电子技术带来的媒介——传统互联网和移动互联网,不只大大削弱了纸质文学期刊和文学的功能,最终还因为电子时代所滋生和培育的新的价值观念和消费观念,影响和改变人们的生活态度和生活方式。

在那次的会上,作家熊召政说:我们也不用那么悲观,人类自身有纠偏的能力。甲骨文作为传播工具时,有运输甲骨文、收购甲骨文的;竹简、丝绢出来后,干甲骨文行业的就全都失业了;东汉末年,造纸业出现,丝绢退出传媒。从甲骨文到网络,已经历了五次更替,而每一次都无法挽回。纸媒还不是关键问题,关键是娱乐时代的到来,也就是说现在几乎所有的小孩儿都想当歌星。也正像前面提到的麦克卢汗所说的,技术工具的变革,颠覆了人们传统的生活方式。

其实，文学自身也一直在适应着时代的变革。正像由唐诗宋词到元戏曲，又到明清小说，又到网络文学……然而，我们办纸质文学期刊的，在还没有充足的资金可自行其是时，却必须要面对多媒体的冲击及读者市场的压力。即使有更多的资金做支撑了，对文学正在面临的一些根本性问题，也还是难以解决。

这么些年来，我也一直在思考，文学是否真能通过自身的改变适应现时代，真能找到一种文体可与其他的媒体抗衡。事实上，电影时代到来的时候，法国作家就提出了在电影时代小说该怎么写的问题。也正是基于此，产生了法国新小说。就是想要让小说向诗歌的方向发展，更注重表达人物的内心感受，以此与电影的功能相区别。前面提到的"跨文体写作"，在某个层面上也是期望小说能以开放的结构，以叙事的随机性，融入更多丰富的信息，获得与读者的亲和力，使阅读变得更轻松。

说到底，文学的基本功能，比如表达的需要、想象力的再现、对现实的反映等，都不会有根本性的改变，主要还是介质的变化。

我这些年也开始关注网络上走红的一些小说。即使无暇看完一部正被热读的小说，也会到网上去闻闻味儿。我发现一些具有巨大点击量的作品及写手，还真不是徒有其名。他们的作品，也确实有让人愿意去热读的原因在里面。比如，在内容上多会触到人们阅读的兴奋点；在小说的叙事上，也很有一些技法上的讲究。

像当年明月的《明朝那些事儿》，能把过去的事儿当现在的事儿自如地叙说；流潋紫的《甄嬛传》，不只把过去的事儿，还能把别人家皇宫里的事儿，当作自家的"我"的事儿、"我爹爹"的事儿那么自在地叙说；南派三叔的《盗墓笔记》，对那种亲历感、真切感的叙写和再现，都是很见功力的。

在纯文学领域，也有一些作家，即使在文学被边缘化之后，也仍是真有不少粉丝的，像我们所熟识的毕飞宇、乔叶等等。前些时，毕飞宇参加我们省里一个期刊的活动，有众多粉丝到车站去迎接。乔叶也一样，不断有文学圈外的粉丝不以写作为目的，唯以阅读为目的，希望通过我的介绍认识乔叶，请她吃饭，索要她的签名。

2005年，我们刊物设置了一个很受文学爱好者喜欢的"当代名篇聚焦"栏目，每期由作家和评论家联袂评点、评介当代作家的一个短篇小说。到现在，已开设了近十年。这么些年，老被选中评点的小说，就是毕飞宇的作品。毕飞宇的小说，尤其是短篇小说，很讲究叙事，特别是在叙事语态、叙事的言之有物等方面，总之，其叙事效果能调动起读者的阅读兴趣。而乔叶的小说，则是能比较好地将别人的经验化作"我"的经验，并将之真切地呈现出来。

我给文学院及地市作协举办的作家高研班学员讲课时，推荐最多的，还不是毕飞宇的小说《玉米》，而是格非的《隐身衣》。毕飞宇的《玉米》可以说差不多已是到一种叙事的极致了。而极致的东西，类似于一种标签，因为标签太明显，不要说别人难以模仿借鉴，就是他自己也很难去重复。而格非的《隐身衣》则不同。

格非是近年来我越来越佩服的一位作家。他的小说写作，真是有了一个大的境界，有了一种通透的开悟。这也许和人的性情相关吧。而所谓的天赋，其实指的是人的性情吧。1996年，我在全国第五次作代会上约稿，接触了格非、苏童、叶兆言、刘震云、史铁生、张炜等作家。当时，我还为《莽原》封二的"走向经典的作家"栏目临时充当摄影记者，给张炜、史铁生拍照。杂志社的几个人，还到史铁生位于水锥子的家中拜望他。早些时，史铁生的成名作《我的遥远的清平湾》曾深深打动了我这个也有过短暂下乡经历的知青。那天，我认真地与他交流了关于如何强健身体的人体调息法，之后收到他的信，也谈及有关调息的问题。也是在这段时间，我还代河南文艺出版社办的刊物《名人传记》向苏童约了封面人物照。那时《名人传记》的发行量十分可观，但极少在封面上介绍文学界的人物，之所以想到苏童，也是受了电影《大红灯笼高高挂》的影响。直到现在，苏童还是文学界在大众读者中粉丝最多的作家之一。

就我与格非短暂接触的印象，他有一种大淡定。在格非近年所写的"江南三部曲"中，便可见他的性情：笃定和自信。而"江南三部曲"的叙事，也是一部比一部更具可读性，从中也看出他的通透和开悟。而《隐身衣》也正是这种开悟的结果。近年来能让我读之欲罢不能，且又不忍一下读完，并且还想要再慢慢品读的小说，就是《隐身衣》(在此指中篇小说)。还不像《玉米》在叙事语言上特点太突出，相对而言，《隐身衣》更适于借鉴些。

前不久有一个官司，就是台湾的作家琼瑶状告编剧于正，说于正有一个剧本擅自采用了她一部原作的核心独创情节。而不久前中国作协书记处书记白庚胜带队到我省调研，还谈到版权法将会有新的修正，即对创意的抄袭也要列入侵权范畴。可一个写作者对一部作品在创意和结构上的模仿或借鉴，总还是没有语言那么明显的。

格非之前所写的先锋作品，在内容上与现实还是显得有一些隔离，而《隐身衣》这篇小说，则充满了对当下生活经验的书写，同时又很成功地把他在写先锋小说时积累起来的叙事技术，像隐喻、悬念、神秘感、迷幻感等等都十分自然而贴切地运用到了对当下经验的写作里。

现在，当自己对文学文本有过经年的在场的思考后，也会有一些心得，终审稿子的时候，也会动一下笔。比较在意的，还是对小说开头的调整，总希望我们刊发的作品，能让读者一眼掠过之后就会被吸引，就愿意读下去。而在当下，我们的文学文本是否也应该有一些相应的变化？比如像千年之前唐诗渐被宋词取代，也是由一种格律规整、诗意深沉的文体，向节奏更轻快、表达更自由的文体的过渡吧。

在此还是想说，可读性并不是判定一部好作品的唯一标准。就像奥地利的作家穆齐尔，穷其一生也没能写完那部九十九万字的长篇小说《没有个性的人》。这部作品不是很好读，且有不少读者都未能把它读完，可一旦你耐心读下去了，就会被书中那广博而深邃的内容深深震慑。《没有个性的人》，洞悉了作为社会存在的一种具有"人"之意义的人，这种"人"失去了主观"个性"，而为一切外在的客观力量所左右，为国家机器、道德裁决机构及一切凌驾于"人"之上的利益、荣誉、社会习惯势力等等所掌控。

对穆齐尔这样的作家，我们会永远心怀敬仰之情。他的这部书，被评论家评为"没有一行字言之无物"。法国的作家杜拉斯，把这部书看作是自己可以反复阅读的一本"永久读物"。

内心的坚守

景观一：眼下，杂志社无论在哪里办笔会，总会有不少从很远的地方聚过来的作者，他们是经商者、企业人、媒体人、公务员、自由职业者或教育工作者，结果都撂下各自赖以生存的营生，抽出时间在一起探讨创作，谈论有关文学的话题。

景观二：一次，一个市作协邀我做文学讲座，课讲完，进入提问环节时接到一些提问的条子，没想到，大多数提到的问题，还不是关于写作的技术问题，而是关乎心灵表达需要的一些问题。看到这些，我既感到高兴，也感到惭愧。惭愧的是，这些年因受刊物发行压力的影响，我把精力更多地投入到写作的技术问题，而对文学最本初的东西倒渐渐疏离了。也就是说，更多地去关注怎样操作才能给期刊和写作者带来更多的读者量和效益这样一些实用性问题了。

景观三：还是那次讲座，一个作者递上条子，上面写着："我选择诗意的写作可以吗？"讲座结束后，他还递给我一篇自己的散文习作。我大致掠了一眼："在雨后的林子里，秋叶落入了水洼……我离开枯坐了一天的办公室，想要来这里漫步……"这文字倒是让我怦然心动，它唤起了自己还年轻时曾有过的湿漉漉的心境。虽然整篇文字还不乏稚嫩，还是些不太成章的片段，可作者却最忠诚地表达了他在人生某一时刻最真实的内心世界。这种表达心灵的文字，这种对情感释放的需要，会永远存在，它不会随着文学介质的变化而终止、消逝。

（发表于2014年）

鲁秀珍

所写的内容,是对家乡哈尔滨的深切怀念和感恩。正如我文中所说:人老了要还乡——此时此刻才感到家乡的可贵可敬可亲!回到家乡,人好像从头来过,回忆种种,感到对生命应更加珍惜,好使晚年活得更清醒,更充实,更开心。

照见我们的初心

鲁秀珍

> 鲁秀珍，1935年生于哈尔滨市。1951年上初中二年级，因家贫辍学，时年十六。经周一仆老师推荐到哈尔滨文联管图书，一年后转为编辑。1957年省市文联合并，到省文联刊物《北方文学》工作，历任小说编辑、小说组长、主管小说的副主编。1991年退休，"从一而终"，连续当编辑四十年。

2009年，我从南迁十年的上海回故乡哈尔滨避暑，老伴王观泉与我同行，那年我七十四岁。

见老作者——编辑职业所得之一

接站的是四五十年前认识的一位黑龙江林口县的老作者胡上舟。我们久已失去联系，可怎么又联系上了呢？说来有缘，是我一篇《叶对根的感念》文章给牵的线。

我出书了！从编辑岗位上退休多年的我出书了。出书就要赠友人。编辑生涯四十年，我的友人就是作者了，而且这题名为《国门内外》的书，一大块内容就是写作者与我的故事。我是在黑龙江省《北方文学》当的编辑，作者绝大多数都在省里，而我多年前随老伴南迁到他的故乡上海，那书只有寄赠了。

"你还是当面赠书比较好！趁你腿脚利索，回北方一趟吧。"老伴开导说,"你不是老梦回编辑部,梦见下去和作者谈稿什么的吗?"——真是这样,我从编辑岗位上退休后情绪不稳定,特别是定居上海后,更有失落感。所以他强调:"这次去,有了因由——赠书。借此见见作者,也了却你多年的心事!"

这,倒使我动了心。我知道他全是为我好。1988年我获全国优秀编辑奖——"全国二十五名、黑龙江的唯一"(黑龙江省《老年报》语)——也是因为背后有这么一位知疼知热,全力支持我编辑事业的丈夫!

于是,时为2006年2月,七十岁的我终于成行了,在"行"中回忆编辑生涯四十年,有多少人和事值得回忆啊!岁月多变,不变的是我始终当编辑,真可谓"从一而终"了。这次的北国行,可说是我编辑生涯的回顾展,把一站一站向作者赠书的情景和感触落笔为文。起题目时,我把自己比喻为叶,故乡、作者是我的根,于是题为《叶对根的感念》。没想到此文倒成了老作者胡上舟找我的"路标"。

他说在报刊门市部站着看完了《北方文学》上我这篇长篇纪实文章,惊喜非常,于是马上去编辑部要了我的上海家址,于是我接信后给他回了信,于是他说即使不看我回信的内容,就是看到"鲁秀珍"三个字,都激动不已……就这样,他这个作者和我——一个没有了发稿权的退休编辑,高兴地接上了头。

接站时间他多大年纪,才知他也七十多了。我老伴说,知道你年纪这么大,就不让你接站了——真是老了,老作者接老编辑。

见"小"作者——编辑职业所得之二

在哈市接触的另一位作者,就是当年的小作者、现在的大作家迟子建了。

迟子建是全国唯一的三获鲁迅文学奖的作家,2009年又是中国最高文学奖项第七届茅盾文学奖的得主,当时人称是"中国当代文坛的主力"，多个国家翻译了她的作品，可说是享誉国内外。但我接触她，是当年她十八九岁最初写作时。

那该是三十多年前的事。我当时是《北方文学》小说组组长，编辑部接到大兴安岭师专学生迟子建的稿件，题为《那丢失的……》。写一个女生毕业典礼后回到108宿舍看到凌乱现象的失落感和找到补救失落感的行动——"扫除了该扫除的，清洗了该清洗的，也拾起该拾起的，她坚信108宿舍的新主人将会说'我们的大姐姐在这里很好地生活过'……"对这篇作品，迟子建感恩于"还没怎么受到挫败就在《北方文学》上发表了：编辑是从自然来稿中挑出来的"。怎能不兴奋？！怎能不感恩？！这是她的"处女作"啊！使她得到了人生第一笔稿费，马上去商店买了父亲喜欢喝的名酒"竹叶青"。

不久，这个童年在漠河北极村、少年在塔河林区、青年在加格达奇——始终都在大兴安岭里转悠的迟子建，参加了我们《北方文学》办的兴凯湖小说班，让她第一次走出了大兴安岭，从此走向全国，走向世界。那是我任副主编后办的第一个小说班，让我零距离地接触了这个小女生。白衬衫，灰长裤，梳一条单辫，在大家研究作品时，或在浩渺的兴凯湖里成群嬉戏时，都听不到她的声音，她只是睁大眼睛在看，在想。她是全小说班作者中最小的一个，却也是最沉静的一个。对这个当时的学生，我们按农民作者待遇：旅费、宿费、伙食费全包。

接着发她的《沉睡的大固其固》，我在评论中称是"一篇新的生命的宣言"。此篇则是她的"成名作"了。后来我刊发了她的乡土叙事作品《葫芦街头唱晚》，成为她第一篇译成英文推向世界的作品。

小迟当省作协专业作家后，每年有大半时间在大兴安岭写作，回哈尔滨来，我家则是她最爱来的地方，直呼王叔叔鲁阿姨。1998年，三十四岁的小迟在故乡和黑龙江大学毕业的塔河县县委书记黄世君结了婚。回到哈尔滨，别的人家没去，先领他到我家来，使我们有幸见了小迟爱人一面：高高的身材，文文雅雅的气质，甚至有点儿腼腆。我老伴作为主人按习惯给他沏了茶，反倒是他给我俩茶杯里续水。——是个会照顾人的人,我心说,小迟以后有人疼了!

不料,四年后她爱人死于车祸!

我们的抚慰电话迟迟不敢打。过了大半年,她来电话说:"挂断了所有的电话,四个月没出屋;以后出得屋来,哪条街、哪个商店也不敢去……"——走到哪里都有她和爱人同来同往的美好记忆啊!再以后,还是她"自己救自己",把深深的怀念变成文字,在一篇一篇怀念她爱人的作品中"活"了过来。当在网上听到茅盾文学奖颁奖典礼上她的致辞,我们放心了!她说:"我觉得来到这个领奖台的,不仅仅是我,还有我的故乡,有森林、河流、清风、明月,是那一片土地给我的文学世界注入了生机和活力。我要感谢大兴安岭亲人对我的关爱,还要感激一个远去的人——我的爱人,感激他离世后在我的梦境中仍然送来亲切的嘱托,使我获得别样的温暖。"而在我们看了电视上的《文化访谈》后,不仅是放心了,而且对她今后充满了信心!她说:"生活并不因为你是作家,就会格外宠爱一些。作家把自己看小,世界就变大;把自己看大,世界就小了。""世界上并不只有我一个人在痛苦,和他们比,我的痛苦是浅的。"("他们"是指她写的《世界上所有的夜晚》中的矿难家属。此篇使她第三次获鲁迅文学奖。)

我携书北国行来到第一站哈尔滨,当然第一时间要去看望迟子建。

去了她家——她与爱人生前的家。屋里全是她自己设计的,很现代又很"原始",用大兴安岭的原色原木打的一面墙的书架、写字台。书房里、饭厅中,挂着她自己画的抽象画,连摆的瓶瓶罐罐上她都随心所欲地涂了色彩……似乎过得很快活。但是,当我走进她卧室里却发现,床头柜上摆着她一个人的"婚纱照"——很悲壮!

在她大书房的大书架里,有一格专摆她自己出的书。刚进入中年的她,了得!长篇小说七八部,散文集多本,文集五六卷,还有她多册被译成各国文字的书。就在这大书架旁,我在我的书的扉页上写道:"送本不厚的书,给著作甚丰的你;虽则我可推说一辈子给他人作嫁衣。"

迟子建是尊重"做嫁衣"的编辑的。在纪念《北方文学》创刊五十年的金刊里,有个专栏"我与北方文学",她是这样写的:"我日记上有一首十九岁写的诗,名为《草》:'是鲜花的陪衬者,是人类自由的元素,牛羊是你忠诚的伙伴,你是鲜奶不尽的源泉。'"最后,她这样结语:"诗的最后一句肯定会博得编辑朋友们开怀一笑的,我现在读它也忍不住笑:但愿《北方文学》能永远做文学青年的这样一棵草;愿那些因吃了这草而获得'鲜奶'的牛羊,不要忘记它的源泉:草!"那次我送书,她专程请我去国际旅行社"波尔登"吃西餐时,说无论以后参加了多少在旅游胜地办的小说班、笔会,最不能忘记的还是第一次参加的兴凯湖小说班!——她没忘了"草"!

我们和她,是以文会友——"会"友情、乡情,甚至还带点儿"亲情"吧……

无论是老年作者或中年作者,可见他们生命中都保持了这份不变的深情厚谊,对我这退休老编辑的情绪稳定是重要的。

见老朋友——因为是同事格外亲

"林中林"握手言欢

回故乡,因能见到老友而高兴;如这老友是老同事,更会因能共同回忆往事而倍感温馨。这就是观泉和我忙打的急匆匆赶往"林中林"赴宴的原因。这次是我五十多年前在哈尔滨文联工作时的同事们联合宴请。1957年,我从市文联调入省文联,省市所属不同,联系就少了,再加上当年省市美协成为矛盾的双方,观泉作为省美协搞评论的,难免与市里有些摩擦。倒是老了老了,这些界限都消除了,市里这些老朋友老同事听说我们来哈,坚持请饭,特别是大我几岁的邹路和八十五岁的老画家石揖,一而再地邀请。观泉深受感动,便和我欣然前往。

这天是双休日,饭店办喜事的多,人来人往,都分不出谁上谁家喝喜酒。我俩正发蒙,有人喊我们。抬头看,高台阶上站着接我们的不正是邹路吗?他怕我们不好找,特别站在高高的台阶上迎候,真是想不到。

他和我当年同在《哈尔滨文艺》共事,他是美编,人称他"小邹",称文学编辑的我为"小鲁",现在都变成"老"字辈了。他引我们到"林中林"的石亭坐定,不一会儿,老画家石揖快步过桥,走进亭,上前一步和观泉握手——三四十年前各为其主的矛盾双方"一笑泯恩仇"。

陆续来到的,有当年领导我的文学部长刘春,先我一年到编辑部的文学编辑小李子,当年的小青年、现在的市美协领导之一赵廷椿。老美编刘惠民因病未到。我们点了五菜一汤,观泉要喝黑龙江的"富裕老窖"。席间,观泉把他的《欧洲美术中的神话和传说》送给画家们,之后大家谈话先点兵(谁不在了),后谈四五十年前的事,而以谈"文革"种种作结束。邹路只是听,几乎没说什么话,这倒是他一贯的性格。该结账了,本来他们说好是AA制,临走时石揖跟我们说是邹路全付了。我知道他生活并不充裕,心里很不过意,好在我要去他家串门,看看他妻子,到时再补报吧。

去邹路家做客

中午,在恢复传统肉食的"大白楼"里,熏制的五花肉、酱排骨、茶肠、红肠、香肠、肥肠、大肚、小肚、金丝卷……凡是传统的肉食,我都买了,为的是去看"传统的友谊"邹路一家。

和其妻秀杰是初次相见,一见面她就说看过我的《叶对根的感念》,邹路在一旁补充:"你寄文章来,她抢着看,夸你,佩服你。"我连忙道谢,握住秀杰的手道:"你才了不起!在邹路被打成右派下去劳改的日子里,你不离不弃,独自把三个孩子培养成人。老大现在是哈工大博士生导师,了得!朋友们传为美谈,友人没少说给我听。"就这样,我俩一下拉近了距离。

我进屋时,她说饭店定好了,我说不去饭店,在家好唠嗑。于是她的心就放在预备午饭上。我说吃大碴子,她去买回;我说小碴子也好,她就现熬。油爆大虾、焖油豆角,又叫饭店送来溜肉段、大拉皮,再加上自腌的小咸菜和我买的各种肉制品,好丰富,吃得真过瘾。

临别时,秀杰给我带回去的比我送的多得多——叫我把买来的一大半都带回去了,还有她的油爆虾、小咸菜和两种粥。她说这样你们晚上就不用做饭了,我说我带回去的太多了,她说这是她家的传统——那就是席慕蓉说的"生命里保存的老的东西了"。我只好听她安排。出门叫车,她硬塞给司机二十元钱,我笑我还赚七元哩(车费十三元)。

告别邹家

回上海之前,我去邹路家告别,送了秀杰一盆观音莲。我说:"观音保佑好人的你健康长寿。"秀杰送我一条纱巾,我立即扎上和她、和他俩照相。在客厅里邹路画的《冰灯》下照,在"抗战纪念"书法下照;又到他们卧房,坐在邹路画的"萧红、萧军拜见鲁迅"的大画下照……

接着,我要看他们的家庭照。八九本彩色大相册,是近一二十年三代的全家福、生日、出游什么的彩色照。看来邹路晚年生活还不错,我说这多亏了秀杰操持这个家!邹路连说是是!黑白相册有三四本,则是过去的岁月了,从邹路母亲抱着他的照片到小学全班的光头照(没有女生),到青年时期在美术服务社画伟人像,到在编辑部当美编……当然,当右派是不会有照片的,我也没提这段伤心史,怕扫了大家的兴头。翻过两册,该看到当年我们一起工作的岁月了。我忽然惊喜地发现一张有我的集体照:在树丛下沙滩上,十一二个人或蹲、或坐、或半仰。我在后排中间坐着,梳两条辫子,一个在前一个在后,粗粗的。——当时人笑我是蒜辫子,而且是阿城蒜。这相片像是市文联同事们在太阳岛野游时照的,估算一下,我应是二十刚出头。我求邹路以后扫描寄给我。

"看到这照片真高兴!"我兴冲冲地说,"我毕竟还有年轻的时候啊!"这时只听邹路说:"等等,还有你更年轻的时候。"他起身到里屋,拿出一个带相框的东西,说:"这是我的礼物。刚才你们送来送去,我插不上嘴。"原来是画我的一张素描:我坐在桌前,手握钢笔,正在稿纸上写着什么,旁边有写好的一沓。齐肩的头发,可能是还没长得能梳辫子的时候吧。相框背面贴了一张纸条:"一幅没有画好的画,记录了当年小鲁在市文联写作的镜头。"那个"当年"就是下边落款的日子:"一九五三年八月十一日。"呀!那是在半个多世纪前,时间停在我十八岁上……

见老同学——回到少年时

　　这个题目，怎能不写老同学田家？田家比我小两三岁，级别却比我大两三级，退休时为副厅级，我称她是我同学中的"高干"。——"我同学"是指小学到初中二年级为止。我上初二时就因父亲失业又吐血，需协助兄姊养家而离校到哈市文联工作了。

　　和田家再见面时，两家的孩子都比当年的我俩大了。那时，我在省作协，她在省政府办公厅工作，邀我没事去坐坐。那是高门槛、大衙门，无事我是不登三宝殿的，等有事要去时，我又嫌进门手续烦琐——来者要登记，电话核查，门口等候……在文学圈里的我，自视清高，不甘就范，常常一走了之，事也不办了。有一次和田家闲话说起，后来凡我再去，她都快步下楼接我，倒让我不好意思了。我的所谓"事"，小事是请她在内部给订火车票，大事就是和她研究我女儿的前途了。"文革"后期，工人抓革命，学生促生产。我上高中的女儿小玲，她爸每天用自行车"驮"她到纺织厂顶班劳动，高中连教室都没有进就毕业了。那时高考没恢复，孩子太小，找工作也难，为这事我俩一直很闹心。她帮忙找了几个门路，虽没成，总是在帮我分忧，我也很感激。她很喜欢我女儿，常常给她省政府的电影票剧票什么的，小玲至今还记得"田家阿姨"。

　　田"家"是同学们的"家"。我们的好同学孟伟，丈夫早逝，家里孩子多，一个又是残废，她还得赡养婆婆。田家经常去看她，说说话，散散心。我从上海回哈尔滨时，她请饭，专门接了孟伟来欢聚。我呢，每次回哈，她没有一次不请饭。更有一次，我去哈尔滨办事，住的是招待所，突然生病了，她就把我接到她家单间住下，为我调节饮食，按时提醒我服药，使我如在自己家一样自在。田家的老伴儿老邢也是热心人，帮她照顾我。一次田家上街买菜了，我便秘，半天才出了卫生间，他既关心又不好意思直接问，就说："成功了吗？"我憋住笑，点点头。

　　她家也是同学们的"接待站"。同学们离校几十年，分散各地，凡回哈尔滨的，她都接待。如从北京回来的小学同学李义起、马彦华到哈，田家请饭，就招呼我去聚餐。

河北的张珩是我俩小时候最要好的同学，家境好，哈尔滨有名的"道外中华栈"就是她家开的。她是爷爷的最爱，零食不离口，考试前还看《红楼梦》，但成绩优秀，名次总在前列，活得悠闲潇洒……当田家领张珩来看我时，我发觉此时的她没了潇洒，还显得有些憔悴。事后田家告我，留她在家住了好几日，游览、畅谈后才知她生活不如意，苦恼多多。田家就多方面劝慰，张珩走时心情也好了许多。

田家理解人，宽厚待人，那是我在她家亲耳听亲眼见的。一个长途电话，真真的"长"途，对方讲了快一个小时了吧，才容她说了一句话："秀珍在这儿，你要不要跟她说说话？"转身告我是小学同学赵克打的。我接过话筒，简要地说了几句，赶快说"再见"——生怕她再说一小时。田家却跟我这样说："她丈夫没了，一个人过，太寂寞了，就是要找人说说话。"

这是从小事看田家；而今，我称之为的"手机采访"，则从大事看这位老同学了。

虽是老同学，一些情节还得弄清。此时她正在三亚度假——黑龙江省市离退休干部不少在三亚过冬，夏季再回哈尔滨的家避暑。我在上海用手机给她发短信："我要写'人老要还乡'，怎能不写老同学的你，特问你几个事……"

她回："你要写东西了？看来你身体不错，很为你高兴！"——这就是她，对人多么贴心。

下面是"答我问"：

>我俩应该是小学、中学都是同学。1951年4月学校号召学生参战，我当时报名参军，4月29日便离校参军了。当时我十四岁，实际我十三周岁。我是独生女，但父母都是中学教师，对我的行动，虽眼含泪，但都表示支持，他们很坚强。我不久随部队入朝参战，

成为一名战地文艺兵。1957年转业,恶补一年功课,1958年考大学,入东北师大中文系。毕业后当了两年教师,后来到黑龙江省政府办公厅工作,1998年12月退休。

这就是她的小传了,其实应是"大"传。十三岁的独生女报名入朝参战,还不(伟)大?我俩是同年同级离校,她离校是为参军,我离校是为养家糊口——哪里只比我大"三级"?……

我时时想着的是少年时的我俩。

我要说的另一个老同学是关文秀,说她到报社找当年小学班长的我发生的故事。

我因家贫,中学初二肄业就到编辑部工作了,所以和同学联络很少。编辑工作,下去组稿,上来编稿,业余还想写点东西。进入20世纪90年代初期,那时候去国外的还很少,有幸受哈尔滨《新晚报》约请,让我写写去美国加州女儿家探亲的见闻,一周一篇,星期天见报。我写的大多是外孙女和我初到美国的故事和趣话,还配有她和我的彩色照片,什么《初到异邦》《熊猫——中国》《鸳鸯过马路》《情人"节"(解)》《历史的走进与走出》《手的艺术》《神秘点》《"4H"和爱因斯坦》《姥姥商店及其他》……三个多月发了十九篇,得到读者喜欢。一次,正好小外孙女从美国来看我们,我带她到常去的广信鸡店买烧鸡,一个女营业员认出了我,问:"你就是写的她和你吧?"

就在这期间,一天,《新晚报》编辑来电话,说一个女读者到编辑部来,说是我同学,要我的电话号码,问我要不要告诉她。我问叫什么名字,他说叫关文秀。我忙道:"告诉她,快告诉她,是我同学。"

我在小学五年级和中学一、二年级都是她的班长。记得我在省文联工作时,一个临时工小伙子对我说他妈是我中学一年十班的同学,还说了他妈的模样。我问是不是个子挺小。"我妈长高了!"他很认真地说,把我还给说笑了。关文秀就是前排小个的几个之一。当年她长得小模小样，性格安静，班上有什么事，从不落人后。所以我挺喜欢她，时不时地照顾她一点儿。现在一提这个名字，我马上就记起来了。

见了面，她好似"个子没有长高"，我对她说了那个小伙子的话，她也笑了。我说："小关，真难为你，通过这个方法找到了我。"她说是看了《鸳鸯过马路》后决定到报社来找我的。

我离校后和她从无联系，一别三十几年，现在见了面，自然先谈别后各自情况。她高中毕业后考入哈医大，现在是哈工大医院内科医生。她的丈夫也是我小学同学，小时家境贫寒，又加有个后母，吃不饱。记得那时，是小关每天省下干粮，带到学校给他补充午饭的。现在，他已经是哈工大资深教授、博士生导师了……当我还能平静地说我的前半生遭遇时，她却不能平静地听了——流泪了，使我心动、心热！

自此后，"小"同学便照顾起我这"大"同学来了。

她不是内科大夫吗？就成了我家的"保健医生"。不用说，我一有个头痛脑热的，她就主动给开药；连我丈夫外出，她都提前赶来给量血压，嘱咐路上注意些什么……后来我搬到上海定居，她电话里还忘不了"问诊""开方"。每次我回哈尔滨，她必定请我吃饭，而且吃一顿还不行。有一次天冷，我没带毛衣，她就把给她丈夫新买的毛衣硬逼我穿上，当然，更忘不了当面问诊、开方……尽管她早就从医院退休了，我家这"保健医生"却没有退休，同学的情谊没有退休！——她看我，永远是她小学的班长！

结语

年老要回故乡。与这些老作者、老友、老同事、老同学们见面，使我的人生从头来过：老鲁——大鲁——小鲁，看到了他们"生命中保持着某些不变与旧有的老东西"，也使我在"从头来"中吸收了"老东西"，在"从头来"中提升了自己！

和这些"老"们分享欢乐，分担痛苦，彼此成为生命的一部分，那是"同样的感受给了我们同样的渴望,同样的欢乐给了我们同一首歌"。

只是我们这"同一首歌",没调,没曲,没节拍,那是我们心里的歌——"照见我们初心"的歌!

(发表于2014年)